中國近現代文學轉型與日本文學關係研究

方長安 著

謹以此書紀念恩師龍泉明先生

目　次

引論

　　中日古典文學關係，基本上是中國輸出日本接受的單向式影響關係，日本文學的生成、發展深受中國文學甘霖的滋潤，其肌體內流淌著中國文學的精血。如《古事記》對某些中國神話傳說的再書寫，《萬葉集》對《詩經》形式的吸納，《源氏物語》中的〈長恨歌〉神韻，等等。然而，近現代中日文學關係發生了逆轉，中國文學開始從昔日學生日本文學那裏獲取靈感與激情，正如實藤惠秀所言：「從1894-95年的中日甲午戰爭以後到1937年的蘆溝橋事變開始以前這一段時期，無論從哪一方面說，是日本文學影響中國文學的時代。」[1]實氏此論雖然太絕對，有失偏頗，但他對中日文學交流基本態勢的言說，卻是準確的。

一

　　那麼，中日文學關係何以發生逆轉呢？怎樣逆轉的呢？或者說，中國晚清至30年代初文學何以會回過頭來關注日本文學、深受日本文學影響呢？

　　這些看似簡單實卻極為複雜的問題，與兩國近現代化語境、歷史進程、相互關係等相關聯。中日的近現代化，實際上

---

[1] 〔日〕實藤惠秀：〈日本和中國的文學交流〉，《日本文學》1984年第2期。

是被近現代化，是在西方威脅、侵略下民族自救的痛苦回應。近現代化一定意義上說，就是西化，而中國在歷史上與西方的關係，較日本與西方的關係，遠為密切一些，日本在更多的時期是通過中國瞭解西方的。中國人模仿歐式近現代化的條件「比日本人方便得多。」[2]然而，由於種種原因，[3]日本人在近現代化事業上卻捷足先登，通過明治維新乘勢躋身於世界強國之林，並於1894-1895年甲午之戰一舉擊敗清朝帝國。

1895年，對於中國人來說，是極為痛苦的一年，被向來視為蕞爾小邦的日本打敗，其震動、羞辱與尷尬體驗遠較半個世紀以前的鴉片戰爭敗於英國強烈得多。這一年徹底地改寫了中日關係史，改變了中國人的日本觀。老大帝國「始知國力遠遜於日本，但日本在數十年前固無赫赫之名於世界，而竟一戰勝我，則明治維新有以致之」，[4]羞辱之中一改過去對日本不屑一顧的態度，[5]開始關注、研究日本明治維新以來的近現代化經驗，希望以之為師。

1896年，康有為編成《日本變政記》，次年出版《日本書目志》。後又作《日本明治變政考》，並於1898年2月，進呈光緒皇帝，諫其效法日本，進行變法。在他看來，「歐美新法和日本良規能迅速光照我神州大陸。」[6]同月，竭力於維新變法的皇帝便「索尋」黃遵憲的《日本國志》，[7]「命樞臣進日本國

2　〔日〕實藤惠秀：《中國人留學日本史》，三聯書店1983年版，第7頁。
3　日本學者依田憙家歸納出6點原因。見《日中兩國現代化比較研究》，北京大學出版社1997年版，第214-215頁。
4　轉引自華東師範大學：《現代化與社會文化》，學林出版社1995年版，第45頁。
5　美國學者任達認為：「直到1894至1895年開始覺醒前，中國公眾意識的視野中，日本仍未存在。」見任達：《新政革命與日本——中國，1898-1912》，江蘇人民出版社1998年版，第131頁。
6　康有為：《康有為政論集》上冊，中華書局1981年版，第223頁。
7　《日本國志》是黃遵憲1877年任駐日參贊後，經深入研習，歷時9年，於1887年完成的一部50餘萬字的史書。

志，繼再索一部。」[8]光緒此舉，旨在經由《日本國志》熟悉瞭解日本國情，特別是其變革歷史，以期獲取維新變法的資源。朝野上下對日本態度的這種變化，構成了中日文學關係逆轉的政治、文化背景。

當時，師法日本的主要舉措有二。一是**翻譯日本新學書籍**。日本新學大都來自西方，中國為何不徑取西書，而迂道日本？這一常識性問題，並非沒有引起世紀之交危機感強烈、心態焦急的維新派的思考。梁啟超曾認為：「泰西諸學之書，其精者日人已略譯之矣。吾因其成功而用之，是吾以泰西為牛，日人為農夫，而吾坐而食之。」[9]1897年，他在上海建立大同譯書局，特別強調了**翻譯**日文著作的重要性。在《大同譯書局敘例》中，他宣稱：「聯合同志，創為此局。以東文為主，而輔以西文，以政學為先，而次以藝學。」[10]張之洞雖然在政治意見上與梁啟超往往相左，但對於譯介日本書籍的認識卻極為一致。1898年，他在《勸學篇》中力言**翻譯**日文書籍之必要：「大率商賈市井，英文之用多；公牘條約，法文之用多；至各種西學書之要者，日本皆已譯之，我取徑於東洋，力省效速，則東文之用多。……譯西書不如譯東書。」[11]同年，康有為亦指出：「（日本）其變法至今30年，凡歐美政治、文學、武備新識之佳書，咸譯（成日文）矣……譯日本之書，為我文字者十之八，（因而譯成中文時）其費事至少，其費日無多也。」[12]倡導變革的楊深秀在1898年的奏摺中，同樣指出了日文**翻譯**之

8　黃遵憲：《人境廬詩草》第9卷，自注，古典文學出版社1957年版，第300頁。

9　梁啟超：《飲冰室合集》第1卷，《飲冰室文集之二》，中華書局1989年版影印，第54頁。

10　梁啟超：《飲冰室合集》第1卷，《飲冰室文集之二》，中華書局1989年版影印，第58頁。

11　張之洞：《勸學篇》，中州古籍出版社1998年版，第128頁。

12　轉引自任達：《新政革命與日本——中國，1898-1912》，江蘇人民出版社1998年版，第129頁。

便：「臣曾細研日本變法，如彼邦已譯就西方佳著。日文書寫與我相同，僅若干文法與我相反，苟經數月研習，即可大致明瞭，故利於我譯（西方著作）也。」[13]由此可見，倡導翻譯日文書籍，旨在「力省速效」，以解燃眉之急，這實乃民族危亡之際生存智慧的體現。

理論上的倡導導致了日文譯著高潮的出現。梁啟超曾說過：「壬寅、癸卯（1902-1903）間，譯述之業特盛，定期出版之雜誌不下數十種。日本每一新書出，譯者動輒數家，新思之輸入如火如荼矣。」[14]有統計顯示，從1600年至1825年的225年間，由日文翻譯的中文書籍僅有12冊，且其間只有2冊由中國人翻譯；而1902至1904年間譯自日語著作就達321本，占全部譯著533本的60.2%。又香港中文大學的譚汝謙與日本實藤惠秀等合作統計出，1896至1921年間譯自日文的共958本（不包括教科書及期刊連載的譯著），每年平均63.86本。[15]

這些日文譯著大都為教育、法律、史志、地理等類書，文學類極少，然而它們對於中國文學轉而接受日本文學影響的作用，卻不容忽視[16]。它們使國人熟悉了日本的歷史，尤其是明

---

[13] 轉引自任達：《新政革命與日本——中國，1898-1912》，江蘇人民出版社1998年版，第129頁。

[14] 黃福慶：《清末留日學生》，臺北，中央研究院近代史研究所1975年，第182頁。

[15] 轉引自任達：《新政革命與日本——中國，1898-1912》，江蘇人民出版社1998年版，第131頁。

[16] 當時的譯著所使用的基本詞彙大都是日本的新詞彙，如服務、方針、解決、申請、想像、法律、封建、共和、經濟、社會、思想、文學、政治、美術、抽象、現實、科學、觀念、政府、資本、商業、數學、哲學、社會主義，等等。離開這些詞彙，翻譯以至新的言說，便變得極為困難。它們不單是為當時譯介日本和西方作品提供了方便，更重要的是將現代思想一同引入到了中國，因為語言不僅僅是工具，同時也是思想本體。從文學角度看，那些來自日本的新詞彙，為當時特別是後來的「現代」文學寫作提供了方便，成為現代文學創作的基本語彙。所以那些譯著從一開始就在為中日文學關係逆轉做準備，或者說，在中日文學關係發生逆轉之前，它們就從詞彙的角度作用、影響於中國文學。

治維新以後的變革史，意識到日本已非昔日的「蕞爾小邦」，而是一個近現代化程度頗高的新國家，一個值得中國效法的國家。這種新的日本觀，構成了中國人關注日本文學的前提條件。而其中的文學作品（雖為數不多），特別是大量的文學性極強的政論文，其新的思想內容與藝術形式，則使中國文學界對日本文學有了耳目一新的感覺，不再鄙視日本文學，從而使中日文學關係的逆轉成為可能。

舉措之二是派遣學生到日本留學。關於遊學日本之故，張之洞在《勸學篇‧遊學》中陳析得更為具體、清晰：「日本，小國耳，何興之暴也？伊藤、山縣、夏本、陸奧諸人，皆二十年前出洋之學生也，憤其國為西洋所脅，率其徒百餘人分詣德、法、英諸國，或學政治工商，或學水陸兵法，學成而歸，用為將相，政事一變，雄視東方。……至遊學之國，西洋不如東洋：一、路近省費，可多遣；一、去華近，易考察；一、東文近中文，易通曉；一、西書甚繁，凡西學不切要者，東人已刪節而酌改之。中東情勢凡俗相近，易仿行。事半功倍，無過於此。」[17]他不僅從經濟角度，而且從「情勢凡俗」上論述了去日之便。經濟上的節省對於國力衰微的晚清無疑是重要的；然而，張之洞所洞悉的，主要還是中日作為東亞國家在新的世界秩序中相似的命運，特別是近現代化的相似性、可比性。日本作為東亞近現代化的典範，成功地將自己的傳統文化同現代西方的制度和思想結合起來了。具體言之，就是將專制性的國家主義與民主性的啟蒙主義結合起來了。其經驗教訓對於因洋務運動失敗而困惑不解的中國統治者，有著重要的借鑑意義，使他們找到了如何在不動搖封建專制的國家利益的前提下，學習西方以振興民族的方式與途徑。張的言述有理有據，不久即為

---

[17] 張之洞：《勸學篇》，中州古籍出版社1998年版，第116-117頁。

朝野上下所接受。

於是，古老的中國掀起了為救國而遊學日本的潮流，美國學者馬里烏斯·詹森（Marius Jansen）將之稱為「世界歷史上第一次以現代化為定向的真正大規模的知識分子的移民潮」。[18]據實藤惠秀統計，中國學生留日始於1896年，為13人，1897年9人，1898年18人，1899年207人，1900年不明，1901年280人，1902年約500人，1903年約1000人，1904年約1300人，1905年約8000人，1906年約8000人，1907年約7000人，1908年約4000人，1909年約4000人，1910年、1911年人數不明，1912年約1400人，1913年約2000人，1914年約5000人，到1937年，共約9萬人。再加上未統計出的1900年、1910年、1911年、1915年、1917年、1924-1926年共8年內的人數，估計總人數不少於11萬。[19]

賈植芳曾將留日人員分為四類：「一、是正經求學，學習各類政治軍情工商科學，以求畢業後謀個正經職業。二、投著資本、或者沒有資本，只是在日本經商賺錢的，如同現在許多來日本留學的人，名曰『留學』，實為『扒分』（打工）者。三、無心專業學習，借留學為名追求個人的慾望——說好的，是個性的追求；說壞的，專講嫖經食譜。四、流亡到日本的革命志士，有愛國的，也有頹廢的（辛亥革命以後，清朝的遺老也亡命過日本，如王國維）。」[20]在正經求學類中，專業多是政治、法律、軍事、工商、教育及自然科學等。正如魯迅在《吶喊·自序》中所言：「在東京的留學生很有學法政理化以至警察工業的，但沒有人治文學和美術。」文學幾乎未作為專業進入留學生擇專視野，真正文學科班出身的，只有錢玄同、馮乃

<hr />

[18] 馬里烏斯·詹森：《日本與中國：從戰爭到和平，1894-1972》，芝加哥1975年版，第149頁。

[19] 實藤惠秀：《中國人留學日本史》，三聯書店1983年版，第451頁。

[20] 賈植芳：《中國留日學生與中國現代文學》，載中國比較文學學會編：《中國比較文學》（總第12期），上海外語教育出版社1991年版，第10頁。

超、穆木天、田漢等極少數人,梁容若曾說過:「田漢、徐祖正等,雖自始學文學,但他們的專業是英文學,而不是日本文學。」[21]這表明,留學日本宗旨在於科學救國,並未想到在文學上取法日本。留美學生胡適初去美國時以為:「文章真小技,救國不中用」,以至於「帶來千卷書,一一盡分送。種菜與種樹,往往來入夢」,[22]「種菜」、「種樹」在這裏代指現代農業科學,他當時想做農業科學家,以農報國,這種在唯科學語境中視文章為小技的意識,實乃當時朝野上下及留學生(包括留日學生)的普遍心態。

然而,當局乃至留日學生們自己也未曾料到,許多留學生在日本自覺不自覺地轉向了文學,並由文學進而關注、借鑑日本文學近現代化經驗,致使中日文學關係發生了逆轉。上述四類人中,一、二類志在當官發財,難以親近文學;而三、四類則不同,第三類人中的有志者,由禁錮的中國來到異邦,擺脫了封建文化的壓迫,感受到了從未有過的輕鬆,個性得以自由生長,對於「仕途經濟」,興趣淡薄,不甘受枯燥乏味的政治、法律、自然科學等專業束縛,興趣自然由實學而轉向發抒精神自由的文學,如魯迅、郁達夫、郭沫若、成仿吾等,他們在日本閱讀了大量的外國文學書籍,其中不少是日本文學書籍。而當時的日本文學,據美國學者恩斯特・沃爾夫所言,其「現代性的基本成分實際上仍然是現實主義和人道主義。」他這裏所謂的現實主義,並非狹隘的創作方法,而是指「反對語言和情節的種種傳統程序,作品運用白話,『像普通人說話一般』;寫的是現代的場景、現代的問題;這是一種描寫事物、描寫人的心理動機」的現實主義。而他所謂的人道主義,「就是承認人的價值,尊重人的願望,它是一種比較籠統的對小人

---

21 梁容若:《中日文化交流史論》,商務印書館1985年版,第29頁。
22 《胡適留學日記》,上海商務印書館1947年版,第1145頁。

物的苦難發出的憐憫和同情，它企求人類的各種問題能得到公正合理的解決。」[23]日本文學中這種新的現實主義、人道主義精神，與轉向文學的留日學生的心靈相契合，吸引了他們渴慕新知的視線。在如饑似渴的閱讀中，他們深味出，日本文學中的這種現實主義、人道主義，正是中國文學所缺乏而應加以借鑑、學習的。它們不僅在留日學生心目中留下了深刻印象，一定程度地規約了他們對文學現代性的想像與理解，影響了他們的現代文學觀的形成，而且經由他們，最終創化為20世紀中國文學的血肉。第四類，流亡到日本的許多革命者，遠離實際革命的旋渦，又不可能真正忘卻革命，他們所能做的只能是反思革命陷入低谷的原因，尋求更有效的革命武器。於是將革命與宣傳，宣傳與文學聯繫起來了，這種聯繫使他們開始認真研究日本明治維新與文學的關係。如梁啟超，他雖非留日學生，但維新變法失敗後流亡日本，在反思戊戌變法何以失敗時，洞悉出了日本明治維新成功的一大秘訣：「於日本維新之運有大功者，小說亦其一端也。」[24]在《清議報全編》卷首的〈本編之十大特色〉中，他寫道：「本編附有政治小說兩大部，以稗官之體，寫愛國之思。二書皆為日本文界中獨步之作，吾中國向所未有也，令人一讀，不忍釋手，而希賢愛國之念自油然而生。為他書所莫能及者三。」他由此深信，政治小說能浸潤國民腦質，與變法、新民呈互動關係，要新民就必須利用文學這一啟蒙利器。

　　由實學或革命而轉向文學，由文學而關注日本文學的啟蒙、革命經驗，如魯迅、周作人譯介《現代日本小說集》，便

---

[23] 〔美〕恩斯特·沃爾夫：《西方對30年代中國散文的影響》，收入張隆溪選編：《比較文學譯文集》，北京大學出版社1982年版，第215頁。

[24] 梁啟超：〈傳播文明三利器〉，《飲冰室合集》第6卷，《飲冰室文集之二》，中華書局1989年版影印，第41頁。

是希望從日本現代小說那裏，獲取傳統小說現代化的經驗。而這種關注又必然改變他們向來鄙視日本文學的態度，如周作人在《現代日本小說集‧序》中稱道：「日本的小說在20世紀成就了可驚異的發達，不僅是國民的文學的精華，許多有名的著作還兼有世界的價值，可以與歐洲現代的文藝相比。」[25]太郎在《一夕話——談日本文學》中深信「日本明治末葉直到現在，最發達的要算文藝。」[26]這種態度的轉變，是中日文學關係真正逆轉的心理前提與基礎。正是有了這一前提，梁啟超才大力倡導國人創作日本式政治小說；周作人才會在〈日本近30年小說之發達〉中倡言中國小說家應以日本為榜樣，「擺脫歷史的因襲思想，真心的先去模仿別人」，並呼籲「中國要新小說發達，須得從頭做起，目下所缺第一切要的書，就是一部講小說是什麼東西的《小說神髓》。」這種由實學或革命而走向日本文學，是第三、四類留學日本人員中轉向文學者共同的經歷，至此中日文學關係才真正開始了因中國近現代化滯後而激起的逆轉。

二

　　中日文學關係發生逆轉的上述背景、原因與途徑，決定了中國文學取捨、接受日本文學的具體情形，即主要看取明治維新以後的新文學，以期獲取文學新舊轉型、現代性追尋的經驗。

　　而日本明治維新以後的文學，是在學習西方文學的基礎上發展起來的。正如謝六逸所概述的：「歐美各國的文學思潮，

25 周作人：《現代日本小說集‧序》，《現代日本小說集》，商務印書館1923年版，第1-2頁。

26 太郎：《一夕話——談日本文學》，1922年10月10日《時事新報‧文學旬刊》第52期，雙十增刊。

給日本的文藝界以很強烈的印象。在明治時代初期的文學裏，有寢饋英國的坪內逍遙博士，有對於德意志文學造詣很深的森鷗外博士諸人。又有崇拜法蘭西思想的中江兆民，傾倒於俄國文學的長谷川二葉亭、內田魯庵等，因為有這些人物，日本文學遂有迅速的進步。此後自私淑左拉（Zola）的小杉天外的寫實主義、與歐洲大陸文學接近的田山花袋、島崎藤村的自然主義始，以至目前的文壇的新運動，大抵皆以從歐洲文學得到的新印象為原動力。不單是小說，即如戲曲、新體詩等，也是受了歐洲文學的影響與刺激而始發達的。現代文學的後半期，雖有大半是獨創的發展，而前半期卻大都在歐美文學的影響下。」[27]由此可見，日本明治以後各流派文學的代表作家，都是師法歐美文學的，許多流派的發生發展是以歐美文學為原動力的，如果沒有歐美文學的移植、浸潤，就不可能有日本現代文學。正因如此，長期以來，一些論者認為，日本文學僅是中國文學接受歐美文學影響的橋樑、仲介，忽略或盲視日本現代文學的獨創性及對中國文學的影響。對此，我們又應作何種理解呢？

從文學傳播、接受途徑看，日本明治維新以後的文學，確實在中西文學交往中起了重要的橋樑作用，因為許多中譯西方文學名著，是通過日譯本轉譯的，例如魯迅、周作人翻譯的《域外小說集》；許多西方作家、理論家乃至文學思潮是經日本而走向中國的。然而，這些只是中日文學關係的一個方面，是表層現象。如果眼光僅停留於此，認識就無法深入到中日文學關係的實質處，即真正的被影響與影響關係。

西方文學孕育於西方特定的歷史語境，當它被移植到日本時，隨著載體的變更，其內在關係、審美意蘊必然發生某種

---

[27] 謝六逸：《日本文學》，商務印書館以百科小叢書形式發行，第98頁，此版本年月不詳。1927年上海開明書店初版了《日本文學》，1929年再版增訂本。後來商務印書館還將之列入「萬有文庫」，出版過一次。

變異。因為移植的過程，是一個雙向同化的過程：一方面西方文學同化著引進主體的心理圖式，另一方面引進主體固有的心理圖式也同化著西方文學。這就是說，日本文學固有的傳統和當下的慾望制約著日本文學擇取西方文學的過程，決定著西方何種文學進入日本以及如何進入；儘管西方文學作為異質文學衝擊、改變了日本既有的文學系統，但日本文學的「前結構」也不斷地同化著西方文學，使之日本化。在這種雙向交流、同化過程中，日本文學得以改造、新生，換言之，完成了創造性轉換，一種新質的日本文學得以誕生。如日本自然主義文學是在法國自然主義刺激下發展起來的，雖與法國自然主義在技巧上有相通的一面，但在精神深處卻是日本化的，對「自然」的態度是日本傳統式的「瞑目對自然」，追求自然本性。其特殊形式「私小說」，以自我主義為中心，張揚個性，主觀性極強，深受日本古代日記文學傳統影響。所以，日本自然主義不是西方自然主義的翻版，而是日本化的自然主義。不單是自然主義，日本近現代文學思潮流派大都是在西方文學思潮衝擊下出現的，與西方文學有著直接的聯繫，然而其根基卻是日本文學傳統——寫實的真實（まこと）、浪漫的物哀（もののあはれ）、象徵的空寂（わび）、幽玄和閒寂（さび）風雅，等等。

由於流注著傳統的血液，日本近現代文學成功地實現了日本化。對此，中國新文學先驅們有著深切的認識。1918年周作人在〈日本近30年小說之發達〉中，開篇就駁斥了那種認為日本文化只是對「他者」的單純「模仿」之說，指出日本的文化源自「創造的模擬」。他在稱引英國人 Laurence Binyon 的名言「世界上民族，須得有極精微的創造力和感受性，才能有日本這樣的造就」之後，寫道：「所以從前雖受了中國的影響，但他們的純文學，卻仍有一種特別的精神」，未失其民族性；而「明治四十五年中，差不多將歐洲文藝復興以來的思想，逐層

通過；一直到了現在，就已趕上了現代世界的思潮。」雖表面上看是「模仿」西洋，但實質上是「創造的模擬」，所以「能生出許多獨創的著作，造成20世紀的新文學。」[28]也就是日本化的文學。胡適也極為推崇日本人的模仿能力，認為日本文學「有很大的創造」，而這創造來自創造性模仿。[29]化名Ｔ・Ｆ・Ｃ生的作者在致胡適信中指出，「日本人善取歐美之長，以補己之短。」[30]日本文學專家謝六逸則從世界文學角度，審視日本明治維新以後的文學，認為其「許多優秀的作品，都有獨創的內容為形式，決不劣於歐美的作家。」[31]他們深知，自古以來，日本文學便是在異域文學的滋養中發展的，這是日本文學史的獨特性，所以日本文學往往是由模仿走向創造的，日本文學特性的形成過程，常常是異域文學日本化的過程。

而那些認為日本文學僅僅是中西文學仲介的人，所犯錯誤便是無視日本文學的獨創性、主體性，認為現代日本文學只是西方文學的翻版。1921年陳望道先生致友人的一段話，在今天仍不失其意義。他說「你說日本只是間接的西學，我從這句話竟懷疑你底學問了！你已經瞭解日本文明？你還是連日本話都不曾懂，如那般無聊的日本留學生呢？據我所知，日本自有特長，不在摹仿西歐。中國如需摹仿外國，日本當然也有可以摹仿的地方，不會下於西歐。這以日本留學生而自餒的心情，似乎太不自愛了！你難道已經中了那不懂日本情形而說大話的人底毒了麼？願你三思，勿自捨棄！」[32]陳望道希望日本留學生，

---

[28] 周作人：〈日本近30年小說之發達〉，收入《藝術與生活》，上海文藝出版社1999年版，第134-135頁。

[29] 胡適：《信心與反省》，1934年《獨立評論》，第103號。

[30] Ｔ・Ｆ・Ｃ生：《日本人之文學興趣》，《新青年》第4卷第4號。

[31] 謝六逸：《日本文學》，商務印書館以百科小叢書形式發行，第96頁，此版本年月不詳。1927年上海開明書店初版了《日本文學》，1929年再版增訂本。後來商務印書館還將之列入「萬有文庫」，出版過一次。

[32] 陳望道：《日本留學生應有的覺悟》，1921年12月26日《民國日報》副刊《覺悟》。

應認識到日本現代文化不是間接的西方文化，日本「自有特長」，有值得中國學習之處。那麼，我們進而推之，作為日本文化分支的現代日本文學，亦不是間接的西方文學，儘管它深受西方文學浸潤，但仍是民族性文學。它不僅僅是中西文學之仲介，而且以自己的獨特性深刻地影響了晚清至30年代的中國文學。

馬爾羅（Malraux）在談到視覺藝術與敘事文學時說過：「每一個年輕人的心都是一塊墓地，上邊銘刻著一千位已故藝術家的姓名。但其中有正式戶口的僅僅是少數強有力的而且往往是水火不相容的鬼魂。」[33]清以降的中國文學是在多種文學影響中發展起來的，而日本文學則是其中少數有「正式戶口」者，它在中國新文學發展史上銘刻著自己的名字，正因如此，我才以它對晚清至30年代初中國新文學的影響作為研究課題，探討它是如何刻下自己的姓名以及對中國新文學發展的意義。

三

事實上，這一課題自20世紀20年代末期起就曾引起人們的注意。1928年郭沫若在〈桌子的跳舞〉中指出：「中國的新文藝是深受了日本的洗禮的」[34]，一語道出了中國新文藝與日本之關係特徵；同年尹若在《現代中國文學的新方向》中亦稱：「直接影響中國文壇的（中國也有文壇麼？不是西洋），卻還是日本。」[35]與郭沫若相呼應。到1934年，周作人在閒話日本文學時更是作如此概括：「中國的新文學所遵循的途徑，全是和

---

[33] 轉引〔美〕哈樂德・布魯姆：《影響的焦慮》，徐文博譯，北京三聯書店1989年版，第26頁。

[34] 郭沫若：〈桌子的跳舞〉，1928年5月1日《創造月刊》，第1卷第11期。

[35] 尹若：《現代中國文學的新方向》，收入《「革命文學」論爭資料選編》（下），人民文學出版社1981年版，第1120頁。

日本相同的，日本明治初期的小說如，『經國美談』與『佳人奇遇』等，中國翻譯過來，或為中國近代文學的源流，這是應該留心到的事情。」[36]這些感興式的隻言片語，是本課題的最初緣起。它們雖為肯定式的判斷，但客觀上卻起到了命題的效果，觸動人們去作進一步地思考。

自那時起，中國新文學與日本文學之關係便成為一些論者感興趣的話題。不過真正深入地研究還是解放後的事情，尤其是新時期以來，湧現出了一批富於獨創性的成果。如劉柏青的《魯迅與日本文學》、王曉平的《近代中日文學交流史稿》、程麻的《魯迅留學日本史》、秦弓的《覺醒與掙扎》、何德功的《中日啟蒙文學論》、王向遠的《中日現代文學比較論》、（日）伊藤虎丸的《魯迅、創造社與日本文學》等專著，以及孫席珍的《魯迅與日本文學》、陳漱渝的《日本近代文化對中國現代文學的影響》等大批論文。它們或立足於辨析某一作家的文學思想和創作中所化用的日本文學因子，或重點論析某一社團、流派所受日本文學影響，或綜論某一階段文學現象與日本文學之聯繫，或平行比較中日同一文學思潮之異同，等等，均從各自角度開拓或推進了中日文學關係之研究。

然而，已有研究中尚存在著一些問題，如一些論者或滿足於資料羅列、事實比附；或多作寬泛的平行比較，深層聯繫開掘不夠；或孤立地論述問題，視野受阻，對接受規律揭示不夠；而且論題過於集中，如魯迅與日本關係之研究成為多數論者興趣所在，而許多重要的問題卻無人問津，或僅被浮光掠影式地概說，整個研究既不夠深入，亦不夠全面。基於對這一研究現狀的考察、瞭解，我才將自己的論題確定為：「中國近現代文學轉型與日本文學關係研究」。

---

[36] 周作人：《閒話日本文學》，收入張鐵榮、陳子善編：《周作人集外文》（下），海南國際新聞出版中心1995年版，第390-391頁。

論述以事實為根據，但切忌簡單的資料羅列、事實比附，主要採取比較文學研究中的影響研究方法，努力將局部透視與宏觀分析、考訂與思辨統一起來。

　　思考研究的重點有三。一、盡可能地深入考察、揭示中國近現代文學轉型與日本文學的深層聯繫，即日本文學的哪些因素被中國作家所擇取，如何擇取、變異，化為自己的血肉的，它們在中國新文學轉型過程中起了怎樣特殊的作用，意義何在。二、在動態發展中分析研究近現代中日文學交流史上的某些孤立現象、單個文本在中國新文學史上的意義。三、從接受日本文學影響角度，弄清20世紀中國文學某些特徵是在怎樣的情勢下，以什麼為參照與樣板而形成的，即辨析20世紀中國文學某些新傳統之原型，及其最初的積極意義和負面效應。這三點是我為自己預設的努力方向與目的，它意味著我在充分理解現有研究成果的前提下，正在作一種新的研究嘗試與努力，意味著我的研究有可能突破既有成果的某些局限性，在重新解讀中國近現代文學轉型關節點時對其內在動力結構做出富有新意的闡釋。

第一章
晚清文學革型與日本啟蒙文學

　　晚清文學革型就是革變晚清文學的舊型，賦予其新質，使之有效地承擔起新的社會現實使命，它相當程度上取決於政治變法與思想啟蒙；而政治上的變法又自覺地仿效日本，移植借鑑日本明治維新的方式、方法，所以晚清文學革型雖有民族傳統文學發展演變邏輯規律所賦予的內在理路，但參照、認同、吸納日本啟蒙文學的現代性經驗，卻是先驅們的共識與文學演進史實。

　　這裏所謂的日本啟蒙文學，指的是狹義的明治年間的啟蒙文學。它是以自由民權為魂靈的啟蒙思潮的派生物，以變革儒家勸善懲惡文學觀和舊的戲作文學形式為主要內容，以宣傳近代西方的人本主義精神、倡導自由平等啟蒙思想、推進自由民權運動為目的。

　　何謂啟蒙思潮？1873年福澤諭吉、西周、中村正直等人成立「明六社」，翌年創辦《明六雜誌》，鼓吹歐化，宣傳自由思想，以變革日本傳統社會秩序與文化──心理結構。他們以實用主義和現代理性主義作為基礎，呼喚「近代自我」，努力為資本主義發展掃清道路。對此，西鄉信綱等人曾作過如此概括：「以這些明治市民社會的啟蒙家們為中心而湧現出來的對封建制度和封建思想的批判精神，及其要求文化上和政治上解

放的活動，統稱為明治初期的啟蒙思潮。」[1]

以宣傳啟蒙思想、推動啟蒙思潮為旨歸的啟蒙文學，是以翻譯西方作品為先導的，時間大致為明治10年到明治20年（1877-1887）。從內容上看，當時所譯西方作品，大致分為三類：政治、科學與純文學。如中江兆民譯的盧梭的《民約論》、井上勤譯的《世界大奇書》（即《天方夜譚》）、坪內逍遙譯的莎士比亞的《該撒》、織田純一郎譯的英國栗董（B·Lytton）的《花柳春話》、川島忠之助譯的《八十日間世界一周》等。譯者大都是啟蒙運動中的政治家、思想家，所以譯作政治色彩極濃。它們不僅推動了啟蒙運動的發展，而且構成了啟蒙文學思潮的基礎，並直接催生出了啟蒙文學主流──日本政治小說。

政治小說是民權運動領導者用以發抒政治理想的一種小說，始於1880年戶田欽堂的《情海波瀾》，代表性作品有矢野龍溪的《經國美談》（1883）、東海散士的《佳人奇遇》（1885）、中江兆民的《三醉漢談治國》（1869）、末廣鐵腸的《雪中梅》（1886）《花間鶯》（1887），等等。這些作品大都充滿著政治演說式的慷慨激昂的調子，形式大都為傳奇、幻想、政論式。

與此同時，隨著啟蒙思潮的深入，文學上出現了轟轟烈烈的改良運動。它以模仿西方詩歌創作新體詩為開端，逐漸擴展到小說、文體、戲曲及短歌俳句等領域，出現了相應的改良文學（具體情形留待後面論述）。

我所謂的日本啟蒙文學，具體言之，便是由上述政治小說及改良文學構成，而不包括稍後出現的浪漫主義、自然主義等文學。儘管晚清文學變革期，日本啟蒙文學高潮已過，但其內

---

[1] 〔日〕西鄉信綱等著：《日本文學史》，佩珊譯，人民文學出版社1978年版，第226-227頁。

容、形式所體現出的啟蒙現代性，決定了它自然成為肩負啟蒙使命的晚清文學關注的焦點，學習的樣板。

革型是一個動詞而不是名詞，晚清文學革型過程由一些列「革命」所構成，嚴肅的革命過程其意義大於結果。

第一節　小說界革命與日本政治小說

一

1897年，康有為刊印《日本書目志》，將小說作為獨立的門類與生理、理學、宗教、政治、法律等並列。小說類中收有日本小說（包括筆記）1058種，其中包括許多重要的政治小說，諸如《佳人奇遇》、《經國美談》、《花間鶯》、《雪中梅》等。儘管日後康有為在《中國顛危誤在全法歐美而盡棄國粹說》中，對於中國文學轉而師法日本頗有微詞，但此時，他卻深察出日本明治維新成功與政治小說的密切關係。他刊印《日本書目志》的一個重要用意，便是促使改良同人注意向日本維新派學習，充分利用政治小說之利，以推進維新變法。康氏此舉，用力雖不全在小說，但就其對小說的態度而言，可謂是小說界革命的春雷。

同年，嚴復、夏曾佑在《國聞報》上刊登《本館附印說部緣起》，曰：「本館同志，知其若此，且聞歐、美、東瀛，其開化之時，往往得小說之助。是以不憚辛勤，廣為採輯，附紙分送。或譯諸大瀛之外，或扶其孤本之微。文章事實，萬有不同，不能預擬；而本原之地，宗旨所存，則在乎使民開化。」他們從歐美、日本啟蒙歷史中發現了小說對於開化民智的重要性。日本政治小說因其啟蒙功利性，引起了晚清啟蒙先驅們的注意，促使他們重新思索何為小說。

梁啟超深受康有為影響，曾作〈讀《日本書目志》書後〉，文中引錄了康有為的自序。受康有為等影響，1897年他在《時務報》撰文宣稱：「日本之變法賴俚歌與小說之力，善以悅童子，以導愚民，未有善於是者也。」[2]此時，他雖然對日本瞭解不多，但經由康有為，他已將變法與小說聯繫起來了，這為他不久後倡導小說界革命埋下了伏筆。

1898年，戊戌變法失敗後，他逃亡日本。據《梁啟超年譜長編》載：「戊戌八月，先生脫險赴日本，在彼國軍艦中，一身以外無文物，艦長以《佳人之奇遇》一書俾先生遣悶。先生隨閱隨譯，其後登諸《清議報》，翻譯之始，即在艦中也。」[3]一偶然「奇遇」，若發生在尋常百姓身上，也許不再有人提起，《佳人之奇遇》的意義也只能如那位艦長所望，「遣悶」而已。然而對於梁啟超來說，它卻如人生轉折處的招手，使他在尚未登上日本國土時，便感受到了日本政治小說開化民智的穿透力，從而進一步強化了他剛剛確立的「日本之變法賴俚歌與小說之力」的觀念。

不久，他便在日本創辦《清議報》。從創刊號上的〈橫濱清議報敘例〉，可知該刊預設的六大內容。一為支那論說，二為日本及泰西人論說，三為支那近事，四為萬國近事，五為支那哲學，六為政治小說。在創刊號上，還刊發了梁啟超的〈譯印政治小說序〉，極力倡導政治小說：「在昔歐洲各國變革之始，其魁儒碩學，仁人志士，往往以其身之所經歷，及胸中所懷，政治之議論，一寄之於小說。於是彼中綴學之子，黌塾之暇，手之口之，下而兵丁、而市儈、而農氓、而工匠、而車夫馬卒、而婦女、而童孺，靡不手之口之。往往每一書出，而全國之議論為之一變。彼美、英、德、法、奧、意、日本各國政

2　梁啟超：〈蒙學報演義報合敘〉，1897年10月《時務報》，第44期。
3　丁文江、趙豐田編：《梁啟超年譜長編》，上海人民出版社1983年版，第158頁。

界之日進，則政治小說為功最高焉。英名士某君曰：『小說為國民之魂』。豈不然哉！豈不然哉！今特採外國名儒所撰述，而有關切於今日中國時局者，次弟譯之，附於報末，愛國之士，或庶覽焉。」[4]儘管「小說界革命」口號遲至1902年才正式提出，但事實上1898年底已拉開了序幕，此文可謂是晚清「小說界革命」的宣言書，宣示了小說界「革命」的政治功利性，確立了政治小說為其楷模與發展方向。

　　當時，日本政治小說高潮已過，文壇於1893年前後興起浪漫主義潮流，但梁啟超從中國啟蒙現實出發，並未盲目追趕潮流，而是毅然擇取雖已衰微但曾捍衛、推動過日本自由民權運動的政治小說。在《清議報》上，他譯出了矢野文雄的政治小說《經國美談》，對日本政治小說大加贊許：「《佳人奇遇》、《經國美談》等，以稗官之異才，寫政界之大勢，美人芳草，別有會心；鐵血舌壇，幾多健者。一讀擊節，每移我情；千金國門，誰與同好。」[5]

　　於是，日本政治小說因與世紀轉型期中國知識分子開發民智、維新改良的理想相契合，而受到普遍稱譽、歡迎。例如，有論者稱《雪中梅》：「篇中所述，為明治初年改革時代故事。寫幾多英雄兒女致身國事，奕奕如生。其國野基於少年英雄樓演說『社會如行旅』一段，議論縱橫？滔滔汨汨，誠足鼓動人之政治思想。吾預備立憲國民，尤堪借鑑。」[6]顧燮光不僅稱該書「以政治家言作先河之導，文筆亦旖旎可讀」；而且極為推崇《政海波瀾》，贊曰：「所記系十餘年情形，為彼都風俗議論之影。書中如東海國治及松葉、竹枝、梅花三女史，情

---

[4]　梁啟超：《譯印政治小說序》，1898年《清議報》，第1冊。

[5]　〈《清議報》一百冊祝辭並論報館之責任及本館之經歷〉，《飲冰室合集》第1卷，《飲冰室文集之六》，中華書局1989年影印本，第55頁。

[6]　縵卿：《說小說・雪中梅》，阿英編《晚清文學叢鈔・小說戲曲研究卷》，中華書局1960年版，第458-459頁。

形纏綿，講求政治而無佻達之行，大異吾國小說家所記才子佳人幽期密約之事。所論自由講演各節，亦措辭正大，無偏激詭隨之習。吾於小說而知國家盛衰、社會興替之由矣。至其文筆旖旎，頗得六朝氣習，是亦大可觀者。」[7]在政治小說熱潮中，梁啟超於1902年創作了中國自己的政治小說《新中國未來記》。在〈緒言〉中，他稱該作「專欲發表區區政見，以就正於愛國達識之君子。」抒政見、開民智，成為他創作的唯一意圖。

在梁啟超等大力提倡與創作示範下，小說界掀起了一場聲勢浩大的革命，一種不同於傳統小說的「新小說」誕生了。「新小說」得名於1902年梁啟超於橫濱創辦的《新小說》雜誌，而該雜誌之名又是直接借用日本1889年和1896年兩次創辦的同名雜誌。所以，世紀之交中國的「新小說」與日本小說有著直接的淵源關係。從當日的理論話語與創作實踐看，日本政治小說對中國晚清小說界革命產生了較為深刻的影響。

二

日本政治小說家視小說為文學最上乘的觀念，影響了晚清小說革命倡導者的小說理念，成為他們建構新的小說觀的域外助力。

小說的命運在日本古代文學史上，類似中國，地位低下。進入明治啟蒙時期，啟蒙政治家、思想家，從開化民智的現實需要出發，重新審視小說，以開掘本來具有廣泛社會基礎的小說被貴族知識文化所遮蔽的社會啟蒙功能。1883年8月，《自由新聞》下屬的《繪入自由新聞》分3次刊發〈論關於政事的稗史

---

[7] 顧燮光：《小說經眼錄》，阿英編《晚清文學叢鈔·小說戲曲研究卷》，中華書局1960年版，第532-539頁。

小說的必要性〉，[8]論述了稗史小說在政治啟蒙時代的重要性與必要性。半峰居士也曾明確指出，「蓋泰西諸國，稗史院本為文章之最上乘」，「夫小說院本之編述者，不朽之業也，無有天賦之才能，何能當之？」[9]日本啟蒙文學者這種新的小說觀，隨日本文學的譯介、引入而給世紀初的中國作家以極大的啟示，有助於他們走出中國傳統文學輕視小說的誤區。

梁啟超在意識到「於日本維新之運有大功者，小說亦其一端也」[10]之後，於〈論小說與群治之關係〉中宣稱：「欲新一國之民，不可不先新一國之小說」，「故今日欲改良群治，必自小說界革命始；欲新民，必自新小說始。」他深信「諸文之中，能極其妙而神其技者，莫小說若」，「小說為文學之最上乘也」[11]，將小說與時代政治文化主題──「新民」對接起來，從而賦予其前所未有的地位。

不獨梁啟超，當時整個小說界在日本文學影響下，觀念為之一變。如陶佑曾在〈論小說之勢力及其影響〉中說：「自小說之名詞出現，而膨脹東西劇烈之風潮，握攬古今利害之界線者，唯此小說；影響世界普通之好尚，變遷民族運動之方針者，亦唯此小說。小說，小說，誠文學界中之占最上乘者也。」[12]他堅信小說乃文學中最重要的文體，能影響世界之走向。天僇生在〈論小說與改良社會之關係〉中，則將「英國勢遂崛起，為全球冠」之因，歸之於對小說戲曲之重視[13]。嚴復、

8　何曉毅：〈「小說」一詞在日本的流傳及確立〉，《陝西師範大學學報》1995年第2期。

9　半峰居士：〈評〈佳人奇遇〉〉，載明治19年第25號《中央學術雜誌》，收入《近代文學評論大系》第1卷。

10　梁啟超：〈傳播文明三利器〉，《飲冰室合集》第6卷，《飲冰室文集之二》，中華書局1989年版影印，第41頁。

11　梁啟超：〈論小說與群治之關係〉，1902年《新小說》，第1卷第1期。

12　陶佑曾：〈論小說之勢力及其影響〉，收入陳平原、夏曉虹編：《20世紀中國小說理論資料》第1卷，北京大學出版社1989年版，第226頁。

13　天僇生：〈論小說與改良社會之關係〉，收入陳平原、夏曉虹編：《20世紀中國小說

夏曾佑在《國聞報》稱「則小說者，又為正史之根矣。若因其虛而薄之，則古之號為經史者，豈盡實哉！豈盡實哉！」[14]賦予小說敘事以真實性特徵，使其獲得參與社會變革的歷史合法性。

晚清知識者這種視小說近乎神靈的思想，雖從民族文學發展角度看，可理解為小說潛在的感人魅力與啟蒙時代需求相契合之故，但從域外文學影響看，則直接源自日本明治初年啟蒙文學新的小說觀。從小說發展歷史看，它可謂是日本政治小說給予晚清小說最具文學史價值的部分，因為它在人們不經意中，改變了中國文學的某些傳統觀念，動搖了傳統文學秩序，為中國小說現代變革提供了合法的社會依據，使小說的轉型與現代化成為可能。

三

日本政治小說的實用功利性，啟動、強化了晚清小說革命倡導者的傳統文學觀，規範了小說革命的方向。

雪峰生曾說過：「文學之進退盛衰，有關乎一國命運者非少也。數百年前昔日詩人一卷傳世詩集，較之法律條款，其養育愛國之心遠為多矣！俗界之詩人端坐於矮屋草店，人讀，聽其所著英雄紀傳，鼓舞少年子弟之勇氣，勝於幾多長文雄篇之哲學教材……詩之功豈不大哉！然此唯就文學之一部分而言，若云繪畫、雕刻，或云小說、歷史，則無不與人心之興敗，社會之盛衰有重大關係」。[15]在他看來，文學，包括小說，與人心之興敗，社會之盛衰，有著密切的關係。這些對於江戶時代盛

　　理論資料》第1卷），北京大學出版社1989年版，第262-264頁。

[14] 嚴復、夏曾佑：〈國聞報館附印說部緣起〉，收入郭紹虞主編：《中國歷代文論選》
　　第4冊，上海古籍出版社1980年版，第205頁。

[15] 雪峰生：〈明治24年文學海解纜〉。轉引自王曉平〈梁啟超對日本政治小說理論的取
　　與棄〉，《中國比較文學》1988年第3期。

行的所謂文學不過是給女人和孩子們看的觀點，無疑是一次劃時代的革命，成為日本啟蒙文學的基本理念。

據說自由黨領袖板垣退助曾詢問維克多‧雨果（Victor-Marie Hugo）：「在給國民以政治思想和知識方面，怎麼做才好？」雨果答道：「利用政治小說是最好的捷徑。」[16]於是，板垣退助開始大力倡導政治小說，以啟迪民眾。

日本政治小說最大的特徵就在於宣傳啟蒙思想、推進自由民權運動的實用功利性。梁啟超對此心領神會：「於日本維新之運有大功者，小說亦其一端也。……而其浸潤於國民腦質，最有效力者，則《經國美談》、《佳人奇遇》兩書為最云。」[17]基於這種理解、認識，梁啟超等晚清小說革命倡導者確立了中國自己的政治小說觀：「政治小說者，著者欲藉以吐露其所懷抱之政治思想也。」[18]在這裏，政治與小說間建立起了最密切的親緣關係，政治抬高小說地位，小說負載政治使命，二位一體，其間流溢著日本政治小說的血液。

梁啟超等之所以認同、接受日本政治小說實用功利性特徵，失卻面對異域文學時應有的存疑精神，除兩國啟蒙時期相似的社會現實、世界處境與啟蒙使命外，一個更為內在的原因，是日本政治小說功利性特徵與中國傳統功利主義文學觀在精神內質上的重疊性。就是說，梁啟超等先在的文學觀念結構與日本政治小說間呈一種天然的親和關係，並為接納日本政治小說提供了空間。所以，某種意義上講，日本政治小說只是一種催化劑，啟動以致強化了沉澱於梁啟超等人文化心理中傳統的載道文學觀，使其在新世紀得以張揚。正因為此，日本政治小說成為中國晚清小說革命的方向。

---

[16] 吉田精一：《現代日本文學史》，上海人民出版社1976年版，第14頁。

[17] 梁啟超：〈飲冰室自由書〉，1899年《清議報》，第26冊。

[18] 新小說報社：〈中國唯一之文學報《新小說》〉。1902年《新民叢報》，第14號。

而且，在梁啟超等啟蒙者看來，日本的就是西方的，西方的就是科學的、民主的，是現代性的，是中國應該虛心學習的，於是日本政治小說便獲得了一種先在的進步性、合法性。世紀初中國知識者新獲得的這種簡單置換心理與傳統的文以載道心理相結合，就使得中國晚清政治小說功利觀走向極端。其表現為二：一是將傳統「文以載道」中較寬泛的「道」置換為具體狹義的政治使命；二是無限誇大政治小說功能，使得晚清小說功利性程度與日本政治小說相比，有過之而無不及，以至於日本人面對中國晚清小說政治決定論時，亦感到「迷茫彷徨，不知所措了。」[19]中國小說現代化就是如此在啟蒙話語左右下，以日本政治小說為助力，而拉開帷幕的。

四

　　日本政治小說的文體形式，無形中充當了晚清「新小說」形式建構的典範，成為中國文學轉型期小說的基本樣式，並深深地影響了現代小說走向。

　　日本政治小說的文體是政論性的，而非藝術式，雄辯的政治演說是其重要內容，並成為其基本的敘述方式。人物缺乏性格發展歷程，往往是某種政見的體現者。他們往往圍繞某一論點作數千言的演說，雄辯滔滔。如中江兆民的《三醉漢談治國》（1869），寫的是三個不同政見者的一場雄辯。一個主張「國權論」，倡導對外侵略；一個主張「民權論」，呼喚自由平等；另一個介乎二者之間，宣揚立憲民主政治。沒有情節，只有針鋒相對的辯論。這種政論性文體形式，為晚清新小說作者所接納。梁啟超曾專門論及自己創作的深受日本末鐵廣腸

---

[19]〔日〕鈴木修次：〈論中日兩國的文學價值觀〉，《山西大學學報》，1986年第2期。

《雪中梅》影響的政治小說《新中國未來記》的文體特徵，他說：「此編今初成兩三回，一覆讀之，似說部非說部，似稗〔稗〕史非稗〔稗〕史，似論著非論著，不知成何種文體，自顧良自失笑。雖然，既欲發表政見，商榷國計，則其體自不能不與尋常說部稍殊。編中往往多載法律、章程、演說、論文等，連篇累牘，毫無趣味。」[20]他所謂的「不知成何種文體」的文體，其實正是一種政論文體，其具體表現是「拿著一個問題，引著一條直線，駁來駁去，彼此往復到四十四次，合成一萬六千餘言。……此篇論題，雖僅在革命論、非革命論兩大端，但所徵引者皆屬政治上、生計上、歷史上最新最確之學理。」[21]這種以小說論說政見的文體，正是日本政治小說影響的結果。當時，不只是政治小說，其他類型的小說也常用這種文體。借小說抒政見，成為一種時尚，《玉梨魂》可謂是地道的言情小說吧，但也夾雜不少政治話語。小說家們並不是未意識到議論的氾濫有損小說性，而是他們將政治性看得太重要了，小說性在工具化過程中被迷失。

日本政治小說促使中國小說觀念發生變化，使小說由文學邊緣向中心滑行；而且「無意中動搖了小說中情節的中心地位，為非情節因素的崛起乃至小說敘事結構的轉變提供了有利條件」；[22]它還有助於晚清小說中「一種新的修辭語法——未來完成式敘述」的形成，使中國傳統小說敘事時間走出了過去式的怪圈[23]。這些應該說是日本政治小說給予中國晚清文學巨大而積極的影響。然而，小說地位的抬高與小說的政治功利指向、政論文體是同時獲得的，後二者阻礙了真正小說性的生長，使

---

[20] 梁啟超：《新中國未來記·緒言》，1902年《新小說》，第1號。

[21] 平等閣主人：《新中國未來記·第三回總批》，1902年《新小說》，第2號。

[22] 陳平原：《20世紀中國小說史》第1卷，北京大學出版社1989年版，1997年第2次印刷，第16頁。

[23] 王德威：《想像中國的方法》，三聯書店1998年版，第111頁。

得小說地位的自覺與真正小說意識的不自覺成為晚清小說的最大特徵。日本政治小說影響下誕生的政論式小說，也許是普及啟蒙思想的最方便、最直接的文類，但以它作為中國小說新舊轉型期新小說的最初形式，其負面影響卻是巨大的。並非誇張，它開了現代小說概念化的先河，成為20世紀中國小說現代化的一種潛在的負面傳統。

第二節　詩界革命與日本啟蒙詩歌

一

晚清詩界革命的發生、發展，一方面受制於政治改良運動對文學的具體訴求，受制於當時詩歌內在演進、發展的需要，是近代進步詩歌潮流的新發展；但另一方面又一定程度地受到了日本啟蒙詩歌的浸潤，獲得了一種全新的世界性視野，從而以新的運變範式、特徵而與傳統詩歌的「革命」、演進方式區別開來。

日本啟蒙詩歌起自1882年，以自由民權運動為背景，以啟蒙理想為前提，以反映啟蒙時代精神為內容。1882年外山正一、井上哲次郎等編輯出版了他們的西方譯詩及創作詩合集《新體詩抄》，拉開了啟蒙詩的序幕。啟蒙詩歌以西詩為楷模，反對舊的漢詩與和歌，經過多年試驗探索，湧現出了不少重要的作品，如山田美妙的《新體詞選》，到1889年北村透谷的《楚囚之詩》形成高潮。

晚清詩界革命的主要成員，如黃遵憲、梁啟超、康有為等，大都去過日本，深諳日本詩壇現狀，自覺以日本啟蒙詩歌為參照，審視中國詩界。黃遵憲1877年赴日任參贊，1887年完成《日本國志》，可謂是中國第一「日本通」，其詩歌革新主張

及詩創作深受日本啟蒙詩歌影響。梁啟超去日前作詩不多，他曾自述：「余向不能為詩，自戊戌東徂以來，始強學耳」。[24]他在日期間著《飲冰室詩話》，大力倡導「詩界革命」。康有為曾以詩疾呼：「更搜歐亞造新聲」，[25]這裏的「亞」指的便是以「脫亞入歐」開始現代化進程的日本。日本啟蒙詩歌一定程度上強化了中國詩界的改良意識，使他們更加堅信中國詩的出路在於改變同光體的擬古傾向，拓展視野，給詩歌注入時代內容與激情，以承擔開化民智的使命。具體言之，日本啟蒙詩歌為晚清詩界提供了重要的變革範式。

二

向西方詩歌學習。日本啟蒙詩歌現代性建構走的是學習西詩的道路，西詩是日本啟蒙詩歌生成、發展的文本資源。《新體詩抄‧序》直陳：「生活在新日本巨大潮流中的國民，要抒發其情意，就不能不採取以當代日語寫作的歐化詩型。」[26]力倡「歐化詩型」，也就是主張詩歌歐化。黃遵憲置身日本，耳濡目染，得風氣之先，不僅洞察出日本「近世文士，變而購美人詩稿，譯英士文集矣」（《日本國志‧學術志》）之現狀，而且自覺借鑑日本啟蒙詩歌學習西詩以實現新舊轉型的建構經驗，身體力行，創作出「皆純以歐洲意境行之」[27]的《錫蘭島臥佛》、《今別離》等試驗詩。《今別離》中農業社會意象與現

---

24 梁啟超：《飲冰室詩話》，第66則。人民文學出版社1959年第1版，1998年北京第1次印刷，第52頁。

25 康有為：〈與菽園論詩兼寄任公孺博曼宜〉。收入郭紹虞主編：《中國歷代文論選》第4冊，上海古籍出版社1980年版，第188頁。

26 〔日〕西鄉信綱等：《日本文學史》，佩珊譯，人民文學出版社1978年版，第234頁。

27 梁啟超：〈夏威夷遊記〉，《飲冰室合集》第7卷，飲冰室文集之二十二，中華書局1989年版影印本，第189頁。

代文明精神交相輝映，思婦的感受性時間觀與近代科學時間觀相遇合，典型地體現了晚清改良詩歌中西詩對接的特徵。

梁啟超到日本後對戊戌以前自己與夏曾佑等一起倡導的「新學之詩」作了深刻的檢討，並參照日本啟蒙詩歌發展範式、經驗，得出了中國詩歌向歐洲詩歌學習的結論：「今欲易之，不可不求之於歐洲，歐洲之意境語句，甚繁富而瑋異，得之可陵轢千古，涵蓋一切。」[28]「歐洲之意境語句」成為詩界革命發展的重要範式與方向。他曾稱讚鄭藻常的詩〈奉題星洲寓公風月琴尊圖〉乃「全首皆用日本譯西書之語句，如共和、代表、自由、平權、團體、歸納、無機諸語。」[29]「日本譯西書之語句」與歐洲意境結合，使梁啟超看到了中國傳統詩歌變革的可行性方式與希望。由此認識出發，他創作了許多具有「歐洲意境」的詩，頻頻運用「日本譯西書之語句」，如《壯別26首》中的詩句：「自由成具體，乙太感重洋」；「天驕長政國，蠻長閣龍洲」。在「閣龍」一句下加注：「哥倫布，日本人譯之為閣龍。」某種程度上講，是日本啟蒙詩歌將中國晚清詩界革命引上學習西詩之道路，從而獲取了世界視野與胸襟。

然而，如果從詩歌精神內質看，晚清「詩界革命」之詩歌與日本啟蒙詩歌相比，雖然同樣學習西詩，但「歐洲意境」卻不同。日本啟蒙詩人，能將西詩的現代精神與形式相當程度地化為自己的血肉。他們面對西詩時少有被同化以至於淹沒自我存在的焦慮，對西詩他們的態度是全面地積極攝取，這種攝取態度、方式，正如日本學者依田憙家所云：「日本在攝取他國的文化時，不只是技術，包括文學藝術在內，都加以全面吸

[28] 梁啟超：〈夏威夷遊記〉，《飲冰室合集》第7卷，飲冰室文集之二十二，中華書局1989年版影印本，第189頁。
[29] 轉引自夏曉虹：《覺世與傳世》，上海人民出版社1991年版，1992年第2次印刷，第87頁。

收。而且不是分散的，經常要成套地吸收。」[30]河田悌一也說過：「以明治維新為起點的日本近代化，設定以西歐為模式，全力以赴如何去接近西歐之道。」[31]正因如此，日本啟蒙詩歌，例如島崎藤村的《嫩菜集》，便能獲取西歐現代自我意識，張揚個性，形式上力求西化，儘管其自我意識與西詩相比尚有距離。

而與之相比，中國晚清啟蒙詩人雖然自覺走日本式的學習西詩的道路，但由於開風氣之先，如同摸著石頭過河，戰戰兢兢，惟恐民族文學傳統被丟失，因而在學習過程中有一種原發性的恐懼，一種被他者同化的焦慮感始終伴隨著他們。面對西詩，他們採取的是一種消極攝取的方式，一面學習，一面又採取警惕拒斥態度。江上波夫在《文明轉移》中談到過中國學習他國文化時的情形：「中國接受的時候，總是想作為自己過去傳統的中國文化的一部分來理解，所以文化的本質絲毫不會變化。」[32]這種態度決定了他們不可能象日本詩人那樣獲得西詩的精髓。黃遵憲等人的詩歌，雖有如梁啟超所謂的歐洲意境，但這種意境往往是由「日本譯西書之語句」構成，也就是說，他們更重視的是一些新的詞彙，如自由、團體、社會等。意境被語詞化了，變為一種不倫不類的「歐洲意境」，與日本啟蒙詩歌的西詩風格迥異。這些「歐洲意境」中寄託的是晚清詩人民族復興的夢想，西方式的自我意識與個性主義精神被放逐，或者說自我完全附著於民族利益與群體意識。因而，從他們的詩中，我們很難發現現代知識者真正獨立的批判人格。

---

[30] 〔日〕依田憙家：《日中兩國現代化比較研究》，卞立強等譯，北京大學出版社1997年版，第189頁。

[31] 〔日〕河田悌一：〈中國近代思想與現代〉。轉引自《現代化與社會文化》，學林出版社1995年版，第47頁。

[32] 轉引自依田憙家：《日中兩國現代化比較研究》，卞立強等譯，北京大學出版社1997年版，第189頁。

不過，日本式的西詩道路，雖然未能使晚清詩壇孕育出真正的現代新詩，但它所具有的開放意識與世界視野，攪亂了傳統詩人的詩歌創作心理與詩學觀念，動搖了封閉的傳統詩壇格局，從而為中國詩歌現代化創造了條件，預示了某種新的可能性。

三

　　追求詩歌形式的通俗化。開通民智這一維新使命，決定了日本啟蒙詩歌將詩歌形式的大眾化、通俗化作為一種理想境界來追求。井上哲次郎倡導新體詩時號召：「棲息於新日本的文學潮流裏的國民，欲借此發揮情志，則應該用現時的國語所作的歐化的詩形；應該選擇用平常的語言作成的詩形。」[33]用「現時的國語」、「平常的語言」作詩，旨在追求詩歌形式的大眾化、通俗性，做到言文一致。《新體詩抄》中的詩便是言文一致的大眾化、通俗化的詩。

　　這種通俗化詩歌，影響了晚清詩界革命。黃遵憲去日之前，雖然已痛感傳統詩壇擬古主義之危害，在〈雜感〉一詩中，大膽宣稱「我手寫我口，古豈能拘牽？即今流俗語，我若登簡編，五千年後人，驚為古爛斑。」但這還只是「少年興到之語」。[34]到日本後受日本言文一致運動的衝擊和新體詩洗禮，他才真正深切地感到中國文言詩變革的必要性與緊迫性。在《日本國志・學術志》中，他參照日本言文一致理論，提出了「直用方言」、「語言文字，幾幾乎復合矣」的觀點，以變革中國文學包括詩歌的滯後現狀，並同時倡導「適用於今通行於俗」的詩體，讓天下普通百姓皆能通曉。他的一些詩作，在這方面作了試驗，如《拜曾祖母李太夫人墓》、《山歌》、《軍

---

[33] 謝六逸：《日本文學》，商務印書館百科小叢書版，此版本年月不詳，第127頁。
[34] 參閱何德功：《中國啟蒙文學論》，東方出版社1995年版，第3章。

歌》、《小學校學生相和歌》等，語言素樸，喜用方言俚語，力求言文一致，通俗易懂。可以說，日本啟蒙詩歌通俗化、大眾化傾向，不僅強化了黃遵憲原有的現實主義文學精神，而且啟迪他提出了更實在的詩界革命主張，並使其詩形向通俗化邁出了更為堅實的步子。

梁啟超戊戌變法前，曾與夏曾佑、譚嗣同等倡導「新學之詩」，1896年至1897年維新派均好為之。這種新詩是以詩歌形式傳載「新學」精神，滿篇新名詞，「頗喜撏扯新名詞以自表異」[35]，語句生澀，令人費解。梁曾自道：「嘗有乞為寫之且注之，注至二百餘字及能解」。[36]到日本後，受日本啟蒙詩歌通俗化特徵影響，[37]他開始反省、告別昔日那種「苟非當時同學者，斷無從索解」[38]的「新學之詩」，開始將改革傳統詩的基礎設定為「歐洲之意境、語句」，努力使詩變得通俗易懂。他對新名詞雖仍充滿激情，但已不使用一般人無法讀解的偏僻之詞，而是有節制地選用使用頻率極高的「日本譯西書之語句」，其作品如《壯別》等，已初具通俗化、大眾化特徵。

所以，一定意義上說，日本啟蒙詩歌，加速了晚清詩界革命運動，有助於晚清詩歌開啟通俗化、大眾化序幕，獲取言說新思想的現代性形式。

---

[35] 梁啟超：《飲冰室詩話》，人民文學出版社1959年第1版，1998年北京第一次印刷，第49頁。

[36] 梁啟超：〈夏威夷遊記〉，《飲冰室合集》第7卷，《飲冰室文集之二十二》，中華書局1989年版影印，第190頁。

[37] 作為詩界革命倡導者，他不可能不關注日本啟蒙詩歌，並受其啟示。

[38] 梁啟超：《飲冰室詩話》，人民文學出版社1959年第1版，1998年北京第一次印刷，第49頁。

第三節　文界革命與日本啟蒙文學的文體改良運動

　　與詩界革命幾乎同時發生的是文界革命。從字面上理解，「文界革命」是一個較為寬泛的概念，但在具體展開中，則簡約為「文體革命」了，即以一種新的文體取代業已無法傳載新世紀啟蒙話語的舊文體，也就是解決現代啟蒙話語的書寫形式問題。

一

　　劉勰在《文心雕龍・時序》中說過：「時運交移，質文代變」、「文變染乎世情，興廢繫乎時序」，從這層意思上看，文界革命源於晚清政治的變化、世情的更替。近人王國維在《人間詞話》中則說「蓋文體通行既久，染指遂多，自成陳套，豪傑之士亦難於中自出新意，故往往遁而作他體，以發表其思想感情。一切文體所以始盛而終衰者，皆由於此。」這是從文學自身進化角度，揭示文體變化演進規律的。晚清文界革命的發生，正是由於舊文體通行既久，已成陳套，先進的知識者難以由它發抒新意、開通民智。

　　那麼，晚清文體這種內在的變革要求，遭遇了怎樣的外在環境呢？它是完全憑內力實現蛻變的，還是借助他力而走向新生的呢？從鴉片戰爭，尤其是從甲午海戰後中國被迫開放的情勢看，它適逢的是一個不斷給它施加壓力使它毫無退路的國際環境。從民族情感上講，這是一個強行派給令國人心理不適、不悅的環境，但從文體革命上看，則是一個極適宜的「溫床」。也就是說，開放的國際環境、異質文學為晚清文體變革

提供了新的參照系統，注入了新鮮血液，加速了其變革、新生歷程。從當時中日特殊關係及變革具體進程看，這種異質參照系統、異質血液，主要是日本明治初年的啟蒙文學，它對晚清文界革命起了一種示範作用。

「文界革命」作為正式口號，是1899年梁啟超提出的。是年，梁啟超赴夏威夷途中，閱讀日本作家德富蘇峰的著作《將來之日本》及「國民叢書」等，深愛其文「雄放雋快，善以歐西文思入日本文」之風格，並聯繫國內文界現狀得出：「中國若有文界革命，當亦不可不起點於是也。」由此可知，文界革命雖萌動於中國文壇內部，是中國文學由傳統向現代轉換的最主要的環節，但從一開始，它便深受日本啟蒙文學的牽引乃至規範。也就是說，它的發生、發展是以日本啟蒙文學為觸媒和參照的。

日本啟蒙文學思潮的一個重要環節是「文體改良」，以建立言文一致的文體。「文體改良」就是改變舊文體言文分離的現實，以開掘文學的啟蒙潛能。1886年物集高見作《言文一致》文，力倡文體變革，1888年山田美妙刊行《言文一致論概略》、林甕臣發表《言文一致歌》等論文，進一步規劃啟蒙文學的言文一致體。到1899年梁啟超到日本時，日本文學已基本完成了由言文分離向言文一致的轉換，據山本正秀統計，小說中言文一致的作品，1898年為45%，而1899年猛增至57%，到1900年，「帝國教育會」也已下設了「言文一致會」。[39]

日本文壇這一熱點，引起了當時正在思索中國文學往何處去的梁啟超的極大興趣。1899年和1903年，他兩次給德富蘇峰寫信，稱「日誦《國民新聞》，如與先生相晤對也。」[40]所以，如

---

[39] 《日本近代文學大事典》第4卷「言文一致」條，日本株式會社講談社1977年版，第141頁。

[40] 梁啟超：〈致德富蘇峰書〉（1903年2月5日）。參見夏曉虹的《覺世與傳世》，上海

果說晚清文學業已顯露出的白話文表達慾望與趨向，是梁啟超等從事文界革命的基礎與出發點，那麼，日本啟蒙文學的「文體改良」運動及文體上的新氣象，則以其在那一代中國知識者心中不容置疑的現代性，[41]印證了中國白話文慾望的進步性與合法性，從而給梁啟超等以巨大的鼓舞，不僅堅定了他們改良中國文學的信念，而且啟迪他們確立起文界革命的新方向，即效法日本的文體改良，創造言文一致的新文體。

方向既明，便竭力向前，終於創建出了一種「言破壞人人以破壞為天經，倡暗殺人人以暗殺為地義」[42]的新文體。在《清代學術概論》中，梁啟超對何為「新文體」及其特徵作了如此概括：「啟超夙不喜桐城派古文，幼年為文，學晚漢魏晉，頗尚矜煉；至是自解放，務為平易暢達，時雜以俚語韻語及外國語法，縱筆所至不檢束，學者競效之，號新文體。老輩則痛恨，詆為野狐。然其文條理明晰，筆鋒常帶情感，對於讀者，別有一種魔力焉。」[43]那麼，這種「新文體」在哪些方面與日本文學有聯繫呢？或者說日本文學中哪些內容或現象影響了「新文體」的形成呢？

二

首先，日本明治啟蒙文學的口語文體，引起了梁啟超的共鳴，使其新文體趨向平易暢達。據張灝統計，梁啟超在文章中

人民出版社1991年版，第254頁。

[41] 西方的就是進步的、現代性的，日本現代文化是西方文化的延伸，因而亦具有先天的進步性、合法性，這是那時許多中國知識者的一種文化共識與心態。梁啟超1902年在《新民叢報》第1號上著文《紹介新著·原富》中說：「歐美、日本諸國文體之變化，常與其文明程度成比例。」這意味著在梁啟超看來，日本改良文體具有一種與其文明一致的現代性。

[42] 嚴復：〈嚴幾道與熊純如書箚節抄〉，《學衡》第12期。

[43] 梁啟超：《清代學術概論》，東方出版社1996年版，第77頁。

經常提到自己所喜愛的日本作家有福澤諭吉、加藤弘之、德富蘇峰、中村正直等。[44]而這些啟蒙學者大都熱衷於探索以口語文體寫作，以開通民智。如福澤諭吉作文時堅決破除雅文迷信，拆去雅俗文之界線，使雅俗混雜，打亂原有的文體格局。他總是「力求避免費解之詞，而以平易為主。」[45]梁啟超極為推崇福澤諭吉等，受其啟發得出：「文學之進化有一大關鍵，即由古語之文學變為俗語之文學是也。」[46]於是「俗語文體」成為梁啟超對建構中的新文體的一個基本定位。梁容若在〈梁任公的生平和文學〉中專門談到過新文體與日本口語文學之關係，他說：「日本的口語在明治20年（1887）左右，業已接近成熟。任公到日本的時候（1898），日本口語文學已經很流行，那時一般文人漢學修養還不低。像德富蘇峰、德富蘆花一流人的文章，和任公的新文體，正是一種味道。」[47]所以，新文體平易暢達品格之形成，與明治啟蒙文學口語文體潛移默化的影響有著直接的關係，也可以說，日本啟蒙文學口語文體強化了中國文學的白話傾向，使之成為世紀初新文體之主脈。

其次，明治20年民友社《國民新聞》社長德富蘇峰雄放雋快、激情澎湃之文風，有助於晚清新文體縱橫捭闔、波瀾起伏、舒捲自如、感情激揚之文風的形成。德富蘇峰以《將來之日本》步入文壇，為民友社之盟主，著名的政論家。1890年創辦《國民新聞》，致力於政治、社會、文藝與宗教改良與思想啟蒙。當時中國留日學生大都讀過其書。[48]前已提到，梁啟超不

---

[44] 〔美〕張灝：《梁啟超與中國思想的過渡》，江蘇人民出版社1995年版，102頁。

[45] 《福澤諭吉自傳》，商務印書館1980年版，第281頁。

[46] 梁啟超：〈小說叢話〉，1903年《新小說》，第7號。收入《梁啟超學術論著集·文學卷》，華東師範大學出版社1998年版，第499頁。

[47] 轉引自何德功：《中日啟蒙文學論》，東方出版社1995年版，104頁。

[48] 馮自由在〈日人德富蘇峰與梁啟超〉一文中披陳：「筆者於民國前14年戊戌留學東京時已熟耳其名。即凡涉足彼都之留學生，亦少有不讀過蘇峰著之國民小叢書也」。《革命逸史》第4集，中華書局1981年版。

僅給他寫過兩封信，讀過他的多部作品，而且對他雄放雋永之文風極為推崇，以之為中國文界革命之樣板。

這決定了梁所倡導、實踐的新文體中流動著德富蘇峰「雄放雋永」之精血。他的〈瓜分危言〉、〈亡羊錄〉、〈過激時代論〉、〈少年中國說〉、〈呵旁觀者文〉等文，「陳宇內之大勢，喚東方之頑夢」，「開文章之新體，激民氣之暗潮」，[49]情感激越，行文縱橫捭闔，其凌厲之氣勢，頗似德富蘇峰之風格。難怪馮自由作出下述判斷：「蘇峰為文雄奇暢達，如長江巨川，一瀉千里，讀之足以廉頑立懦，……尤與中國新文學之革新大有關係。蓋清季我國文學之革新，世人頗歸功於梁任公（啟超）主編之清議報及新民叢報。而任公之文字則大部得力於蘇峰。試舉兩報所刊之梁著飲冰室自由書，與當日之國民新聞論文及民友社國民小叢書一一檢校，不獨其辭旨多取材於蘇峰，即其筆法亦十九仿效蘇峰。此蘇峰文學所以間接予我國文學之革新，影響至巨，而亦新民叢報初期大博社會歡迎之一原因也。」[50]由於「十九仿效蘇峰」，以至於當時包括馮自由在內的許多留日人士指摘梁啟超剽竊德富蘇峰，上海出版的新大陸雜誌甚至罵他「敗德掠美」、「無恥熟甚」[51]是否抄襲可以討論，但有一點卻是肯定的，即經由梁啟超德富蘇峰之風格流注到了晚清新文體內，使其情感激越、縱橫捭闔，從而有效地書寫、表達了世紀轉型期的社會變革話語，並進而為五四時期《新青年》上的魯迅式隨感文體的出現在藝術上做了準備。

---

[49] 梁啟超在〈《清議報》一百冊祝辭並論報館之責任及本館之經歷〉（1901年《清議報》第100冊）中對自己的政論散文作了如此概括。

[50] 馮自由：〈日人德富蘇峰與梁啟超〉，《革命逸史》第4集，中華書局1981年版，第252頁。

[51] 參見馮自由：〈日人德富蘇峰與梁啟超〉，《革命逸史》第4集，中華書局1981年版，第251-254頁。

第三，新文體中大量借用日本啟蒙文學中表示西方專有名詞的日語詞彙，使新文體逐漸走出了「死文字」的誤區，獲得新的現代品格。語詞，不只是文章內容的形式載體、外殼，而且作為一種「意象」，它是文章精神意蘊的直接呈示。在新文體的創構過程中，梁啟超等直接從日本輸入了大量的日語新詞彙。[52]如組織、民族、社會、目的、運動、時代、思想、談判、價值、崇拜、人格、絕對、取締、手段、革命、權力、義務、法人、經濟、衛生等。現代語言學認為，語言的所有最為纖細的根莖生長在民族歷史文化與現實之中，一個民族怎樣思維，就怎樣說話，語言中存留著無數種族文化歷史與現實的蹤跡，它是種族歷史文化與現實的直接呈示。一種語言就意味著一種生活形式，一種文化。所以那些新的日本詞彙，不只是為新文體創造提供了新的語符，更為重要的是將西方和日本的現代新思想傳入中國，使新文體真正獲得了新的現代品格。如果沒有這些新的日語詞語的引入，新文體的創構是不可想像的。

　　正因為此，才引起了保守派的不滿，康有為在〈中國顛危誤在於全法歐美而盡棄國粹說〉中頗為憤慨地寫道：「舉國文章，背經捨史，穢語鄙詞，雜遝紙上。視之則刺吾目，引之則汗吾筆。……今這時流，豈不知日本文學皆出自中國，乃俯而師日本之俚語，何無恥也！」此論之基礎，一是康氏保守的思想，害怕來自日本的新詞會動搖中華之經史，危及民族傳統，可見他對語詞與文化的內在聯繫性有深刻的洞悉與體認；二是中國文人輕視日本文學的傳統心理，他們不僅在心理上一時還接受不了轉而學習日本文學的現實，而且對轉而借鑑日本新詞以創造中國文學有一種深深的擔憂，怕中國文學因此走向衰微。

---

[52] 梁啟超在〈汗漫錄〉中稱自己「好以日本語句入文」。〈汗漫錄〉又名〈夏威夷遊記〉，原刊1900年2月《清議報》，第35-36冊。

與之針鋒相對的是王國維，他在〈論新學語之輸入〉中力辯日本詞彙引入之必要：「言語者，思想之代表也。故新思想之輸入，即新言語輸入之意味也。十年以前，西洋學術之輸入，限於形而下學之方面，故雖有新字新語，於文學上尚未有顯著之影響也。數年以來，形而上學，漸入於中國……好奇者濫用之，泥古者唾棄之，二者皆非也。夫普通之文字中，固無事於新奇之語也。至於講一學治一藝，則非增新語不可。而日本之學者，既先我而運之矣，則沿而用之，何不可之有？」治新學、新藝，非用新語不可，這是詞語與思想辯證關係的體現。王國維顯然意識到了僅憑舊的文言詞語、漢語詞彙是不可能完成文界革命的。

詞語與社會結構、價值系統相關聯，漢語詞語是傳統農業社會的產物，如果不引進新的外來詞彙，擴展其詞義，啟動其潛能，使之向現代轉化，是不可能承擔傳播現代文明之使命的。從這層意義上講，現代日本詞彙之引入，對於晚清新文體之創構，至關重要。換言之，日本詞彙之輸入，才使新文體建構真正成為可能，並由可能而變為現實。

第四，日本啟蒙文學「文體改良」運動中湧現出的駁雜的文體，使晚清新文體的過渡性更為鮮明。即是說，新文體「時雜以俚語、韻語及外國語法」的特性與日本啟蒙文學駁雜的文體相關。在「文體改良」大背景下，日本啟蒙文學作家們作了不同的探索、試驗，於是出現了特性各異的多種文體形式。矢野龍溪的《經國美談》後篇〈自序〉，附有〈文體論〉一文，對《經國美談》之文體特性及自己的文體改良觀作了表述。文中論到日本當時駁雜之文體現狀時曰：「今者，我邦之文體有四：曰漢文體，曰和文體，曰歐文直譯體，曰俗語俚言體。而此四者各具長短。概而論之：悲壯典雅之場合，宜用漢文體；優柔溫和之場合，宜用和文體；縝密精確之場合，宜用歐文直

譯體；滑稽曲折之場合，宜用俗語俚言體。」他進而認為雜用四體，才能自由達意。[53]梁啟超到日本後，在《清議報》上譯載了《經國美談》，接觸到了〈文體論〉，並與矢野龍溪相識。在致力於中國文界革命、新文體試驗時，他參考了矢野龍溪的觀點與做法。新文體中「雜以俚語、韻語及外國語法」的特性，頗似矢野龍溪所主張的雜用漢文、和文、歐文直譯、俗語俚言四體之文體特性，兩者間的「影響」關係不言自明。

　　新文體是傳統文體向現代文體轉換之橋樑，舊的痕跡不可能去盡，新的品性又在形成過程中，駁雜是不可避免的。日本「改良文體」是其仿效對象，其駁雜的文體特性自然會反映到新文體中，從而強化了新文體既有的駁雜性。駁雜對於世紀轉型期文學而言絕非一個可以存而不論的問題。它既是新文體多元性的體現，是世紀初新文體現代性的萌芽；又是混亂不純的表現，不成熟的標誌。它沒有給未來文學提供一種固定的模式，在某種意義上，你也許會說這是一種遺憾，然而對於探索中的新文學來說，其駁雜性、不確定性也許更具積極意義，也就是說，它未以一種固定模式過早地規範現代文體走向，而是為其發展敞開了多重可能性。從這層意思上講，駁雜性本身即意味著一種多元現代性。這一現代性沁入「五四」乃至30年代文學中，使現代文學命定要被指責為不成熟，並在陣陣責難聲中不斷尋求新的模式，尋求再生的可能性。

---

[53] 轉引自夏曉虹：《覺世與傳世》，上海人民出版社1991年版，第247-248頁。

第四節　戲曲改良與日本新劇

一

　　晚清資產階級改良派和革命派，曾視戲曲改良為社會變革的重要一翼。在《新羅馬》傳奇的〈楔子〉中，梁啟超借但丁之口述陳心中之志：「念及立國根本，在振國民精神，因此著了幾部小說、傳奇，佐以許多詩詞歌曲，庶幾市衢傳誦，婦孺知聞，將來民氣漸伸，或則國恥可雪。」他已自覺地將戲曲與國民精神改造聯繫起來，欲借戲曲的審美功能以開通民智。1904年柳亞子、陳去病、汪笑儂等創辦《二十世紀大舞臺》，立志以戲曲「改革惡俗，開通民智，提倡民族主義，喚醒國家思想。」[54]將戲曲與民族國家意識的構想、倡導聯繫起來。

　　那麼，傳統戲曲能否擔此重任呢？晚清知識者一旦以強烈的社會眼光審視舊戲，將自己創建民族國家的理想與之相連時，便深感失望。梁啟超在《小說叢話》中斥傳統戲曲「語怪、誨淫、誨盜」；箸夫在〈論開智普及之法首以改良戲本為先〉中概括戲曲敷演的內容為「寇盜、神怪、男女數端」，因而「錮蔽智慧，阻遏進化」；棣則直陳戲曲腐滯、僵化、「千首雷同，如出一轍。」[55]對戲曲教化功能的倚重與既有戲曲反映現實的不力，使得戲曲改良成為當日資產階級改良派、革命派的共識，並迅速化為一股社會性潮流。

　　而近代以來，知識者世界視野的獲取，使得這場民族戲曲改良，一開始便是以西方戲劇尤其是日本明治維新後的新劇

---

[54] 陳去病、汪笑儂等：〈招股啟並簡章〉，1904年10月《二十世紀大舞臺》，第1期。

[55] 棣：〈改良劇本與改良小說關係於社會之重輕〉，收入陳平原、夏曉虹編：《20世紀中國小說理論資料》第1卷，北京大學出版社1989年版，第294頁。

為參照與榜樣的。政論家王韜曾遊歷歐洲、日本，在《扶桑遊記》中，他談到日本與西方劇作時寫道：「魚龍曼衍，光怪陸離，則以西國勝；盧舍山水，樹木舟車，無不逼真，兼以頃刻變幻，有如空中樓閣，彈指即現，則以日本為長。」[56]以比較視角看取他國戲劇，以便汲取推動民族戲曲改良、發展的域外資源，是晚清有志於戲曲改良者的普遍思維與做法。由於論題所限，下面只論晚清戲曲改良與日本戲劇之關係。

　　日本明治維新後，掀起了一場戲劇改良運動。明治七年（1874）10月，《明六雜誌》18期上，刊出神田孝平的〈國樂振興說〉，呼籲向外國學習，改良戲劇。第二年，福地櫻癡一反江戶時代輕視劇藝之偏見，倡導「演劇有用論」。到明治19年（1886），日本正式出現了「演劇改良會」，並提出了三條綱領：改良舊的演劇陋習，創作好的劇本；視戲劇創作為神聖事業；建築一座能演劇又能開音樂會的現代劇場。從而開啟了傳統戲劇向現代新劇轉換的大幕。不久，在自由黨人支持下，角藤定憲力倡「壯士劇」，川上音二郎發起「書生劇」，上演反對現行制度，宣傳自由民權的《經國美談》、〈板垣君遭難實記〉等作品。由此，一種不同於舊的歌舞伎的新派劇出現了，它主要以現實政治問題為題材。到1903年，川上音二郎在明治座上演了莎士比亞的《奧賽羅》，演出時取消了「花道」，完全採用西方戲劇佈景。這就是川上所倡導的「正劇」運動的發端，也就是新劇運動即話劇運動的開始。

　　日本戲劇改良的動因是明治維新後社會變革的需要，或者說是孕育、培植現代民族國家意識的需要。它取法西洋現代戲劇，使日本戲劇實現了由傳統的歌舞伎到新劇〈話劇〉的現代性轉型，從而獲取了培植現代民族意識，加速現代精神生長的

---

[56] 王曉平：《近代中日文學交流史稿》，湖南文藝出版社1987年版，第291頁。

力量，有力地推動了日本社會的現代變革。這種新的戲劇即話劇，對於欲借戲劇振興國民精神的晚清資產階級維新派來說，較之西洋話劇，有著更大的吸引力，因為其新的品格滿足了晚清戲劇改良者的需要，正如有的學者所言，晚清戲劇改良者「只有當他們發現，日本的新派劇在內容上和自己想要表現的是那麼相近，而形式上又是那樣適合於表現這種內容的時候，他們才毫不猶豫地把它學習過來了。」[57]這樣，日本新劇對晚清戲曲改良特別是話劇的誕生產生了直接而深刻的影響。

二

　　日本新劇有助於動搖中國人賤視戲劇的傳統觀念，為晚清戲曲改良、抬高戲曲地位提供了合法依據。

　　中國古代，「俳優之屬」不能登大雅之堂。《唐書》認為：「俳兒優子，言辭無度，非所以導仁義示雍和也。」元代戲曲儘管成就卓著，但元史中不但沒有論及戲曲，而且沒有戲曲家傳略。明、清之際，戲曲地位仍未有改觀，清紀昀編《四庫全書》時，雖收錄了一些詞曲，但仍特地說明「詞曲二體，在文章與技藝之間，厥品頗卑，作者勿貴」，「其於文苑，同屬附庸，亦本可全斥為俳優也。」[58]改變這種賤視戲曲的傳統觀念，是充分開掘戲曲潛能以宣傳啟蒙理念的最基本環節。所以，晚清知識者，從多種角度論證了戲曲之重要性，如王國維在《曲錄‧自序》中認為「追源戲曲之作，實亦故詩之流」。劉師培稱「頌列於詩，猶戲曲列於詩詞中也。」[59]然而，這類

---

[57] 張庚：《中國話劇運動史初稿》第一章，收入《中國近代文學論文集‧戲劇、民間文學卷》，中國社會科學出版社1982年版，第270-271頁。

[58] 參看葉易：《中國近代文藝思想論稿‧戲曲理論》，復旦大學出版社1985年版，第221頁。

[59] 劉師培：〈原戲〉，收入郭紹虞主編：《中國歷代文論選》第4冊，上海古籍出版社

溯源式考訂，對於現實中重實用之國民來說，雖能起到某種作用，但力量尚不足以改變長期以來根深蒂固之觀念。

於是，改良派和革命派均利用國民對日本成功的崇拜心理，介紹、渲染戲曲在日本近代化過程中的重要作用。如佚名在《觀戲記》中稱：「記者又嘗游日本矣，觀其所演之劇，無非追繪維新初年情事。……政治年年改良進步，日本人乃有今日自由之樂，與地球六大強國並立。日本人且看且淚下，且握拳透爪，且以手加額，且大聲疾呼，且私相耳語，莫不曰我輩得有今日，皆先輩烈士為國犧牲之賜，不可不使日本為世界之日本以報之。」作者以第一人稱方式虛擬真實場景，誘導讀者進入自己精心構設的敘述圈套，心悅誠服地接受戲曲實日本推進近代化之利器。有此前提，他進而敘述：「記者旁坐默默而心相語曰：為此劇者，其激發國民愛國之精神，乃如斯其速哉？勝於千萬演說台多矣！勝於千萬報章多矣！於是追憶生平所視之劇，而驗其關係於國種社會何如而論次之。」[60]由日本新劇之成功，進而向讀者推斷出戲劇對於激發國民愛國精神之重要性。

日本同中國一樣為後發型被現代化國家，而日本通過維新變法獲得了成功，改良新劇又是維新獲得成功的重要力量，這種內在的邏輯關係，被晚清知識者所領悟、宣示，對國民來說是一種無法拒絕的力量，一定程度地震撼、動搖了他們原有的戲曲觀。

所以，晚清戲曲改良、戲曲地位的提高，雖也深受西洋戲劇的影響，但在其合法性的維護、證明過程中，日本新劇則起了最直接的作用，也就是說，日本新劇為言說戲曲改良、提高戲曲地位提供了最令國人信服的說辭。

1980年版，第356頁。

[60] 佚名：〈觀戲記〉，收入郭紹虞主編：《中國歷代文論選》第4冊，上海古籍出版社1980年版，第352-353頁。

<h1 style="text-align:center">三</h1>

　　日本新劇一定程度地規範了中國戲曲改良的路徑，為新世紀中國劇界輸入了現代話劇形式，使中國戲劇順利地完成了世紀轉型，即以話劇取代傳統的戲曲成為新世紀戲劇的主要樣式。

　　戲曲地位的提高，本身雖是世紀轉型的第一步，但它也只是為真正的轉型提供了可能性，並未解決如何轉型的問題，即轉型的方向問題。當日初具世界視野的知識者，已不再將轉型的希望寄於傳統戲曲內在邏輯裂變上，他們由中國戲曲史，意識到了這種自身嬗變不僅太緩慢，而且難以真正突破傳統農墾文化賦予戲曲節奏緩慢等特性，所以自覺地將眼光轉向域外。如留法學生李石曾、吳稚暉、張靜江、褚民誼等，曾認為西洋話劇是最具現代性的戲劇形式，最宜傳達現代人情感，主張中國走西洋話劇之路。然而，也許由於西洋離中國太遠，他們雖作了一些譯介工作，但影響並不大，未能從歐洲直接輸入話劇。而真正改變中國戲曲改良走向的是日本，日本新劇歷史經驗解決了中國戲曲轉型的方向問題，為中國戲曲改良樹立了成功的榜樣，輸入了話劇這一現代性戲劇形式。

　　1906年，留日學生曾孝谷、李息霜等在日本新劇的直接影響下，於東京成立春柳社，在東京駿河台中國青年會賑災謀款遊藝會上，他們第一次演出了小仲馬的《茶花女》，這是中國現代話劇的開端。李息霜（李叔同）飾茶花女，他曾加入坪內逍遙、島村抱月等組織的以戲劇為主的「文藝協會」，其會員號為519，[61]日本德高望重的戲劇家松居，對其演技給予了高度肯定。不僅如此，這幕戲的上演，還得到了日本新派演員藤澤淺二郎的直接支持、指導。之後，他們又在東京大戲園「本鄉

---

[61] 麻國鈞：〈李叔同傳略〉，《戲劇》（中央戲劇學院）1987年第1期。

座」公演《黑奴籲天錄》，再次哄動留學生界，坪內逍遙、小山內薰等曾前往觀賞、稱譽。

演出成功後，春柳社成員任天知提議回國演出，被否定後，他獨自一人回國，在上海與王鐘聲合辦戲劇學校——通鑑學校，並於1908年演出《迦茵小傳》。任天知在臺灣入過日本籍，日名藤堂調梅，深愛日本新派劇，這次演出完全照日本新劇形式進行，可稱為中國本土第一次日式話劇演出。所以，徐半梅稱之：「雖不能稱十分完善，總可以說是劃時代的成功。以前種種，都不成話劇，到了這一出《迦茵小傳》，剛像了話劇的型。」[62]1910年，任天知正式於上海成立進化團，並學日本新劇方式，在廣告和戲院門口旗幟上打出「天知派新劇」招牌。他們上演過兩個日本劇本，一是著名新派演員藤澤淺二郎、佐藤歲三等演過的重要新派劇《血蓑衣》，二是由日本小說《鬼士官》改編的《尚武鑒》。日本新型話劇形式，就這樣被移植到了中國。

中國初期話劇是由兩個系統構成的，一個是上述任天知所領銜的進化團，另一個則是陸鏡若領導的新劇同志會，也就是春柳劇場。[63]如同進化團，新劇同志會即春柳劇場，亦是一個直接受日本影響的劇社。新劇同志會，於1912年成立於上海，成員由日本時代的春柳社同人組成。歐陽予倩也因此將春柳社的日本活動時期稱為前期春柳，回國後作為後期春柳。[64]陸鏡若曾就學於藤澤淺二郎創辦的俳優學校，後加入早稻田大學的文藝協會，與島村抱月、松井須磨子、河竹繁俊相識，其戲劇

---

[62] 轉引自《中國近代文學論文集·戲劇、民間文學卷》，中國社會科學出版社，1982年版，第255頁。

[63] 歐陽予倩：〈談文明戲〉，《中國近代文學論文集·戲劇、民間文學卷》，中國社會科學出版社，1982年版，第317頁。

[64] 歐陽予倩：〈回憶春柳〉，《中國近代文學論文集·戲劇、民間文學卷》，中國社會科學出版社，1982年版，第295頁。

美學觀來自日本新派劇。他們多次演出日本作家德富蘆花的《不如歸》、由新派劇作家佐藤紅綠的《雲之響》改譯的《社會鐘》、由《潮》改譯的《猛回頭》等。張庚曾認為「春柳的劇本從日本作品改編的占一個大數量，而且多半是他們有名的節目」[65]。新劇同志會，進一步擴大了日本話劇在中國劇界的影響，使之成為新世紀中國戲劇的一種最主要的樣式。就是說，中國戲劇經由日本新劇，找到了由傳統向近代轉型的路徑、方向，即話劇方向。

四

正如歐陽予倩所言：「中國的初期話劇間接直接受了日本新派劇很大的影響。」[66]影響之一，在我看來，就是日本話劇的悲劇展開方式的引入，它促使中國戲劇開始突破傳統的大團圓模式，使悲劇成為近代以後中國戲劇的主要取向。

不同的民族由於地理環境、民族形成歷史、文化個性等的不同，悲劇的營構、展開方式殊異，雖然在追求悲劇藝術效果這點上是相同的。日本近代新劇崇尚悲劇，且往往以死為悲劇的高潮，劇情的展開過程往往就是主要人物走向死亡的過程。而死亡方式往往又是自殺或他殺，尤其自殺是日本新劇熱衷的主題。這種悲劇雖也追求某種深刻的意蘊，但與歐洲悲劇相比，總讓人感到局面有限，內蘊欠豐。雅斯佩斯（Karl Theodor Jaspers）在闡釋《伊底帕斯王》、《哈姆雷特》時，認為悲劇主人公「自身在探索真理。真理的可能性——與之相關，知識的全部問題、知識的可能性、意義和結果——成為戲劇的主

---

[65] 張庚：《中國話劇運動史初稿》第1章，《戲劇報》1954年第1-4號。

[66] 歐陽予倩：〈談文明戲〉，《中國近代文學論文集·戲劇、民間文學卷》，中國社會科學出版社，1982年版，第360頁。

題。」[67]渴求知識，洞察自我，實現精神超越，這種歐洲悲劇的普遍特性，在日本新劇中不發達，日本悲劇與現實問題黏連得太緊，所以死亡的表現雖較普遍，但對人性的內在分裂卻揭示不夠，以至於給人的感覺是，死亡尤其是自殺太隨意了。這種日本新劇的悲劇展開方式，被晚清劇界所模仿，引入中國。

歐陽予倩說過：「春柳劇場的骨幹，大多數是日本留學生，都直接受過日本新派戲的影響」，[68]春柳劇場的劇目中，悲劇多於喜劇，「六、七個主要的戲全是悲劇，就是以後臨時湊的戲當中，也多半是以悲慘的結局終場——主角被殺或者自殺。」[69]在談《文明戲》中，歐陽予倩又說：「悲劇的主角有的是死亡、被殺或者是出家，其中以自殺為最多，在28個悲劇之中，以自殺解決問題的有17個，從這17個戲看，多半是一個人殺死他或她所恨的人之後自殺。」[70]不僅是由日本劇目改譯的作品如此，如《社會鐘》結局是哥哥殺死弟弟妹妹後自殺，《猛回頭》的結尾是妹妹殺死哥哥；而且他們自己編演的戲也如此，如《寶石鐲》寫木匠的女兒被闊少爺始亂終棄後，伺機以短刀殺死了闊少爺後自殺。

晚清之所以移入日本式悲劇營構方式，一個重要原因是日本悲劇的近代內容，如個人與社會的衝突、階級矛盾、民族振興主題、家庭婚姻問題等，正是晚清知識者所面臨與思索的現實問題。日本新劇的悲劇結局方式為他們提供了解決同類問題的一種模式。中國舊戲中雖有悲劇，但總的看來，悲劇意識不

---

[67] 雅斯貝爾斯：《悲劇的超越》，工人出版社1988年版，第48頁。

[68] 歐陽予倩：〈回憶春柳〉，《中國近代文學論文集·戲劇、民間文學卷》，中國社會科學出版社，1982年版，第305頁。

[69] 歐陽予倩：〈回憶春柳〉，《中國近代文學論文集·戲劇、民間文學卷》，中國社會科學出版社，1982年版，第304頁。

[70] 歐陽予倩：〈談文明戲〉，《中國近代文學論文集·戲劇、民間文學卷》，中國社會科學出版社，1982年版，第326頁。

成熟，悲劇作品不多。蔣觀雲曾以為「我國之演劇界中，其最大之缺憾，誠如訾者所謂無悲劇。」[71]從這層意思上看，日本式悲劇展開方式的引入，有利於打破中國傳統的以大團圓為理想境界的戲劇價值觀，有利於超越惡有惡報、善有善報的悲劇動因說，使戲劇更富於現實真實性，一定程度上講，體現了中國戲劇的一種轉型。

然而，如前所述，日本悲劇精神意蘊的平淡，內在張力的不足，自然也成為中國晚清悲劇失之無力的一個重要原因。作者們雖不斷地寫死亡，但大都缺乏深度。柯列根在〈悲劇與悲劇精神〉中說：「悲劇最重要的特徵──區別悲劇和其他戲劇形式尤其是鬧劇的主要特徵，就是一切有意義的『收場』事件，並非因為外在力量而是由於主人公的內在分裂。」[72]晚清戲劇的日本式「收場」，大都為外在力量所為，對主人公內在精神分裂的描寫不夠，所以日本式悲劇展開方式的消極影響也不容忽略，中國現代戲劇成就不太大，也許與戲劇轉型期存在的這一原發性問題不無關係。

五

中國初期話劇接受日本新劇的另一重要影響，是「化妝演講」方式的借用。「化妝演講」促使中國戲劇開始由娛樂遊戲向社會啟蒙、由寫意向寫實的轉型。

任天知所領導的進化團在發掘戲劇的社會潛能時，從日本新派「壯士劇」、「書生劇」那裏借鑑了以「化妝演講」宣傳

---

[71] 蔣觀雲：〈中國之演劇界〉，見阿英編《晚清文學叢鈔‧小說戲曲研究卷》，中華書局1960年版，第51頁。

[72] 柯列根：〈悲劇與悲劇精神〉，轉引自朱棟霖等：《戲劇美學》，江蘇文藝出版社1991年版，第109頁。

革命的經驗。角藤定憲（1867-1907）所倡導的「壯士劇」和川上音二郎（1864-1911）所發起的「書生劇」，均旨在宣傳自由民權思想，演劇首在宣傳而非娛樂，化妝演講以傳播新思想是其劇情展開的主要特徵。日本評論界曾如此評述川上音二郎的一次演出：「不應該稱之為『演劇』，僅僅是戴假髮，穿戲裝罷了。……在第一部戲和第二部戲之間，川上身穿緋紅色無袖被肩，手持軍扇，上臺演說。……接著唱噢啪凱啪歌，諷刺官吏收賄、婦女敗德之類。無非是唱唱當時大阪流行的歌曲，作為社會性的、政治性的演說而已。」[73]演講或介於二部戲之間，或融入劇情借演員之口進行。

這一日本話劇特徵，滿足了晚清政治話語對戲劇的訴求，引起留日學生及戲劇從業者的興趣與認同。1905年陳獨秀化名三愛著〈論戲曲〉一文，宣稱：「惟戲曲改良，則可感動全社會，雖聾得見，雖盲可聞，誠改良社會之不二法門也。」那麼，戲劇如何改良社會呢？他在該文中開出的方案之一，便是以戲演說：「戲中有演說，最可長人之見識」。[74]不啻理論上倡導「化妝演講」，在實踐上，任天知進化團的劇作，無論是政治主題劇，還是家庭故事戲，都不乏以化妝演講宣傳政治理想、傳揚啟蒙話語。劇中那些不顧敘事流程的自然、順暢，作長篇演說的角色，被稱為「言論派老生」、「言論派小生」、「言論派正生」等。如《黃金赤血》的三個主角是言論正生調梅、言論正旦梅妻和言論小生小梅，他們不拘泥於劇情作即興演說，言說中心為勸募愛國捐。

「化妝演說」將中國早期話劇與政治話語聯繫在一起，賦予話劇以強烈的政治實踐性、社會寫實性，一定意義上講，開啟了中國戲劇由娛樂遊戲向社會啟蒙、由寫意向寫實轉型的大幕。

---

[73] 〔日〕伊原敏郎：《明治演劇史》，早稻田大學出版部，昭和8年版，第654頁。
[74] 三愛：〈論戲曲〉，《新小說》第2卷第2期。

然而，「化妝演講」這一特性，是由戲劇改良由政治家這類非戲劇專家發起、完成這一事實派生的，所以它在給中國戲劇注入社會寫實性的同時，卻以過重的政治理念，抑制了寫實精神的生長。本來戲劇改良宗旨之一在於突破舊的程序化模式，不料這一日本戲劇資源，卻使中國新世紀戲劇形成了「化妝演講」這一新的非藝術性模式。「言論派老生」等角色，保存了傳統舊戲臉譜化人物的特點，從戲劇形式意義上看，他們只是舊式臉譜化人物的現代轉換；從劇情敘事看，他們隨意中斷敘事流程，將故事演進轉換為政治話語宣講，劇場被置換為公共會議場，無視觀眾的個人化情感、慾望，將觀眾強行轉換為「改良」「革命」話語的接受者、受教育者。這種強行「施予」是以損害藝術性為代價的，並且最終摧毀了觀眾對初期話劇的好奇心與同情心，他們不再願意到場。

　　也許，20世紀初戲劇改良者們太醉心於政治啟蒙話語的言說，而未能意識到這種「化妝演說」將發生的世紀性影響。作為20世紀初話劇的突出特徵，「化妝演說」化為了一種新的戲劇傳統，從五四時《新青年》派的社會問題劇到30年代普羅戲劇庸俗圖解現實政治的話劇發展史上，不難發現這一新傳統的潛在影響。換言之，中國現代某些話劇作者，那種在道德良心支配下，忽視藝術的心理，以及由此導致的某些作品政治道德化的非藝術傾向，其直接源頭也許就是20世紀初來自日本的「化妝演說」，儘管其深層動因主要還在於中國傳統文化與文學觀。

第二章

晚清文學向五四文學轉型
與日本文學

第一節 「國家」文學向「人的文學」轉型
與日本白樺派

一

上章所論，中國文學進入到晚清後，為適應新時代的需要，獲得生命力以承擔開發民智的使命，其內在意義訴求、結構關係、存在方式等作了巨大的調整、變革，表現出與傳統文學絕然不同的諸多特徵，例如「時雜以俚語、韻語及外國語法」的新文體[1]、小說的未來完成式敘述方式，[2]等等。然而，這種變革是在強烈的政治意識作用下進行的，變革雖落實在文學領域，表現為小說界革命、詩界革命、文界革命等，但旨歸在「國家」想像與敘事上，所以文學中「人」的覺醒主題被「國家」

---

[1] 梁啟超：《清代學術概論》，東方出版社1996年版，第77頁。關於新文體的形成、特點及意義，參見方長安的〈晚清文體革命與日本啟蒙文學〉，《貴州社會科學》2002年第1期，第45-47頁。

[2] 參見王德威：《想像中國的方法》，三聯書店1998年版，第111頁。

意識所遮蔽，文學成為宣講「國家」話語的重要方式，「國家」話語成為文學的基本出發點與歸宿，也就是文學的中心話語。

並不是近代知識者沒有意識到個體對於國家興亡的重要性。章太炎早在1894年就說過：「大獨必群，群必以獨成」、「小群，大群之賊也；大獨，大群之母也。」[3] 嚴復那時也認為要想「國國各得自由」必須「人人各得自由。」[4] 梁啟超的類似言論更不鮮見，如他在1900年說：「吾中國所以不成為獨立國者，以國民乏獨立之德而已」、「不患中國不為獨立之國，特患中國今無獨立之民。」[5] 孤立地看，這些言論不謂不深刻，不謂不尊重個性。

然而如果放眼那一時代，傾聽主流話語，則不難發現他們對個性獨立的言說，「僅僅是為了加強國家和民族的共性，因而這種個性，歸根到底只是每個個人都能意識到對自己的國家和民族的責任。」[6] 如《新民說》中寫道：「則試以一家譬一國。苟一家之中，子婦弟兄，各有本業，各有技能，忠信篤敬，勤勞進取，家未有不悖然興者。不然者，各委棄其責任，而一望諸家長，家長而不賢，固闔室為餓殍，藉令賢也，而能蔭庇我者幾何？即能蔭庇矣，而為人子弟，累其父兄，使終歲勤動，日夕憂勞，微特於心不安，其毋乃終為家之累也？」[7] 梁啟超所謂的個人，從本質上講，失去了「個」的質的規定性，所具有的只是對於家、國的一種責任意識，「個」的意識

3　章太炎：〈明獨〉，《章太炎選集》，上海人民出版社1981年版，第3頁。

4　嚴復：〈論世變之亟〉，原載1895年2月4-5日天津《直報》，收入《嚴復集》第1冊，中華書局1986年版，第1-5頁。

5　梁啟超：〈十種德性相反相成論〉，《飲冰室文集之五》，中華書局1936年版，第44頁。

6　王富仁、查子安：〈魯迅與梁啟超──立論兩個不同的歷史層面和思想層面上〉，收入龍泉明、張小東主編的《中國現代文學歷史比較分析》，四川教育出版社1993年版，第161頁。

7　梁啟超：〈新民說〉，《飲冰室合集》第6卷，《飲冰室文集之四》，中華書局1989年影印，第3頁。

在這種責任意識的遮蔽、擠壓中萎縮以至泯滅。他的「新民」目的就在於塑造這種性質的人。所以在談到自由時他說：「自由雲者，團體之自由，非個人之自由也。」[8]高旭說：「屈已以就群，群已兩發達；屈群以利已，群敗已亦撥。」（《憂群》）。孫中山有類似的言說：「在今天，自由這個名詞，究竟要怎麼樣應用呢？如果用到個人，就成一片散沙，萬不可再用到個人上去，要用到國家上去。」（《三民主義·民權主權》），在他那裏，個人與國家是對立的，只應有國家的自由，不該有個人的自由與獨立性。所以，當時的主流話語是民族獨立、國家權利，「今日欲救我國，當以輸入國家思想為第一義」，[9]而非個人主義。

這種國家意識構成了晚清文學變革的動力：「欲新一國之民，不可不先新一國之小說」，[10]「今日誠欲救國，不可不自小說始，不可不自改良小說始」。[11]文學具有關乎一國命運的重要性，文學也自然以表現「國家」為重要內容，如《新中國未來記》、《中國興亡夢》、《夢平倭奴記》等，以至於是否具有「國家」思想成為評論小說的重要標準：「今日通行婦女社會之小說書籍……可謂婦女之教科書；然因無國家思想一要點，則處處皆非也。」[12]

所以，晚清文學是一種以「國家」話語為出發點與目的的文學，或者說，「國家」話語是晚清文學的中心話語。正是在這一意義上，我們稱其為「國家」文學。

---

[8] 梁啟超：〈新民說〉，《飲冰室合集》第6卷，《飲冰室文集之四》，中華書局1989年影印，第44頁。

[9] 轉引自葉易的《中國近代文藝思想論稿》，復旦大學出版社1985年版，第190頁。

[10] 梁啟超：〈論小說與群治之關係〉，《飲冰室合集》第2卷，《飲冰室文集之十》，中華書局1989年影印，第6頁。

[11] 王无生：〈論小說與改良社會之關係〉，郭紹虞等主編《中國近代文論選》（上），人民文學出版社1959年版，1981年印刷，第224頁。

[12] 轉引自葉易的《中國近代文藝思想論稿》，復旦大學出版社1985年版，第190頁。

二

　　這種文學中，作為「個」我的廣大社會成員被漠視，或者完全黏附於國家敘事。「個」被抽空，其結果是國家變成了一個抽象的概念，也就是說，在無視具體的個人的同時，國家敘事淪為一句空話。這樣晚清文學無論怎樣變革，變革到何種程度，都無法實現自己開發民智、匡正國家的政治理想。走出「國家」文學話語誤區，使文學轉而立足於人，以具體的人作為話語言說中心，無疑成為後來文學發展的一大課題。

　　從後來文學嬗變史實看，晚清「國家」文學向五四「人」的文學轉型的情形極為複雜，而促成這種轉型的原因，從不同角度理解，更是多種多樣的，但如果從日本文學影響角度切入考察，則不難發現白樺派理論的啟示、影響，無疑是至關重要的，也許是最直接的理論推動力。

　　白樺派因1910年（明治43年）創刊的同人雜誌《白樺》而得名，其代表作家是武者小路實篤、志賀直哉、有島武郎、長與善郎等。他們高舉人道主義大旗，尊重個性與生命創造力，力圖將人從各種束縛中救出，重新調整人與他者尤其是與「人類」的關係。

　　武者小路實篤在〈《白樺》的運動〉中指出：「白樺運動是尊重自然的意志和人類的意志、探討個人應當怎樣生活的運動。……為了人類的成長，首先需要個人的成長。為了使個人成長，每個人就要做自己應當做的事，就要在力所能及的範圍內，把工作盡力做好。……為了人類成長，個人必須徹底進步，必須做徹底發揮良心的工作，白樺的人們就具有所需要的東西。……使我們進行創作的是人類的意志。因此，我們是抱

著使自己的血和精神滲入和傳遍全人類的願望而執筆的。」[13]個人與人類的關係在這裏是互動的，而其出發點則是個人而非人類，即通過個人或者個性作用於人類，使人類健康成長，個人在這種關係結構中被賦予了至關重要的地位與意義。

這種思想引起了周作人極大的興趣。早在《白樺》創刊之初，他就曾前往購買《白樺》的「羅丹專號」；而1912到1915年則定期購讀；1918年閱讀了〈一個青年的夢〉，並與其作者武者小路實篤交往密切；曾專程前往參觀日本新村。以至於20年代初就有人認為周作人「底思想似乎很受這一派影響」[14]。

他於1918年12月15日發表在《新青年》第5卷第6號上的〈人的文學〉，可謂是中國晚清以「國家」為出發點與歸宿的文學，向五四以「人」為中心的文學轉變的理論標誌與宣言書，它界說了「人」的話語在新文學中的基本內涵、存在方式與言說途徑，也就是為新文學規約了「人」的文學的發展方向。而此文正是周作人對白樺派極感興趣的時候寫作的。它對於人道主義、人與人類關係的界說，例如「彼此都是人類，卻又各是人類的一個。所以須營一種利己而又利他，利他即是利己的生活」，其基本含義來自上述白樺派觀點。沿著這一思想邏輯，接下來他對人道主義作了如此定義：「我所說的人道主義，並非世間所謂『悲天憫人』或『博施濟眾』的慈善主義，乃是一種個人主義的人間本位主義。」這是一種白樺派式的人道主義，即如中村新太郎所指出的，白樺派人道主義「堅定地相信充分發展個性就可以對人類作出貢獻」，相信「個人代表著人類的意志」。[15]周作人在文中還直言了他的「個人主義的人間

13　〔日〕武者小路實篤：〈《白樺》的運動〉，轉引自西鄉信綱等：《日本文學史》，人民文學出版社1978年版，第323-324頁。

14　鳴田：〈維新後之日本小說界述概〉，民國10年《東方雜誌》第18卷第13-14號。

15　〔日〕中村新太郎：《日本近代文學史話》，卞立強等譯，北京大學出版社1986年版，第163頁。

本位主義」這一人道主義定義的兩條理由：「第一，人在人類中，正如森林中的一株樹木。森林盛了，各樹也都茂盛。但要森林盛，卻仍非靠各樹各自茂盛不可。第二，個人愛人類，就只為人類中有了我，與我相關的緣故。」由此可知，他的人道主義的理論基石主要是白樺派的個人與人類關係的理論，由於這種理論的出發點與歸宿是個人，所以周作人進而稱自己的人道主義，「是從個人做起。要講人道，愛人類，便須先使自己有人的資格，占得人的位置。」[16]

人類雖是一個比國家更為廣大的集合性概念，但白樺派想像、倡導的個人與人類的新關係，無疑是對晚清人與國家關係的一種反動，有助於拆除晚清抑制「個人」話語的「國家」話語壁壘。「個人」話語的自覺與獨立性，顯然是對「國家」中心話語的顛覆，人不再僅是某種抽象概念的附庸，它獲得了自主性，人不是單向地決定於「人類」，完全受「人類」支配、左右，而是在獨立前提下，同樣決定了「人類」的發展。由於以個人與人類這一新的關係取代了晚清個人依附於國家的關係，這樣，人自然地從「國家」話語束縛中解放出來了。在此基礎上，周作人認為以個人主義的人間本位主義為本，對於人生，尤其是對於這種具有「個我」特性的「人」的記錄研究的文學，便是「人的文學」。這種文學不僅要求以文學為人生取代晚清以文學為政治的傾向，而且要求以個人與人類的新關係置換晚清文學中「國家」話語決定「個人」話語的陳舊模式，從而與晚清以「國家」話語為中心的文學完全區別開來，在理論上宣告了晚清文學向五四文學轉變的開始。

五四時期，周作人反覆言說、倡導文學上這種個人與人類的新關係，例如「個人既然是人類的一分子，個人的生活即

---

[16] 周作人：〈人的文學〉，收入《藝術與生活》，上海文藝出版社1999年版，第9-10頁。

是人生的河流的一滴,個人的感情當然沒有與人類不共同的地方。」[17]又如「我始終承認文學是個人的,但因『他能叫出人人所要說而苦於說不出的話』,所以我又說即是人類的。」[18]通過他,白樺派的影響不斷擴大,波及整個五四文壇。

1918年《新青年》第4卷第5號上刊出他的〈讀武者小路君所作一個青年的夢〉,文中寫道:「在我們看來,在日本思想評論界裏,人道主義的傾向在日益抬頭。我認為這是最值得慶賀的事。雖然現在是極少數,並且被那些多數的國家主義者所妨礙,尚處在不得發展的狀態,但是將來是大有希望的。」周作人從白樺派那裏意識到了人道主義與國家主義的矛盾。

魯迅看了該文後,「也搜求了一本將他看完,很受些感動」[19],深感該劇本「很可以醫許中國舊思想上的痼疾,因此也很有翻成中文的意義。」[20]這一認識,使他自1919年8月2日開始翻譯〈一個青年的夢〉。該劇將戰爭之根源歸結為國家、國家主義——「從國家主義生出戰爭,是必然的結果」;而與國家主義相對立的是「人類的意志」。如何消滅戰爭?劇本認為「就是我們不用國家的立腳地看事物,卻用人類的立腳地看事物」,因為「從蔑視人類的意志的地方,起了戰爭的。」所以,應發揮人類的意志,而不是國家意識或國家主義,「人類要將國家主義這一個大病,使個人知道。照這樣下去,在人類是可怕的,在人類是可怕的事,不消說在個人自然也可怕。」[21]這表明,在武者小路實篤那裏,國家主義不僅與人類相對立,而且是個人的大敵,而「人類」與個人則是統一的。魯迅正是認同於此,才翻譯〈一個青年的夢〉,他說「我對於『人人都

---

[17] 周作人:〈文藝的統一〉,收入《自己的園地》,人民文學出版社1998年版,第24頁。
[18] 周作人:〈詩的效用〉,收入《自己的園地》,人民文學出版社1998年版,第17頁。
[19] 魯迅:《一個青年的夢・譯者序》,1920年1月《新青年》,第7卷第2號。
[20] 魯迅:《一個青年的夢・譯者序二》,1920年1月《新青年》,第7卷第2號。
[21] 武者小路實篤:〈一個青年的夢〉,魯迅譯,1920年4月《新青年》,第7卷第5號。

是人類的相待，不是國家的相待，才得永久和平，但非從民眾覺醒不可」這意思，極以為然，而且也相信將來總要做到。」[22]魯迅從「人」的建設出發，由〈一個青年的夢〉，認識到了國家、國家主義與「人類」的矛盾，與個性自由發展間的矛盾，也就是意識到了，以白樺派倡言的個人與人類的新關係，取代中國近代的個人依附於國家的舊關係的可能性與重要性。王富仁等曾指出魯迅的《自題小像》、《斯巴達之魂》、《中國地質略論》等體現出了一種國家主義思想。[23]如果是這樣，那麼白樺派關於個人與人類關係之說，則是魯迅五四時期走出國家主義的重要的理論背景，而以魯迅在五四文學史上的地位與影響看，他的這種變化，無疑意味著中國文學朝著走出晚清以「國家」為中心話語的政治文學，並向五四「人」的文學轉變，邁出了一大步。

胡適那時雖對新村運動的歸隱傾向、泛勞動主義存有異議，但仍認為改造社會必須從這個人、那個人的改造做起，也就是改造社會須從改造個人做起，這一觀點與周作人所宣講的白樺派觀點是一致的[24]。胡適堅信：「發展個人的個性須要有兩個條件。第一，須使個人有自由意志。第二，須使個人擔干係，負責任」、「自治的社會，共和的國家，只是要個人有自由選擇之權，還要個人對於自己所行所為都負責任。若不如此，決不能造出自己獨立的人格。社會國家沒有自由獨立的人格如同酒裏少了酒典，麵包裏少了酵，人身上少了腦筋：那種

---

[22] 魯迅：《一個青年的夢・譯者序》，1920年1月《新青年》，第7卷第2號。

[23] 王富仁、查子安：〈魯迅與梁啟超——立於兩個不同的歷史層面和思想層面上〉，收入龍泉明、張小東主編《中國現代文學歷史比較分析》，四川教育出版社1993年版，第159頁。

[24] 參閱周作人的〈新村運動的解說——對於胡適之先生的演說〉，收入陳子善等編《周作人集外文・上集》，海南國際新聞出版中心1995年版，第318-320頁。

社會國家決沒有改良進步的希望。」[25]以胡適與周作人的親密關係而言，從胡適對白樺新村的瞭解來看，這種關於個人與社會、國家關係的觀點，顯然與白樺派的個人與人類關係之說相關。

郁達夫受白樺派影響，於1923年在《藝術與國家》中寫道：「我們生來個個都是自由的，國家偏要造出監獄來幽囚我們」，「國家主義與藝術的理想取兩極端的地位」，「現代的國家是和藝術勢不能兩立的」，「地球上的國家倒毀得乾乾淨淨，大同世界成立的時候，便是藝術的理想實現的日子。」[26]他揭示了國家、國家主義與個體特別是與個人化的藝術之間的矛盾對立關係，並以此將自己與傳統文人區別開來。

與白樺派的直接或間接影響相關，對國家、國家主義的批判，對個性自由的呼喚，成為五四前後文學的一種潮流——一種反叛近代以「國家」話語為中心的政治文學，以催生五四以「人」為中心話語的文學的潮流。[27]

三

上述論析表明，對國家主義的反動與對人的呼喚在五四時期是同時進行的，表現在文學上則為：對晚清以「國家」為中心話語的文學的批判、超越，與對「人」的文學的倡導、建

---

[25] 胡適：〈易卜生主義〉，《新青年》第4卷第6號。

[26] 郁達夫：〈藝術與國家〉，1923年6月23日《創造週報》，第7號。

[27] 由此可見，五四「人的文學」的目的雖然在於立人，在於使沙聚之邦由是變為「人國」，也就是一種新型的現代民族國家，但「人的文學」萌動、發生之初卻是反國家、國家主義的（當然是反舊的國家、國家主義），表現出一種無政府主義、自由主義的傾向，這其中的矛盾，就使我們比較容易理解後來五四「人的文學」在呼籲建立民族國家過程中為何無政府主義、自由主義的聲音不絕如縷。他們從人的自由、解放出發去確立國家本質，他們所想像的國家，因此具有了不同於舊的專制國家的現代品格，但以自由為訴求的個體與國家關係的統一，在他們那裏從根本上講，還停留在一種形式邏輯的層面上，所以在實際生活中他們常常因二者間的矛盾而痛苦，這就為五四文學後來的分裂或者說發展埋下了伏筆。

構，呈現為一體的兩個方面，或者說是合二為一的文學進程。而將這種進程統一起來的話語基石，則主要是日本白樺派的個人與「人類」關係之說。

這樣，來自白樺派的個人與「人類」相統一的觀點，彌漫於五四文壇，成為五四文學言說的基本話語之一。對這一現象，劉納曾作過精闢的概括：「五四作者的思考，則不但突破了置於國家與個人之間的強大的中間層次——家族，而且突破了置於人類與個人之間的更為強大的中間層次——國家。他們不常提起自己是四萬萬中的一個，卻牢記自己是人類的一員」。[28]她是在談論五四文學的人類意識時寫下這段話的，雖然切入角度不是比較文學研究角度，且恐怕未完全意識到日本白樺派的影響問題，但她從現象中歸納出的「牢記自己是人類的一員」，卻極為準確地道出了白樺派關於個人與人類相統一的觀念，對於五四作家、五四文學巨大影響的事實。

打開五四文學視窗，我們能檢索出大量的表現個人話語與人類話語相統一的作品，如郭沫若的《地球，我的母親》、冰心的《超人》、《國旗》、《悟》、葉聖陶的《萌芽》、劉綱的《兩個乞丐》、劉大白的《國慶》，等等。俞平伯說過，五四作家「只願隨隨便便的，活活潑潑的，借當代的語言，去表現自我，在人類中間的我，為愛而活著的我。」[29]「我」行走於同「個人」相統一的「人類」中間，而非與「個人」相衝突的「國家」裏。應修人表示：「每個人，我深深覺得都可愛。」（《春的歌集‧歡愉引》）；劉綱寫道：「他們是人，——是與享受過分的人類一樣的人。」（《兩個乞丐》）；郭沫若以那一時代最熾烈的個性意識詠歎：「地球！我的母親！

---

[28] 劉納：《壇變——辛亥革命時期至五四時期的中國文學》，中國社會科學出版社1998年版，第270頁。

[29] 俞平伯：《冬夜‧自序》，亞東圖書館1922年版。

我羨慕的是你的孝子，那田地裏的農人，他們是全人類的褓母，你是時常地愛撫他們。」（《地球，我的母親》）。以地球為母親，是一種廣泛的人類意識的表現，所以羨慕農人也只因他們是全人類的褓母，抒情主人公「我」不只是表現出了一種強烈的「個」的意識，而且有一種深厚的「人類」情懷，二者是統一的。正如劉納所言，作家們在作品中淡化「國家」觀念，以「人」的概念將個體生命與最大的「群」——人類，直接聯繫起來了。[30]個體「人」與群體「人類」直接對話、聯合，「個我」是人類中的一員，「人類」是由具有個體特性的單個人構成的。對人類的改造落實在「個我」身上，即從「個我」做起，而「個我」又承擔著「人類」的責任。這種主題傾向，一定程度上可理解為白樺派關於個人與人類關係的話語原則在中國的一種文學性的再書寫。

不過，這種再書寫是在中國五四文化語境中進行的，並且是由一批具有強烈主體意識的作者完成的，因而這種再書寫，實質上是一種跨文化意義上的改寫，一種再創造。

個人與「人類」相調和、統一，在白樺派那裏，主要停留於一種理論上的表述與「新村」實踐，創作上雖也作了一些探索，如武者小路實篤的劇本《人類萬歲》、〈一個青年的夢〉，表現的便是一種普遍的人類愛，是個人話語與國家主義的對立、與「人類」的統一，但尚未能將這種理念化為生動的形象。白樺派作家是一群家境優裕、畢業於貴族學校的青年，過著特權、安逸的生活，不知人間疾苦，而且他們生活在日本資本主義飛躍發展、走出了民族危機的時期；文學上日本啟蒙文學早已過去，近代文學得到了較充分地發展，所以他們從事文學主要是為了擴張自我，白樺運動是探討個人應如何發揮自

---

30 劉納：《嬗變——辛亥革命時期至五四時期的中國文學》，中國社會科學出版社1998年版，第271頁。

己的運動，他們缺少的是一種真正的社會責任感，沒有一種發自內在的啟蒙意識與責任心。

　　與之相比，五四作家有一種強烈的民族憂患意識，自覺地承擔民族話語轉型期「人」的啟蒙重任，白樺派關於個人與「人類」統一的學說，使他們意識到了「人」的啟蒙的現實可能性與重要性，啟蒙決定了他們對白樺派的認同。然而，人類意識、人類愛畢竟太抽象，它們雖能刺激作家們的理性思索，許多作家在創作中也確實表現出了這種理性思索傾向，但更多的作家不願停留於人類愛的抽象思辨上，而是從具體的啟蒙出發，將這種抽象的人類愛，轉換為對構成人類的普通民眾（主要是下層民眾）的關注與同情，於是表現、同情下層人民疾苦的作品成為五四文學中最亮麗的風景，如魯迅的《孔已己》、《明天》、《故鄉》、葉聖陶的《這也是一個人》、郁達夫的《春風沉醉的晚上》、《薄奠》、劉半農的《學徒苦》，等等。農人、車夫、女工、丫頭，無家可歸的孩子、乞丐等，成為作家們發抒人類愛的對象。作家們將他們視為人類中的一員，對他們的同情與愛，也就意味著對人類的同情與愛。這樣，白樺派抽象的人類意志、人類愛，被五四作家改造成了一種具體的具有現實意義的人道主義情懷，一種對個體「他者」的同情與尊重。

　　因而，五四文學對人類意志、人類愛的抒寫，實際上就是對個人自由與尊嚴的表現。個人與人類在具體創作中統一起來了，正如周作人所言：「這文學是人類的，也是個人的；卻不是種族的，國家的，鄉土及家族的」，「我即是人類」，「個人以人類之一的資格，用藝術的方法表現個人的感情，代表人類的意志，有影響於人間生活幸福的文學。」[31]這便是周作人所

---

[31] 周作人：〈新文學的要求〉，收入《藝術與生活》，上海文藝出版社1999年版，第16-21頁。

嚮往的文學。這種文學基本上避免了白樺派文學中那種生硬地圖解個人與人類關係原則的現象，抽象的原則、觀念被五四作家轉換成了對具體的人、具體的社會人生的描寫。

這就是五四文學從中國現實語境出發，對日本白樺派的個人與人類之說的一種改寫，一種再創造。這種改寫與再創造賦予了五四文學較之於日本白樺派文學更為豐富、深刻的現代人學內涵。中國文學也由此真正開始了「國家」文學向「人」的文學的轉型。

第二節　政治文學向人情文學轉型與坪內逍遙的《小說神髓》

一

晚清社會階級矛盾、民族矛盾空前尖銳、激烈，有正義感、關注國計民生的作家們，無不自覺地以文學參與民族救亡運動，以文學回應西方現代性的挑戰。這種回應其實是中國讀書人有意無意間將事實與想像混合之後所表現出的一種心靈姿態與精神呼喊，是轉型期的一種拯救行為。

那麼，文學應以何種姿態、方式回應挑戰呢？這是擺在那一代作家們面前的一個突如其來的問題，以梁啟超為代表的改良派所進行的文學變革，無疑是為這一問題尋找答案。如第一章所論，他們當時主要是以日本文學為參照，思索文學與社會政治生活的關係，匆匆地從日本政治文學那裏搬來了答案，將文學與政治生活直接對接起來，無暇深思文學之為文學的規律。

那一時期的代表作家曾樸曾直陳自己的創作願望，是將30年來中國社會文化的推移，政治的變動，「收攝在我筆頭的攝影機上，叫他自然地一幕一幕地展現，印象上不啻目擊了大事

的全景一般。」[32]回視近代文學，不難發現自戊戌變法到義和團運動，再到八國聯軍入侵、資產階級改良與革命，等等，政治的風雲變幻無不盡收作家們的眼底，翻捲於字裏行間；政治的風雲人物，如康有為、梁啟超、孫中山、秋瑾，還有慈禧、光緒、袁世凱、李鴻章等，更是作家們熱衷於書寫的對象。政治生活成為文學創作的主要題材，單從作品標題上就能看出這一特點，如《官場現形記》、《二十年目睹之怪現狀》、《官場維新記》、《哭威海》、《馬關紀事》、《南海康先生傳》、《中東大戰演義》，等等。以至於在談到晚清的譴責小說時，楊天驥認為，「百分之百都是以那種日就崩潰的官僚社會作為題材的」。[33]而瞿秋白在論及新體小說時亦說，它們「的確能夠充分表現當時的所謂新思想：排滿，反對官僚，反對帝制，改良禮教。」[34]顯然，他是從題材角度立論的。

　　文學直接參與鼓吹變政、倡言民權自由的活動，社會政治生活成為晚清文學描寫的主要對象，政治改良、開通民智成為文學的中心訴求，政治話語成為文學言說的基本話語，「以稗官之異才，寫政界之大勢」[35]成為文學之主潮。從這層意義上講，稱晚清文學為「政治文學」並不過分。

　　社會政治生活成為文學描寫的主要題材，文學政治化，反映了那一時期政治對文學的一種渴望，以及文學對政治的一種干預意識，自有其歷史的必然性、合理性。然而，隨著時代的發展，那種將書寫對象幾乎萎縮為單調的政治生活的文學，那

---

[32] 曾樸：〈修改後要說的幾句話〉，魏紹昌編《孽海花資料》，中華書局1962年版，第131頁。

[33] 楊天驥：《文苑談往》第1集，中華書局1945年版。

[34] 瞿秋白：〈鬼門關以外的戰爭〉，轉引自管林等主編《中國近代文學發展史》（上），中國文聯出版公司1991年版，第308頁。

[35] 〈《清議報》一百冊祝辭並論報館之責任及本館之經歷〉，《飲冰室合集》第1卷，《飲冰室文集之六》，中華書局1989年影印本，第55頁。

種以政治為主要訴求的文學，已無法滿足人們對文學的要求，更無法完成時代所賦予的啟蒙使命，它必須進行新的調整，以走出政治話語這一單色的空間。朝什麼方向調整，以何種文學取代政治文學，是一個關涉現實政治、思想文化、閱讀心理等時尚、潮流的問題，不過它首先是一個文學問題。

　　早在30年前，日本文學史上就出現過同類性質的問題。某種意義上說，中國的上述問題，主要是由日本文學引起的，是因梁啟超等人在引進日本政治文學時，主體性不足，盲目照搬造成的。就是說，晚清文學變革過程中，引進日本政治文學的不慎，導致了對日本政治文學某些問題的重複。

二

　　如何解決這一問題，將文學導入何方，無疑走在前面的日本文學又為中國文學提供了參考。所以在文學革命興起不久，周作人便頗為自然地將視線投向了自己熟諳的日本文學，尋求適合於解決中國文學的現實問題、促進中國文學發展的域外資源。1918年4月19日，他在北京大學文科研究所作了題為〈日本近30年小說之發達〉的演講，這是近代以來中國第一篇較為全面而誠肯地介紹日本文學的專論，它一改以往中國人對日本文學的偏見，可謂是康梁以後發出的向日本文學學習的總動員。在介紹、闡釋日本文學時，周作人最感興趣、情感最為投入的是坪內逍遙的《小說神髓》。他不僅敘說了《小說神髓》的內容及其在日本近代文學史上的作用、地位，而且發掘出了它對於中國新文學發展的可能性意義。雖為講演，但他還是專門引述了原文中的一段：

　　　　小說之主腦，人情也。世態風俗次之。人情者，人
　　間之情態，所謂百八煩惱是也。

穿人情之奧，著之於書，此小說家之務也。願寫人情而徒寫其皮相，亦未得謂之真小說。……故小說家當如心理學者，以學理為基本，假作人物，而對於此假作之人物，亦當視之如世界之生人；若描寫其感情，不當以一己之意匠，逞意造作，唯當以旁觀態度，如實模寫，始為得之。

　　對坪內逍遙關於小說之主腦為人情的觀點，他極為認同與重視。

　　而坪內之所以作《小說神髓》，尤其是稱小說之主腦為人情，主要是針對江戶時期以瀧澤馬琴為代表的「勸善懲惡」的小說觀，以及明治15年左右的政治小說。他說：「我國勸善懲惡小說的作者，由於不理解這種小說衍變的情況，所以只知道將勸善懲惡作為小說、稗史的主要目的，而把作為小說中心的人情，寫得十分疏漏，豈不十分可笑。」[36]倡言以人情取代勸善懲惡。至於政治小說，在他看來，更是以政治上的自由民權為出發點與歸宿，「專寫政界情況的，多出自政治家之手，暗地裏宣傳政黨的主張」，[37]以至於人物成為體現某種政治思想的傀儡、符號，缺乏鮮明的性格與人情味。坪內以為，政治成為書寫中心與目的，是小說的墮落，要真正抬高小說地位，使之為啟蒙運動服務，必須以世態人情作為表現的中心。這些無疑是對明治維新以降政治小說的反動。正是坪內逍遙的理論倡導與實際努力，及同人的協作，日本文學才走出了政治文學的誤區，走上了人情寫實的道路。

　　作為日本最早的一部系統性的文學理論著作，《小說神髓》為日本近代文學的發展開闢了新的航線。島崎藤村在回憶

---

[36]　〔日〕坪內逍遙：《小說神髓》，人民文學出版社1991年版，第37頁。
[37]　〔日〕坪內逍遙：《小說神髓》，人民文學出版社1991年版，第37頁。

《小說神髓》時說過：「我願把它比作天將破曉，黎明尚未到來之前，在濃霧重重之中，乍聞雞唱一般。」[38]周作人不僅深知《小說神髓》在日本近代文學開拓期的作用，而且體察出了它對於中國文學發展可能具有的意義，所以在演講結尾時，他又回到了《小說神髓》上，「總而言之，中國要新小說發達，須得從頭做起，目下所缺第一切要的書，就是一部講小說是什麼東西的《小說神髓》。」何以謂之為「目下所缺第一切要的書」呢？因為在他看來，「中國現時小說情形，彷彿明治十七八年時的樣子」，而明治十七八年正是日本政治小說興盛時期。由此看來，他是想借《小說神髓》之力來擊破類似日本政治小說的中國晚清政治文學的硬殼。而聯繫到他對《小說神髓》「人情」說的重視，則可進而推斷出，他主要是希望以坪內逍遙所倡導的「人情」作為中國文學之主腦，以取代晚清文學之「政治」主腦，從而改變晚清政治文學潮流。

這可佐證於他此後不久倡導新文學的諸多言論，如1918年12月他在〈平民文學〉中寫道：「我們不必記英雄豪傑的事業，才子佳人的幸福，只應記載世間普通男女的悲歡成敗。」[39]在〈文藝的統一〉中，他認為文學不僅應寫「千人的苦樂」，而且應表現「一人的苦樂」，「個人所感到的愉快或苦悶，只要是純真切迫的，便是普遍的感情，即使超越群眾的一時的感受以外，也終不損其為普遍。」[40]那一時期，他似乎始終未停止過言說文學是個人的事業，應置重於表現個人的喜怒哀樂之情。顯然，他是在向中國新文學移植《小說神髓》關於小說之主腦為人情的觀念，使「人情」作為人的文學書寫的基本內容，以置換晚清文學倚重的「政治生活」，從而促使近現代文學的基本轉換。

[38] 〔日〕西鄉信綱等：《日本文學史》，人民文學出版社1978年版，第236頁。

[39] 周作人：〈平民文學〉，1919年1月19日《每週評論》第5號。

[40] 周作人：〈文藝的統一〉，收入《自己的園地》，人民文學出版社1998年版，第25頁。

1935年，謝六逸在得知坪內逍遙去世消息後曾撰文以寄哀思，文中援引了日本柳田泉君的觀點：「逍遙先生的偉大，就是他以獨自的立場努力，於日本文學的革新，使革新事業，得到『理論』與『方向』，這是他偉大的第一點。」[41]我以為《小說神髓》對於中國近現代文學的轉換、新文學發展的意義，也在於以周作人為媒介，提供「理論」與「方向」，即上述「人情」方向。就是說，《小說神髓》為晚清政治文學突圍，向現代文學轉變，標示了重要的「人情」文學方向。

三

　　在周作人等的倡言下，這一理論、方向，迅速得到五四文壇的認同。1919年傅斯年在〈怎樣做白話文〉中稱：「我們所以不滿意舊文學，只因它是不合人性、不近人情的偽文學，缺少人化。」而「文學的人化，只是普通的『移人情』。」人情在他那裏，成為評判文學的重要價值標準，人的文學也就意味著是表現人情的文學。陳獨秀同樣以是否呈現人情作為對文學作出價值判斷的準則，1920年，他在〈儒林外史新敘〉中認為：「中國文學有一層短處，就是：尚主觀的『無病而呻』的多，知客觀的『刻畫人情』的少。」[42]1921年，鳴田在〈維新後之日本小說界述概〉中，稱《小說神髓》「算是新文學底報曉雞聲」，[43]對人情為小說之主腦觀點頗為認同，由此對文學表現人情的「理論」、「方向」起了推波助瀾的作用。1922年，西諦著文稱：「文學是人生的自然的呼聲。人類情緒的流泄於文

---

41 謝六逸：《小說神髓》，收入陳江等編《謝六逸文集》，商務印書館1995年版，第200頁。

42 陳獨秀：〈儒林外史新敘〉，《陳獨秀文章選編》（中），三聯書店1984年版，第39頁。

43 鳴田：〈維新後之日本小說界述概〉，民國10年7月《東方雜誌》，第18卷第13號、14號。

字中的。不是以傳道為目的。更不是以娛樂為目的。而是以真摯的情感來引起讀者的同情的。」[44]人類情緒、情感成為他定義文學的關鍵字，他的新文學觀便是以情緒、情感為基礎的。1923年，郁達夫將情感與美並稱為藝術的兩個「最大要素」，他說：「藝術的第二要素，就是情感，同情和愛情，都是包括在情感之內的。藝術中間美的要素是外延的，情的要素是內在的。」[45]

理論上的認同、移植，順乎邏輯地投射於創作，使得五四文學創作不再如晚清文學那樣，偏重於對社會政治生活的描寫與對政治話語的張揚，而是以人的喜怒哀樂之情為基本內容（這裏不排斥他種因素的作用）與意義訴求。

五四時期，中國社會同樣是風雷激盪，政局瞬息萬變，如茅盾所言：「中國社會的『現形』若有人搜採做成小說，其光怪陸離，當開一生面。」[46]若是晚清，不知會出現多少部《官場現形記》類的作品，可五四作家受周作人倡導的坪內逍遙「人情」說的影響，大都對這些光怪陸離的現象缺乏興趣，如郁達夫說：「現代中國的腐敗的政治實際，與無聊的政黨偏見，是我們所不能言亦不屑言的。」[47]這是頗有代表性的話語，稱其為一個時期作家們的共同宣言，應該是不過分的。於是，創作上出現了沈雁冰所指出的現象：「現在創作家太忽視了眼前的社會背景了」。[48]他們關注的是活生生的人的問題，是人的精神、情感。如魯迅的《孔乙己》、《藥》、《明天》、《故鄉》、《阿Q正傳》等，雖旨在以文學改造國民性，但出發點與

---

[44] 西諦：〈新文學觀的建設〉，原載《文學旬刊》第37期，上海1922年5月11日《時事新報》。

[45] 郁達夫：〈藝術與國家〉，收入吳宏聰等編：《創造社資料》（上），福建人民出版社1985年版，第57-58頁。

[46] 沈雁冰：〈一般的傾向——創作壇雜評〉，《文學旬刊》第33期。

[47] 郁達夫：〈創造日宣言〉，收入《創造社資料》（上），福建人民出版社1985年版，第487頁。

[48] 沈雁冰：〈社會背景與創作〉，《小說月報》第12卷第7號。

歸宿卻是人的悲歡，是通過苦澀人情的抒寫以達到人的啟蒙。創造社諸作家五四時的創作雖各具特點，但在表現人情這一傾向上卻是驚人的一致，《沉淪》、《女神》、《殘春》、《牧羊哀話》、《沖積期化石》、《玄武湖之秋》、《木犀》等，無不是寫人物在傳統向現代轉型期所體驗到的某種特殊的「人情」，如生的苦悶、性的苦悶之情緒，以至於有研究者以「文學是灰色的，而情緒之樹常青」來概括郁達夫、郭沫若、成仿吾、王獨清、張資平……等的創作傾向。[49]

　　然而，在我們從理論引入、倡導這一角度，發現了五四文學創作與《小說神髓》之間的聯繫的同時，我們又立即察覺出，五四文學的人情描寫不同於坪內逍遙的理論界說乃至其創作的民族個性。坪內逍遙倡言寫人情，但又說：「若描寫其感情，不當以一已之意匠，逞意造作，唯當以旁觀態度，如實模寫，始為得之。」[50]以旁觀者態度寫感情，這其間內在的矛盾，也許是坪內逍遙尚未意識到的，也許源自日本文學傳統獨特的超然物外的審美意識，但其不良後果，卻是不容忽視的，它勢必造成情感的弱化，乃至因缺少個性而走樣變形，以至消失。如他自己的小說《當代書生氣質》（1885-1886），雖力圖寫出當時學生的慾望與苦悶，以展示青年學生們的情感世界，但旁觀者的姿態使他無法真正把捉住學生們的真實「人情」，以至於群像式的人物均因缺少內在情感個性，而流於平面化、概念化。作品在結構、文字尤其是情感上，未能真正突破江戶遊戲文學的情調，只能「以描寫淺薄的風俗而告終。」[51]而中國傳統文學功利性的審美觀，加之五四作家入世的啟蒙心態、啟蒙理

---

[49] 朱壽桐：《情緒——創造社的詩學宇宙》，上海文藝出版社1991年版，第1頁。

[50] 轉引自周作人〈日本近30年小說之發達〉，收入《藝術與生活》，上海文藝出版社1999年版，第138頁。

[51] 〔日〕中村新太郎：《日本近代文學史話》，卞立強、俊子譯，北京大學出版社1986年版，第7頁。

想，決定了他們在人情抒寫態度上，必然疏離於坪內逍遙強調的「旁觀態度」。其實何嘗是疏離，《故鄉》、《藥》、《沉淪》、《教我如何不想她》、《天狗》等，無不將個人情感與現實社會啟蒙聯繫起來加以描寫。不用說寫自我時的一種主動姿態，就是寫他人、寫外在世界，作家們也往往以第一人稱身份參與到敘事流程中，與敘事對象進行直接交流，在自覺扮演啟蒙者角色同時，體驗敘事對象的情感。

　　對五四文學來說，人情的抒寫意味著人的主體意識、個性自由和創造力的表現，這正如龍泉明所指出的，五四時「一大批作家熱烈地讚頌與肯定了『人』的生存本能與自然情慾，熱烈地呼喚感情形態的『生』的自由、歡樂、憤怒、痛苦、孤獨……他們大膽地表現著自己的情感，自由地宣洩著心中的塊壘，一切禮法都在強大的情感衝擊下失去了昔日的威風。情感的表現既成為手段又是目的。他們以情感去否定過去傳統的陳規，以情感自身來證明人的存在，實現生命的合理衝動。」[52]正是以如此的特徵，五四文學顯示出雖認同於《小說神髓》的人情說，卻又能根據中國現實需要進行創造性轉換，以民族化特性使自己區別乃至於超越《小說神髓》的境界。

第三節　政治宣講式文學向寫實文學轉型與坪內逍遙的《小說神髓》

一

　　這是一個與文學內容由政治生活向人情轉換密切相關的問題，或者說它們是一體的兩面。

---

[52] 龍泉明：《在歷史與現實的交合點上》，陝西人民出版社1992年版，第132頁。

晚清作家的政治家角色，使他們自覺地將寫作作為政治上維新改良的重要環節，強烈的政治熱情、政治意圖的作用，加之日本政治文學的影響，使晚清文學在藝術上往往忽略對文學性的追求，而熱衷於直接宣講政治目的，或從宣講政治需要出發編造故事情節，「政治小說者，著者欲藉以吐露其所懷抱之政治思想也。其立論皆以中國為主，事實全由於幻想。」[53]「事實全由於幻想」道出了政治小說藝術上胡編妄造的特點，一切以吐露著者的政治思想為目的，無暇顧及藝術的真實性原則，著者的主觀邏輯取代了藝術世界本應有的生命邏輯。於是出現了梁啟超的《新中國未來記》中的文體現象：「似說部非說部，似裨〔稗〕史非裨〔稗〕史，似論著非論著，不知成何文體……編中往往多載法律、章程、演說、論文等，連篇累牘，毫無趣味。」[54]小說地位雖然提高了，形式卻走樣了，政論文體浸入小說，使小說失去了原有的豐富複雜性，朝概念化、模式化方向發展，「拿著一個問題，引著一條直線，駁來駁去，彼此往復到四十四次，合成一萬六千餘言。」[55]小說變成了宣講政治目的的工具。作品中的人物雖為虛構，但由「文明種」、「東方英」、「中國一民」、「狄必攘」這些人物，便可立即覺察出作者的政治寓意來。他們失去了虛構人物的懸念，實際上變成了某種政治話語符號，或曰直接充當了某種政治理念的化身。

不惟小說，其他體裁作品也無不如此。詩歌在日本文學影響下，重點不在抒情而是言志，言革新社會之志，充滿概念化的新名詞，常常令人難以索解。戲劇同樣熱衷於宣講政治，1905年陳獨秀宣稱，「惟戲曲改良，則可感動全社會，雖聾得

---

[53] 1902年《新民叢報》，第14號。

[54] 梁啟超：《新中國未來記·緒言》，1902年《新小說》，第1號。

[55] 平等閣主人：《新中國未來記·第三回總批》，1902年《新小說》，第2號。

見，雖盲可聞，誠改良社會之不二法門也」，沿著這一思路，他進而指出，「戲中有演說，最可長人之見識」。[56]這樣，化妝演說便成為那一時期戲劇藝術的主要特點，戲劇人物臉譜化為言論派老生、言論派小生、言論派正生等。說白、唱詞乃至故事情節無不寄託著作者的政治寓意，如《新羅馬傳奇》、《新中國傳奇》、《警黃鐘》等。劉納在談到這一時期戲劇時說：「出於直截了當的宣傳意圖，作者們來不及也不願意把自己如焚的熱情沉潛到藝術形式中去，以至出現了以『說白』排擠『曲』的現象。」[57]「說白」排擠「曲」，旨在宣講政治理想。

文學藝術上這種政治宣講式傾向，無疑與梁啟超等參照日本政治文學所進行的文學變革相關。如果說梁啟超經由日本文學認識到了小說對於開發民智的重要性，並不遺餘力地加以倡導，從而為小說爭得了合法性地位，功不可沒；那麼，與此同時，他卻犯了一個將小說甚至整個文學導入非文學化歧途的錯誤，而這個錯誤在一定意義上講，是可以避免或者少犯的，因為他本可以從日本政治小說那裏吸取經驗教訓，特別是借助當時日本文學最新發展的寫實主義經驗，使晚清文學避免政治宣講式傾向，至少可以減弱政治宣講的色彩。

1885年坪內逍遙發表《小說神髓》，目的之一就在於改變政治文學虛假的政治浪漫傾向，將文學由非文學性的政治虛構引向寫實主義道路。在坪內的努力下，日本寫實主義文學到梁啟超在日本倡導文學改良時，已取得了相當大的成就。這就是說，他當時可引以為參照的，不只是政治文學，還有匡正政治文學弊端的寫實主義文學。從史料推測，他當時也已接觸到《小說神髓》的寫實主義理論，以及它所開創的寫實主義文

---

[56] 三愛：〈論戲曲〉，《新小說》第2卷第2期。

[57] 劉納：《嬗變——辛亥革命時期至五四時期的中國文學》，中國社會科學出版社1998年版。

學。1885年，坪內逍遙在《自由燈》上刊發〈論小說及《書生氣質》之主意〉，提出了《小說神髓》的基本觀點，而梁啟超在紹介日本政治小說時提到過《自由燈》，這意味著他很可能由《自由燈》而接觸到坪內逍遙《小說神髓》的寫實主義理論；況且，20世紀初，坪內逍遙因《小說神髓》而在日本文壇大紅大紫，梁啟超正值此時在日本從事文學倡導活動，熱情地關注日本文學，從理論上講，他不可能沒有注意到坪內逍遙的代表作《小說神髓》及其所主張的寫實主義理論，不可能不知道《小說神髓》所開創的寫實主義文學潮流，雖然他沒有直接提到過坪內逍遙的名字，但正如有的研究者所言，「他既然要搞小說界革命，就不可能不留意日本小說改良的先驅者坪內逍遙的貢獻。」[58]在〈論小說與群治之關係〉一文中，他提到了「寫實派」與「理想派」兩種創作方法，「由前之說，則理想派小說尚焉；由後之說，則寫實派小說尚焉。」並認為「小說種目雖多，未有能出此兩派範圍外者也。」這裏的「寫實派」、「理想派」已被有的研究者證明來自日本，分別指坪內逍遙為代表的寫實主義和森鷗外為代表的浪漫主義。[59]這表明，梁啟超那時從事文學改良的背景頗佳，如果他能站在文學的立場上審時度勢，完全可能在抬高小說地位的同時，借鑑坪內逍遙的寫實理論，避免重複日本政治小說非文學化的錯誤。然而，梁啟超的政治家而非文學家的身份與立場，使他面對日本文壇不是擇「善」、擇新而從，而是輕易地取了日本政治文學的態度與方法，以政治取代文學，將文學政治化、公式化，從而與坪內逍遙擦肩而過，也就與歷史提供給他的成就其文學事業的良機擦肩而過了。

---

[58] 何德功：《中日啟蒙文學論》，東方出版社1995年版，第85頁。

[59] 何德功：《中日啟蒙文學論》，東方出版社1995年版，第86頁。

二

　　中國第一個正式提到坪內逍遙的是浙江平陽人黃慶澄。1884年他東渡日本留學，後來在《東遊日記》中寫道：「坪內雄藏、高田早苗、棚橋一郎、吉岡太郎等，皆學士也。」坪內雄藏即坪內逍遙。然而，第一個意識到坪內逍遙《小說神髓》對於中國新世紀文學發展意義的卻不是他，也不是梁啟超，而是周作人。並不是周作人比梁啟超高明，而是因為梁啟超為他提供了可引以為鑒的經驗教訓。在〈日本近30年小說之發達〉中，他說：「中國講新小說也20多年了，算起來卻毫無成績，這是什麼理由呢？」他得出的結論是中國人不肯如日本人那樣模仿他人，也不會模仿他人。怎麼辦呢？而開出的方子則是引進、學習坪內逍遙的《小說神髓》。由此可見，他倡導《小說神髓》旨在糾正20多年來，也就是梁啟超小說革命以來文學的弊端。

　　何以看重《小說神髓》？由周作人紹介時的取捨傾向看，原因之一就在於它的「如實模寫」的態度，在於它「排斥從前的勸善懲惡說，提倡寫實主義。」[60]

　　《小說神髓》一方面聲言「小說是藝術」，這一點梁啟超是認同的；[61]但另一方面，也就是下文所述的更為重要的方面，則為梁啟超所忽視。《小說神髓》認為，小說「不能提供實用，所以議論它的實際效益是很不對頭的」，否定了小說直接的勸善懲惡功能和政治說教傾向。與之相應，它反對藝術上以勸善懲惡、政治說教為目的的胡編亂造，反對「那些以勸懲為眼目的日本和中國的小說作者，……將天然造化的作用硬塞進

---

[60] 周作人：〈日本近30年小說之發達〉，收入《藝術與生活》，上海文藝出版社，1999年版，第138頁。

[61] 何德功通過分析得出了類似結論，見《中日啟蒙文學論》，東方出版社，1995年版，第87頁。

勸善懲惡這個人為的模式裏，那麼這種人情與世態已非天然的東西，而是作者自己捏造出來的想像的人情世態」；主張「在描寫人物的感情時，不應根據自己的想法來刻畫善惡邪正的感情，必須抱著客觀地如實地進行模寫的態度」，「模擬人情，模擬世態，盡力使所模擬的東西達到逼真。」逼真到昭示出人物微妙的內心世界，將人情寫得入木三分。[62]梁啟超不只是未能注意到這些誠說，而且犯了將小說政治工具化、非文學化的錯誤。周作人無疑意識到了這一點，所以，他希望以《小說神髓》所倡導而被梁啟超所忽視的寫實方法與精神，來改變一定程度上因這種忽視而引起的晚清以降文學政治宣講、臆構的概念化、模式化傾向，使之真正回歸於文學。

於是，他不遺餘力地倡導《小說神髓》所主張的「如實模寫」的寫實主義。人生的藝術派是他那時的基本立場，而在闡釋這一立場的特點時，他說：「但既是文學作品，自然應有藝術的美。只須以真為主，美即在其中，這便是人生的藝術派的主張。」[63]「真」成了美的基本標準，也就是他當時評判文學的基本原則，而這「真」顯然與《小說神髓》所強調的「逼真」是相通的。1919年在〈再論「黑幕」〉一文中，他批判黑幕文學的基本武器，也主要來自《小說神髓》，如在論證黑幕為非寫實小說時，他說：「至於小說本是文學裏的一個支流，自然也應有文學的特質，簡約的說一句，便是技巧與思想兩件事。寫實小說卻更進一層，受過了『科學的洗禮』，用解剖學心理學的手法，寫唯物論進化論的思想。」這種強調小說為文學，應注重其文學性的觀點，以及強調小說的客觀寫實傾向，無疑正是《小說神髓》的主要精神。又如論及「黑幕與道德」時，他寫道：「我的意見以為小說對道德這問題，是不成立的。因

---

[62] 以上引文均出自坪內逍遙：《小說神髓》，劉振瀛譯，人民文學出版社，1991年版。
[63] 周作人：〈平民文學〉，1919年1月19日《每週評論》，第5號。

為近代寫實小說的目的，是尋求真實，解釋人生八個字，超越道德範圍以外。」[64]真實地解釋人生，不以道德說教為目的，這幾乎是《小說神髓》論證小說寫實特點時的原話。同年，他在〈中國小說裏的男女問題〉中倡導問題小說，自覺持守人生寫實觀點，將問題小說與「教訓的小說」區別開來，「那種勸善戒惡的淫書，不必說了。即使真正講教訓的小說，我們也須細心將他分別，使他勿與問題小說相混。」強調勿使問題小說走上說教式的概念化、模式化的道路，[65]從而為「五四時期的『問題小說』指明了現實主義的方向」。[66]

倡導寫實，重要目的在於改變晚清以降文學的非文學化傾向，所以在論及人生寫實時，他特別強調對文學性的追求，「這抒情詩的小說，雖然形式有點特別，但如果具備了文學的特質，也就是真實的小說。內容上必要有悲歡離合，結構上必要有葛藤，極點與收場，才得謂之小說。」[67]將是否具備文學特質與真實的小說直接聯繫起來，強調小說不僅應寫悲歡離合之人情，而且應以藝術的方式而非政治宣講方式加以表現，這同樣是《小說神髓》界說小說的基本立場。

三

五四時期，經由周作人，《小說神髓》的基本精神，尤其是寫實主張，成為許多論者言說中國文學問題，擬構新文學

---

[64] 周作人：〈再論「黑幕」〉，收入陳子善等編《周作人集外文》（上），海南國際新聞出版中心1995年版，第288-291頁。

[65] 周作人：〈中國小說裏的男女問題〉，收入陳子善等編《周作人集外文》（上），海南國際新聞出版中心1995年版，第299頁。

[66] 錢理群：《周作人論》，上海人民出版社1991年版，第257頁。

[67] 周作人：《晚間的來客·譯後附記》，收入嚴家炎編《20世紀中國小說理論資料》第2卷，北京大學出版社1997年版，第91頁。

發展方向的主要立場。如君實的〈小說之概念〉，[68]其基本觀點是：一、反對歷來視小說為閒書之傳統；二、反對將小說作為勸善懲惡的工具；三、認為近年自西洋小說輸入，小說觀念有所變化，但也只是視小說為通俗教育之利器，質言之，仍不過儆世勸俗罷了；四、蓋小說本為一種藝術，應注重其本身特性，注重人生寫實，不能將之工具化。這幾點均可從《小說神髓》中尋出「來歷」，它們與《小說神髓》上卷的基本觀念框架，幾乎完全相同。於是，無論是理論探索，還是創作實踐，如問題小說、鄉土文學創作等，寫實成為五四時期壓倒一切的新潮流，這是一種取代晚清以降那股強勁的以政治宣講、虛構為主要特徵的概念化、模式化文風的新潮流，它是晚清文學向五四文學流變、轉換的最突出的藝術標誌之一。這種寫實潮流無疑不只是源自《小說神髓》的影響，而是文學內外諸種因素綜合所致。但如上所論，《小說神髓》的寫實主張卻起了更為直接的理論牽引與規範作用。正因如此，這股寫實潮流的內在特性，表現出一些與坪內逍遙《小說神髓》的寫實理論主張相一致的地方：一是將寫實的重點落實在對普通民眾悲歡離合的人情的抒寫上，對政治現實不太感興趣；二是寫實的目的落實在為人生上，通過對人、人生的真實描寫，實現思想文化啟蒙的目的，從這層意義上講，寫實是與勸善懲惡、政治說教相對立的；三是寫實不僅作為文學性的一種體現，而且作為豐富文學性的一種途徑，是為了有效地改變、超越政治宣講、虛假浪漫的非文學化傾向。

然而，文學上的認同、接受往往是以背離為條件的，只有這樣，認同、接受才具有存在的價值與意義，按周作人的觀點

---

[68] 君實：〈小說之概念〉，收入嚴家炎編《20世紀中國小說理論資料》第2卷，北京大學出版社1997年版，第65-66頁。

來講，認同、接受就是應做到「創造的模擬」。[69]五四文學初期的寫實潮流在認同、化入坪內逍遙寫實理念同時，同樣表現出明顯的背離傾向。

一、《小說神髓》的寫實理論，強調的是寫實的技巧，是如實地描寫現實的外在現象，而不注重於寫內在實質和寫典型環境中的典型人物，「忽視真實與典型的關係，即忽視現實生活最本質的社會關係，其對人生和社會的歷史性意識非常薄弱，幾乎未能提出對人生和社會的批判的基準。」[70]這種將寫實只視為一種技巧、形式的傾向，與日本文學超政治性傳統相關，而與中國文學藝術主流精神相背離，所以五四作家在取其強調寫實技巧的同時，沒有如《小說神髓》那樣將寫實孤立地作為形式看待。在他們那裏，寫實被視為人的文學的基本要求，是為了更真實地寫出人的悲哀與渴望。寫實不只是為了拆解虛假的大團圓模式，而且是為了經由這種拆解暴露整個封建社會虛偽的本質。寫實意味著直面慘澹的人生，寫出淋漓的鮮血；意味著揭出病苦引起療救的注意，也就是指向人的啟蒙，指向文化批判與社會批判。所以，他們一開始就注意對典型環境中的典型人物的描寫，儘管這種追求在多數作家那裏意味著一種奢望，但這種意識是自覺的，而且他們中的代表作家魯迅，成功地實現了這種追求，以典型人物表現出社會生活中最本質的東西來，體現了一種深厚的歷史意識與時代精神。所以，寫實在他們那裏不啻是一種形式技巧問題，它意味著一種社會姿態，一種參與精神。

二、《小說神髓》在強調對現實作真實描寫同時，卻又主張作家不應解釋自己所描寫的現象，「更不應評判它，從而排

---

[69] 周作人：〈日本近30年小說之發達〉，收入《藝術與生活》，上海文藝出版社1999年版，第134頁。

[70] 葉渭渠：《日本文學思潮史》，經濟日報出版社1997年版，第324頁。

除現實主義創作的表現理想，將現實與理想對立起來。」[71]五四作家捨棄了這種褊狹的理論傾向，他們自覺地將改造國人之魂靈的精神融注到對現實的描寫中，表現人生是為了改造人生。他們深知在自己的時代寫實與理想只是相對而言的。瞿世英的《小說的研究》、吳宓的《論寫實小說之流弊》、郁達夫的《歷史小說論》、楊振聲的《玉君·序》等，都未將寫實與理想對立起來，而是在倡言寫實的同時，一定程度地主張抒寫理想生活。那是一個浪漫的時代，作家們無不根據自己的理想與方式想像未來，但在創作中，他們努力將自己的理想轉化到對生活的客觀描寫中。這就是說，他們從未無理想地抒寫現實，而是將理想化為寫實的內在動機。魯迅如此，問題小說派、鄉土派作家亦大都如此，如冰心、葉紹鈞、王統照是以「美」和「愛」作為理想，以之作為人生寫實的內在衝動。雖然有時從他們作品中，如從《阿Q正傳》、《孔乙己》、《鼻涕阿二》中，我們不易看出這種理想，但不等於沒有理想，只是他們的理想即立人，寄寓於對國民性的真實抒寫中，顯得較隱曲罷了。

　　這是五四文學寫實潮流對《小說神髓》的兩點背離、區別。它一方面說明五四初期寫實潮流遠非《小說神髓》一家影響所至，它有著十分複雜的生成背景；另一方面，單從接受《小說神髓》影響看，說明五四作家能從自己民族的審美趣味與現實需要出發，進行取捨、轉換，以形成自己的個性，也就是能夠做到「從模仿中蛻化出獨創的文學來」。[72]

---

[71] 葉渭渠：《日本文學思潮史》，經濟日報出版社1997年版，第324頁。

[72] 周作人：〈日本近30年小說之發達〉，收入《藝術與生活》，上海文藝出版社1999年版，第149頁。

第三章

五四文學創型與日本文學思潮

　　晚清政治文學向人情寫實文學的轉型基本完成後，20世紀中國文學進入到了一個新的發展階段——五四文學階段。這是一個充滿新生活力，呈現出新的發展勢頭與特徵的階段，一個在艱難中探索跋涉的階段。在這一階段，五四文學先驅們仍不斷地從日本文學中吸取某些精神養分，彌補、充實自己，以增強前行的力量。本章論述的是五四文學重要的生力軍前期創造社的文學創型與日本文學思潮的關係。

　　前期創造社成員赴日留學時間大都為大正初年，成仿吾是1911年，張資平是1912年，郭沫若、郁達夫均為1913年，田漢、鄭伯奇稍晚，分別為1916年、1917年，而陶晶孫則更早，童年即隨父母到日本。歸國時間一般在20年代初。他們的青春時代，短則數年，長則十數年，是在日本度過的，儘管去國前大都有一定的文學素養，但轉向文學則發生在日本。他們的文學興趣與日本文壇和以日本文壇為仲介所接受的西方文學有著直接的關係，正如陶晶孫所說：「使得產生這一批文學同人，不可疑的是他們的日本留學，和日本文學界的影響。」[1]

---

[1]　陶晶孫：〈創造三年〉，收入《創造社資料》（下），福建人民出版社1985年版，第770頁。

他們的留學時代，正值日本大正時代，而「在這個時代的文化活動中……文學和哲學領域內的動向都同時顯示了新時代的開始」，[2]知識分子對西方文化的興趣已隨著「維新」事業的完成，由政治色彩濃烈的「民主」、「理性」、「自由」轉向非政治的「自我」、「生命」、「非理性」等，他們熱烈地呼喚「使人性的自然本質在社會中得到充分伸張」。[3]與之相應，文壇上自然主義文學高潮雖已過去，但作為其延伸的私小說則仍勢頭強勁；與此同時，唯美主義（又稱耽美主義、新浪漫主義）興起，於1916-1917年達至巔峰，且同白樺派、新思潮派一起構成鼎足之勢。尊崇自我、尊重藝術是其共同傾向，也可說是一種文壇時尚。這就是前期創造社所置身的日本文壇現實，然而從郁達夫、郭沫若、田漢等的交遊與文學傾向看，在這些思潮中，真正對他們發生深刻影響的，則是唯美主義、自然主義以及私小說。

第一節　前期創造社與日本唯美主義文學

一

　　日本唯美主義文學是作為對自然主義的反動而興起的一種文學思潮，以1909年創刊的《昴星》雜誌為開端，1916-1917年達至巔峰，成為當時日本文壇的主潮。

　　它並未構築起完整的理論體系，其藝術主張大多散見於重要的作品中，如上田敏的《旋渦》、永井荷風的《冷笑》、《歡樂》、谷崎潤一郎的《異端者的悲哀》等。主要觀點是：一、追求超然於現實生活的純粹的美，主張藝術第一、生活第

2　周佳榮：《近代日本文化與思想》，商務印書館香港分館1985年版，第100頁。
3　〔日〕今井清一：《日本近現代史》第2卷，商務印書館1983年版，第62頁。

二。他們反對文學的功利性目的，永井荷風在《歡樂》中說過：「不論傳播和鼓吹什麼主義，都只會產生虛偽的方便和誇張，以及狹隘的排他思想。」為藝術而藝術可謂是他們共同的指導理論。二、視文學為實現美的享樂的方式，將享樂主義看成是唯美的重要屬性，強調藝術的官能主義。谷崎潤一郎在《金色之死》中稱：「所謂思想，無論多麼高尚也是看不見的、感受不到的，思想中理應不存在美的東西，所以其中最美的東西就是人的肉體。」強調文學的享樂主義與官能主義。三、尊重個人主義與自然人性，強調自我的本能性。四、在憧憬西方同時，強調江戶情趣。代表作家是永井荷風、谷崎潤一郎、佐藤春夫等，重要作品有《美國故事》、《歡樂》、《冷笑》、《文身》、《襤褸之光》、《田園的憂鬱》、《惡魔》，等等。

　　大正年間，唯美主義作為一種主潮，一種時尚，彌漫於日本文壇各個角度，「唯美」成為一種整體氛圍。在這樣一種氛圍中，熱愛文學且熱望於以文學抒寫自我與理想的創造社成員，不可能不受到一定的影響。這種影響不外乎兩大方面，一是以日本文壇為仲介，瞭望西方唯美主義，間接受到西方唯美主義影響，二是直接受日本唯美主義浸潤。仲介也好，直接浸潤也罷，都只表明創造社與日本唯美主義文學思潮間存在一定的關係。對於這種複雜的關係，我的興趣則在第二方面，即創造社作家直接接受日本唯美主義文學影響上，也就是要證明創造社作家直接接觸過日本唯美主義作家或文學，特別是要論證、辨別這種直接接觸對他們的創作產生的具體影響。

　　從現有資料看，前期創造社作家大都對日本唯美主義文學發生過興趣，或直接接觸過日本唯美主義作家，或閱讀過他們的作品。如田漢曾於1921年10月16日應邀訪問過佐藤春夫，與

之縱談中日文學現狀，其後，田漢給佐藤春夫介紹過郁達夫。[4]
田漢與佐藤春夫交往密切、感情甚篤。田漢、郭沫若與谷崎潤一郎也有過直接交往，谷崎潤一郎曾幾度來中國，田漢在給村松梢風信中寫道：「谷崎潤一郎先生來上海旅行時，始終同我們在一起遊玩。初次見面的晚上，我同郭沫若只與谷崎先生一起到谷崎先生居住的一品香旅館長談。」[5]至於郁達夫，鄭伯奇曾說「日本現代作家的作品，他閱讀的也不少；其中，谷崎潤一郎和佐藤春夫等人的小說是他比較喜愛的。」[6]郁達夫自己在〈海上通信〉中也說過：「在日本現代的小說家中，我所最崇拜的是佐藤春夫。……有一次何畏對我說：『達夫！你在中國的地位，同佐藤在日本的地位一樣。但是日本人能瞭解佐藤的清潔高傲，中國人卻不能瞭解你，……』慚愧慚愧，我何敢望佐藤春夫的肩背！」[7]佐藤的作品被他譽為「優美無比」，並自覺模仿。

　　這些直接接觸、閱讀與創作上的自覺追尋，無疑會影響到前期創造社作家的文學走向，對此陶晶孫曾多次談及，他說「《創造》的發刊時，沫若說要把新羅曼主義為《創造》的主要方針。」[8]他這裏所謂的「新羅曼主義」指的就是唯美主義，這可被佐證於他另一篇文章〈創造社還有幾個人〉中的觀點：張定璜「對於《創造》之文字體裁標點都有意見寫到上海來，這雖說因為那時候正是日本之新羅曼派流行之模仿，再也是他個人生活趣味，但同時也表示創造社對於文學革命上，採用白

---

[4] 〔日〕伊藤虎丸監修，小谷一郎、劉平編：《田漢在日本》，人民文學出版社1997年版，第447頁。

[5] 〔日〕伊藤虎丸監修，小谷一郎、劉平編：《田漢在日本》，人民文學出版社1997年版，第35頁。

[6] 鄭伯奇：〈憶創造社〉，收入《憶創造社及其他》，香港三聯書店1982年版，第31頁。

[7] 郁達夫：〈海上通信〉，《郁達夫選集》，人民文學出版社1954年版，第185-186頁。

[8] 陶晶孫：〈創造三年〉，收入《創造社資料》（下），福建人民出版社1985年版，第772頁。

話，不忘美，打破因循，試作，橫寫，排除老句子，排字寫字都不忘去美的表現。」[9]而那時日本流行的新羅曼派只有一個唯美派，這表明陶晶孫所謂的新羅曼主義就是日本的唯美主義。他還說過：「的確創造社的新羅曼主義是產生在日本，移植到中國」，[10]由於前期創造社作家對日本唯美派的濃厚興趣，加之作品中表現出一些類似日本唯美派的特徵，所以深諳日本文學，並早在1918年介紹過日本唯美主義的周作人曾戲稱「谷崎有如郭沫若，永井彷彿郁達夫。」[11]

二

那麼，前期創造社與日本唯美主義文學之間的聯繫具體表現在哪些方面呢？或者說直接的接觸、追尋，使得前期創造社與日本唯美主義文學有哪些相似處呢？

首先，文學觀上表現出了兩點相近似的特點。一是主張文學超功利性。在〈文藝之社會的使命〉中，郭沫若說：「詩人寫出一篇詩，音樂家譜出一個曲，畫家繪成一幅畫，都是他們感情的自然流露；如一陣春風吹過地面所生的微波，是沒有所謂目的。」「所以藝術的本身上是無所謂目的。」[12]其實，早在另一文中，他就直述了自己這種非功利的文學觀：「我對於藝術上的功利主義的動機說，是不承認他有成立的可能性的。」[13]

---

[9] 陶晶孫：〈創造社還有幾個人〉，收入《創造社資料》（下），福建人民出版社1985年版，第788頁。

[10] 陶晶孫：〈創造社還有幾個人〉，收入《創造社資料》（下），福建人民出版社1985年版，第789頁。

[11] 周作人：〈冬天的蠅〉，收入《苦竹雜記》，趙家璧編輯的良友文學叢書第23種，上海良友總公司初版，因磨損年月不詳，第4頁。

[12] 郭沫若：〈文藝之社會的使命〉，1925年5月18日上海《民國日報》副刊《文學》，第3期。

[13] 郭沫若：〈論國內的評壇及我對於創作上的態度〉，1922年8月4日上海《時事新報》

鄭伯奇也持同樣的觀點：「在藝術的王國，我們應該是藝術至上主義的信徒。就藝術的王國的市民看來，藝術是絕對的，超越一切的。把藝術看做一種工具，這明明是藝術的王國的叛徒。」[14]這種藝術至上、藝術第一的觀點，正是日本唯美主義的實質所在。田漢、郁達夫、成仿吾同樣一定程度地堅信這種超政治功利觀的合理性，如田漢在〈藝術與社會〉中說：「在我們創作藝術時的態度言之，當然只能象時花好鳥一樣開其所不能不開，鳴其所不得不鳴，初不必管某種藝術品後來會發生什麼社會的真價值。並且即使管也管不著。」[15]

與這種超功利觀相聯的另一傾向，是追求文學的「全」與「美」。這是前期創造社的文學觀與日本唯美主義的又一相似處。在這一點上，成仿吾的言說最具代表性，他說：「我覺得除去一切功利的打算，專求文學的全（Perfection）與美（Beauty），有值得我們終身從事的價值之可能性。」「我們要追求文學的全！我們要實現文學的美！」[16]這可謂是創造社「唯美」立場的直接「宣言」。郁達夫的唯美傾向也頗為鮮明，在1923年他宣稱：「藝術所追求的是形式和精神上的美。我雖不同唯美主義者那麼持論的偏激，但我卻承認美的追求是藝術的核心。自然的美、人體的美、人格的美、情感的美，或是抽象的悲壯的美、雄大的美、及其他一切美的情素，便是藝術的主要成分。」[17]將美的追求視為藝術的核心，視美為藝術的主要成分，這正是日本唯美主義者的基本文學立場。

追求藝術的美，對於前期創造社來說，是為了美化生活與人的內在情感，正如郭沫若所言：「藝術有此兩種偉大的使命

副刊《學燈》。

[14] 鄭伯奇：〈國民文學論〉，1923年12月至1924年1月《創造週報》，第33、34、35號。

[15] 田漢：〈藝術與社會〉，《創造週報》，第23號。

[16] 成仿吾：〈新文學之使命〉，1923年5月20日《創造週報》，第2號。

[17] 郁達夫：〈藝術與國家〉，1923年6月23日《創造週報》，第7號。

——統一人類的感情和提高個人的精神，使生活美化。」[18]又如成仿吾說：「我們渴望著有美的文學來培養我們的優美的感情，把我們的生活洗刷了。」[19]由此可見，他們在這裏是將文學目的置於超政治的美化生活上，這是一種有別於當時文學社會啟蒙定位的抽象化的文學目的論。而日本唯美主義文學基於超政治性的文學審美傳統，其動機、目的就是抽象的美化生活，這是它與西方唯美主義文學的重要區別所在。正是在這裏，我們看到了前期創造社置重於文學美的超功利的文學觀與日本唯美主義之間的聯繫，也可以說是日本唯美主義對他們的潛移默化的影響。

其次，創作上也呈現出一些相似的傾向。郁達夫、田漢、陶晶孫、郭沫若等的一些早期作品，儘管各具特色，但從比較文學角度看，則或多或少地顯現出一些與日本唯美主義文學相似的共同特點。

日本唯美主義作品的一大特徵，是熱衷於抒寫病態的性刺激，尤其是寫男性的嗜虐與被虐。加藤周一在論析谷崎潤一郎小說時寫道：「男的嗜虐、被虐的傾向幾乎是一貫地在谷崎所有的小說中以各式各樣的形式表現出來。描寫男子對女子身體的局部，尤其被反覆強調的是對年輕女子的腳的強烈的執著。」[20]如《癡人的愛》、《惡魔》、《饒太郎》、《瘋癲老人日記》等。《饒太郎》中主人公曾如此告白：「與其被女人愛，不如被女人折磨更感到快活。被你這樣的女子拳打腳踢，任意擺佈，比什麼都讓我高興。要是盡可能殘忍地把我折騰得死去活來，渾身流血，呻吟掙扎，那人世間就沒有比這更難得的事情了。」這自然使人想起郁達夫的一些作品，

18 郭沫若：〈文藝之社會的使命〉，1925年5月18日上海《民國日報》副刊《文學》第3期。
19 成仿吾：〈新文學之使命〉，1923年5月20日《創造週報》，第2號。
20 〔日〕加藤周一：《日本文學史序說》，開明出版社1995年版，第373頁。

如《過去》中主人公李白時對老二的態度即如此，「她像這樣的玩弄我，輕視我，我當時不但沒有恨她的心裏，並且還時以為榮耀，快樂。我當一個人在默想的時候，每把這些瑣事回想出來，心裏倒反非常感激她，愛慕她。」兩人的關係完全是一種施虐與受虐的病態關係。李白時受虐成性，常常故意招她用那穿著尖長的皮鞋的腳踢自己的腰部，若感到踢得不夠，就說：「不痛！不夠！再踢一下！再打一下！」被打得面頰緋紅或腰部酸痛時，才「反感到一種不可名狀的滿足」。他完全是一個饒太郎式的受虐狂。谷崎潤一郎的《富美子的腳》寫的是一位老人對自己小妾富美子的腳的病態性的愛憐。老人垂危時什麼也吃不下，但當富美子用腳趾夾著浸有肉汁、牛奶的棉花遞到他嘴邊時，他卻能拼命地吮吸。臨死前他還讓富美子用腳踩自己的臉，這才肯咽氣。完全是一種病態的官能滿足。郁達夫《過去》中同樣寫了李白時對老二腳的迷戀。他為她那雙肥嫩皙白、腳尖很細、後跟很厚的肉腳穿過絲襪，從那雙腳，他能夠幻想出許多離奇的夢境，「譬如在吃飯的時候，我一見了粉白油潤的香稻米飯，就會聯想到她那雙腳上去。『萬一這碗裏』，我想，『萬一這碗裏盛著的，是她那雙嫩腳，那麼我這樣的在這裏咀吮，她必要感到一種奇怪的癢痛。假如她橫躺著身體，把這一雙肉腳伸出來任我咀嚼的時候，從她那兩條很曲的口唇線裏，必要發出許多真不真假不假的喊聲來。或者轉起身來，也許狠命的在頭上打我一下的。……』我一想到此地飯就要多吃一碗。」郁達夫的創作與谷崎潤一郎作品間的這種相似性，絕非巧合所能解釋得通的，由郁達夫喜愛閱讀谷崎潤一郎的作品來看，這種相似實際上意味著一種影響關係。

日本唯美主義文學在「美」的描寫上，往往墮入荒誕、怪異的境地，熱衷於展示主人公病態的美感與行為，使美醜顛倒，對「醜惡」的東西極具興趣，這是日本唯美主義文學的又

一特點。如谷崎潤一郎的《惡魔》，寫主人公將情人感冒時用過的黏滿感冒細菌與鼻涕的手帕，帶到學校偷偷地如野獸吃人肉似地舔著上面的鼻涕。郁達夫、郭沫若等同樣寫過人物這種病態的美感與行為。如郭沫若在自己付之一炬的《骷髏》中，就寫了一位漁夫與自己情人的屍體相守的故事，令人作嘔。而郁達夫的《茫茫夜》則具有與《惡魔》類似的細節。主人公將從陌生婦人那裏騙來的用舊的針與手帕視為寶物，「掩在自家的口鼻上，深深的聞了一回香氣。」然後又用針狠命地在頰上刺了一下，「對著了鏡子裏的面上的血珠，看著手帕上的腥紅的血跡，聞聞那舊手帕和針子的香味，想想那手帕的主人公的態度，他覺得一種快感，把他的全身都浸遍了」。同谷崎潤一郎的作品一樣，主人公因性的渴望而化醜為美。這是一種病態的美、怪異的美，一種通過官能性、肉體性的自我陶醉創造出的一種虛幻的感覺美。吉田精一說過：「谷崎潤一郎的作風是以空想和幻想作為生命」，「他的空想和幻想比較缺乏變化，專用肉體和感覺緊密結合，卻不飛翔到觀念上。」[21]顯然，前期創造社作家對病態美的描寫與谷崎潤一郎頗為相似，主要也是從肉體與感覺的角度進行的。

與上述兩點相關，病態的憂鬱、哀傷成為日本唯美主義文學的基調與總體氛圍。如果說西方唯美主義從一開始便具有一種蓄意反叛現存社會倫理秩序與文學規範的先鋒性，將消解現行價值體系與為藝術而藝術的吶喊結合起來，在張揚藝術至高無上的同時視反叛社會為自己安身立命的重要所在；那麼，日本唯美主義因超政治的物哀傳統的作用，很自然地吸納了西方唯美主義為藝術而藝術和頹廢的特性，而弱化了其反叛社會這一較為本質性的立場。正如中村新太郎所言，日本唯美主義作

---

[21] 轉引自葉渭渠：《日本文學思潮史》，經濟日報出版社1997年版，第399頁。

家「一旦意識到現實的厚壁，往往就逃進美和享樂的世界」，「創造一個美的世界，自己陶醉於其中」，他們「是一群拜倒在藝術之神腳下的『藝術至上主義者』；他們最重視官能的快感；他們雖然有時也從自己的角度出發，採取一些反俗的、反社會的言行，但這種批判往往是憑感覺進行的，沒有什麼成效就消失了」。[22]例如，荷風雖對現代文明弊端不滿，但缺少積極的批評態度，相反一味地沉迷於早已化為歷史煙雲的江戶情趣中。這樣，頹廢、感傷就成為日本唯美主義文學的主調，病態的憂鬱、哀傷籠罩於多數作品中。正如有的學者所說的，「日本唯美主義的總體格調也是頹廢感傷，這是日本唯美主義與西方唯美主義相區別的地方。」[23]《田園的憂鬱》、《都會的憂鬱》、《異端者的悲哀》、《阿豔之死》、《背陰裏的花》等，僅從標題就可看出這種特徵。與這一特徵的影響相關，前期創造社作家的作品，無論是寫歷史還是表現現實，是刻畫歷史人物還是自我抒懷，無不充溢著一種低沉、抑鬱的情緒，青春的的感傷、對沉淪的恐懼成為多數作品的情感基調。

三

由於前期創造社與日本唯美主義文學間這些或隱或顯的聯繫，以至於當年就有人稱「創造社底重要分了，很明白（是）頹廢派。」[24]也就是唯美派。果真如此嗎？

創造社作家與中外文學的關係相當複雜，僅從與外國文學關係看，他們與德國文學、英國文學、俄國文學等均有著程度

---

[22] 〔日〕中村新太郎：《日本近代文學史話》，卞立強、俊子譯，北京大學出版社1986年版，第129-132頁。

[23] 王向遠：《中日現代文學比較論》，湖南教育出版社1998年版，第80頁。

[24] 汪馥泉：〈「中國文學史研究會」底提議〉，《文學旬刊》第55期。

不等的聯繫，浪漫主義、自然主義、表現主義、未來主義、象徵主義等也大都給予過他們某種養分，唯美主義只是諸多聯繫中的一種，只是他們文學觀念體系與創作中的一種傾向。他們對唯美主義產生過興趣，接受了某種影響，但絕非唯美派。

中日雖均屬東亞文化圈，且日本文學深受中國文化、文學浸潤，但文學觀念上卻存在著質的區別。與中國功利主義文學傳統不同，日本傳統文學的核心是由政治局外人的文學家的遊戲精神支撐的，超政治性是其基本特點。也有人認為日本文學精神在於「物哀」。[25]「物哀」就是凝視無限定的對象而引起的種種感觸，包括對人的感動，以男女戀情的哀感最突出，對世態人情的詠歎，對自然的感動，尤其是季節變化引起的無常感。但「哀」是最主要的一種感觸情緒，所以日本文學中大都流溢著一種淡淡的哀緒。正是這種文學傳統、審美趣味，使日本文學對西方唯美主義文學有一種先在的親近感，這是唯美主義在日本生根、形成思潮的主要緣由。

而中國文學史上雖也有過「唯美」的文學，如李賀、李商隱、溫庭筠等的作品，多為感歎人生、體驗內在自我之作。他們設色綺麗，音韻婉轉，營構出了某種華美怪誕、幽婉淒豔、飄忽空幻的境界。然而它們只是注入文學主流的細水，終被大潮所融會。中國文學重視的是經夫婦、成孝敬、厚人倫、美教化、移風俗的社會效果，視文學為經國之大業、不朽之盛事。這種入世的功利主義是中國文學的主要傳統，與唯美主義之間存在著難以調和的矛盾，所以中國社會未給唯美主義提供適宜的生存環境，深受日本唯美主義影響的陶晶孫對此深有感觸。他說：「如用適者生存的話來講，的確創造社的新羅曼主義是產生在日本，移植到中國，這衰弱美麗的花，不敢愛我國的風

---

[25] 參閱鈴木修次：《中國文學與日本文學》，海峽文藝出版社1989年版。

土，譬如這花為合群之花，一個個花靠唯一個花托上而開花，取其一朵就只不能成花的。」[26]它不敢愛我國的風土，實由於我國的風土不愛它，不適宜它的生長。這種不適宜不僅是源自傳統的功利主義文學觀，源自作家的民族傳統文學心態，而且與五四時代精神、五四文學啟蒙目的相關。作家們相信通過文學能夠勾畫出理想的現代民族國家藍圖，通過文學能夠重塑中國形象，而唯美主義諸流派則是在19世紀後期宗教信仰日漸衰微的黃昏中應運而生的，信仰匱乏是唯美主義者的一大特點，這樣，充滿信仰的創造社作家無論怎樣言說藝術至上，言說美，也是不可能成為真正的唯美派。我非常認同解志熙的如此觀點：對藝術和美的尊崇只有「偏至到否定美及藝術同社會人生的根本關係，並試圖以對美和藝術的膜拜來彌補悲觀虛無主義所帶來的信仰匱乏之時，才算是唯美的和頹廢的。」[27]以此衡量創造社作家，則他們並非真正的唯美派、頹廢派，正如郭沫若、李初梨、鄭伯奇等談到郁達夫時所言：「許多人都以為達夫有點『頹唐』，其實是皮相的見解。」「達夫是模擬的頹唐派，本質的清教徒。」[28]「達夫常常推崇王爾德，有時自稱『頹廢派』，據我和他交遊的印象來講，達夫身上，所謂『文人積習』很深，和資本主義『世紀末』的『頹廢派』卻並無共同之處。年輕的時候，他有時故意放浪形骸，也不出中國舊文人的行徑。聽說田漢同志曾笑稱『達夫是假頹廢派』，這倒近乎真實。」[29]這些話語完全可以用來評說前期創造社的唯美傾向。

---

[26] 陶晶孫：〈創造社還有幾個人〉，收入《創造社資料》（下），福建人民出版社1985年版，第789頁。

[27] 解志熙：《美的偏至》，上海文藝出版社1997年版，第65頁。

[28] 郭沫若：〈論郁達夫〉，收入《創造社資料》（下），福建人民出版社1985年版，第803頁。

[29] 鄭伯奇：〈憶創造社〉，收入《創造社資料》（下），福建人民出版社1985年版，第859頁。

他們雖然強調過超然於政治風雲的非功利主義文學觀，強調過「美」在文學中的核心地位，但啟蒙信仰使他們堅信文學、美與社會人生間的互動關係。在他們那裏，文學、美主要不是用來彌補悲觀主義所帶來的信仰匱乏，儘管他們有時也試圖從美與文學中尋求某種慰藉。如前面章節所論，他們在根本上是反對為藝術與為人生之區別的，所以當有人稱前期創造社為「把守藝術之宮」的藝術派時，郭沫若則宣稱：「前期的創造社的幾個人要諡以『藝術宮守』的尊號，他們的資格還不配。」[30]這意味著前期創造社與日本唯美主義之間雖然有著諸多相似處，但指向啟蒙、指向社會人生這一根本區別，決定了那些相似只是枝節性的，或者說前期創造社主要是從技術的層面上化入了日本唯美主義的諸多特點，從本質上講他們絕非唯美主義者。

前期創造社作家創作上表現出某些「唯美」的傾向，考慮到他們曾長期居留日本且大量閱讀日本唯美主義作品，可將之理解為受潛移默化影響的結果。某些「頹廢」描寫，在客觀上起到了嘲弄封建倫理道德、意識形態的作用，因而具有了積極的「革命」意義。然而，20年代初，他們在文學批評上不斷地言說藝術無目的性，言說藝術美本身的重要性，則屬有感於新文學發展現狀的一種自覺性行為。

1921年9月創造社同人在〈純文學季刊《創造》出版預告〉中聲言：「自文化運動發生後，我國新文藝為一二偶像所壟斷，以致藝術之新興氣運，漸滅將盡。創造社同人奮然興起打破社會因襲，主張藝術獨立，願與天下之無名作家共興起而造成中國未來之國民文學。」[31]這表明了他們對新文學發展現狀

---

[30] 郭沫若：〈「眼中釘」〉，收入《創造社資料》（下），福建人民出版社1985年版，第663頁。

[31] 創造社同人：〈純文學季刊《創造》出版預告〉，收入《創造社資料》（上），福建人民出版社1985年版，第464頁。

的不滿。他們要打破一二偶像壟斷文壇現狀，言辭所指為文學研究會，於是引發了與文學研究會間的一場筆戰。文學研究會基本的文學主張是反對將文學作為高興時的遊戲、失意時的消遣，倡導為人生的功利主義文學觀，創造社則主張藝術獨立，無怪乎引起文學研究會的反感。創造社「唯美」的理論話語就是在接下來與文學研究會的筆戰中針對功利主義文學觀而提出並加以闡釋的。如郭沫若1922年在提倡藝術至上同時寫道：「至於藝術上的功利主義的問題，我也曾經思索過。假使創作家純全以功利主義為前提以從事創作，上之想借文藝為宣傳的利器，下之想借文藝為糊口之飯碗，這個我敢斷定一句，都是文藝的墮落，隔離文藝的精神太遠了。這種作家慣會迎合時勢，他在社會上或者容易收穫一時的成功，但他的藝術（？）絕不會有永遠的生命。這種功利主義的動機說，從前我也曾懷抱過來；有時在詩歌之中借披著社會主義的皮毛，漫作驢鳴犬吠，有時窮得沒法的時候，又想專門做起稿子來賣錢，但是我在此處如實地告白：我是完全懺悔了。」[32]他提倡藝術美、肯定藝術獨立之價值，顯然是針對人生派過於功利主義的主張而發的。後來在〈文藝之社會的使命〉中，他在暢言藝術無目的性與「美的意識」的同時指出，「我們希望於社會的，是要對於藝術精神的瞭解，竭力加以保護，提倡」，他認為藝術家「對於社會的真實的要求要加以充分的體驗，要生一種救國救民的自覺。從這種自覺中產生出來的藝術，在它的本身不失其獨立的精神，而它的效用對於中國的前途是不可限量的呢。」[33]很顯然，他對藝術美、藝術獨立精神的強調，並不是要將文藝拉向真正的唯美主義道路，而是希望以唯美主義尊重藝術之觀念來糾

---

[32] 郭沫若：〈論國內的評壇及我對於創作上的態度〉，1922年8月4日上海《時事新報》副刊《學燈》。

[33] 郭沫若：〈印象與表現〉，1923年12月30日《時事新報》副刊《藝術》，第33期。

正文壇由於過於功利化而開始出現的非藝術化傾向。成仿吾、郁達夫、田漢、鄭伯奇那時的「唯美」主張均可作如是觀。

他們受日本唯美主義文學的影響，對唯美主義文學的借用，在文壇上喊出了一種奇異的不和諧之音（至少文學研究會的作家是如此看的），改變了文壇「為人生」的單一發展趨向，引起了為人生與為藝術之爭，使作家們開始重新思索文學與社會啟蒙的關係，從而強化了他們業已覺醒的「文學意識」。五四文學能有幸避免淪為「為人生」的功利主義之附庸與他們這種自覺借鑑不無關係，正是在這層意義上講，前期創造社對日本唯美主義文學的借用啟動了五四文學的內在活力，有利於五四文學的多元建構與健康發展。

第二節　前期創造社與日本自然主義文學

前期創造社與日本自然主義文學之關係，是一個至今尚未被深入研究，甚至連一篇專論也沒有的課題。究其原因，在於前期創造社主要成員在一些場合發表過對自然主義不滿的觀點。如郭沫若1923年在〈印象與表現〉中寫道：「藝術的要求假如只是在求自然界的一片形似，藝術的精神只是在模仿自然的時候，那末，藝術在根本上便不會產生了。」但是自近代科學發達以後，「一部分的藝術家直接把科學的精神輸入到藝術界來，提倡自然主義，提倡寫實主義，提倡印象主義，他們的目標在求客觀的真實，充到盡頭處，不過把藝術弄成科學的侍女罷了。並且客觀的真實，我們又何能求得呢。」[34]他在這裏視由科學而萌生的自然主義為藝術的天敵，揭示了藝術與現代科學理性的矛盾關係。[35]1927年郁達夫在〈五六年來創作生活

---

[34] 郭沫若：〈印象與表現〉，1923年12月30日《時事新報》副刊《藝術》，第33期。

[35] 這一矛盾關係的揭示，對於五四時期信仰科學主義的作家來說，意味著一種極大的痛

的回顧〉中說：「客觀的態度，客觀的描寫，無論你客觀到怎麼樣一個地步，若真的純客觀的態度，純客觀的描寫是可能的話，那藝術家的才氣可以不要，藝術家存在的理由，也就消滅了。左拉的文章，若是純客觀的描寫的標本，那麼他著的小說上，何必要署左拉的名呢？他的弟子做的文章，又豈不是同他一樣的麼？他的弟子的弟子做的文章，又豈不是也和他一樣的嗎？」[36]否定了左拉式自然主義文學的合理性。成仿吾1924年在〈《吶喊》的評論〉中亦聲言，「不能贊成自然派的主張」。[37]正是這些言詞，導致了長期以來研究的滯後，以至於一些人誤以為前期創造社與日本自然主義文學之間沒有關聯。

一

那麼，前期創造社是否真的與日本自然主義文學不相關呢？回答是否定的。我十分讚賞日本研究者對這一問題的判斷：前期創造社否定自然主義，他們的現實主義論，反自然主義論，實際上「正如中村光夫所指出的，是和超越了文學的派別，作為大正文學的一種延長的『日本』自然主義文學（『在寫實主義偽裝下的浪漫主義』）的主張，有傳承關係。」[38]就是說前期創造社看似反自然主義，實際上與「日本」自然主義文學有著內在的聯繫性。那麼何以理解中村光大未作深入分析的「傳承關係」呢？這涉及到對日本自然主義文學的認識。

苦，如何擺脫這種矛盾痛苦，在科學與藝術之間如何選擇，或如何平衡二者的關係，是擺在他們面前的一個無法迴避的問題。由於這一問題與本節中心主題有距離，所以按下不表，後一章研究魯迅與日本文學關係時，對這一問題有所論述。

[36] 郁達夫：〈五六年來創作生活的回顧〉，收入《郁達夫文集》第7卷，花城出版社等1983年版，1991年第2次印刷，第180頁。

[37] 成仿吾：〈《吶喊》的評論〉，1924年2月《創造季刊》，第2卷第2期。

[38] 〔日〕伊藤虎丸：《魯迅・創造社與日本文學》，北京大學出版社1995年版，第214頁。

日本自然主義文學萌動於20世紀初，初期為1902年至1905年，以對左拉自然主義文學的介紹為主；鼎盛期為1906年至1912年，出現了日本化的自然主義文學。1908年島村抱月在〈文藝上的自然主義〉一文中，從描寫方法、態度角度，將日本文壇上的自然主義分為兩類：一是「純客觀的——寫實的——本來自然主義」；二是「主觀插入的——解釋的——印象派自然主義」，二者目的均統一於真。所謂的純客觀的寫實的本來自然主義，就是「原始的自然主義」，它「主張寫自然的時候，必須極力依照客觀精寫細寫出來，描寫的方法務使事象都如映射在明鏡中一般，換句話說，務求他是純客觀的，純寫實的」；而與之相比，「印象派的自然主義主張，把那曾經排斥的作者底主觀，仍用或一方式夾插進去，就是把作家感受了自然而得的印象，宛然地表現出來。」[39]在他看來，前者是消極的，後者是積極的，前者是由西方輸入的左拉式自然主義，後者則是經由日本文學過濾、變異的日本化的自然主義。這種日本化的自然主義，雖與西方自然主義存在著某些相似性，如排斥理想主義而追求生活的「真」，注重對人的自然本性的描寫，熱衷於寫平凡、瑣細甚至猥褻、醜惡的生活現象，但自身的獨特性卻相當清晰，日本化程度頗高。具體言之，它與西方自然主義之區別，主要有三。

　　第一，西方自然主義是對浪漫主義的一種反動，二者可謂冰炭不容；而日本自然主義文學緊承浪漫主義，多數作家是由浪漫主義一變而為自然主義的，不可能完全割捨與浪漫主義之間的聯繫，而浪漫主義的夭折使他們自覺地承擔起浪漫主義尚未完成的確立現代自我的任務。於是，西方自然主義排斥的「自我」反倒成了日本自然主義文學的一大特徵。《破戒》、

---

[39] 〔日〕島村抱月：〈文藝上的自然主義〉（1908年），1921年晚風將之譯為中文，刊於《小說月報》第12卷第12號。本文引文均出自晚風譯文。

《家》、《向何處去》、《新生》、《棉被》等不僅沒有隱蔽自我，反倒充滿著大量的自我告白、自我懺悔。評論家生田長江因此將日本自然主義的本質，規定為「個人主義的自我主義的近代思想。」[40]這是一種主觀浪漫化的自然主義。

第二，西方自然主義是以現代科學為基礎發展起來的，科學構成它衡定文學真實性的重要尺規，而日本自然主義主要是在西方自然主義刺激下發展起來的，缺失堅實的科學基礎，也就難以形成西方自然主義那種建立在自然科學實踐基礎上的純客觀的真實觀。正如有的論者所言，「從字面看，日本自然主義作家、理論家都主張以『純客觀』、『科學』的態度來創作，但仔細研讀他們的作品後就可以發現，他們所主張的純客觀、科學的態度，並非左拉所主張的自然科學或社會科學意義上的客觀、科學的態度，而是始終忠實於自我，對自己的所見所感不作任何歪曲，排除一切空想地進行描述的態度。就是說，表現題材必須是一種『經驗性』的題材，只有忠實於這種『經驗性』，拋卻功利性、世俗觀念和有意識美化，方能達到文學的『真實』。」[41]他們的「真」不是建立在對外在世界作機械地理解上，不是科學意義上純客觀的「真」，而是落實在對主體內在世界的抒寫上，即「作為真正的自然派的精神，就是要作內面的寫實。」[42]他們強調的「真」，指的主要是一種自我內在世界的「真」。於是，日本自然主義強調作家應凝視內在自我，作大膽地告白、懺悔，以之作為抒寫的主要內容與行文方式。

第三，西方自然主義文學雖也有悲觀色彩，但總體看來

---

[40] 〔日〕生田長江：〈明治文學概說〉。轉引自葉渭渠：《日本文學思潮史》，經濟日報出版社1997年版，第381頁。

[41] 黎躍進：〈日、歐自然主義文學比較〉，《國外文藝》，1995年第4期。

[42] 〔日〕島村抱月：〈藝術和現實生活之間劃一線〉。轉引自葉渭渠：《日本文學思潮史》，經濟日報出版社1997年版，第364頁。

由於對科學的信賴，它對生活仍充滿信心，執著於對人生的探索，渴望掌握某種人生規律；而日本由於沒有這種自然科學基礎，加之傳統的「物哀」意識，以及社會問題，悲哀成為它區別於西方自然主義的一大特徵，正如片上天弦所認為的，「謀求解決人生而不能達到，就勢必產生悲哀。這種悲哀精神，不久就成為哀憐精神。自然主義文學就是要把這樣的要求，乃至這樣的悲哀當作生命的基礎……只要把這樣未解決的人生如實地描寫出來就夠了。」[43]

二

　　梳理出日本與西方自然主義文學之區別後，就不難理解中村光夫所謂的前期創造社與日本自然主義文學即「在寫實主義偽裝下的浪漫主義」之間的傳承關係。可以這樣說，他們傳承的是日本化的「主觀插入的——解釋的——印象派自然主義」，而反對的則是由西方移植的那種「純客觀的——寫實的——本來自然主義」。

　　如郭沫若在指出左拉式的純客觀的自然主義將藝術弄成科學的侍女同時，認為「『求真』在藝術家本是必要的事情，但是藝術家的求真不能在忠於自然上講，只能在忠於自我上講藝術的精神決不是在模仿自然，藝術的要求也決不是在僅僅求得一片自然的形似，藝術是自我的表現，是藝術家的一種內在衝動的不得不爾的表現。」[44]不是在忠於自然上而是在忠於自我上「求真」，是郭沫若與西方自然主義的根本區別，而這也正是日本自然主義的特點，由此不難看出，郭沫若是以日本自然

---

[43] 〔日〕片上天弦：〈未解決的人生和自然主義〉，轉引自《近代文學評論大系》，角川書店1982年版，第3卷，第160頁。

[44] 郭沫若：〈印象與表現〉，1923年12月30日《時事新報》副刊《藝術》，第33期。

主義的真實觀，去否定左拉式的自然主義。這就是說，在「求真」上郭沫若與日本自然主義的主張間，「有傳承關係」。

又如郁達夫在否定左拉的純客觀的自然主義時，正面主張「作家的個性，是無論如何，總須在他的作品裏頭保留著的」，作家的個性應投入、融化於作品中，因為「文學作品，都是作家的自敘傳」。[45]他所理解的「真」，不是外在的客觀描寫的「真」，而是基於一已體驗的自我表現的真，是以個人告白、個人懺悔的方式而獲得的一種靈魂的真。他將文學作品作為自敘傳看待，追求內面的寫實。他在否定左拉式自然主義時所持守的這些觀念，與日本式的主觀浪漫化的自然主義，即島村抱月所謂的「主觀插入的——解釋的——印象派自然主義」的主張，十分吻合，由郁達夫深諳日本文學，並曾因讚賞而譯出過日本自然主義的代表作《棉被》看，這種吻合，應可理解為中村光夫所謂的「傳承關係」。

再如成仿吾所非難的自然派，從〈《吶喊》的評論〉看，指的也是左拉式的以「再現」為特徵的自然派。他認為《吶喊》前九篇是「再現式」的，後六篇是「表現式」的，「這前期的幾篇可以用自然主義這個名稱來表出。《狂人日記》為自然派所極主張的紀錄（document），固不待說；《孔乙己》、《阿Q正傳》為淺薄的紀實的傳記，亦不待說；即前期中最好的《風波》，亦不外是事實的紀錄，所以這前期的幾篇，叮以概括為自然主義的作品。」那麼，魯迅何以會寫出自然主義作品呢？他認為由於受了日本自然主義文學的影響：「作者先我在日本留學，那時候日本的文藝界正是自然主義盛行，我們的作者便從那時受了自然主義的影響，這大約是無可疑議的。」由「再現式」、「紀錄」、「紀實」等核心語彙看，成仿吾這裏

---

[45] 郁達夫：〈五六年來生活的回顧〉，收入《郁達夫文集》第7卷，花城出版社等1983年版，1991年第2次印刷，第180頁。

所謂的自然主義，指的是日本文壇上由西方移入的純客觀的——寫實的——本來自然主義。他認為正是這種自然主義害了魯迅。而在否定這種自然主義時，他說，「然而文藝的標語到底是『表現』而不是『描寫』，描寫終不過是文學家的末技」。《狂人日記》等的失敗，在他看來，就是由這末技造成的。接下來，他肯定了《吶喊》中後幾篇作品，尤其是《端午節》，認為它「才真是我們近代所謂小說」。他說：「最使我覺得可以注意的便是《端午節》的表現的方法恰與我的幾個朋友的作風相同。我們的高明的作者當然不必是受了我們的影響；然而有一件事是無可多疑的，那便是我們的作者原來與我們的幾個朋友是在一樣的境遇之下，受著大約相同的影響，根本上本有相同之可能的。無論如何，我們的作者由他那想表現自我的努力，與我們接近了。」[46]

顯然，成仿吾是從「表現自我」角度肯定魯迅的《端午節》的，他認為魯迅是以「表現自我」而與他們「作風相同」、「接近」的，而導致這種相同的重要原因，是魯迅「原來與我們的幾個朋友是在一樣的境遇之下，受著大約相同的影響，根本上本有相同之可能的」。這「一樣的境遇」，由文本語境看，主要是指他們共同的日本文壇背景。魯迅留日時間是1902年到1909年，而前期創造社成員大都是於大正初年去日本的，這樣他們共同的日本文壇背景，就是大正初年前後盛行的日本自然主義文學思潮。日本浪漫主義文學、唯美主義文學也都倡導過「表現自我」，但浪漫主義文學在1902年開始退潮，唯美主義高潮晚至1916-1917年才出現，而自然主義文學初期（1902-1905）主要是移植西方純客觀的自然主義，中後期才開始形成日本式的自然主義，才將「真實」落實在「表現自我」上。這說明成仿吾所謂的創造社與魯迅共同的「表現自我」，應主要來自日本自然主義文學

---

[46] 成仿吾：〈《吶喊》的評論〉，1924年11月《創造季刊》第2卷第2期。

思潮中後期開始出現的日本式的自然主義。

所以，成仿吾在這裏實際上暗示了自己乃至前期創造社，與日本式的自然主義文學之間的內在傳承關係，他是以日本式的「主觀插入的——解釋的——印象派自然主義」，來否定那種「再現式」的純客觀的自然主義文學。

三

如果說上述分析還不夠充分，那麼被研究者們不斷證明以至被公認的前期創造社自我小說創作受日本私小說影響這一事實，就足以說明前期創造社受過日本自然主義的影響，它是前期創造社與日本自然主義文學傳承關係的集中體現。因為私小說源於自然主義文學流派，是由自然主義文學演繹而來的，它的基本特徵最初主要來自自然主義，而且日本化的自然主義文學的基本形態就是私小說。一位日本研究者說過：私小說是「自然主義系統的最後一種小說」。[47]日本自然主義文學，最初是借用西方左拉式純客觀的文體樣式，到1907年《棉被》才標誌著日本化自然主義文學的出現，由於它主要寫個人的私生活隱私，採用自我告白方式行文，所以被認為是日本私小說出現的標誌，此後的自然主義作品多採用這一文體，如田山花袋的《生》、《妻》、《緣》，岩野泡鳴的《放浪》，島崎藤村的《家》，等等。它們共同將私小說推向高潮，可以說私小說是日本化的自然主義文學的典型文體。郁達夫十分欣賞《棉被》，曾多次閱讀該文，《棉被》對他的自我小說創作的影響不言而喻。我們既然公認前期創造社受過日本私小說影響，而私小說又源於自然主義文學，並構成自然主義文學的主要文體

---

[47]〔日〕中村武羅夫：〈通俗小說的傳統及其發達的過程〉，昭和5年《潮》，1月號。

樣式，郁達夫等又十分讚賞《棉被》等標誌私小說出現的自然主義作品，我們也就有理由說前期創造社與日本自然主義文學間有一種內在的聯繫性，有理由認同於前述中村光夫的觀點，即前期創造社看似反自然主義，實則與日本自然主義文學（在寫實主義偽裝下的浪漫主義）間有一種傳承關係。

那麼，前期創造社自我小說與日本自然主義文學的傳承關係具體表現在哪些方面呢？

一是題材的自我經驗性。日本自然主義文學熱衷於寫小說家自我日常生活經驗，加藤周一將這種經驗歸納為兩種，一種是「他們留在故鄉，試圖從故鄉的束縛中解放自己，最終還是沒能獲得解放，而在大家族中間生活」，如藤村的《家》、白鳥的《入江之畔》；還有一種是「作為文人在東京的生活。這方面是由當事人及其妻子、女學徒、藝妓、從農村進城的男女親戚、同業者等組成的世界，在這個世界裏發生了諸如貧窮、疾病、三角關係、家族內的紛爭等事件。不用說，在那裏有當事人的妒忌、憤怒、憐憫和情慾──總之，糾纏著各式各樣的感情上的動搖。」[48]如田山花袋的《棉被》、島崎藤村的《新生》、岩野泡鳴的《發展》等。主人公往往就是作者自己，作品是對作者人生經驗的真實表現。與之相比，前期創造社作家同樣將筆觸伸向自我經驗世界，展示自己親歷過的種種人生世相。如郭沫若的自我小說《鼠災》、《未央》、《月蝕》、《喀爾美蘿姑娘》等，大都是寫自己的家庭生活，寫自己從留日到畢業回國找工作的種種人生經歷，主人公平甫、愛牟、K君、「我」，就是作者自己。又如郁達夫曾說過：「我覺得作者的生活，應該和作者的藝術緊緊抱在一塊。」[49]他的自我小

---

[48] 〔日〕加藤周一：《日本文學史序說》，開明出版社1995年版，第331頁。

[49] 郁達夫：〈五六年來生活的回顧〉，收入《郁達夫文集》第7卷，花城出版社等1983年版，1991年第2次印刷，第181頁。

說大都是他自己的寫照,「於質夫」、「伊人」、「他」、「我」的性格、氣質乃至人生經歷無不投上作者的色彩,可謂是作者的生活與藝術「緊緊抱在一塊」的結晶。

二是自我告白的行文方式。日本自然主義文學作家認為,只有真實的寫出自我,才能真實地寫出人生世相,才能達至真正的文學意義上的「真」,於是他們大都以「自我告白」、「自我懺悔」為主要的行文方式。島村抱月希望作家們「摒棄一切虛假,忘卻一切矯飾,痛切地凝視自己的現狀,爾後真實地把它告白出來。」[50]他認為只有這樣才能實現內面的寫實。在他看來,《棉被》就是一篇肉慾的、赤裸裸的人的大膽的懺悔錄。前期創造社的自我小說也多採用這種自我告白的敘事抒情方式,如《沉淪》、《漂流三部曲》、《喀爾美蘿姑娘》等。郁達夫在1923年說:「我若要辭絕虛偽的罪惡,我只好赤裸裸地把我的心境寫出來。……我只求世人不說我對自家的思想取虛偽的態度就對了,我只求世人能夠瞭解我內心的苦悶就對了。」[51]他的作品是他內心苦悶的告白,既是為了求得他人的理解,又是以之作為告別虛偽、實現「真」的途徑。

三是暴露現實的悲哀。如前所述,憂鬱悲哀情緒構成日本自然主義文學的總體氛圍,並以之與西方自然主義區別開來。與之相比,前期創造社的自我小說同樣彌漫著一種濃郁的感傷情調。《沉淪》、《未央》、《月蝕》、《歧路》等無不表現出了主人公面對現實時的哀怨。他們在與社會遭遇時常常碰壁,因而發出無望的悲鳴。

---

50 〔日〕島村抱月:《代序・論人生觀上的自然主義》。《近代文學評論大系》第3卷,角川書店1982年版,第257頁。

51 郁達夫:〈寫完了《蔦蘿集》的最後一篇〉,收入《郁達夫文集》第7卷,花城出版社等1983年版,1991年第2次印刷,第155-156頁。

四

　　對於民族文學來說，對他者的傳承旨在完善、豐富自己，這意味著與傳承相伴隨的是背離，因為只有背離才可能通過學習他者建構起具有民族個性的文學。前期創造社對日本自然主義文學的傳承就是一種背離式的。

　　加藤周一在談到日本自然主義文學構建的自我經驗世界時說：「這小小的世界，同諸如當權者、工人、技術人員、學者和藝術家，還有官吏、私有企業的受薪者，歸根結底同東京社會絕大多數人幾乎沒有任何聯繫。」[52]就是說這是一個自我封閉的世界，一個個人性而非社會性的世界。如《棉被》的世界就是一個疏離於廣闊的社會生活，拘泥於作者私人瑣事與經驗，缺乏介入大社會批判意識的世界。這與日本作家長期以來形成的超然於現實社會的審美意識相關。島崎藤村談到《家》的創作手法時說過：「對屋外發生的事情一概不寫，想把一切僅限於屋內的情景。我試圖從廚房寫起，從大門口寫起，從院子寫起，來到可以聽到河裏的流水聲的房子裏，才寫那條河。」[53]作家目光的收斂，視野的收縮，導致了作品社會性的削弱或者缺失。前期創造社自我小說雖也著力於寫自我世界，但這個世界是廣闊的現實世界的延伸，這個世界折射的是大時代精神。郭沫若在創作自我小說時就認為「由個人的苦悶可以反射出社會的苦悶來，可以反射出全人類的苦悶來」。[54]他的《未央》、《飄流三部曲》等均是通過自我抒發愛國憂民之情，自我世界與廣闊的外在世界息息相通。郁達夫的作品同樣

---

[52]　〔日〕加藤周一：《日本文學史序說》，開明出版社1995年版，第331頁。

[53]　轉引自中村新太郎：《日本近代文學史話》，卞立強、俊子譯，北京大學出版社1986年版，第101頁。

[54]　郭沫若：〈評國內的評壇及我對於創作上的態度〉，1922年8月4日上海《時事新報》副刊《學燈》。

是經由自我去表現人的全部社會關係，折射複雜的社會人生，正如沈從文所說：「多數的讀者，由郁達夫作品認識了自己的臉色與環境……然而展覽苦悶由個人轉為群眾，十年來新的成就，是還無人能及郁達夫的。說明自己，分析自己，刻畫自己，作品所提出的一點糾紛處，正是國內大多數青年心中所感到的糾紛處。郁達夫，因為新的生活使他沉默了，然而作品提出的問題，說到的苦悶，卻依然存在於中國多數年青人生活裏。」[55]郁達夫自己也明確表示過：「我相信暴露個人的生活，也就是代表暴露這社會中的某一階級的生活。」[56]他寫自我其實是在寫整個時代、整個社會。總之，前期創造社自我小說在傳承日本自然主義文學表現自我同時，背離了其非社會性特點，將表現自我與表現現實人生結合起來，使其在中國現代民族文學語境中獲得新的生命力。

日本自然主義文學善於抒寫主人公複雜微妙之情感，卻疏於人物意志力的表現，正如加藤周一所言，日本自然主義文學中「當事人的複雜的感情活動，往往栩栩如生地、微妙地描繪了出來，但人物的意志或知性的活動方面卻被忽視了，出場人物幾乎近於沒有顯示出他們的鮮明的決斷能力和縝密的思考能力。」[57]如《棉被》中主人公朦朧地愛慕年輕的女弟子，女弟子走後，他只好無奈地抱著她的棉被哭泣，情感微妙但意志決斷力不夠。島崎藤村的《新生》寫主人公與姪女發生關係後，得知姪女懷孕便驚慌失措地逃至巴黎，三年後才回國。人物同樣缺失縝密的思考力、判斷力。與之相較，前期創造社自我小說雖也極力抒寫人物纏綿、抑鬱的複雜情感，但由於作家們強烈

---

[55] 沈從文：〈論郁達夫〉，收入鄒嘯編《郁達夫論》，上海北新書局1933年版，第36頁。

[56] 許雪雪：〈郁達夫先生訪問記〉，收入鄒嘯編《郁達夫論》，上海北新書局1933年版，第187頁。

[57] 〔日〕加藤周一：《日本文學史序說》，開明出版社1995年版，第331-332頁。

的民族意識、啟蒙意識，參與社會的強烈慾望，所以主人公雖也常常被某種錯綜情感所困，但並不缺失知性活動，他們的告白往往就是理性的判斷。如《沉淪》中主人公儘管終生憂鬱不快，但並不拙於判斷，尤其是結尾處對民族國家強盛的呼喚，表現了那一代中國作家以文學啟蒙、救國的強烈意識，不僅與日本自然主義文學中那種承續了傳統文學審美特徵的遠離政治的敘事模式區別開來，而且主人公的懺悔也有別於日本自然主義文學中人物的猶豫不定，完全是一種中國士大夫式的自省。又如郭沫若《歧路》中主人公對自己為何不開業行醫的告白，表現了一位有良知的青年憤世嫉俗的情感，「醫學有什麼！能夠殺得死寄生蟲，能夠殺得死微生物，但是能夠把培養這些東西的社會制度滅得掉嗎？」他寧可餓死也不願去掙欺天滅理的錢。這是一段知性的告白，體現了主人公的一種決斷能力。人物情感與知性活動的結合，使前期創造社自我小說更富於社會性與時代意義，從而進一步與日本自然主義文學區別開來。

　　前期創造社自我小說對日本自然主義文學的背離，還表現在自我告白上。如前所論，日本自然主義作家，主張通過肉慾的描寫，直逼自己靈魂的醜惡，然後作大膽地「自我告白」、「自我懺悔」，認為只有如此才能揭示真實的現代自我。《棉被》、《新生》等均是如此構思展開情節的。島村抱月說過：「眼下我無法樹立起一定的人生觀論，毋寧說當前更適宜對這種疑惑不定的情況進行懺悔。……現在是懺悔的時代。也許人們永遠不能超越懺悔的時代。」[58]自我懺悔是一種因罪感而引起的宗教性行為，一種自我救贖的過程，通過懺悔旨在獲得內心的平靜。它意味著主體在與社會相遇時的一種回撤，意味著對矛盾的一種逃避。前期創造社自我小說雖也大量地運用了自

---

[58] 〔日〕島村抱月：《代序‧論人生觀上的自然主義》，《近代文學評論大系》第3卷，角川書店1982年版，第257頁。

我告白的行為方式，也有一些自我譴責，比如於質夫罵自己是「以金錢來踐踏人的禽獸」，但由於作家們缺失一種真正的宗教意識，更由於他們暴露自我旨在揭露社會之黑暗，旨在揭露封建倫理道德和民族歧視等現實對人性的摧殘，所以他們的告白主要不是指向自我，而是外指社會的不平，不是逃避矛盾的宗教性懺悔，而是對矛盾的盡情展示。他們雖然有時罵自己是禽獸、惡魔，是色情狂，但事實上他們並未由譴責而至懺悔，而是常常作自我辯白。郁達夫在《蔦蘿集・自序》中就說過：「人家都罵我是頹廢派，是享樂主義者，然而他們那裏知道我何以要去追求酒色的原因？唉唉，清夜酒醒，看看我胸前睡著的被金錢買來的肉體，我的哀愁，我的悲歡，比自稱道德家的人，還要沉痛數倍。我豈是甘心墮落者？我豈是無靈魂的人？不過看定了人生的運命，不得不如此自遣耳。」[59]他甚至稱自己的消沉「也是對國家、對社會的」。[60]他們的告白旨在將自我的墮落原因歸之於社會，是對社會的猛烈批判。正如鄭伯奇在〈寒灰集批評〉一文中所說的：「我們現在要毫不客氣的把我們胸中的所有思想感情等等一切都叫喊出來，這是一句很重要的話，很富於暗示時代性的話，是的，現在還是吶喊的時代，我們應該大家一起站起來喊叫，犯人一般的喊叫。不，不，我們不僅應該喊叫，我們也應該低訴……呻吟……冷嘲熱罵！一切的不平呀！一切的陳腐呀，一切的抑鬱呀，一切的苦痛呀！破喲……把這四千數百年來的沉悶的空氣衝破喲……喊叫，低訴，呻吟，嘲罵，這是時代對於我們的要求，也是我們應該投擲於時代的禮物。」這可謂是對《沉淪》、《漂流三部曲》、

59　郁達夫：《蔦蘿集・自序》，收入《郁達夫文集》第7卷，花城出版社等1983年版，1991年第2次印刷，第153頁。

60　郁達夫：〈北國的微音〉，收入《郁達夫文集》第3卷，花城出版社等1982年版，第91頁。

《月蝕》等小說自我告白特徵的概括。不同於日本自然主義作家視所處時代為「懺悔的時代」，前期創造社作家將自己的時代稱為「吶喊的時代」，他們的告白不僅是低訴、呻吟，更是喊叫與嘲罵，是對醜惡現實的詛咒。他們要以告白驅除一切的陳腐、抑鬱與苦痛，告白不只是為解除內心的緊張，更是時代責任感的體現，是「很富於暗示時代性的話」。所以，同樣是告白，他們卻背離了日本自然主義文學懺悔式的告白，而將告白轉換為對社會、時代的吶喊，使之融入中國五四文學語境中，成為一種被廣泛運用頗富生命力的行文方式。

論證、辨析長期以來被學界所忽視的前期創造社與日本自然主義文學間的傳承關係，起碼具有兩層意義。一是有助於我們理解何以前期創造社作家一面反對自然主義文學，一面又傾心於自然主義文學的私小說。原來他們是站在日本化的自然主義文學立場上反對純客觀的寫實的本來的自然主義，這就無怪乎他們親近於私小說。這也就意味著將我們自己從一種認識上的矛盾邏輯中解放出來，這一矛盾邏輯就是一面否定前期創造社與日本自然主義文學間的聯繫性，一面又大談特談前期創造社受日本化的自然主義文學——私小說如《棉被》的影響。二是可以使我們對前期創造社自我小說與日本私小說關係的認識更為具體一些。多少年來，我們總是滿足於籠統地談論前期創造社小說與日本私小說的關係，少有深入地辨析。事實上，日本私小說來自日本化的自然主義文學，但在大正時期它已成為不同流派共同青睞的文學樣式。白樺派的志賀直哉，新理智派的芥川龍之介、久米正雄，「早稻田派」的宇野浩二、葛西善藏，唯美派的佐藤春夫、谷崎潤一郎等都熱衷於私小說創作。他們都遵守私小說將「我」作為藝術基礎這一原則，注重對自我的抒寫。但正如一位研究者所說，「每個不同流派的作家在各自的私小說創作中都有所屬流派的主色調：自然派側重肉慾

苦悶的真實暴露和描寫，白樺派追求個性自由、同情博愛的人道主義，唯美派則著意表現世紀末的憂鬱和頹廢。」[61]也就是說，私小說在不同作家、派別那裏是有區別的。這樣，經由論析前期創造社自我小說與日本自然主義文學的傳承關係，以及前一節所揭示的前期創造社與日本唯美主義的關係，我們就可以將前期創造社自我小說與日本私小說關係說得更具體一些，即它們主要是接受日本自然派和唯美派私小說的影響，它們的官能描寫、憂鬱、「頹廢」主要來自唯美派、自然派的綜合影響。這也就有助於我們進一步理解前期創造社作為一個以浪漫主義為主的派別，何以在其自我小說中少有其詩中那種高昂的理想主義激情，相反卻富於現代主義色彩這一現象。

---

[61] 王向遠：《中日現代文學比較論》，湖南教育出版社1998年版，第319頁。

第四章

五四文學創型與日本文論

　　五四文學是中國「現代」文學的真正開端，其多元化的現代品格是以世界文化、文學為背景而創構起來的，創構本身又是一個動態的發展過程，其間既有興奮與歡樂，又充滿著尷尬、矛盾與痛苦。在這樣一個矛盾複雜的過程中，我們不僅可以清晰的辨認出西方各種文化思潮、文學流派的投影，辨認出五四知識者在中西文化夾擊中頑強回應西方現代性挑戰時興奮、焦躁、痛苦而又沉毅、堅韌不拔的身影，弄清五四文學許多特徵、新傳統的西方原型；而且能夠看到東方文化、文學的蛛絲馬跡或深刻的烙印。前一章辨析、論證了日本文學思潮在前期創造社身上留下的深刻烙印，本章將要探討的是五四文學在創型的關鍵時刻如何接受日本兩大重要文論即《文學論》和《苦悶的象徵》的影響而走出困境不斷前行的。

第一節　五四文學創型與夏目漱石的 《文學論》

一

　　五四作家是以啟蒙者角色進行創作的，這使得他們勢必以自我、他人、社會和人生作為思考的中心，以審視、觀察與描

寫複雜而變動不居的現實。而對於他們來說，擺在面前需要正視的現實，就是對自我與他人也就是啟蒙者與被啟蒙者的本質屬性作出新的界定，對現實社會情勢、人生處境進行研究，考辨其形成根源，描述其新的發展可能性，對新文化運動帶來的各種思潮作出解釋與選擇，對變革時代提出的各種嚴峻的課題作出回答，等等。周作人等先驅者於五四初期所倡導的文學寫實性，落到實處，也就是應以文學想像的方式對這種現實作出反應。於是，在寫實觀念的驅使下，文壇湧動起了書寫這一現實的熱情，並逐漸形成一股強勁的創作潮流。

然而，「現實」本身的抽象思辨色彩，使這股寫實的熱潮，呈現出讓充滿青春激情的作家們始所未料的特徵，那就是熱衷於對人生作哲學思辨，「注重思想」的觀念化成為一種共同的趨向。例如，問題小說大都是以小說提出抽象的人生問題，並給出哲學式的答案。諸如許地山的作品，大都是「穿了戀愛的外衣而表示了作者的宇宙觀和人生觀」，冰心和葉紹鈞的作品「企圖解答人生是什麼。」[1]他們的初衷是「寫實」人生，而「人生觀」探索卻使他們走向了觀念化的議論人生。問題劇亦如此，本是希望通過譯介易卜生的問題劇向新文學輸入「把社會種種腐敗齷齪的實在情形，寫出來叫大家仔細看」的「寫實主義」，因為「易卜生的文學，易卜生的人生觀，只是一個寫實主義。」[2]然而問題意識的制約，使得五四問題劇演化成了「傳播思想，組織社會，改善人生的工具」，[3]如胡適的《終身大事》，陳大悲的《幽蘭女士》，汪仲賢的《好兒子》

1　茅盾：《中國新文學大系·小說一集·導言》，收入吳福輝編：《20世紀中國小說理論資料》第3卷，北京大學出版社1997年版，第311頁。

2　胡適：〈易卜生主義〉，收入王永生主編：《中國現代文論選》第1冊，貴州人民出版社1982年版，第246頁。

3　洪深：《中國新文學大系·戲劇集·導言》，收入《中國新文學大系·戲劇集》，上海良友圖書印刷公司1935年版，上海文藝出版社1981年影印，第20頁。

等，均是借戲劇討論人生問題，圖解某種人生觀念。不惟小說、戲劇，詩歌同樣加入到了探討「人生究竟是什麼」和拷問自我生命的主潮中。劉大白的「我在哪裏？真的我在哪裏？」（《舊夢‧真的我》），即便在今天，這一問題也頗為先鋒，但對於那時的詩人來說，卻又是耳熟能詳的流行語。它是一個純哲學命題，對於年輕的詩人來說只是一個謎，「人生是一個謎，詩裏表現的人生，尤其是謎中之謎。我自己還猜不透人生之謎，卻把這謎中之謎給大家猜。」（劉大白：《〈舊夢〉付印自記》），詩在他那裏成了抽象的人生之謎的載體，何談詩味，詩情？徐玉諾吟道：「我為什麼活著，能夠運動的一件東西？我能夠解答這個問題麼？」（《雜詩十三》，《雪朝》第4集），顯然他無力回答如此艱深抽象的命題。就連豪情萬丈的郭沫若也常常發出：「人為什麼不得不生？」（《苦味之杯》）這樣的天問。冰心的《繁星》、《春水》更是以人生沉思為主腦，走不出自己設計的種種理性命題。詩在試圖解答人生現實之謎時，遁入理性的王國，哲理詩成為一種時尚。

這種由「寫實」追求而導致的哲理化傾向，雖然較晚清文學政治化傾向，文學意味要濃厚一些，但由於哲理大都飄浮於表層，不是由情節、人物自然而然地流露出來，所以這種哲理化在更多的時候是一種概念化，一種非文學性傾向，更何談「寫實」？五四文學由寫實出發走向了惟恐避之不及的非寫實的誤區，陷入到一種尷尬的境地。

大約到1922年，「人生派」開始意識到哲理化的危害性，於是他們試圖借自然主義文學的實地觀察與客觀描寫來救治這種非現實主義病症。一段時間內法國和日本的自然主義文學被大量地譯介進來，自然主義構成了文壇熱點。他們希望以自然

主義的技術醫中國現代創作界的毛病。[4]然而，五四初期文學的概念化傾向，絕非技術性問題，單憑自然主義客觀描寫技術是醫治不了這種由「人生寫實」追求而引起的非文學化傾向，正如溫儒敏所說：「如果光是從技術上強調客觀描寫，也不能根治這種概念化的毛病，頂多是使某種思想觀念的表達更加形象化而已。」[5]不僅如此，自然主義的引入，稍不留心還會削弱作者的主體性，使創作不僅偏離人生啟蒙的初衷，而且藝術上顯得呆板、沉悶，失去原有的人生探究的激情。

二

糾正這種哲學化的非文學傾向，使文學走出尷尬，回到健康的發展軌道上來，是當時許多新文學作者著力思索、探究的難題。在人生派試圖從自然主義文學中尋出方案稍後，創造社的成仿吾則借鑑夏目漱石《文學論》的觀點，對這一問題作了頗具個性的闡釋，列出了自己的方案。

《文學論》1907年5月由日本大倉書店出版，它是夏目漱石的文論專著，是繼坪內逍遙的《小說神髓》之後，日本近現代文學史上又一個里程碑。1925年川端康成認為，《文學論》的見識是「出類拔萃的」，漱石以後在日本「已經找不到一本值得信賴的文學概論」，他稱漱石為日本近現代最傑出的文學理論家；著名文學評論家吉田精一在1975年出版的《近代文藝評論史·明治篇》（至文堂）中也指出，《文學論》是「整個明治和大正時代唯一的最高的獨創的」著作，「在思想的深刻性

---

[4] 周作人1921年致沈雁冰信中提出過這一主張，參閱錢理群：《周作人論》，上海人民出版社1991年版，第353-358頁。

[5] 溫儒敏：《新文學現實主義的流變》，北京大學出版社1988年版，第47頁。

上，作家和文學家之中無人能及漱石。」[6]在中國，1931年神州國光社出版了張我軍的譯本，並附有周作人的序文，周稱自己在《文學論》初版時就購得一冊，雖未曾細讀，但對夏目的自序內容卻記憶猶新。

至於成仿吾，我至今尚未發現他讀過此書的直接記載，這可能是研究界無人論及他與《文學論》關係的主要原因。然而，如果從1910年成仿吾便去日本留學，深諳日本文學這一角度推測，他很有可能接觸到當時日本青年學生、知識分子敬仰的大文豪夏目漱石的《文學論》。自1906年起，夏目漱石便於木曜日（星期四）下午於書齋裏舉行文藝沙龍活動，名曰「木曜會」，直到1916年12月去世為止，影響培養了許多學者、作家和評論家，包括鈴木三重吉、高濱虛子、江口渙、芥川龍之介等。而這一期間成仿吾正好留學日本，熱衷於文學事業，從常理看，他應該聽說過「木曜會」，並可能由此引起對夏目漱石的好奇與興趣。不過，推測只是一種主觀運思，我的觀點並非只是建立在這種推測上，而主要來自文本觀點的對比。

成仿吾於1922年至1923年寫作了幾篇重要文學理論與批評文章，如〈評冰心女士的《超人》〉、〈《殘春》的批評〉、〈詩之防禦戰〉、〈新文學之使命〉、〈寫實主義與庸俗主義〉等，對五四以來文學中出現的哲學化、概念化和庸俗的寫實傾向，作了批評，提出了自己的救治方案。而如果將它們與夏目漱石的《文學論》相對照，便可發現其諸多立論與《文學論》相同，而這種相同，從基本概念、觀點、論述方式等角度看，絕非跨文化語境的巧合，實屬直接借用的結果。

夏目漱石構建了自己獨特的文學理論體系，用公式表示就是（F＋f），《文學論》就是對這一公式的闡釋、解說。第一編

---

[6] 參見何少賢：《日本現代文學巨匠夏目漱石》，中國文學出版社1998年版，第1-4頁。

第一章開門見山地提出了這一公式：「大凡文學內容之形式，須要〔F＋f〕。F代表焦點的印象或觀念，f代表附隨那印象或觀念的情緒。然則上舉公式，可以說是表示印象和觀念的兩方面即認識的要素『F』，和情緒的要素『f』之結合的了。」[7]接下來，他將「我們平常所經驗的印象和觀念」分為三種：一是有F而無f的，即有智的要素而缺乏情的要素的，如我們所有的三角形之觀念，並沒有附帶什麼情緒；二是隨著F發生f的時候，例如對於花、星等的觀念；三是僅有f而找不出與其相當的F的時候，如所謂的「fear of every thing and fear of nothing」，即沒有任何理由而感到的恐怖之類。而在這三種之中，可以成為文學內容的，在他看來，是第二種，即具有〔F＋f〕的一種。[8]

　　這一理論，被成仿吾所借用，從〈詩之防禦戰〉[9]中能得到證明。一、成仿吾使用了兩個與《文學論》相同的符號：F和f，「F為一個對象所給我們的印象的焦點（focus）或外包（envelope），f為這印象的焦點或外包所喚起的情緒」，它們的意思與上述夏目漱石《文學論》中的F、f的意思完全相同。二、成仿吾用 $\frac{df}{dF}$ 表示出了夏目漱石對F與f關係的理解，他說：「這對象的選擇，可以把F所喚起的f之大小來決定。用淺顯的算式來表出時，便是我們選擇材料時，要滿足一個條件。如果 $\frac{df}{dF}>0$，這微分係數小於零時，那便是所謂蛇足。這算式所表出的意思，如用淺近的語言說出，便是詩中如增加一句一字，必是這一句一字能增加全體的情緒多少。」這裏道出了兩種情況，即 $\frac{df}{dF}<0$ 和 $\frac{df}{dF}>0$，並暗示出了第三種情況 $\frac{df}{dF}=0$，它們分別代表了上述夏目漱石所謂的「經驗的印象和觀念」的三種情形，即：$\frac{df}{dF}<0$ 表示「有F而無f的時候」，$\frac{df}{dF}>0$ 表示

----

[7]　〔日〕夏目漱石：《文學論》，張我軍譯，神州國光社1931年版，第1頁。
[8]　〔日〕夏目漱石：《文學論》，張我軍譯，神州國光社1931年版，第1-2頁。
[9]　成仿吾：〈詩之防禦戰〉，1923年5月13日《創造週報》，第1號。

「隨著F發生f的時候」，$\dfrac{df}{dF} = 0$表示「僅有f而找不出與其相當的F的時候」，這說明成仿吾對夏目漱石將「經驗的印象和觀念」分為三類的觀點是認同的，只是換了一種表達方式而已。而且，如果從數學上說，成仿吾的$\dfrac{df}{dF} > 0$這一公式比夏目漱石的（F＋f）公式要準確簡練一些，$\dfrac{df}{dF} > 0$是一個科學的表示法，而（F＋f）在數學上是講不通的，它只是一種文學性的公式罷了。$\dfrac{df}{dF}$表示的是定量關係，而F＋f則意味著一種定性關係。三、在三種關係中，成仿吾看取的是$\dfrac{df}{dF} > 0$，與夏目漱石認為的可以成為文學內容的是「隨著F發生f的時候」這一種，即具有（F＋f）的一種是一致的。四、關於微分係數，通常的表示法是$\dfrac{dy}{dx}$或者$\dfrac{df}{dx}$，而沒有$\dfrac{df}{dF}$這一種，成仿吾使用$\dfrac{df}{dF}$，用dF替代dx，也就是用F代替x，顯然是受了夏目漱石（F＋f）的啟發影響，希望以其表示出（F＋f）的含義。由此可見，成仿吾的〈詩之防禦戰〉與夏目漱石的《文學論》在文學觀上的一致性，絕非超文化語境的認識巧合，實屬直接借鑑的結果。

這一結論，我們還可以從成仿吾其他作品中的某些觀點與夏目漱石《文學論》觀點的相同，而得到進一步的佐證。如在〈《殘春》的批評〉[10]中，他說：「一個文藝的作品，總離不了內容（即事件）與情緒」，這一觀點實際上是夏目漱石《文學論》中「（F＋f）」觀點的一種文字表述。在論及文藝情緒時，他以幾何圖形說明「情緒不可不與內容並長；因為內容增加時，情緒若不僅不與他同進增加，反而減少，則此內容之增加，不啻畫蛇添足」，這種情緒隨內容並長的觀點，顯然與《文學論》所主張的「f與F的具體程度成正比例」[11]相同。又

---

[10]　成仿吾：〈《殘春》的批評〉，1923年2月《創造季刊》，第1卷第4期。
[11]　〔日〕夏目漱石：《文學論》，轉引自何少賢的《日本現代文學巨匠夏目漱石》，中國文學出版社1998年版，第52頁。

如在〈寫實主義與庸俗主義〉[12]中,他稱:「在文學上最有效力的是關於人事,其次是關於感覺世界的,最後乃是理智的與超自然的。浪漫的文學取的多是最後的理智與超自然的內容,寫實的文學才是赤裸裸的人事與感覺世界的表現。」這種將文學內容分為人事、感覺、理智與超自然四類的做法,同樣與《文學論》相同。夏目漱石把一切能夠構成文學內容的成分,分成四類:感覺F、人事F、超自然的F和知識F。其中感覺以自然界為標本,人事以人的善惡美醜、喜怒哀樂為鏡子,超自然的標本則是宗教,而知識則是以有關人生問題為標本,這是他的獨見。而在這四類中,他以為感覺的要素最值得注意,它是文學中最必要的因素之一,因為它最能喚起人們的情緒。從重要程度而言,接下來的依次是人事F、超自然F和知識F。由此可見,成仿吾的四類,無論是能指還是所指與夏目漱石的四類完全相同,這顯然非巧合所能解釋得通的。不過區別也是明顯的,夏目漱石以為感覺F最重要,[13]而成仿吾則視「人事」為最有效力,「感覺」其次,超自然排在最後,因為它比「理智」更難引起情緒。這種差異與各自所歸宿的民族傳統文化與審美趣味相關,同時也說明成仿吾在接受他國文學資源時,能依據民族文化立場[14]與文學現實發展需要,對他者經驗作出相應的調整,使之更有效地作用於中國文學的發展。

---

[12] 成仿吾:〈寫實主義與庸俗主義〉,1923年6月《創作週報》,第5號。

[13] 參見何少賢:《日本現代文學巨匠夏目漱石》,中國文學出版社1998年版,第59頁。

[14] 成仿吾那時以激進的反傳統著稱,然而由他對人事、感覺、知識與超自然關係的理解、排序,不難發現儒家思想在他那裏的確是根深蒂固的,所以我才稱他「依據民族文化立場」對他者經驗作出相應的調整。不過,對於他來說,「依據民族文化立場」主要還是一種不自覺的文化行為。自覺反傳統與不自覺地親和、表現傳統是五四那一代知識者共同的特點,誰也無法逃避這種文化宿命。他們在反傳統時聲嘶力竭,可傳統卻在跟他們開玩笑,讓他們常常以傳統的方式、話語去反傳統,這樣他們反傳統的行為往往在本質上又是表現與維護傳統,他們常常被置於這樣一種自己沒有意識到的矛盾、尷尬的境地。

對於成仿吾來說，借用《文學論》的觀點，並非為了建構某種純理論體系，著力點亦不在理論探索，因為他當時還沒有這種餘裕，沒有純理論研究興致。他是以《文學論》作為一種新的文學批評武器，來論析中國文學發展中亟待解決的問題，並試圖依據《文學論》的基本觀點，探尋出解決問題以走出困境的方案。

三

借用《文學論》關於情緒、情感為文學中心的觀點，否定五四初期文壇，尤其是小詩熱。

《文學論》認為「文學內容以情緒為主，文學靠情緒才能成立」、「情緒是文學的骨子。」[15]情緒是夏目漱石估價文學內容價值的主要標準。這裏的情緒，就是feelings，[16]亦可譯成情感。成仿吾接受了這種以情緒為文學骨子的觀點，並以之為救治當時中國文學的一種主張。在〈詩之防禦戰〉中，他說：「文學是直訴於我們的感情」，「文學始終以情感為生命的，情感便是他終始」，落實在詩上，則「不僅詩的全體要以他所傳達的情緒之深淺決定他的優劣，而且一字一句亦必以情感的貧富為選擇的標準。」這種情感中心說的立場，使他稱當時的詩壇為「一座腐敗了的王宮」，一座遍地野草叢生的可悲、可痛的王宮，由是對胡適的〈嘗試集〉起始的早期白話詩，包括康白情的〈草兒〉、俞平伯的〈冬夜〉、周作人的〈所見〉、徐玉諾的〈將來之花園〉等，作了不留情面的批評、否定[17]，

---

[15] 夏目漱石：《文學論》，轉引自何少賢的《日本現代文學巨匠夏目漱石》，中國文學出版社1998年版，第66頁。

[16] 參見何少賢：《日本現代文學巨匠夏目漱石》，中國文學出版社1998年版，第42頁。

[17] 成仿吾：〈詩之防禦戰〉，1923年5月13日《創造週報》，第1號。

因為這些詩，在他看來，未能寫出真情，難以激起讀者的感興、情緒。

接下來，他將論說的中心移向「所謂的小詩或短詩」。小詩既指周作人介紹、倡導的日本小詩，又包括受這種日本小詩影響而成為中國詩壇時尚的五四小詩。成仿吾說過：「最初我聽了這個名字時，很有點不明白周君所指的是什麼；後來才知道就是日本的和歌與俳句」。由於五四小詩主要由日本和歌、俳句引起，所以成仿吾將注意力投向了日本和歌、俳句，而情緒乃文學生命的觀點，則決定了他對這種日本小詩的不滿與否定，因為它們「可稱為抒情詩的究是極小數，——至少俳句是這般」。何以如此？理由是「日本語是多音節的，往往一個名字占四五個音，如杜鵑一個名字，在日語占五個音，鶯一個名字，占四個音之類，和歌一首為五七五七七的三十一音，俳句更只五七五的十七音。以這樣少數的語音，要寫出抒情的詩句，在和歌或猶易為，在俳句卻實很困難的。」這實際上是一個關涉到 F 與 f 關係的問題，也就是「一個對象所給我們的印象的焦點」與「這印象的焦點或外包所喚起的情緒」間的關係問題。成仿吾在論證俳句難以成為抒情詩時，就是從這種關係角度立論的：「一、音數既經限定，字數自然甚少，結果難免不陷於極端的點畫派（Punktierkunst）。二、同時又難免不陷於極端的剎那主義（Momentalismus）。三、容積既小，往往情緒的負載過重。四、剎那主義與點畫的結果，最易陷於輕浮。」這四層的共同之處由第三層道出，即容積小難以負載過重的情緒，也就是情緒沒有相應的支撐物，它接近於夏目漱石《文學論》中所謂的僅有 f 而找不出與其相當的 F 的情形，這樣所抒發的情感大都陷於輕浮，其詼諧也多是淺薄的。這一結論，使得成仿吾不解周作人何以要介紹、倡導日本小詩，何以要讓小詩來「蹂躪」中國詩壇。

在論述小詩不適合中國文學時，成仿吾還談到小詩不易譯為漢語，並舉出周作人所譯芭蕉的名句：「古池——青蛙跳入水裏的聲音」，認為周作人簡直將詩的生命也譯掉了：「青蛙的『青』字是周君添的蛇足。俳句以粗略（Simple or rough）見長，添上一個青字，亦不能於全體的情緒有所增加，倒把粗略的好處都埋沒了。水裏的聲音的『裏』字，也是周君添的蛇足，把原文的暗昧的美點也全失了。」成仿吾這裏的「蛇足」之論，其依據是文章前面所主張的「詩中如增加一句一字，必是這一句一字能增加全體的情緒多少」，否則便是蛇足，也就是夏目漱石《文學論》中所謂的有 F 而無 f。成仿吾批評的主要是俳諧，但如他自己所言，「關於俳諧所說的話，大抵都可以應用於和歌」。

對日本小詩的批評否定，實際上就是對五四初期譯介日本小詩、創作上模仿日本小詩的「小詩熱」的否定，這一點成仿吾說得很清楚：「現在流行的小詩，不必盡是受了周作人的影響，然而我關於俳句所說的話，是可以應用於別的短詩的。」[18]

這裏存在一個有趣的現象：坪內逍遙在《小說神髓》中認為，小詩是未開化社會的詩歌，只用三十一個音節是無法表現出近代人複雜的情感，「所以還不能成為完全的詩」。[19]而深受《小說神髓》影響的周作人卻極力倡導小詩，認為「這多含蓄的一兩行的詩形也足備新詩之一體，去裝某種輕妙的詩思，未始無用。」[20]夏目漱石《文學論》肯定俳句、和歌的單純、精煉，而成仿吾卻運用《文學論》中情緒為文學骨子的觀點，對和歌、俳句作了完全的否定。這一現象也許可以歸結為文學跨文化接受影響中個人因素的作用。而正是這一作用使得不同

---

[18] 以上未注明出處的引文均出自〈詩之防禦戰〉，1923年5月13日《創造週報》，第1號。
[19] 〔日〕坪內逍遙：《小說神髓》，劉振瀛譯，人民文學出版社1991年版，第25頁。
[20] 周作人：〈日本的小詩〉，收入《藝術與生活》，上海文藝出版社1999年版，第133頁。

時期乃至同一時期對異域某一文學的接受呈現出多元複雜的態勢，並一定程度地促使本國文學的發展呈現出多元趨向。

四

借用《文學論》關於智的要素難以引起人之情緒的觀點，否定五四初期文學注重思想的哲學化傾向。

夏目漱石在《文學論》中認為，人們平常所經驗的印象和觀念，可分三種，而第一種是「有 F 而無的時候，即有智的要素而缺情的要素的；例如我們所有的三角形之觀念，並沒有附帶什麼情緒」，這種智的要素「僅作用於我們的智力，絲毫不叫起我們的情緒」，而文學是以喚起讀者情緒為主要目的，所以它「不能視為文學的內容」。[21]成仿吾在〈詩之防禦戰〉開篇表述了類似觀點：「文學是直訴於我們的感情，而不是刺激我們的理智的創造；文學的玩賞是感情與感情的融洽，而不是理智與理智的折沖」，「不是關於他的理智的報告」，理智與情感在文學那裏是一種矛盾關係，理智不僅難以引起人的情緒反應，而且還會破壞情緒的抒寫。詩歌尤其如此，理智是詩「不忠的奴僕」，「是不可過於信任的」。詩「只在運用我們的想像，表現我們的情感。一切因果的理論與分析的說明是打壞詩之效果的」，「凡智的歡喜只是一時的，變遷的，只有貞情的愉悅是永遠的，不變的」，「中了理智的毒，詩歌便也要墮落了。」所以「我們要發揮感情的效果，要嚴防理智的叛逆！」這種關於理智與情感、與文學關係的「淺近的原理」，顯然主要來自夏目漱石的《文學論》。

接下來，他依據這些原理對五四時期宗白華、冰心為代表的哲理詩作了嚴厲的批評：五四哲理詩人「把哲理夾入詩中，

---

[21] 〔日〕夏目漱石：《文學論》，張我軍譯，神州國光社1931年版，第1-3頁。

已經是不對的；而以哲理詩為目的去做，便更是不對了」，「理論的或概念的，與過於抽象的文字，縱列為詩形，而終不能說是詩。」因為它們「使我們看了，如像在讀格言，如像看了一些與我們不常會面的科學書籍，引不起興致來，」也就是無法激起我們之情感。而宗白華、冰心的哲理詩最具代表性，「我只覺得宗君不過把概念與概念聯絡起來，而冰心亦不過善於把一些高尚的抽象的文字集攏來罷了。」[22]它們只具有智的要素而不具備情的內質。這段評說頗似夏目漱石《文學論》中探求華茲華斯《義務頌》第一節失敗原因的一段文字，即「遠離了詩的本質，只不過是搜羅高尚的文字而已」，「具體的成分減少到極端就像是康德的論文、黑格爾的哲學講義，或像歐幾里得的幾何學，不能使我們產生絲毫的興趣。」[23]對這種哲理詩傾向，成仿吾深表不安，在借《文學論》觀點批評了這種傾向之後，他說：「多少朋友們的活力已經消耗在這兩種傾向之下了！我們如不急起而從事防禦，我們的新文學運動，怕不要在這兩種傾向之間沉滯起來了？」[24]

站在《文學論》立場上，成仿吾不只是將批評矛頭對準哲理詩，對於當時借小說宣洩人生哲學的傾向，他同樣深表不滿。如在〈評冰心女士的《超人》〉[25]中，他將《超人》「熱有而力實不足」的原因，歸咎於行文的抽象化，歸咎於「抽象的記述」，並由此警告青年作家：「不要再想在現在的一般人的言論裏面，織入高深的思想」，因為「一個作品的戲劇的效能，不能靠抽象的記述，動作 action 是頂要緊的，最好是把抽象的記述投映 project 在動作裏」。也就是將抽象的記述具體

---

[22] 均出自〈詩的防禦戰〉，1923年5月13日《創造週報》，第1號。

[23] 〔日〕夏目漱石：《文學論》，轉引自何少賢的《日本現代文學巨匠夏目漱石》，中國文學出版社1998年版，第52頁。

[24] 成仿吾：〈詩之防禦戰〉，1923年5月13日《創造週報》，第1號。

[25] 成仿吾：〈評冰心女士的《超人》〉，1923年2月《創造季刊》，第1卷第4期。

化，因為按《文學論》所論，情緒f很難生成於抽象的「智」。「智」只有具體化，才能使$\frac{df}{dF}>0$成立，也就是使情緒隨內容而增加，否則$\frac{df}{dF}<0$，抽象的記述不能引起情緒的生長，也就淪為蛇足。他常常在文中言說類似觀點：「文學的目的是對於一種心或物的現象之感情的傳達」，「由鮮美的內容與純潔的情緒調和了的詩歌，是我們所最期待的」，[26]「一個文藝的作品，總離不了內容（即事件）與情緒」，[27]也就是強調F與f的同在，即以（F＋f）模式為文學最理想的內容。從這一角度看，抽象的記述具體化是他依據《文學論》中（F＋f）觀點，為五四初期文學哲理化病症尋出的一種救治方案。

五

借《文學論》關於文學的真實性不同於科學上的真實性觀點，批評五四文壇在自然主義文學影響下開始出現的庸俗化寫實傾向。

《文學論》在論述描寫方法時稱：「對待同一物體採取純客觀描寫和主觀的描寫方法，在反映情緒的深刻性方面孰優孰劣應該是明顯的事實」，即「前者是直接喚起讀者情緒……後者則需要讀者與詩人一起冥思苦想，才能感覺到趣味。」[28]所以，夏目漱石更傾向於客觀描寫。然而，科學家也講求客觀性，但與之相比，文學家的客觀描寫的獨特性體現在哪裏呢？《文學論》指出，科學家寫真的目的在於概括、綜合的科學性，以發現法則、規律，所以不需要色彩、音響和感情；而文

26　成仿吾：〈詩之防禦戰〉，1923年5月13日《創造週報》，第1號。
27　成仿吾：〈《殘春》的批評〉，1923年2月《創造季刊》，第1卷第4期。
28　夏目漱石：《文學論》，轉引何少賢的《日本現代文學巨匠夏目漱石》，中國文學出版社1998年版，第51頁。

學家寫真則力圖賦予物體以真實的生命；科學家以與感覺、情緒無緣的獨特記號敘述事物，而文學家的目的則在於真實地寫出感覺和情緒。所以，「文學家所重視的是文藝上的真，而不是科學上的真。」[29]就是說文學上的寫實不同於科學式的臨摹，它必須對生活進行重新加工、錘煉，它的語言是「經過熔爐反覆加工錘煉才鏗鏘有聲地落於紙上，和街頭巷尾寒暄言辭斷然不同。」[30]這就與自然主義的寫實截然區別開來。

　　成仿吾接受了這種寫實觀點，他說「我們已與現實面對面。我們要注視著它而窺破它的真像。我們要把它赤裸裸地表現出來。然而我們於觀察時，要用我們的全部機能來觀察，要捉住內部的生命，而不為外部的色彩所迷；我們於表現時，要顯出全部的生命，要使一部分的描寫暗示全體，或關聯於全體而存在。」這是一種與《文學論》主張相同的真正的現實主義文學觀，它強調寫出對象的全部生命。然而，五四文壇庸俗的現實主義者，「作的只是一些原色寫真與一些留聲機片。所謂庸俗主義雖亦以寫實自誇，然而他的『實』僅是皮毛上之『實』」，[31]他們的真是一種自然主義的真，一種捨本求末之真。他們的作品中充滿著自然派的「臨寫」，未將「藏在表面下深處的實在看出來」，「為客觀的現象所蒙蔽」，即使是《超人》這種抽象化傾向很強的作品，也不乏這種缺陷，「譬如寫何彬的否定的時候，作者的描寫止於是一些客觀的可見的現象；主觀的心的現象，少有提起」，觀察不深，「不出客觀的現象以外，反被客觀的現象瞞過了。」怎樣醫治這種庸俗寫實的病症呢？成仿吾主張，「既要顧及實情，又要不墮入淺近

---

[29] 夏目漱石：《文學論》，轉引自何少賢的《日本現代文學巨匠夏目漱石》，中國文學出版社1998年版，第75頁。

[30] 夏目漱石：《文學論》，轉引自何少賢的《日本現代文學巨匠夏目漱石》，中國文學出版社1998年版，第117頁。

[31] 成仿吾：〈寫實主義與庸俗主義〉，1923年6月《創作週報》，第5號。

的自然派的臨寫」。[32]他因此還專門談到了事實與情緒的關係問題，即「在一定長的篇幅，事實與它所引起的情緒，都有一定限，敘述的事實過多，最易流於庸俗；事實所引起的情緒過濃，亦每陷入感傷主義。」[33]在他看來，理想的作品應做到事實與引起的情緒關係諧調，也就是夏目漱石所謂的F與f關係處於一種和諧狀態。

　　成仿吾借鑑夏目漱石《文學論》的基本理論，對當時文壇現實所作的批評、探討，從借鑑本身而論，能將理論化入具體問題的研究中，以現實問題探索為主，而非生硬地理論搬用，亦非純理論辨析，從這個角度看，借鑑是成功的。成仿吾向來比較偏激，上述關於哲理傾向、自然派寫實問題的諸篇文章的立論，應該說基本上是符合文學內在規律的，有相當的說服力。我們不能誇大成仿吾那些觀點、方案對於五四文學創型、發展的作用，但由於它針對的是當時文壇面臨的最嚴峻的問題，所以作為當時文壇的一種強音，它對於文學創作走出哲學化傾向，走出自然主義誤區，以回歸於現實主義，應該說起了一定的作用，至於小詩的淡出則與它有著更為直接的關係。

第二節　五四文學創型與廚川白村的《苦悶的象徵》

一

　　關於廚川白村的《苦悶的象徵》與中國新文學關係的研究，如魯迅與《苦悶的象徵》、胡風與《苦悶的象徵》等，從單個關係角度看，已相當深入。然而，問題也正在這裏，多數

---

[32] 成仿吾：〈評冰心女士的《超人》〉，1923年2月《創造季刊》，第1卷第4期。
[33] 成仿吾：〈寫實主義與庸俗主義〉，1923年6月《創作週報》，第5號。

論者熱衷於將論述對象從歷史發展鏈條上剝離出來進行孤立地分析，如論述魯迅與《苦悶的象徵》時，著眼點往往是魯迅如何理解《苦悶的象徵》，並如何由《苦悶的象徵》而取捨佛羅特之說，而忽視了更為重要的角度，即魯迅是在怎樣的文學背景下譯介、宣講《苦悶的象徵》的？他向文壇輸入《苦悶的象徵》目的是什麼？《苦悶的象徵》是如何參與五四文學創型、推動五四文學發展的？由於研究角度主要局限於魯迅等個人美學思想建構，沒有從全局論述問題，以至於未能深入揭示出《苦悶的象徵》對於五四文學的資源性價值與深層意義。

有鑒於此，我選擇了五四文學創型、發展這一全局性的視角來論說《苦悶的象徵》，考察的重點為：五四文學是在怎樣的發展情勢下對《苦悶的象徵》發生興趣的，《苦悶的象徵》對於這一「情勢」的發展起了怎樣的功能性作用。雖然論述主要落實在單個作家上，但視角決定了他們不再是孤立的存在，他們的借鑑行為、言說態度與觀點轉變代表了五四文學創型、發展的一種動向。

《苦悶的象徵》於1924年2月由日本改造社正式出版，然而廚川白村生前，該書前兩部分就由《改造》雜誌刊出。在中國，早在1921年，明權就譯出過〈創作論〉、〈鑒賞論〉兩章，發表於《學燈》雜誌。[34]1924年6-7月的《文學週報》（128-129期）刊出了仲雲譯的〈文藝創作論〉，即《苦悶的象徵》第一章。同年10月，《東方雜誌》第21卷20號又發表了他譯出的第三章。1925年3月，上海商務印書館出版了豐子愷譯的全譯本《苦悶的象徵》，魯迅的譯本也於1925年3月由新潮社印行。由此可見，20年代初中國文壇便開始注意到《苦悶的象徵》。

而那時新文學發展情勢、格局如何呢？新文學自1917年興

---

[34] 參見〔日〕相浦杲：《考證・比較・鑒賞——20世紀中國文學研究論集》，北京大學出版社1996年版，第118頁。

起，中經與封建復古派鬥爭，至20年代初，已由萌動進入到全面發展階段。以文學研究會為代表的人生派、以創造社為代表的「藝術派」和以魯迅為代表的作家，構成了那時新文學發展的主要格局。他們以世界文學為背景，從理論建構與創作實踐上不斷拓展新文學空間，《苦悶的象徵》就是在這種情形下進入中國新文學作家視野的。稱《苦悶的象徵》為影響五四乃至整個中國現代文學最重要的外國文學理論著作，應該不成問題。現代重要作家，如魯迅、郭沫若、郁達夫、成仿吾、田漢、豐子愷、許欽文、鄭伯奇、石評梅、謝六逸、胡風、路翎等，無不深受《苦悶的象徵》的浸潤，以至鄭伯奇聲稱「『文學是苦悶的象徵』，這是現代文學的標語。」[35]

從史實看，五四文學創型、發展接受《苦悶的象徵》的影響，呈兩種走向，且分別以創造社作家和魯迅為代表。[36]

二

創造社作家開始接受《苦悶的象徵》影響的時間，大至為1923年前後，也就是廚川白村死於鐮倉海嘯前後。從現有資料看，他們對《苦悶的象徵》的認同、接受，並不表現在譯介行為上，而是由於身在日本直接或間接地受到廚川白村理論的薰染，以理論宣言的方式表現出來的。例如，田漢、鄭伯奇留日時曾於1920年拜訪過廚川白村，並與之討論文學問題。[37]鄭伯奇

---

[35] 鄭伯奇：〈國民文學論〉，1923年12月至1924年1月《創造週報》，第33-35號。

[36] 創造社作家受《苦悶的象徵》的影響已成共識，可參見王向遠的《中日現代文學比較論》、伊藤虎丸的《田漢在日本》、秦弓的《覺醒與掙扎》、唐正序等主編的《20世紀中國文學與西方現代主義思潮》、鄭伯奇的《憶創造社及其他》等著作，但對於《苦悶的象徵》到底給予創造社怎樣的影響，它們大都未作深入分析，而這正是筆者的興趣所在。

[37] 〔日〕伊藤虎丸監修，小谷一郎、劉平編：《田漢在日本》，人民文學出版社1997年版，第437頁。

在〈憶創造社〉中回憶了當時的情形：「在一個春夜，在教授的寂靜的客室裏，田漢提出了不少文藝上的問題，賓主似乎還有異論」，「從此，我和廚川總算認識了，以後，我為給《少年世界》寫一篇有關日本婦女運動的稿子，還訪問過他和他的夫人。」[38]這樣，他們就在潛移默化中接受了廚川白村的文藝是苦悶的象徵的觀點；郭沫若1922年8月直接宣稱「文藝是苦悶的象徵」，[39]1923年又如此告白：「我郭沫若所信奉的文學定義是：『文學是苦悶的象徵。』」[40]鄭伯奇1923年指出「文學，是太平的精華」的思想已經過去了，苦悶才是現代文學的原動力。[41]何畏說：「『創造的苦悶』雖不能誕生新異的藝術，但『創造的苦悶』自己在現代藝術家心裏變成一種藝術，而這苦悶的個性的表現即成藝術品了」。[42]郁達夫則稱自己的創作是「敘著現代人的苦悶──便是性的要求與靈肉的衝突」，[43]並將藝術家的苦悶歸之於「象徵選擇的苦悶」。[44]

那麼，創造社是在怎樣的發展背景下認同、接受《苦悶的象徵》的呢？或者說這些作家與《苦悶的象徵》的契合點在哪裏呢？《苦悶的象徵》對於創造社的具體影響如何呢？

眾所周知，創造社作家大都是在新文學基本站住腳跟後登上文壇的，如果說胡適、陳獨秀、魯迅、周作人等「主要在向舊文

---

[38] 鄭伯奇：〈憶創造社〉，收入吳宏聰等編《創造社資料》（下），福建人民出版社1985年版，第841頁。

[39] 郭沫若：〈評國內的評壇及我對於創作上的態度〉，1922年8月4日上海《時事新報》副刊《學燈》。

[40] 郭沫若：〈暗無天日之世界〉，1923年6月《創造週報》，第7號。

[41] 鄭伯奇：〈國民文學論〉，1923年12月至1924年1月《創造週報》，第33-35號。

[42] 何畏：〈個人主義藝術的滅亡〉，收入吳宏聰等編《創造社資料》（上），福建人民出版社1985年版，第136頁。

[43] 郁達夫：《沉淪·自序》，《沉淪》，上海泰東圖書局1921年10月15日初版。

[44] 郁達夫：〈文學概說〉，《郁達夫文集》第5卷，花城出版社等1982年版，1991年第2次印刷，第67頁。

學的進攻」，那麼，他們「卻主要在向新文學的建設」；[45]如果說胡適、陳獨秀、魯迅、周作人等主要強調的是文學的白話形式和變革社會的功利性，是文學為人生的目的，那麼，他們則更多地關注文學藝術的自律性，他們認為文學是超功利的，是以自我表現為目的的，應注重於「全」與「美」。如1920年郭沫若從詩創作經驗出發說：「我想我們的詩只要是我們心中的詩意詩境底純真的表現，命泉中流出來的Strain，心琴上彈出來的Melody，生底顫動，靈底喊叫，那便是真詩，好詩。」將詩歸之為主體自我生命的表現，以及「直覺」與「感覺」的自然表露，所以「詩

$$詩 = \frac{（直覺+情調+想像）}{inhalt} + \frac{（適當的文字）}{Form}$$

」。[46]在另一處，他直言自己的詩學是「排斥功利主義，創作家創始時功利思想不准絲毫夾雜入心坎。創作家所常講究事，只在修養自己的精神人格，……所以我於文學上什麼——ism，甚至主義，我都不取。我不是以主義去做詩，我的詩成自會有主義在，一首詩可以有一種的主義。」[47]持守一種純藝術的觀點。郁達夫在聲稱文學是自我表現時，主張「文藝是天才的創造物，不可以規矩來測量的。」[48]成仿吾在創造社成立初期，也不斷言說這樣的觀點：「至少我覺得除去一切功利的打算，專求文章的全Perfection與美Beauty有值得我們終身從事的價值之可能性。」[49]這種視文學為「生的顫動」、「自我表現」的思想，這種注重文學「全」與「美」的觀念，作為指導創作實踐的理論原則與審美追求，可稱之為他們對新文學的一種自覺建設，拓寬了新文學的空間，體現為新文學自身的一種深化。

---

[45] 郭沫若：〈創造社的自我批判〉，黃人影編《創造社論》，光華書局1932年版，第74頁。

[46] 郭沫若：〈談詩歌創作〉，1920年2月1日《時事新報‧學燈》。

[47] 郭沫若：〈論詩（通訊）〉，1920年9月10日《新的小說》，第2卷第1期。

[48] 郁達夫：〈藝文私見〉，1922年3月《創造季刊》，第1卷第1期。收入吳巨集聰等編《創造社資料》（上），福建人民出版社1985年版，第11頁。

[49] 成仿吾：〈新文學之使命〉，1923年5月《創造週報》，第2號。

而正是這種自我表現說所體現的文學中人的主體性的覺醒意識與超功利觀點，構成了創造社作家與廚川白村《苦悶的象徵》的契合點。《苦悶的象徵·創作論》認為：「文藝是純然的生命的表現；是能夠全然離了外界的壓抑和強制，站在絕對自由的心境上，表現出個性來的唯一的世界。忘卻名利，除去奴隸根性，從一切羈絆束縛解放下來，這才能成文藝上的創作。必須進到那與留心著報章上的批評，算計著稿費之類的全然兩樣的心境，這才能成真的文藝作品，因為能做到僅被在自己的心思燒著的感激和情熱所動，象天地創造的曙神所做的一樣程度的自己表現的世界，是只有文藝而已。」[50]這種超功利的「生命」表現說，與創造社所主張的文學乃超外在功利的自我表現的觀點頗為相似，使他們對《苦悶的象徵》產生了一種先在的親緣感與認同感，使他們對文學的理解、認識獲得了一種理論上的支持，從而構成他們接受《苦悶的象徵》的基礎。

　　《苦悶的象徵》在強調文學為生命的表現說同時，進而提出了：「生命力受了壓抑而生的苦悶懊惱乃是文藝的根柢，而其表現法乃是廣義的象徵主義」這一中心觀念。它表明文藝對生命的表現就是對生命苦悶的表現。而這種苦悶在廚川白村看來主要源自社會的壓迫，即「機械底法則，因襲道德，法律底拘束，社會底生活難」，還有「制度法律軍備警察之類」等，所以這種苦悶是一種「人間苦」、「社會苦」、「勞動苦」。這樣作為「苦悶的象徵」的文學，所表現的則不應只是個人一己的悲歡，因為它僅為苦悶的一部分，而主要應為人間苦、社會苦，就是將表現對象由個人延伸到造成個人苦悶的社會。而這種較為科學堅實的觀點卻是創造社成員最初往往未能自覺意識到的，或者說部分意識到卻未能獲得清晰的理論表述，所以對他們的理論建構與完善自

---

[50] 本書中所引《苦悶的象徵》原文，皆出自魯迅譯本，見《魯迅譯文集》第3卷，人民文學出版社1958年版。

有一種參考價值，勢必引起他們的關注。

於是，以自我表現為契機認同《苦悶的象徵》這一行為，對創造社文學觀念突破產生了始所未料的積極影響。具體言之，就是他們由《苦悶的象徵》獲取了「人間苦」、「社會苦」觀念，深化完善了原來的文學自我表現說。如郭沫若在接受「文藝是苦悶的象徵」後，雖一面仍堅持原來的「借文學來以鳴我的存在」的自我表現說；但另一面卻能將這種「自我」表現與「社會」聯繫起來，稱文藝無論是反射的還是創造的，「都是血與淚的文學。……個人的苦悶，社會的苦悶，全人類的苦悶，都是血淚的源泉，三者可以說是一根直線的三個分段，由個人的苦悶可以反射出社會的苦悶來，可以反射出全人類的苦悶來，不必定要精赤裸裸地描寫社會的文字，然後才能算是滿紙的血淚。」[51]自覺地將個人的苦悶與社會的乃至人類的苦悶聯繫起來，使文學的空間由個人拓展至更為廣大的「社會」、「人類」。鄭伯奇的表述則是，「一作家的作品，是作者自己苦悶的象徵；一民族的國民文學，也不外這民族自己苦悶的象徵。」[52]在他的理念中，文學已不再僅僅指向作者自己，而是與「國民」、「民族」話語相涉，「苦悶」的範圍也因而拓展到整個「國家」、「民族」。視文學為自敘傳的郁達夫，亦在1923年深化了對於文學自我表現說的認識：文學家「不外乎他們的滿腔鬱憤，無處發洩；只好把對現實懷著的不滿的心思，和對社會感得的熱烈的反抗，都描寫在紙上。」[53]在他看來，自我表現也就是對社會現實的反映。同年，成仿吾在〈新文學之使命〉中，一面堅持「文學既是我們內心的活動之一

[51] 郭沫若：〈評國內的評壇及我對於創作上的態度〉，1922年8月4日上海《時事新報》副刊《學燈》。

[52] 鄭伯奇：〈國民文學論〉，1923年12月至1924年1月，《創造週報》第33-35號。

[53] 郁達夫：〈文學上的階級鬥爭〉，1923年5月27日《創造週報》，第3號。收入吳巨集聰等編《創造社資料》（上）福建人民出版社1985年版，第49頁。

種，所以我們最好是把內心的自然的要求作它的原動力」，堅持「我們要追求文學的全！我們要實現文學的美！」，而另一面又強調文學「對於時代的使命」，宣稱：「我們不當止於無意識地為時代排演，我們要進而把住時代，有意識地將它表現出來。」[54]自我表現、「文」學追求與時代使命，相互之間已由不相容關係轉換為諧調共生關係。由此看來，認同《苦悶的象徵》對於創造社來說，是一件幸事。他們能及時地走出狹隘的「自我表現」說，修改由佛洛伊德那裏獲得的單視文學為性苦悶的釋放、轉換與表現的觀念，將「自我表現」與反映社會、時代聯繫起來，追求表現自我慾求的文學與社會血淚文學的統一，這些當然由多種因素綜合作用所致，但在這多種因素中，單從理論上講，《苦悶的象徵》應該說起了決定性的作用。

《苦悶的象徵》對於創造社作家的另一積極作用是，有助於他們更為辨證地理解「為人生的藝術」與「為藝術的藝術」間的關係。創造社作家起初確有為藝術而藝術的傾向，這是文壇共識。然而到1923年前後，他們幾乎不約而同地站出來重新言說為人生與為藝術的關係，否定創造社是為藝術而藝術的派別。如郭沫若在1922年下半年說：「我更是不承認藝術中會劃分出甚麼人生派與藝術派的人。……我認定藝術與人生，只是一個晶球的兩面，只如我們的肉體與精神的關係一樣，他們是兩兩平行，絕不是互為君主臣僕的。」[55]堅決否定自己是單純的為藝術派。又如郁達夫1923年稱造出「為藝術的藝術」和「為人生的藝術」概念的批評家該死，因為在他看來，「藝術就是人生，人生就是藝術，又何必把兩者分開來瞎鬧呢？」他深信

[54] 成仿吾：〈新文學之使命〉，1923年5月《創造週報》，第2號。
[55] 郭沫若：〈評國內的評壇及我對於創作上的態度〉，1922年8月4日上海《時事新報》副刊《學燈》。

人生不可能無藝術，而藝術必關涉人生。[56]

這種觀念調整與上述文學自我表現說的深化是同時發生的。由他們的論述邏輯看，前者是後者的一種延伸，是認識上的一種連鎖反應。就是說「人間苦」的引入，「自我表現」空間的拓展，使他們開始重新思索、認識為人生與為藝術的關係，以走出褊狹的為藝術而藝術的誤區。例如鄭伯奇1923年的一段話語：「藝術只是自我的表現，我們說了，但是這『自我』並不是哲學家的那抽象的『自我』，也不是心理學家的那綜合的『自我』，這乃是有血肉，有悲歡，有生滅的現實的『自我』。……這自我乃是現實社會的一個成員，一個社會性的動物。而藝術家乃是表現這麼一個『自我』的。」這種意義上的自我表現也就意味著對社會的一種反映，它關乎社會人生，所以他緊接著寫道：「藝術雖不如『人生派』所主張，是『為人生』的，然而藝術卻也不能脫離人生，並且不能脫離現實的人生。我們不贊成為人生派的說話，因為他們想把藝術引到一個空虛的概念的人生上去，然而我們決不信藝術可以超越人生的。……我們現在也可以說『藝術是表現人生的』」。[57]他由「自我」的社會性、自我表現的社會性，得出「藝術是表現人生的」，並進而相信為人生與為藝術在根本上是相統一的。

既然創造社「自我表現」觀念空間的拓展，主要源自對《苦悶的象徵》「人間苦」觀念的引入，而「為人生的藝術」與「為藝術的藝術」新的關係原則的確立，又與對「自我表現」認識的深化有著直接的聯繫，那麼，僅從理論邏輯角度稱《苦悶的象徵》與創造社能辯證地認識「為人生」與「為藝

---

[56] 郁達夫：〈文學上的階級鬥爭〉，1923年5月27日《創造週報》第3號。收入吳巨集聰等編《創造社資料》（上），福建人民出版社1985年版，第50頁。

[57] 鄭伯奇：〈國民文學論〉，1923年12月至1924年1月《創造週報》第33-35號。收入吳巨集聰等編《創造社資料》（上），福建人民出版社1985年版，第73頁。

術」關係相關，應該是能夠成立的。

然而，不但如此，事實上《苦悶的象徵》也從為藝術的角度，論述了「為藝術的藝術」與「為人生的藝術」的關係，即「惟在藝術為藝術而存在，能營自由的個人的創造這一點上，藝術真是『為人生的藝術』的意義也存在。假如要使藝術隸屬於人生的別的什麼目的，則這一剎那間，即使不過一部分，而藝術的絕對自由的創造性也已經被否定，被毀損。那麼，即不是『為藝術的藝術』，同時也就不成其為『為人生的藝術』了。」這種以「為藝術的藝術」為前提而認同「為人生的藝術」的觀點，為創造社作家提供了平衡為藝術與為人生關係的較為適宜的角度，無疑更易為他們所接受。由上述引文可知，鄭伯奇、郭沫若等最初就是從這種角度去理解為藝術與為人生的。

創造社作家的為藝術與為人生辯證關係觀點的確立，時間是1923年前後，而這時正是他們對《苦悶的象徵》發生濃厚興趣、接受其影響的時期，這表明《苦悶的象徵》關於「為藝術的藝術」與「為人生的藝術」關係的觀點，對於他們走出褊狹的為藝術而藝術的誤區，確立起新的辯證關係原則，無疑起了某種促進作用。

三

五四文學與《苦悶的象徵》發生聯繫、接受影響的另一種方式、情形，體現在魯迅身上。

魯迅接觸廚川白村著作時間較早，據魯迅日記記載，1913年8月8日，他就購買到廚川的《文學十講》，後又於1917年11月2日購得《文藝思潮論》，但他那時興趣不大。而《苦悶的象徵》的前兩部分也在1921年由明權譯出刊於《學燈》雜誌，似乎也未進入他的視野。直到1924情況才發生了變化，這年4

月8日，他在日記中仍是以平淡的語氣記下了往東亞公司購買《苦悶的象徵》一事，但時隔不到半年，9月22日的日記寫道：「晴。午後復胡人哲信。夜譯《苦悶的象徵》開手。」這表明魯迅已開始對《苦悶的象徵》產生了興趣。而且，在翻譯過程中，他儘管獲知豐子愷的譯本作為文學研究會叢書之一正在排版印刷，但未有絲毫的動搖，且於10月10日晚譯完，速度之快難以想像。譯本出版後，他頗為興奮，不斷地給親朋至友贈送，包括學生。如1925年3月8日《日記》載：「……下午，李宗武來，贈以《苦悶之象徵》一冊。寄許、袁、俞小姐《苦悶的象徵》各一冊……。」不僅如此，他還將《苦悶的象徵》作為在北京大學、北京女子師範大學等校上課的教材，向學生宣講文學是苦悶的象徵的觀點。可以這樣說，那一時期，魯迅最感興趣的是《苦悶的象徵》。

那麼，他當時何以對《苦悶的象徵》產生濃厚的興趣呢？其興趣具體表現在哪些方面呢？或者說，他何以不遺餘力地譯介《苦悶的象徵》，目的是什麼？

《苦悶的象徵》由創作論、鑒賞論、關於文藝的根本問題的考察和文藝的起源四部分構成，涉獵的問題較廣，且「多有獨到的見地和深切的會心」。[58] 然而，從魯迅自己的言論看，他的興趣主要集中在兩個方面。一是全書主旨。在〈譯《苦悶的象徵》後三日序〉中，魯迅寫道：「其主旨，著者自己在第一部第四章中說得很分明：生命力受壓抑而生的苦悶懊惱乃是文藝的根柢，而其表現法乃是廣義的象徵主義。因為這於我有翻譯的必要，我便於前天開手了，本以為易，譯起來卻也難。但我仍只得譯下去，並且陸續發表。」[59] 二是《苦悶的象徵》所

---

[58] 魯迅：《苦悶的象徵·引言》，收入《魯迅全集》第10卷，人民文學出版社1981年版，1996年北京第3次印刷，第232頁。

[59] 魯迅：〈譯《苦悶的象徵》後三日序〉，收入《魯迅全集》第10卷，人民文學出版社

倡導的天馬行空的創造精神。在《苦悶的象徵·引言》中，魯迅專門寫道「非有天馬行空似的大精神即無大藝術的產生。但中國現在的精神又何其萎靡錮蔽呢？這譯文雖然拙澀，幸而實質本好，倘讀者能夠堅忍地反覆過兩三回，當可以看見許多很有意義的處所罷：這是我所以冒昧開譯的原因——自然也是太過分的奢望。」[60]「翻譯的必要」、「開譯的原因」直接道出了興趣所在。

　　一種理論興趣，對於某些人來說，可能完全出自個人愛好，但魯迅由於一開始便將自己的文學活動與整個民族啟蒙運動，與新文學建設聯繫在一起，所以他對《苦悶的象徵》的關注，並不在於建立一種純個人化的理論體系，而是出自對五四新文學發展現狀的一種考慮。他的「興趣所在」，從根本上言，取決於對新文學發展現狀的思考。

　　從1918年《狂人日記》起，新文學創作確已取得了相當大的成就，完成了從近代政治化文學向現代「人的文學」的轉型。但除魯迅創作外，「新潮」文學、問題小說以及某些鄉土文學等，或流於問題化、概念化，或流於清淺的客觀記述，對現實作直觀的印象式的描寫，而1922年關於自然主義的討論、借用，無論理論上還是創作上，都存在某種偏至，未能真正解決新文學發展中存在的問題，這些就是魯迅當時面對的中國文學發展的主要現實。

　　同創造社作家一樣，魯迅也是希望以《苦悶的象徵》來改變這種文壇現實，以推動新文學發展。如果說創造社作家主要是從浪漫主義自我表現的角度去關注、借用《苦悶的象徵》，以彌補五四浪漫主義文學的缺憾；那麼，魯迅思考問題的立足

1981年版，1996年北京第3次印刷，第235頁。

[60] 魯迅：《苦悶的象徵·引言》，收入《魯迅全集》第10卷，人民文學出版社1981年版，1996年北京第3次印刷，第232頁。

點則是為人生的現實主義，他是試圖以《苦悶的象徵》中的某些合理的思想，來匡正五四現實主義文學的發展道路。當時現實主義文學的主要問題是：創作仍側重於新文學初期倡導的暴露「非人」生活與「齷齪腐敗」的社會真相，對人的靈魂的表現不力，少有寫出人性深度的作品；對社會真相的描寫，停留於表層，而自然主義的「實地觀察」、「客觀描寫」的倡導，則從理論上進一步強化了這一傾向；由於過分強調為人生的「為」字，使得創作的功利傾向過重，或過於黏連於客觀現實，想像力不足，許多作品過於局促，缺乏縱橫捭闔、遊刃有餘的氣魄。

如何改變這一現實？在魯迅看來，《苦悶的象徵》的主旨——「生命力受了壓抑而生的苦悶懊惱乃是文藝的根柢，而其表現法乃是廣義的象徵主義」，是一良方。這一主旨強調的是對生命力苦悶的表現。

對生命力苦悶的表現，也就是對人的內在意識、心理的表現，「在伏在心的深處的內底生活，即無意識心理的底裏，是蓄積著極痛烈而且深刻的許多傷害的。一面經驗著這樣的苦悶，一面參與著悲慘的戰鬥，向人生的道路進行的時候，我們就或呻，或叫，或怨嗟，或號泣，而同時也常有自己陶醉在奏凱的歡樂和讚美裏的事。這發出來的聲音，就是文藝。」「將自己的心底的深處，深深地而且更深深地穿掘下去，到了自己的內容的底的底裏，從那裏生出藝術來。」[61] 廚川白村這種對表現人的內在生命苦悶的強調，一定程度上講，是針對自然主義的，他說：「極端的寫實主義和平面描寫論，如作為空理空論則弗論，在實際的文藝作品上，乃是無意義的事。便是左拉那樣主張極端的唯物主義的描寫論的人，在他的著作《工作》

---

[61] 〔日〕廚川白村：《苦悶的象徵》，收入《魯迅譯文集》第3卷，人民文學出版社1958年版。

（Travail）、《蕃茂》（La Fecondite）之類裏所顯示的理想主義，不就內潰了他自己的議論麼？……藝術到底是表現，是創造，不是自然的再現，也不是模寫。」[62]而將寫實主義混同於自然主義，倡導自然主義的「客觀描寫」，正是當時中國文學發展的一大誤區。怎樣走出這一誤區，無疑是魯迅等作家當時致力於解決的主要問題，這也就決定了魯迅對《苦悶的象徵》的生命表現說產生共鳴，使他認識到中國當時現實主義文學所缺乏的，就是對人的內在生命的深刻描寫。他反覆援引、宣講文藝的根柢在於生命力受了壓抑而生的苦悶懊惱的觀點，其目的就是為了給中國現實主義文學植入內在生命表現說，使現實主義文學由膚淺的外在寫實突進到對深層生命的表現。所以，那一時期他不斷地強調對人的靈魂的描寫，「在甚深的靈魂中，無所謂『殘酷』，更無所謂慈悲；但將這靈魂顯示於人的，是『在高的意義上的寫實主義者』」。[63]這是一種完全不同於自然主義的寫實主義，一種深刻的現實主義。將靈魂顯示於人，不僅意味著對現實主義認識的深化，而且可謂是由《苦悶的象徵》獲取的醫治膚淺的現實主義文學的具體良方。魯迅也意識到了達至這種現實主義的難度，「要畫出這沉默的國民的魂靈來，在中國實在算一件難事，因為，已經說過，我們究竟還是未經革新的古國的人民，所以也還是各不相通，並且連自己的手也幾乎不懂自己的足。我雖然竭力想摸索人們的魂靈，但時時總自憾有些隔膜。」[64]但魯迅還是不遺餘力地作了實踐探索，從《孤獨者》、《離婚》、〈傷逝〉、《弟兄》等作品看，他對人物魂靈的揭示，確實較以前要深入得多。

---

[62] 〔日〕廚川白村：《苦悶的象徵》，收入《魯迅譯文集》第3卷，人民文學出版社1958年版。

[63] 魯迅：《窮人・小引》，收入《魯迅全集》第7卷，人民文學出版社1973年版，第462頁。

[64] 魯迅：〈俄文譯本《阿Q正傳》序及著者自敘傳略〉，收入《魯迅全集》第7卷，人民文學出版社1973年版，第446頁。

魯迅對內在生命表現的看重，還與他的啟蒙目的，對理想人性、「人國」的追求相關。廚川白村說：「文藝只要能夠對於那時代那社會儘量地極深地穿掘進去，揭寫出來，連潛伏在時代意識社會意識的底的底裏的無意識心理都把握住，則這裏自然會暗示著對於未來的要求和慾望。……倘真是突進了現在的生命的中心，在生命本身既有著永久性、普遍性，則就該經了過去現在而未來即被暗示出。」[65]對內在生命的深層發掘，對現實的深刻描寫，才可能觸摸到未來；反之，平面描寫，缺失主觀精神的突進，則難以表現出真正的現實來，更何況對於未來的暗示呢？魯迅不只是清醒的啟蒙者，更是理想主義者，描寫現實對於他來說，是為建立理想「人國」。所以自然主義的平面描寫與他的目的相去甚遠，而廚川白村的描寫內在生命的觀點則與他試圖通過現實暗示未來的慾求相契合，使他找到了理想的現實主義形式。

　　魯迅由《苦悶的象徵》找到的解決當時現實主義文學問題的另一良方，是「天馬行空」的精神。廚川白村認為：「從因襲道德、法則，常識之類的立腳地看來，所以文藝作品也就有見得很橫暴不合宜的時候罷。但正在這超越了一切的純一不雜的創造生活的所產這一點上，有著文藝的本質。是從天馬（Pegasus）似的天才的飛躍處，被看出偉大的意義來。」[66]「天馬」意味著一種自由，一種不受既有道德、法則規範的無拘無束的情感狀態，偉大的藝術必須具有這種天馬行空的氣度與精神。「文藝者乃是生命這東西的絕對自由的表現；是離開了我們在社會生活，經濟生活，勞動生活，政治生活等時候所見的

---

[65]〔日〕廚川白村：《苦悶的象徵》，收入《魯迅譯文集》第3卷，人民文學出版社1958年版。

[66]〔日〕廚川白村：《苦悶的象徵》，收入《魯迅譯文集》第3卷，人民文學出版社1958年版。

善惡利害的一切估價，毫不受什麼壓抑作用的純真的生命的表現。」[67]這裏強調的是超越利害關係的態度，是文藝與生活間的一種餘裕關係。而「惟其離了實際生活的利害，這才能對於現實來凝視、靜觀、觀照，並且批評、味識。」[68]也就是說，只有具備一種天馬似的精神，個性才能得到充分的張揚，才能夠由現實的表層突進到內裏，揭示出生活的本質。

　　魯迅非常認同這一點，他說「非有天馬行空似的大精神即無大藝術的產生。但中國現在的精神又何其萎靡錮蔽呢？」[69]顯然，他是從中國現實出發去理解這種天馬精神的。他希望以天馬行空的精神，改變國人萎靡不振的面貌。而從文學上看，由於五四以來現實主義文學過於黏連於外在現實，過分強調為人生的「為」字，缺失一種絕對自由的氣度，外在功利性、平面化寫實，尤其是情感力與想像力不足，使得現實主義文學大都過於局促，缺少大藝術的氣魄。這一現狀使魯迅意識到了《苦悶的象徵》提倡的天馬行空精神對於中國文學的現實意義。1925年，他在《詩歌之敵》中寫道：「詩歌不能憑仗了哲學和智力來認識，所以感情已經冰結的思想家，即對於詩人往往有謬誤的判斷和隔膜的揶揄。……凡是科學底的人們，這樣的很少，因為他們精細地研鑽著一點有限的視野，便決不能和博大的詩人的感得全人間世，而同時又領會天國之極樂和地獄之大苦惱的精神相通。」詩人「最要緊的是精神的熾烈的擴大」，如此才能「感得專訴於想像力的或種藝術的魅力。」這裏所倡導的也就是一種廚川白村意義上的天馬行空的精神。他

---

[67] 〔日〕廚川白村：《苦悶的象徵》，收入《魯迅譯文集》第3卷，人民文學出版社1958年版。

[68] 〔日〕廚川白村：《苦悶的象徵》，收入《魯迅譯文集》第3卷，人民文學出版社1958年版。

[69] 魯迅：《苦悶的象徵·引言》，收入《魯迅全集》第10卷，人民文學出版社1981年版，1996年北京第3次印刷，第232頁。

之所以譯介、宣講《苦悶的象徵》，一個重要目的，就是向中國文壇輸入天馬行空的精神，也就是一種無拘無束的想像和情感，以推動現實主義文學的發展。

綜上所論，創造社作家主要是從浪漫主義文學角度去看取《苦悶的象徵》的，「人間苦」、「社會苦」概念的引入，深化了他們對自我表現的認識，拓寬了自我表現的空間。這樣，《苦悶的象徵》對於五四文學走出狹隘的自我表現起了不容忽視的作用。魯迅則不同，他是站在為人生的現實主義文學立場上，用《苦悶的象徵》關於文藝是對生命力苦悶的表現的觀點和所倡導的天馬行空的創造精神，即主觀性、情感性和想像性，以促使現實主義文學走出膚淺的直觀描寫的困境。這些表明，《苦悶的象徵》是在五四文學陷入困境的特殊時期引起作家們注意的，它有助於五四文學既有範型的突破與新型的創建與發展。

第五章

五四文學型成中的魯迅與日本文學

「型成中」表示正在進行的動作過程，指某種範型正在形成之中，「五四文學型成中」指五四文學範型尚在建構過程中；然而，這一表述並不意味著我認為五四文學有一個固定的範型，因為範型將出現時即表明創作的僵化而失去活力，也就不可能最終完型。所以，我的意思是五四文學有一個想像中的範型，一個以之為努力方向的範型，但它實際上不存在。魯迅出現於五四時期，他是在五四文學向想像中的範型探索發展過程中以日本文學為重要背景而思考中國問題、創作文學作品的。

本章將魯迅與日本文學關係問題置於五四文學範型形成過程中，從文化、文學角度進行綜合考察、研究。我之所以引入「文化」項，是基於如此認識或者說預設：文化一定程度地規範著作為個體的魯迅的思想，思想進而決定他的文學選擇及文學觀的形成。我自然要注意單個問題的探索，但力避孤立地立論，主要從魯迅思想形成、發展的內在邏輯出發，考察魯迅與日本文化、文學的深層聯繫。於是，我將論題轉換為相互關聯的兩大問題：一是魯迅「立人」思想與日本文化之關係，二是魯迅啟蒙主義文學觀與日本文學的關係。

他是五四文學範型的思考、創構者，又是其破壞者。

第一節　魯迅立人思想與日本文化之關係

一

　　在辨析魯迅立人思想與日本文化關係之前，必須首先回答日本文化與魯迅有否關聯的問題，亦即魯迅是否接受了日本文化薰陶、影響的問題，這是基本前提。

　　魯迅自1902年至1909年留學日本，歷時八年，以日本年號記，為明治35-42年。這是魯迅不滿舊學，自覺追尋異質文化資源的時期，正如其日文作品《在現代中國的孔夫子》所陳，「正因為絕望於孔夫子和他的之徒，所以到日本來的。」這種不滿傳統的自覺意識，加之年輕人渴求新知的開放心理，使他對日本文化勢必持一種開放、比較吸納的態度。在日本學習、工作和生活使他不可能逃離日本文化的薰染，事實上他主要從三個方面自覺不自覺地接受了日本文化的影響。

　　首先，從日本文學間接地感悟、接受了日本文化。從隸屬關係講，文學為文化的重要分支，但從文學內容、形式看，文學又是民族文化精神的綜合表現，是文化的具象化，不但體現了民族文化的價值觀念、取向，呈示出文化的內在關係、現實狀況與變化的多重可能性，而且較為直接地反映了民族審美意識與理想。魯迅於1906年棄醫從文，立志以文學改變國民精神。自此，他開始與日本文學發生關係。

　　關於魯迅與日本文學關係，人們一般以周作人的回憶，「對於日本文學當時殊不注意」，[1]證明魯迅與日本文學關係之疏遠，但事實並不是如此簡單，就是周作人自己在此篇回

---

[1] 周作人：《魯迅的青年時代・關於魯迅之二》，河北教育出版社2002年版，第130頁。

憶中，也還承認魯迅對夏目漱石的熱愛，並言及魯迅涉獵森鷗外、上田敏、長谷川、二葉亭諸人的批評文章或譯文之事實等。而回國後，基於對日本文學的深刻認識和自我心性結構鑄造、民族文化建設的需要，他投入了較大精力譯介日本文學。1919年譯出武者小路實篤的〈一個青年的夢〉；1923年與周作人合出《現代日本小說集》，獨譯夏目漱石、森鷗外、有島武郎、江口渙、菊池寬、芥川龍之介7人的共11篇作品，並附錄作者介紹；1924-1925年翻譯廚川白村的《苦悶的象徵》、〈出了象牙之塔〉；1928年譯鶴見佑輔的散文集《思想·山水·人物》；1929年出版文藝論文集〈壁下譯叢〉，其中作品大都為日本作家所作；同年又譯出片上伸的《現代新興文學的諸問題》等等。共約65種，占魯迅翻譯外國文學作品總數的三分之一以上。而魯迅專文提及的日本作家亦達24人之多。[2]所以，如果說魯迅留日時期對日本文學興趣還不十分濃厚，那麼到20、30年代，他可以說一刻也未曾忘記日本文學，日本文學始終是他發展中國文學的一個極為重要的參照系與對話者。而文化與文學的互含關係，決定了他由日本文學不僅能感性地理解日本人的文化性格、傳統文化與近現代文化之差異及轉換理路，而且能直接領悟出日本獨特的審美文化精神。

其次，日常生活與人際交往，使魯迅更為直接地感悟、領會了日本文化精神。近八年裏吃、住、學習在日本，除與少數中國留學生及僑居日本的中國人聯繫外，他所接觸認識的全部是日本人。由故國一下子來到日本，一個人最為敏感的是由日常生活所反映出的民族文化差異。日本雖在古代從中國吸取了許多文化因子，中國化程度頗高，但「大和」文化的特異性還是極分明的，這種特異性極易被來自漢文化圈且感覺敏銳的魯迅所領悟。

---

[2] 福建師範大學中文系編選：《魯迅論外國文學》，外國文學出版社1982年版。

初始的領悟，只能算是一種文化接觸，算不上接受，然而這種接觸對於專為求新知而來的青年人來說，卻意味著一種文化碰撞，一種由時間決定的滲透的可能性。由東京到仙台，再到東京，他接觸了不同類型的日本人，既有歧視留學生的同學、市民，又有同情中國的藤野先生般的老師、房東與武士等。曾有一武士給他講過武士剖腹自殺的傳統，並送他一把護身用的日本短刀。[3] 而且據說到東京後，他一直穿著和服，[4] 而當時日本流行穿西裝，這表明魯迅是自覺地深味著日本文化神韻。弘文學院時他還同中國學生一起專修了日本式倫理與體操，領悟其中獨特的文化意味。回國後，他從未間斷與日本人交往，結交了內山完造、內山嘉吉、增田涉、山本初枝等許多好友。

　　文化人類學認為，人創造了文化後，文化通過社會繼承機制而流傳，「文化獨立於任何個體並從外部作用於個體」、「個體所生存其內的文化包圍著他並制約著他的行為」。[5] 日本人的感覺、思維、行為方式是由獨特的日本文化決定的，魯迅由這些日本人人際關係中獨特的姿態、對人事的感覺認知等行為，必將體味出其潛隱著的獨立於個體意識而存在的大和民族文化特性。體味的同時，自然要與母體文化作自覺不自覺的比照，並作出選擇，從而完成由接觸到選擇接受之歷程。

　　總體看來，魯迅對日本、日本文化持一種開放、批判接受的態度。回國後，他曾多次表示想重遊日本，流露出對日本、日本朋友、日本文化的懷念、嚮往之情。據劉獻彪、林治廣所編《魯迅與中日文化交流》一書記載，1931年增田涉回日本

---

[3] 〔日〕竹內實：《仙台與短刀——廣瀨川畔的魯迅》，收入劉獻彪、林治廣所編《魯迅與中日文化交流》，湖南人民出版社1981年版，第117頁。

[4] 山田野理夫：〈魯迅在日本〉，收入劉獻彪、林治廣所編《魯迅與中日文化交流》，湖南人民出版社1981年版，第106-107頁。

[5] 懷特：《文化科學——人和文明的研究》，浙江人民出版社1988年版，第117頁。

時，魯迅以詩相送：「扶桑正是秋光好，楓葉如丹照嫩寒。卻折垂楊送歸客，心隨東棹憶華年。」1932年，他在給另一日本朋友詩中亦云「翹首東雲惹夢思」；1934年曾打算帶孩子到長崎洗海水浴，並在同年給山本初枝的信中說：「日本的景色美麗，我也常常在回想著。」不僅如此，他還屢次說日本人「可為我們的模範」，稱「日本國民性」的確很好，但最大的天惠，是未受蒙古之侵入，我們生於大陸，早營農業，遂歷受遊牧民族之害。」在與山本初枝信中，他還稱自己是「排斥漢文和販賣日貨的專家」。[6] 這些表明，魯迅由日本生活經驗、人際關係等，耳濡目染地接受了日本文化的影響。

再次，日語是魯迅接受日本文化影響的又一重要途徑。魯迅精通日語，不只是以日語作為口頭交際的重要工具，而且翻譯了大量日語作品，以日語寫作。而語言如海德格爾所言，乃是存在的家園，人存在於語言之中。對於一個民族來說，「語言忠實反映了一個民族的全部歷史、文化，忠實反映了它的各種遊戲和娛樂，各種信仰和偏見。」[7] 一個民族的語言制約著該民族的思維方式，語言乃文化的象徵符號。人與語言的關係，一定程度上講，是人與文化之關係，對語言的掌握一定程度地意味著對文化的掌握。

日語是一種多層性複合語言，體現了多民族文化的融合；而且交際中「內」「外」距離感極強；注重「以心傳心」，具有曖昧模糊的特點等。其中雖融有大量的漢語詞彙與特性，但其表記符號、語音、句法卻不同於漢語，且自成體系。對於致力於國民精神改造、文化重建的魯迅來說，日語不只是交際工

<hr>

6　劉獻彪、林治廣編：《魯迅與中日文化交流》，湖南人民出版社1981年版，第31頁、第85頁、第239頁、第251頁。

7　帕默爾（L. R. Palmer）：《語言學概論》，轉引自肖同慶《語言變革與中國近百年文化啟蒙運動》，《求索》1995年第3期。

具，更具有文化意義。日語寫作一定程度上意味著以另一種文化思維方式進行寫作。日語在他看來有助於逃離漢文化束縛，更新主體文化觀念與結構。當日本友人山本初枝表示想學漢文以作古詩時，他回信說：「《萬葉集》裏有不少從中國傳去的語彙罷？但因此就學漢文，我卻不以為然。《萬葉集》時代的詩人用漢文就讓他用去罷，但現在的日本詩人應該使用當代的日語。不然，就永遠也跳不出古人的窠臼。」[8]在他看來，現在日本詩人應以當代日語寫作，這樣才能走出傳統束縛，反映當代日本人的生活。這表明魯迅是以文化的眼光看待語言的。漢文形成於漢民族文化圈，表現的是漢人的思維方式和觀念，與現代日本詩人的現代文化精神錯位，自然無法更有效地表現出他們那日本式的生活情緒與審美理想。而從文學創新意義上看，如《萬葉集》詩人那樣使用漢文，必然陷入因循守舊之誤區。所以，日語在魯迅那裏主要意味著一種新的文化形式，對日語的精通，就是一種文化的掌握及某種意義上的接受。

二

既然可以肯定魯迅接受了日本文化薰陶，那麼其具體表現是怎樣的呢？它們在魯迅思想形成、發展中起了怎樣的作用呢？這就回到了前述的問題上，即魯迅的核心思想——立人思想與日本文化包括文學之關係。

文化是一個非常寬泛複雜的概念，一個無法以某一定義獲取普遍認同的概念。英語Culture在歐洲被賦予了廣義和狹義雙重意思。「廣義而言，是指人類生活方式的一般情形；狹義而言，則指其中特意提煉出來的、高尚的和高度智慧的部

---

[8] 劉獻彪、林治廣編：《魯迅與中日文化交流》，湖南人民出版社1981年版，第251頁。

分等。」[9]在具體定義時，泰勒認為文化「是知識、信仰、藝術、法律、風習以及其他作為社會成員的人們所能夠獲得的包括一切能力和習慣在內的複合性的整體。」[10]美國文化人類學家克拉克洪（Clyde Kluchholn）則說，文化「意味著一個民族的生活方式的總體，以及個人從其集團得來的社會性的遺產。」[11]也有人將文化籠統地分為物質文化、精神文化與制度文化。而日本文化本身又是一種相容多民族文化質素或者說東西文化融彙的雜糅性文化，所以論析起來更為困難。

我的策略是將日本20世紀前30年的文化簡略地分為顯性文化與隱性文化。顯性文化是指流行的活動性頗強的文化，包括盛行的社會思想思潮、主流意識形態話語、時尚文化等；而隱性文化則指那些潛隱較深難以覺察但又時時起著規範主體行為作用的文化。換一種角度講，顯性文化以現代文化為主，而隱性文化更多地屬於傳統文化。這兩種文化對於魯迅「立人」思想的形成與生長均起過作用，不過作用的時段、程度大小、方式不同。

立人思想的形成。魯迅立人思想於20世紀初萌動並初步形成於日本，與日益資本主義化的大和文化場密切相關。1906年，魯迅在仙台醫學專門學校幻燈片事件後，棄醫從文。在《吶喊・自序》中，他回敘了當時思想轉變的邏輯：「從那一回以後，我便覺得醫學並非一件緊要事，凡是愚弱的國民，即使體格如何健全，如何茁壯，也只能做毫無意義的示眾的材料和看客，病死多少是不必以為不幸的。所以我們的第一要著，是在改變他們的精神，而善於改變精神的是，我那時以為當然要推文學，於是想提倡文藝運動了。」在魯迅那裏，「醫」代

---

[9]　川榮吉主編，周星等譯：《現代文化人類學》，中國國際廣播出版社1988年版，第5頁。
[10]　川榮吉主編，周星等譯：《現代文化人類學》，中國國際廣播出版社1988年版，第5頁。
[11]　川榮吉主編，周星等譯：《現代文化人類學》，中國國際廣播出版社1988年版，第5頁。

表自然科學，「文」則為社會科學，所以棄醫從文意味著魯迅由自然科學向社會科學的轉變。而從近代嚴格的自然科學觀看，「醫」代表真正的科學，而「文」則是一種對立於科學的概念，[12]一種關注人的精神的門類。1921年，周作人在〈宗教問題〉一文中亦將兩者區分開來：「文學總是創造的，情感的，與那分析的，理智的科學實在不能互相調和，因為性質很不相同」、「我的意思，總覺得文學與科學是不很相合，而與宗教是相合的。你看研究科學的時候，決不會有做詩的情感，就是文學與科學，不很相合的明證。」[13]這表明棄醫從文標誌著魯迅由科學向關注人的精神的「人」學的轉變。由此，他開始構建自己的「立人」思想體系。

然而，這種轉變並不是一種輕而易舉的行為。從南京礦路學堂、水師學堂到日本，他接受的是現代西方科學觀念，他之所以學醫主要源自對科學的信仰。在《自傳》中他說：「我確知道了新的醫學對於日本維新有很大的助力」，他認同維新派的科學救國思想，並投以極大熱情寫作了《說鈤》、《中國地質略論》、《中國礦產志》等作品，傳播科學思想。科學對於當時大多數先進的中國人來說，代表著一種全新的價值觀，一種經驗意義上的公理。無論是上層意識形態話語還是民間知識者話語，普遍性的思維邏輯便是「科學─救國」。

那麼，是什麼力量決定魯迅走出這一思維邏輯模式並將思考重心轉向「人」呢？我們曾經將如此複雜的問題簡單地歸結為單純的「幻燈片」刺激。事實上幻燈片只是魯迅精神轉換的觸媒，或者說是最直接的原因，而在其後卻有著更為深層的驅

---

[12] 伊藤虎丸在論述日本近代思想時，就將文學與科學相對立，參閱伊藤虎丸：〈魯迅早期的尼采觀與明治文學〉，收入《魯迅・創造社與日本文學》，北京大學出版社1995年版，第47-76。

[13] 周作人：〈宗教問題〉，收入陳子善等編《周作人集外文》上集，海南國際新聞出版中心1995年版，第338-342頁。

力。魯迅橫跨兩大文化，漢文化積澱在其思想轉換中必然起著重要的作用，但由於本論題域限，我只能將重點放在日本文化上，而且事實上日本文化的影響作用也更為直接、深刻一些。一定程度上講，魯迅思想由科學轉向「人學」並開始「立人」思想建構的主要驅力，來自置身其中的日本文化場。

20世紀初日本文化場，如前所論，由顯性與隱性兩種文化構成，具體言之，即盛行的社會文化思想潮流與潛隱的日本傳統文化。那麼與魯迅思想轉變相關的社會文化思想是哪些呢？概而言之，包括日本化的尼采思想、拜倫思想和內村鑒三思想等。

尼采思想在日本流行時間大約是中日甲午戰爭至日俄戰爭前後十年，與此同時，以拜倫為代表的西方浪漫主義作家作品也被大量引進，促使日本出現了浪漫主義文學思潮。魯迅到日本後，雖沉迷於科學神話之中，但在他那裏科學是與國家、民族聯繫在一起的，所以，他仍極為敏銳地捕捉到了日本盛行的這些社會思想思潮。據許壽裳回憶，「魯迅在弘文學院時，已經購有了不少的日文書籍，藏在書桌抽屜內，如拜倫的詩、尼采的傳⋯⋯」[14]他在思索中國命運時，拜倫、尼采思想自然成為一種無法迴避的參照。科學理性源自人對客觀自然世界的征服、認識，然一旦作為規律獨立於人後，對人的自由天性又起著一定的束縛作用，尤其是與科學伴生的物質主義。而拜倫、尼采思想的一個突出特徵是反近代物質主義，呼喚被近代物質文明壓制的人的自由意志。人，而且是獨立於群體的人，而非科學理性、物質文明，是他們思索的重心。這種先鋒思想，對於年輕的魯迅來說，不啻是一種新知，更意味著一個全新的精神世界的敞開，它在有意無意中動搖了魯迅原有的精神結構，使他開始質疑、重審既有的信仰，於是，科學救國便由人生信

---

[14] 許壽裳：《亡友魯迅印象記》，人民文學出版社1977年版，第4頁。

仰變成了一個必須重新思考的問題，表述方式也隨之轉換為科學能救國嗎？

內村鑒三比魯迅長20歲，魯迅初到日本時，正是內村寫作的高峰期。作為一位反潮流的思想者，內村深得青年人喜愛，他的「文學講座」影響頗大，伊藤虎丸認為魯迅很可能身著和服聆聽過他的「文學講座」，而且「即使沒這事，在當時的氣氛中，魯迅也會在思想上受到直接影響。」[15]內村主要思想是：認為「詩歌是科學的對頭……」；對19世紀文明中的物慾、和平等意識持批判態度；尋求能消化歐洲文化的「真的日本人」，而這種日本人具有自尊而獨立的「個人意志」，等等。[16]它們在本質上與尼采思想相通，與尼采思想相融構成一種合力，促使魯迅對科學與人學作新的思索與選擇。

與盛行的社會文化思想同時起作用的，是日常生活所體現的一種傳統文化，具體言之，即精神絕對主義觀念。就物質與精神關係而言，「日本則一貫重視非物質資源」，這是一種由民族生存歷史演化出的一種精神姿態。在他們看來，「精神就是一切，是永存的。物質當然也是不可缺少的，但那卻是次要的，瞬間的。」所以，在處理事情時，他們很少從外在世界中尋求答案，而主要是從主體精神領域找尋戰勝困難的力量。人而不是外在物質乃是思考問題的出發點與中心。在法西斯性質的二戰中，反動的軍人們甚至利用這一傳統文化心理宣稱：「這次戰爭並不是軍備的較量，而是日本人信賴精神與美國人信賴物質的戰爭，」[17]堅信精神必將戰勝物質。這種精神絕對主義觀念不同於中國的義、理，不是壓制人的個性，而是充分

---

15 〔日〕伊藤虎丸：《魯迅·創造社與日本文學》，北京大學出版社1995年版，第319頁。

16 參見伊藤虎丸：〈魯迅如何理解日本流行的尼采思想〉，收入《魯迅·創造社與日本文學》，北京大學出版社1995年版，第303-329頁。

17 〔美〕露絲·本尼迪克特：《菊與刀》，商務書館1994年版，第16-17頁。

張揚人的意志力，明治維新以後，雖然物質力量在理性層面上被肯定，但在人與物的關係上，日本人信奉的還是精神的不可戰勝。從一定意義上講，日本明治維新之所以能迅速成功，就在於他們未完全拜倒於西方物質主義面前，而是在吸收西方文明時，擁有一種先在的民族精神—心理圖式。這種精神信仰存在於普通民眾的日常生活行為之中，對於魯迅這樣一個來自義、禮中國而又接受了西方科學思想的青年來說，是一種具有特殊意義的思想項，在魯迅由尼采、拜倫、內村鑒三等引起的科學能否救國的思考中，作為一種來自日本傳統文化的力量，它作用於魯迅的「科學」與「人學」的選擇，使他進一步偏向具有精神意力的「人」，堅信解決中國的現實問題，主要不在於科學、物質，而在於人的精神。

精神對於主體來說，可分為對國家、群體的獻身精神與指向自我的獨立精神兩種，而明治維新以後日本人的精神絕對主義在普通民眾那裏，更多的仍是指向國家、群體的服從精神。個體意識不強，未能如西方社會那樣建立起以人道主義為基調的真正的近代自我。日本近代自我雖較歷史上的日本人來說要發達得多，但總體言之，缺乏鮮明的主體性，缺乏對國家權力的批判的自主性與自我建設的自主性。個人對天皇、國家、集體、家族有較強的依附性，缺乏在服從群體時所應有的個體的獨立性。物質文明的近代化未能解決人的近代化，人的問題成為制約日本發展的隱患。這是魯迅留學日本時日本人的自我文化心理現狀，是日本20世紀初文化場的一種基本色調。一些先覺的日本知識者之所以宣傳尼采、拜倫思想，某種意義上，就是為改變這一文化現狀。魯迅如同當時大多數中國知識者那樣，希望從日本獲取振興民族、建設現代民族國家的成功經驗，自然對日本近代不太健全的自我有所認識與警惕，希望中國在現代化過程中能夠避免日本那種病態的個人與國家關係，

培養出健全的「個」性，所以他將著眼點由醫學救國轉向了人的精神啟蒙。這就是說，日本當時自我文化心理現狀，從反面強化了魯迅棄醫從文的念頭，而民族立場使棄醫從文由可能變為現實。

魯迅棄醫從文的因由，如果換一種角度也許還能理出一些，如章太炎的影響，魯迅自我個性作用等。但上述日本文化場諸因素的影響卻是主要的，或者說是決定性的。對於象魯迅這樣的思想者來說，任何單個因素是無法讓主體作出重大選擇的，必須由多種力量形成一種合力場才能真正作用於主體，單個因素才獲取意義。魯迅棄醫從文是在上述多種因子所構成的20世紀初日本文化語境中完成的，其決定力便是這一語境本身。

<h2 style="text-align:center">三</h2>

棄醫從文後，魯迅正式著手精神啟蒙工作，構建「立人」思想。那麼，在確立「立人」思想的基本內核過程中，他從日本獲取了哪些精神資源呢？

前已提到，魯迅到日本時，尼采主義作為一種社會文化思潮盛行於日本，尼采對魯迅的影響是經過日本文化過濾後發生的，魯迅接受的尼采是日本化的尼采。

尼采思想駁雜，日本人從自己的文化先在圖式出發，對尼采作了簡化處理。早期的日本尼采形象，是以宣揚國權論、反基督教姿態出現的，與明治維新後日本新氣象相適應，尼采是一位日本式的積極向上，奮鬥進取的人物。[18]到明治34年，《帝國文學》刊出登張竹風的〈論德意志之晚近文學〉，再次掀起尼采熱。由於高山樗牛在《太陽》雜誌發表〈論美的生活〉，

---

[18] 如明治31年3月《太陽》4卷6期上刊出的〈尼采思想的傳播和佛教〉一文中的尼采。

引出「美的生活論爭」。這次論爭中，尼采形象發生了轉換，成為一位「激烈反對國家主義，反對科學萬能和自由平等等19世紀文明的『文明批評家』、『極端的個人主義』者，『否定道德和反對科學的人』。」[19]而魯迅正值此時來到日本，自然會受到一定的影響。

從魯迅早期論文可以斷定，他接受的正是這種轉換後的尼采形象，是日本化的尼采思想。在1908年8月發表的〈文化偏至論〉中，魯迅對19世紀西方資產階級文明作了尖銳的批評：「物質也，眾數也，19世紀末葉文明之一面或在茲，而論者不以為有當。蓋今所成就，無一不繩前時之遺跡，則文明必日有其遷流，又或抗往代之大潮，則文明亦不能無偏至。誠若為今立計，所當稽求既往，相度方來，掊物質而張靈明，任個人而排眾數。」魯迅在此提出了立人思想的基本內核——掊物質而張靈明，任個人而排眾數。在他看來，個人是對立於眾數，靈明對立於物質的。也就是說，個人是在否定眾數與物質的同時凸現出來的。

以「立人」為旨歸，魯迅的思想發生了變化。他此時的倫理角色是一個背離於傳統群體道德立場的個人主義者，否定一切壓制個我的舊道德與行為。他深惡那些「見異己者興，必借眾以陵寡，托言眾治，壓制乃尤烈於暴君」的人，而贊尼采為「個人主義之至雄桀者矣」。在文化立場上，他是19世紀文明的批判者：「諸凡事物，無不質化，靈明日以虧蝕，旨趣流於平庸，人惟客觀之物質世界是趨，而主觀之內面精神，乃舍置不之一省。重其外，放其內，取其質，遺其神，林林眾生，物慾來蔽，社會憔悴，進步以停，於是一切詐偽罪惡，蔑弗乘之而萌，使性靈之光，愈益就於黯淡：19世紀文明一面之通弊，

---

19 〔日〕伊藤虎丸：《魯迅·創造社與日本文學》，北京大學出版社1995年版，第304頁。

蓋如此矣」（〈文化偏至論〉），從精神自由角度批判了庸俗的物質主義。而對於科學的態度，也不同於以前了。在《破惡聲論》（1908.12）中，他批判了那些假科學之名以謀私利者，指出「奉科學為圭臬之輩，稍耳物質之說，即曰：『磷，元素之一也；不為鬼火。』略翻生理之書，即曰：『人體，細胞所合成也；安有靈魂？』」在他看來，這些人「知識未能周，而輒欲以所拾質力雜說之至淺而多謬者，解釋萬事。不思事理神秘變化」。正是在這層意義上，他疾呼「偽士當去，迷信可存，今日之急也。」他開始重新思索科學的多重可能性含義及意義，不再盲目崇奉科學。科學能解決人與自然關係上的許多問題，揭示大自然的種種規律，能對人的生物性作出理性的解釋，將人從蒙昧的自然狀態中解救出來，一定程度地消除了自然對人的恐懼。然而，科學不僅不能從根本上解決人的精神問題，相反，它傾向於將人的許多客觀存在的心理活動歸結為非科學的虛幻，斥之為迷信，以至於抑制了個性的自由發展。魯迅在當時「科學救國」的語境中反思科學，提醒人們警惕科學可能具有的負面影響，體現了思想上的一種超前性。對民主平等這一自法國大革命以來得到普遍認同的觀念，魯迅從個人主義角度作了思辨、質疑。他在〈文化偏至論〉中寫道：「且社會民主之傾向，勢亦大張」，致使「社會之內，蕩無高卑。此其為理想誠美矣，顧於個人特殊之性，視之蔑如，即不加之別分，且欲致之滅絕」，而「流弊所至，將使文化之純粹者，精神益趨於固陋，頹波日逝，纖屑靡存焉。」因為當時所謂的使社會平等，在他看來，大都是削平高的而不是填平低的，如果真正達到程度大都相同，勢必停滯在以前的進步水平之下，社會上本來明哲之士不多，粗俗者人多勢眾，如果再倡民主平等必將使所有人都陷入平凡庸碌之中。至於個人與國家關係，他一面強調「個性張，沙聚之邦，由是轉為人國」，一面又認同

「國家謂吾當與國民合其意志，亦一專制也」，反對國家對個人的干預。

以上分析可見，魯迅在文化立場、倫理角色、科學態度及民主平等意識和國家觀念上，表現出與當時日本化的尼采形象極為一致的傾向。這意味著，魯迅在確立「立人」思想內核的過程中，所參考、吸納的尼采思想，已沒有了尼采原始文本的那種駁雜性，而是被日本人簡化了的尼采思想，它一定程度上為魯迅的立人思想的確立，標明了方向，規定了意義閾限。

與此同時，日本化的拜倫是魯迅建構「立人」思想的又一精神資源。由創作於1907年的《摩羅詩力說》可知，魯迅深受拜倫影響。而何乃英翻譯的日本北岡正子的著作《摩羅詩力說材源考》[20]則以詳實的資料證明，《摩羅詩力說》第四節、第五節的材料來源是日本木村鷹太郎的《拜倫——文藝界之大魔王》和拜倫著、木村鷹太郎譯的《海盜》等。這就是說，魯迅筆下的拜倫不是直接源自英國，[21]而主要來自日本，是日本人敘述出來的拜倫，日本是魯迅接受拜倫的文化仲介，而文化仲介不同於物質中轉站，它意味著一種文化過濾，以及由此進行的刪除、選擇。那麼，魯迅經由木村鷹太郎接受了怎樣的拜倫呢？它對於魯迅立人思想內核的形成起了怎樣的作用？

拜倫是一位性格極為複雜的詩人，所屬階級、時代的優點與不足在他身上鮮明地呈現出來，他的性格中充滿矛盾。他既羨慕貴族身份，但又毅然決別於貴族階級，表同情於窮人；既同情、愛戀女性，但有時卻又討厭乃至折磨女性；他既敢與上帝抗爭，但又逃離不出宗教的宿命觀；他有時激情萬丈，有時又理智如冰；他是一位意力絕世的英雄，但有時又悲觀頹廢得無以自救；他狂熱地追求自由，但有時又不念他人之自由。

20　〔日〕北岡正子：《摩羅詩力說材源考》，何乃英譯，北京師範大學出版社1983年版。
21　魯迅不太懂英文，所看的都是譯本。

面對這樣一位西方現代文化孕育出的詩人，木村鷹太郎不可能不以自己先在的文化心理圖式及現實需要為依據作出取捨。他之所以寫作此書，是基於如此認識：在「如我國今日這般軟弱無力之文學家為數甚多之時代」，即在「自稱天才，冒牌文人眾多」、「阿諛、諂佞、偽善、嫉妒、中傷盛行」、「社會萬般事物停滯，人類腐敗時代」的日本，需要拜倫的叛逆精神。[22]這一創作動機，決定了木村鷹太郎筆下的拜倫形象具有自己鮮明、獨特的個性：一、他是一位力抗神、強權和庸眾的英雄；二、他不屈於任何力量，具有強力意志；三、他是一位追求自由之戰士，無限地張揚個性；四、他具有同情弱者的人道主義思想，在援助希臘的同時，斥希臘人為「世襲之奴」、「自由苗裔之奴」。正如北岡正子所言，木村鷹太郎寄託於拜倫身上的思想有二：一是「期待天才的出現」，以改變日本文藝界軟弱、阿諛、諂佞、偽善之現狀；二是從拜倫的「摩羅主義」中尋找與暴君、神、庸愚鬥爭之力量。[23]所以，木村鷹太郎刪除了拜倫好虛榮心、多疑、頹廢等性格特徵，使原本極為複雜的拜倫純化為抗惡之英雄與自由主義戰士。這是一位日本化的拜倫，與本真的拜倫之間差距很大。

　　魯迅筆下的拜倫，從材源上看，來自木村鷹太郎。對照魯迅的《摩羅詩力說》與木村鷹太郎的《拜倫——文藝界之大魔王》、《海盜・序》等，不難看出，魯迅言說的拜倫的基本品格，來自木村鷹太郎而非拜倫原初文本。具體言之，一、魯迅從木村鷹太郎的拜倫那裏看取了拜倫的反抗性格。如激賞拜倫蔑視「國家之法度，社會之道德」的精神；二、魯迅如木

22　〔日〕北岡正子：《摩羅詩力說材源考》，何乃英譯，北京師範大學出版社1983年版，第1頁。
23　〔日〕北岡正子：《摩羅詩力說材源考》，何乃英譯，北京師範大學出版社1983年版，第2頁。

村鷹太郎那樣，將拜倫塑造成一位具有強大意志力的個性主義英雄。木村鷹太郎以拜倫《海盜》中主人公康拉德不顧世間一切道德，獨行海上締造海上帝國之壯舉，頌拜倫海盜般之意志力，而魯迅亦在作品中稱康拉德為英雄，謂其「惟以強大之意志，為賊渠魁，領其從者，建大邦於海上」，以之喻贊拜倫獨行於天下之個性；三、魯迅如木村鷹太郎那樣，將海盜之精神概括為「復仇」，「蓋復仇一事，獨貫注其全精神矣。」魯迅這裏認同的是木村鷹太郎的拜倫形象所具有的向全社會復仇的特性；四、魯迅如木村鷹太郎那樣，將拜倫刻劃成援助希臘、以獨立自由為主義之戰士；五、木村鷹太郎將拜倫寫成愛希臘而又斥希臘人為奴隸的精神界之戰士，魯迅完全認同，並寫道：「希臘墮落之民，又誘之使窘裴倫。裴倫大憤，極詆彼國民性之陋劣」，將拜倫同樣塑造成力抗庸眾、揭露國民劣根性之先覺者。由此可見，儘管魯迅的拜倫在某些方面與木村鷹太郎的拜倫不同，如魯迅的拜倫是一位個性主義與人道主義統一的精神戰士，而木村鷹太郎只強調前者，重個性的張揚，而忽略了自我個性的張揚可能危及他人自由的一面，甚至認同這種本質上有背於自由的個性主義；但從總體上看，魯迅的拜倫是依木村鷹太郎的拜倫而描畫出來的，這就是說，魯迅接受的是日本文化過濾後的拜倫，即日式的拜倫。由其性格看，與其說是英倫的拜倫，倒不如說更象上述日式的尼采。

魯迅棄醫從文確立「立人」思想內核時，如果說日本化的尼采思想主要是從理論上規範魯迅思想的發展，使之將「人」作為思考關注的重心，那麼，日本文化過濾後的拜倫，則為魯迅提供了現代理想人格的典範；如果說日本化尼采形象，讓魯迅在關注個體人之存在與精神獨立性同時，將批判鋒芒指向了現代性，質疑物質主義、科學理性，那麼，日本式拜倫則使魯迅堅信理想的人，也就是「真的人」必須具備不懼任何力量的

反抗性，敢於為真理獨佔眾數。這兩大由日本文化過濾、取捨的西方精神資源，在本質上是一致的，均以張揚「人」的個性為核心，它們在魯迅的意識結構中構成同謀關係，刺激、引導並限定了魯迅對「真的人」的想像，其結果便是「掊物質而張靈明，任個人而排眾數」。

也許人們會問，將拜倫、尼采影響歸入日本文化影響合理嗎？但在我看來，拜倫、尼采是由日本而走向魯迅的，且日本化程度頗高，日本在這裏的意義已超越了單純的仲介作用。在日本尼采、拜倫那裏，已溶入了現代日本文化精神；而且在當時，日本化的尼采、拜倫思想，本身已構成一股強大的社會文化思潮，如前面提到的內村鑒三思想，可謂是日本尼采主義的一種表現形式。就是說，日本化的尼采、拜倫是在日本歷史文化語境中，依據現實需要而重塑的尼采、拜倫形象，刪去了尼采、拜倫原型中的一些內容，而賦予了他們某些新的性格。正是在這層意義上，我將魯迅與拜倫、尼采的關係理解為魯迅與現代日本文化之關係。

四

棄醫從文是魯迅思想轉換的起步，或者說只能算是一種契機，而日本文化語境中初步確立的「立人」思想內核，則標誌著魯迅思想的根本變化。他找到了解決問題的關鍵：人！從思想建設角度講，也就是說，他找到了自己的理論命題、立足點，即「人」。然而，「掊物質而張靈明，任個人而排眾數」，還只是一個籠統寬泛的命題，一個僅為主體思考劃定了範圍的命題，一個需要不斷具體化、體系化的命題。這意味著魯迅的「立人」思想建設還只是剛剛開始，他必須——而且事實上也是這樣——從各方面去豐富、完善它。那麼，在此後的

豐富完善過程中，日本文化、文學作為眾多的域外資源中的一種，又起了怎樣的作用呢？換言之，在魯迅此後構建「立人」思想體系過程中，也就是論證「真的人」的性格系統過程中，日本文化、文學中的哪些質素啟示、激勵、滋潤了魯迅呢？

人是社會關係的總和，人存在於各種關係之中，關係影響著人的生存狀況。中國封建社會中，傳統倫理道德決定了人對於關係的依附性特徵，人被各種關係所制約、支配，個性被扼制以至於完全喪失，人成為「非人」。魯迅構建立人思想的一個重要目的，就在於將人從舊的關係結構中解放出來，恢復人之為人的自由特性，從而賦予人以新的性格。那麼如何將人從舊的關係中解放出來呢？在魯迅看來，中國傳統文化正是舊的關係的締造者，因而無力為自己提供有效的精神支持，於是他將眼光轉向了他國，而日本是他最為熟悉的，自然成為他完成解構舊的關係、建立新的關係秩序這一現代性工程的精神資源的主要提供者。由於人與人、人與現實是魯迅建構「立人」思想時考慮得最多也最為充分的兩重關係，也可以說是他建構「立人」思想的基本角度，因而也就成為我考察、論證他的「立人」思想與日本關係的兩大角度。

人與人的關係，是人的社會性存在的基礎。規範、協調人與人的關係，是中國傳統儒家文化的一大功能，人被置於上下等級、尊卑長幼、男尊女卑等嚴格的秩序結構中，「個」的特性被結構消蝕。解構這種舊的關係，建立新的聯繫，無疑是魯迅構建立人思想的基礎性工程之一。在具體運作上，他將人與人的關係再分為個人與個人、男與女、長與幼三個子關係，並在思索、論析中一定程度地參考、吸納了日本文化以建立新的關係原則。

個人之間的關係，或為仇敵，或為恩人，或為陌生人等。陌生關係從情義角度看是一種零關係，因為對陌生者不必承擔

情感責任。仇敵關係是一種主體間的復仇關係，彼此間亦沒有什麼情義約束。而恩人關係則是一種情義約束關係，中國人講究滴水之恩湧泉相報，從本質上看，這是對個性自由的一種束縛關係。恩情對於個體人來說是一種精神包袱，這是日本文化的一種自覺意識。「他們不喜歡隨便受恩而背上人情債」，「對日本人來講，猝然受到生疏者的恩是最討厭的事，因為他們知道，在與近鄰和舊等級關係打交道中，受『恩』所帶來的麻煩。如果對方只是個熟人或與自己接近同輩，他們會對此不高興。他們寧願避免捲入『恩』所帶來的麻煩。」正是在這種意義上，明治維新以前，有一條著名的法令：「遇有爭端，無關者不得干預。」[24]夏目漱石在小說《哥兒》中以人物關係表現了日本傳統文化中這種為個體自由而拒受他人施捨的特徵。主人公哥兒有一天受新朋友「豪豬」之恩，喝了豪豬花一錢五厘買來的一杯冰水。不久哥兒聽人說豪豬在背後講自己的壞話，便想到了那杯冰水之恩：「雖然只是一杯冰水，接受這種表裏不一的人的恩情，實在有損我的面子。雖然只是破費了他一錢五厘，但一錢也罷，五厘也罷，接受這種騙子手的恩情，我死了也於心不安。……接受別人的恩惠，默不作聲，就表明我尊重對方，看得起他的人品。我喝的那杯冰水，本來自己付錢就可以了，但他卻硬要爭著付，弄得我心裏總感到負疚，這可是金錢買不到的。我雖無權無勢，卻有獨立人格。要我低下頭去接受別人的恩情，簡直是一百萬元的回敬。」於是他將一錢五厘還給了豪豬，了斷一杯冰水的恩情，為自己討回了自由人格。日本與中國均屬東亞文化圈，在不惜一切報恩上一樣，但受恩態度不一樣。中國人對施恩者都持感激態度，只有當施恩者故意羞辱自己時他們才不滿。他們想的是知恩必報，而未

---

[24] 以上引文見〔美〕露絲・本尼迪克特：《菊與刀》，商務印書館1994年版，第72頁。

意識到受恩對自由意志的妨礙，所以恩情債是中國人喪失人格獨立的一個重要因由。

從理論上講，魯迅在與日本人的交往中，完全可能發覺日本文化中這種為個體自由恐負恩情債的特點，並受到震動，獲得某種啟示。從文化典籍接觸看，留日時期，他就特別喜歡夏目漱石的作品，到逝世前，還專門購買了《漱石全集》。1923年在《現代日本小說集‧附錄》中，他特地提到《哥兒》、《我是貓》等作品，稱其「輕快灑脫，富於機智，是明治文壇上的新江戶藝術的主流，當世無與匹者。」這說明他當時看過《哥兒》，上引《哥兒》中的那段話，可能深入地印入了他的腦海，促他深思。

而從創作實踐看，他直接表現出了對「恩情」債的警覺。如果說《秋夜》中對棗樹的描寫：「他簡直落盡葉子，單剩幹子，然而脫了當初滿樹是果實和葉子時候的弧形，欠伸得很舒服」，「一無所有的幹子，卻仍然默默地鐵似的直刺著奇怪而高的天空，一意要制他的死命，不管他各式各樣地閃著許多蠱惑的眼睛」，主要是從棗樹「一無所有」無所牽累（包括無恩情牽累）的角度，寫棗樹無所顧慮的徹底的戰鬥精神；那麼，半年後的1925年3月2日所寫的《過客》，則直接表現了過客為個人自由、獨立人格而拒受女孩施捨的姿態。在魯迅看來，過客要想無拘無束地往前「走」，就不應受好意的陌生人的贈予，因為接受意味著加倍的付出，而一時又無法付出，則必然轉換為一種精神負擔，一種足以讓受恩者喪失獨立個性的精神壓迫。這種意識的獲得，與魯迅個人對社會、他人等的理解、認識分不開，但上述日本文化特性的啟示、影響也不容忽視。哥兒拒受一杯冰水之恩與過客接受小女孩杯水之恩之間似乎有一種直接的聯繫，而過客的感激之言又與日本人日常生活中的謝恩語言頗為相似。日本人有許多表示受恩時的不安心情的語

言，如「ありがとう」，意為「這可太難得了」，「の毒」表示「真過意不去」；「すみません」表示「這怎麼得了呢？」在日本人那裏，「還有一個更強烈表示負恩心情的詞，就是『かたじけない』（誠惶誠恐）。這個詞的漢字寫作『辱ない』、『忝ない』，兼有『受辱』與『感激』兩層意思。」[25] 日文辭典對這個詞的解釋是：你受到了特別的恩惠，因而感到羞愧和恥辱，因為你不配接受如此之恩。日本人受恩時都會以這類語言不斷謝恩，成為一種文化習慣。魯迅寫過客喝完女孩捧來的水後，謝道：「這真是少有的好意。我真不知道應該怎樣感謝！」當女孩給他一片裹傷的布時，又說：「這真是極少有的好意。……但是，不行！（竭力站起），姑娘，還了你罷，還是裹不下。況且這太多的好意，我沒法感謝。」從語態、語氣、語意上看，幾乎是上述日本人謝恩語言的漢語直譯。這就進一步證明了上述魯迅為個體自由警惕接受他人恩情與日本文化聯繫的可信性。由此可見，一定程度上講，魯迅是在日本文化啟示、影響下，構想新的個人間的關係原則，從而使人不因恩情債而喪失獨立、自由的品格。如果說傳統日本人拒受他人施捨主要的潛在心理是擔心自己能力有限無力償還恩情，屬於傳統文化意義上的行為，那麼，魯迅則主要是經由夏目漱石捕捉到了這一文化主題的現代意義，並從建構中國現代「立人」思想體系的角度，認識、利用這一異國文化資源，突出它所具有的個體自由訴求的特性，並賦予它以現代文化意義。

男女關係在魯迅那裏隸屬於人與人的關係範疇。在魯迅看來，傳統文化規範下的男女關係，因男尊女卑這一不平等的結構原則，使得女子失卻了做人的基本條件，使女性作為個體人的屬性，如尊嚴、獨立性等被忽略乃至被吞蝕。拆解這種

---

25 〔美〕露絲・本尼迪克特：《菊與刀》，商務印書館1994年版，第73頁。

舊關係，解放女性，是魯迅建構「立人」思想系統的一個基本的也是至關重要的環節。1918年7月，魯迅寫作了〈我之節烈觀〉，[26]對體現舊式男女不平等關係的重要概念「節烈」，作了尖銳的質疑與駁斥，從內容上看，該文直接受了日本與謝野晶子《貞操論》的影響。《貞操論》作於1915年11月，1918年5月由周作人譯出刊於《新青年》第4卷第5號上。在譯文前的譯者自述中，周作人寫道：「女子問題終竟是件重大事情，須得切實研究。女子自己不管，男子也不得不先來研究。一般男子不肯過問，總有極少數覺了的男子可以研究。我譯這篇文章，便是供這極少數男子的參考」。魯迅正是這「極少數男子」中的一員。〈我之節烈觀〉作於周作人譯文後兩個月，文中直接提到《貞操論》：「節烈是否道德？……所以決不能認為道德，當作法式。上回《新青年》登出的《貞操論》裏，已經說過理由。」那麼，《貞操論》作為一個來自日本的精神資源文本，給予了魯迅怎樣的影響呢？魯迅作了怎樣的取捨？

對「真的人」的追尋，決定了魯迅對與謝野晶子的《貞操論》有一種精神上的知遇之感，《貞操論》與魯迅的關係主要是一種思維視野上的啟示關係。其表現是，它啟示魯迅將解構傳統男女關係的重點放在對儒家男女關係話語系統的核心概念的解構上。與謝野晶子駁論的是「貞操」，這是她從日本男女關係話語系統中找尋出的關鍵字，魯迅沒有直接挪用「貞操」一詞，而是選用了意義相近而在中國語境中使用頻率更高的「表彰節烈」中的「節烈」。在論析中，魯迅亦如與謝野晶子那樣，以提問及解答作為行文結構方式。與謝野主要是從貞操的道德角度展開論析的，她的問題本身即是對舊的道德觀的批判：「貞操是否單是女子必要的道德，還是男女都必要的

---

[26] 魯迅：〈我之節烈觀〉，1918年8月《新青年》，第5卷第2號，署名唐俟。

呢？」「貞操這道德，是否無論什麼時地，人人都不可不守；而且又人人都能守的呢？」「無論什麼時地，如果守了這道德，一定能使人間生活，愈加真實、自由、正確、幸福麼？」她從男女平等立場上作了回答，堅決反對「女子當守，男子可以寬假」的舊式說法；並從個體自身差異出發，反對「強使人人遵守」，並深信守了這舊的貞操道德，也無法使人間生活真實、自由、幸福，除非守的是一種新「自製律」的道德。而這些觀點可謂解決了魯迅正在築構的「立人」思想中的關於男女關係的問題，所以得到了魯迅的認同：「節烈是否道德？道德這事，必須普遍，人人應做，人人能行，又於自他兩利，才有存在的價值。」他同樣取道德的角度審視「節烈」，認為「男子決不能將自己不守的事，向女子特別要求」；國家並非不節烈的女子所害，「並非因為他們不節烈了，才將刀兵盜賊招來」；節烈極難、極苦，而在中國不節烈也很苦，這樣中國女子便難逃劫難。認同即是一種被影響，一種選擇，以上就是魯迅對《貞操論》的一種認同、擇取。

不過，魯迅的態度似乎比與謝野晶子更激進、徹底。與謝野晶子「對於貞操，不當他是道德；只是一種趣味，一種信仰，一種潔癖」，「一種道德以上的高尚優美的物事」，所以她申明「我的尊重貞操，決不讓人」。由此可見，她反對的只是舊的貞操觀，而承認建設一種新的「貞操」的可能。而魯迅則認為節烈「不利自他，無益社會國家，於人生將來又毫無意義的行為，現在已經失了存在的生命和價值。」他不象與謝野晶子那樣對別一種新貞操極為尊重，也就是說，與謝野晶子渴望的是重新賦予「貞操」以現代新義；而魯迅則完全否認了舊概念「節烈」的生命與價值，即存在的合理性，他要摧毀整個舊的男女關係話語的概念系統。所以，魯迅接受與謝野晶子啟示後比與謝野晶子走得更遠，認識更為深刻。如果說與謝野晶

子在更多的時候糾纏於「貞操」概念的辨析上，妨礙了對男權社會的更為直接的剖析，那麼，魯迅受到啟示後並未過多地在概念辨析上作文章，而是以女子「節烈」不道德這一論點為基點，為女子鳴不平。婦女節烈意味著個體「人」的喪失，所以魯迅對婦女節烈的批判、否定，實際上就是對「人」的一種肯定與呼籲。與謝野晶子看到了貞操的危害，對舊貞操觀層層質疑、辨析，頗見功力，震聾發聵，但她是「因為最尊重貞操；想把他安放在最確實堅固的基礎上」，才寫作此文，而她找到的堅固的基礎似乎就是上面提到的「一種趣味、一種信仰、一種潔癖」，「一種道德以上的高尚優美的物事」。在這所謂的基礎上，她肯定了「貞操」這一舊的概念，而魯迅「節烈」觀的基礎則是「個我」，是「人」。所以，魯迅雖然取了與謝野晶子的道德批判角度，但捨了其不徹底的態度與所謂的「基礎」，從而使自己的「立人思想」結構中的女性真正走出了「節烈」的籠罩，真正以人的姿態站立起來了。

人際交往中，長幼關係是一種極為普遍的關係，同樣隸屬於個人與個人關係範疇。打破舊的長幼觀念、等級秩序，建立新的長幼關係，無疑被魯迅納入到了「立人」思想建構這一現代性工程中。1919年10月寫作的〈我們現在怎樣做父親〉較為集中地表述了他所理想的長幼關係原則，即「此後覺醒的人，應該先洗淨了東方古傳的謬誤思想，對於子女，義務思想須加多，而權利思想卻大可切實核減，以準備改作幼者本位的道德」，就是以幼者本位取代長者本位，一切以幼者的發展為出發點與歸宿，真心地關愛幼者，這符合生物界與人類社會的生存法則。所以，他要求覺醒了的人即「真的人」，「各自解放了自己的孩子。自己背著因襲的重擔，肩住了黑暗的閘門，放他們到寬闊光明的地方去；此後幸福的度日，合理的做人。」其目的在於恢復幼者作為「人」應有的獨立性、自主性。這一

原則的確立，既是魯迅「立人」思想內核——掊物質而張靈明、任個人而排眾數——合乎邏輯的發展，同時又受到了日本新的長幼觀念的某種啟發、影響，正如他在文中所道：「所以一切設施，都應該以孩子為本位，日本近來，覺悟的也很不少；對於兒童的設施，研究兒童的事業，都非常興盛了。」

日本自江戶時代中期，尤其是明治維新以後，自覺地擺脫中國儒家長幼觀念影響，形成了不同於中國的兒童觀。這種兒童觀，如日本源了圓所言：「日本的兒童觀大致說來與東西各國的兒童觀屬於同一類型，但不認為孩子是大人的雛形這一點又與西方近代的兒童觀極為相似。但這種兒童觀卻與認為孩子是大人的雛形，兒童期就是成人之前的準備期，不承認其獨立性的清末以前的中國兒童觀是不同的。」[27]關心兒童，重視其獨立性，這是日本近代以來兒童觀的一種發展趨勢與特性，以至於後來去日本訪問的莫爾斯驚歎道：「我確信世界上很少有象日本那樣為孩子盡心盡力的國家。」[28]魯迅的〈我們現在怎樣做父親〉所受的日本影響，就是這種重視兒童獨立性的幼者本位觀念。

而這種幼者本位觀念又正是寫作〈我們現在怎樣做父親〉一文後不久，魯迅與有島武郎發生觀念共鳴的重要基礎。在《隨感錄六十三・「與幼者」》中，魯迅寫道：「做了〈我們現在怎樣做父親〉的後兩日，在有島武郎《著作集》裏看到〈與幼者〉這一篇小說，覺得很有許多好的話。」那麼有哪些好的話呢？他作了大段的援引，如「你們若不是毫不客氣的拿我做一個踏腳，超越了我，向著高的遠的地方進去，那便是錯

27　〔日〕源了圓：《日本文化與日本人性格的形成》，郭連友、漆紅譯，北京出版社1992年版，第147頁。

28　E・S・莫爾斯：《在日本的日子》，轉引自日本源了圓的《日本文化與日本人性格的形成》，郭連友、漆紅譯，北京出版社1992年版，第146頁。

的」，「我愛過你們，而且永遠愛著。這並不是說，要從你們受父親的報酬，我對於『教我學會了愛你們的你們』的要求，只是受取我的感謝罷了……」，「捨了我，踏到人生上去就是了」，「幼者呵！將又不幸又幸福的你們的父母的祝福，浸在胸中，上人生的旅路罷。前途很遠，也很暗。然而不要怕。不怕的人的面前才有路。」這裏的幼者本位觀點與魯迅〈我們現在怎樣做父親〉中的觀點不謀而合，但從時間上看，不存在直接影響的可能，魯迅主要是認有島武郎為精神上的知音。

對於一位「孤獨遠行」以構築「立人」精神系統的思想者來說，來自異域的知音，尤其是來自與中國近代命運頗為相似而又迅速近代化了的日本的知音，其意義是相當大的。它佐證了魯迅觀念的正確，使魯迅更加堅定了自己的精神追求。魯迅寫〈與幼者〉，一方面主要是為傾吐自己的感受及對有島武郎精神上的認同傾向，但需指出的是，魯迅在認同有島武郎的同時，尚能以清醒的頭腦看出有島武郎「也免不了帶些眷戀悽愴的氣息」，從而將這種悽愴氣息排除在自己的人學體系之外；另一方面，也可理解為是魯迅的一種策略，即借有島武郎證明自己的正確性，引起國人注意，從而接受這種新的長幼觀念。所以，有島武郎與魯迅的關係，主要是一種精神上的援助關係，而非直接影響關係，但對當時不免寂寞的魯迅來說，這種精神上的援助也許更為重要。

由此可見，魯迅的「幼者本位」思想的確立，與日本近代以來開始出現的新的兒童觀、父子觀的啟示、援助也不無關係。

五

在魯迅那裏，人與現實的關係，同樣是區分人為舊人還是新人即「真的人」的一個重要角度，是他構建「立人」思想

體系的另一個切入點。中國傳統社會中的人，由於受強大的實用理性的控制，過分地黏連於現實，完全受現實支配，走向極端，成為了現實的奴隸，自由天性、意志被抑制。而這種過分的黏連，必然使人過於疲憊，缺乏精神伸展的自由空間，於是難以避免地滋生出一種做事馬虎、草率、不認真的劣根性。要立人，使人成為「真的人」，必須改變人與現實間這種不健全的關係，將人從現實束縛中解放出來，這就需要探索、確立人與現實間新的關係原則。而魯迅當時已無意從傳統文化中找尋確立新的關係原則的精神資源，而是將目光轉向域外，日本無疑成為他獲取精神上啟示與養分的重要園地。在日本文化影響下，他構建起了「餘裕」、「認真」這兩大新的關係原則。

一是餘裕。魯迅話語系統中的「餘裕」來自日本。1923年，他在《現代日本小說集·附錄》[29]中紹介夏目漱石時，稱夏目漱石所主張的是所謂「低徊趣味」，又稱「有餘裕的文學」。並大段地援引1908年高濱虛子的小說集《雞頭》出版時，夏目漱石所作的序文，其主要內容是回答何為「餘裕」：「世間很是廣闊，在這廣闊的世間，起居之法也有種種的不同：隨緣臨機的樂此種種起居即是餘裕，觀察之亦是餘裕，或玩味之亦是餘裕。有了這個餘裕才得發生的事件以及對於這些事件的情緒，固亦依然是人生，是活潑潑地之人生也。」魯迅之所以不惜筆墨大段援引，顯然是出於對「隨緣臨機」、「觀察」、「玩味」等「餘裕」的興趣。就我的閱讀瞭解而言，這是魯迅第一次論及並援引「餘裕」、「低徊趣味」，就是說，魯迅「餘裕」概念的最初源頭是夏目漱石。

1925年他在《忽然想到·二》中將「餘裕」化為自己的語彙，嚴肅地論述「餘裕」與個人、民族之關係：「近來中國的

---

[29] 魯迅：《現代日本小說集·附錄》，《魯迅全集》第10卷，人民文學出版社1981年版，1996年第3次印刷。

排印的新書則大抵沒有副頁，天地頭又都很短，想要寫上一點意見或別的什麼，也無地可容，翻開書來，滿本是密密層層的黑字；加以油臭撲鼻，使人發生一種壓迫和窘促之感，不特很少『讀書之樂』，且覺得彷彿人生已沒有『餘裕』，『不留餘地』了」，由書的排印感到人生的「不留餘地」，以及「在這樣『不留餘地』空氣的圍繞裏，人們的精神大抵要被擠小的」，從而將「餘裕」與個人精神聯繫起來。不僅如此，他還進而指出，「人們到了失去餘裕心，或不自覺地滿抱了不留餘地心時，這民族的將來恐怕就可慮。」將有否「餘裕心」上升到民族命運如何的高度，這就是魯迅由日本的餘裕派啟示而形成的餘裕觀。對魯迅高度評價餘裕心，許多人不理解，包括他的學生孫席珍最初也難解其意：「一知半解的我，因而曾發生過這樣的疑問：一貫主張勇猛前進的魯迅先生，怎麼會欣賞這種文學流派，而對夏目氏特別表示喜愛呢？」[30]事實上，由魯迅將餘裕與人的精神自由相聯繫便不難看出，魯迅是將「餘裕」看作「真的人」與現實的一種較理想的關係原則。

那麼，魯迅何以要確立這樣一種關係原則呢？其特點是什麼呢？從魯迅所譯介的日本人的餘裕觀中可以找到答案。夏目漱石認為「品茶澆花是餘裕，開玩笑是餘裕，以繪畫雕刻消遣是餘裕，釣魚、唱小曲、看戲、避暑、溫泉療養也都是餘裕。」[31]由此可見，餘裕就是一種不因生活所迫而拼命勞作為現實所羈縛的悠然狀態，一種消除了人與現實間利害關係後出現的玩味狀態。而魯迅喜愛的另一位日本作家廚川白村認為，人「惟其離了實際生活的利害，這才能對於現實來凝視，靜觀，

---

[30] 孫席珍：《魯迅與日本文學》，《魯迅研究論文集》，浙江文藝出版社1983年版，第143-144頁。

[31] 〔日〕夏目漱石：〈高濱虛子著《雞冠花》序〉，《漱石全集》第11卷，東京岩波書店，1966年，第550頁。

觀照，並且批評，味識」，「惟其和自己的實際生活之間，存著或一餘裕和距離，才能夠對於作為現實的這場面，深深地感受，賞味。」[32]就是說，餘裕是人真正感受、賞味、認識乃至批評現實的條件。而且，人有了餘裕後，便「總想憑了這力，尋求那更其完全的調和的自由的天地；就是官能和理性，義務和意向，都調和得極適宜的別天地。這便是遊戲。」[33]在他看來，「餘裕」便意味著一種遊戲狀態，一種自由的可能性，正是在這層意思上，他認同希勒壨爾的人「惟在遊戲的時候才是完全的人」這一名言。由此可知，魯迅之所以認同並高度評價「餘裕」，是因為悟出了「餘裕」的自由涵義，對於「人」的建設的積極意義，目的則完全在人的解放，即將人從現實、物的束縛中解放出來，正如他自己所言：「我素來的做事，一件未畢，是總是時時刻刻放在心中的，因此也易於困憊。那一篇裏面就指示著這樣脾氣的不行，人必須不凝滯於物」。[34]也就是不要過於黏連於物，為物所縛，而失去自由。這就是魯迅將「餘裕」作為「真的人」與現實間的一種關係原則的理由，而「餘裕」的「自由」內涵自然構成了這一關係原則的特點。魯迅正是希望以這種新的關係原則取代過去人與現實間那種近於病態的關係，將人從忙忙碌碌而又無所事事中救出，給僵化的人生注入生活情趣，恢復人對於現實的主體地位。也正是在這層意思上，「餘裕」在魯迅這裏較之於日本獲取了更為豐富的現代意味。

日本「餘裕」觀的深潛動因在日本人特有的人生如幻、世事無常的觀念。人生無常使他們對現實有一種無可奈何之感，

---

[32] 〔日〕廚川白村：《苦悶的象徵》，《魯迅譯文集》第3卷，人民文學出版社1958年版，第78頁。

[33] 〔日〕廚川白村：〈出了象牙之塔〉，《魯迅譯文集》第3卷，人民文學出版社1958年版，第209頁。

[34] 見魯迅譯日本作家鶴見佑輔的《思想・山水・人物》後所作〈題記〉，《魯迅譯文集》第3卷，人民文學出版社1958年版，第291頁。

於是感歎「人間萬事不外兒戲」，「喜怒哀樂如夢景，一去了無痕跡」，[35]產生了一種「一了百了」的心理。於是，他們避免了中國人那種為物所縛的精神狀態，而能面對現實保持一種「餘裕」的心態。所以從反面看，日本的「餘裕」論在根本上有種消極傾向。夏目、廚川接受西方文化洗禮後，儘管一定程度地給「餘裕」注入了近代進取意識，但仍未能從根本上改變「餘裕」的「隨緣」品性，強調的重心更多的時候仍是狹隘的把玩意識。而魯迅是從中國人學建設的高度看取日本餘裕的，在認同並強調「餘裕」的自由內涵同時，突出了主體面對現實時積極的進取性、獨立性，並將純個人性的「餘裕」心理，上升到決定民族有無希望的高度，也就是能否建立「人國」的高度。所以，魯迅的餘裕觀，雖源自日本，但卻是從現代人學建設需要出發，經中國現實語境過濾後而形成的一種更具現代啟蒙意味的餘裕觀。

二是認真。如果說「餘裕」是魯迅構設的人與現實間新的關係原則之一，置重的是人面對現實時應有的一種從容心態，一種獨立性；那麼，「認真」則是新的關係原則之二，是「真的人」處理現實事務時的一種行為態度，一種責任心。從來源看，它並非本土資源的開發、利用，而同樣是移自日本。

在魯迅看來，「餘裕」與「認真」對於「真的人」來說，是兩種相互關聯、彼此統一的性格，是一體的兩面。沒有「餘裕」，不留餘地，必將導致做事不認真、馬虎。在《忽然想到‧二》中，他寫道：「例如現在器具之輕薄草率（世間誤以為靈便），建築之偷工減料，辦事之敷衍一時，不要『好看』，不想『持久』，就都是出於同一病源的。」而這「同一病源」指的就是魯迅在文中所說的「沒有餘裕」、「不留餘

---

[35] 日本福澤諭吉語，轉引李澤厚：《世紀新夢》，安徽文藝出版社1998年版，第89頁。

地」。就是說，沒有餘裕的結果是處理事務時草率、敷衍、不認真。而長期以來，中國人缺失餘裕之心，所以「不認真」日復一日，以至於積澱成為一種根深蒂固的國民劣根性、民族文化劣根性。正是這一認識前提決定了魯迅對「餘裕」的置重。

那麼，從正面看，餘裕與認真又是怎樣的關係呢？在《思想・山水・人物・題記》中，魯迅說：「人必須不凝滯於物。我以為這是無論做什麼事，都可以效法的，但萬不可和中國祖傳的『將事情不當事』，即『不認真』相牽混。」[36]也就是說餘裕不等於不認真，他擔心國人誤解他的「餘裕」之意。按他的理解，事實上，餘裕是認真的條件，有了餘裕才有認真的可能性，所以餘裕與認真是統一的。因此，在倡導餘裕同時，魯迅不斷批判中國人的不認真，並從自己的「日本經驗」中找到了認真這一藥方，以醫治這種國民劣根性。他曾與內山完造多次討論兩國國民性之異，認為「中國四萬萬的民眾，害著一種毛病，病源就是那個馬馬虎虎。就是那隨它怎麼都行的不認真的態度」。於是他「又想到日本的八千萬人民。日本人的長處，是不拘何事，對付一件事，真是照字面直解的『拼命』來幹的那一種認真的態度。」對比兩國人民這一截然不同的現實態度後，他堅毅地說：「中國把日本全部排斥都行，可是只有那認真卻斷乎排斥不得。無論有什麼事，那一點是非學不可的。」[37]由此可見，魯迅是何等看重日本文化中的「認真」這一質素。他希望國人學習日本人的認真精神，將其內化為自己的血肉。所以，「認真」是他從日本移入並賦予「真的人」的一種解決現實問題時的基本品格，也就是負責的態度。

---

[36] 魯迅：《思想・山水・人物・題記》，《魯迅譯文集》第3卷，人民文學出版社1958年版，第291頁。

[37] 〔日〕內山完造：〈魯迅先生〉。收入劉獻彪、林治廣所編《魯迅與中日文化交流》，湖南人民出版社1981年版，第384頁。

餘裕與認真的統一，使人在與現實相對時仍保持著人的自由獨立性與創造性，這正是餘裕與認真的「人」學意義所在。

　　魯迅立人思想體系，是一個以「人」為核心的結構複雜的體系，人在種種關係中獲得新的性格。上面只是從魯迅與日本聯繫角度論述了人與人、人與現實的關係，而其他種種關係因與日本無關或關係不緊，因而不在論析範圍。就是說魯迅立人思想體系是一個遠較上述關係要複雜得多的體系。在想像、建構體系過程中，魯迅從多種文化系統中，如俄羅斯文化、文學系統中，獲得了營養，但從上述分析看，日本也許是最主要的精神源泉。

第二節　為人生的啟蒙主義文學觀與日本文學

　　棄醫從文是魯迅立志改造國民靈魂、構建立人思想體系的開始，「從文」就是選擇「文」以承擔偉大而又艱巨的現代思想啟蒙工程：「而善於改變精神的是，我那時以為當然要推文藝，於是想提倡文藝運動了。」[38]文與「人」並進而與人生聯繫起來了，就是說在魯迅那裏，棄醫從文標誌著以「人」為中心的為人生的啟蒙主義文學觀[39]建設的開始。

　　棄醫從文發生於日本，與之直接相關，為人生的啟蒙主義文學觀最初亦萌動於日本，而其後魯迅又從未間斷與日本文學的聯繫，所以他的為人生的啟蒙主義文學觀勢必與日本文學有著千絲萬縷的聯繫，而這種聯繫又必然影響到為人生的啟蒙主義文學觀的走向與內在特徵的形成。

---

[38] 魯迅：《吶喊·自序》，《魯迅全集》第1卷，人民文學出版社1981年版，1987年北京第3次印刷，第417頁。

[39] 在〈我怎麼做起小說來〉中，魯迅談到自己何以做小說時說：「我仍抱著十多年前的『啟蒙主義』，以為必須是『為人生』，而且要改良這人生」。這表明他一直持守「為人生」的「啟蒙主義」文學觀。

由於這一文學觀的關鍵是「為人生」，所以我將以文學能否為人生和「為」的範圍、程度作為研究起點，以何種品格的文學才能承擔為人生的啟蒙任務，或者說為人生的啟蒙文學必須具備怎樣的特徵作為論述重點，深入考察魯迅為人生的啟蒙主義文學觀與日本文學的內在聯繫性，揭示這種聯繫的功能性意義。

一

　　文學能否為人生？「為」的範圍和程度如何？在傳統文學功利主義語境中幾乎不能作為一個問題引起人們的注意乃至質疑與追問，但在20世紀初魯迅那裏卻成為一個根本性的問題，一個決定他棄醫從文的啟蒙訴求能否實現的問題，一個影響其人生價值和意義的實現程度、實踐方式的問題，也因此成為一個讓他焦慮不安、必須正視的問題。那麼，它何以在魯迅那裏成為如此重要的一個問題呢？

　　魯迅之所以東渡日本留學，是因為日本以近代科學打敗了中國，要救國就得向日本學習，掌握現代科學。在那時的魯迅看來，科學是對立於傳統的宇宙觀、社會觀、歷史觀、人生觀及其他價值體系的，具有不證自明的現代性；而自幼受傳統文化語境薰染，他愛上了文學，對文學情有獨鍾，但令他為難的是文學在20世紀初「維新」語境中被劃歸到「傳統」的範疇，於是在他那裏形成了一種精神上的緊張，即文學與科學間的緊張。按美國學者哈雷特・密爾斯的說法是，魯迅個人早年對於小說、藝術及中國傳統的其他方面的愛好、興趣，「與他正在尋求的現代知識格格不入。他一直感到這是互不相容的兩個世

界。」[40]科學能夠解決許多問題，能富國強兵，使人擺脫愚昧無知的狀態，科學自然是為人生的，這是維新後相當長一段時間內魯迅的觀點。於是，這一認識使與之相對立的屬於傳統範疇的「文學」能否為人生，便由不成問題的問題變成了一個使魯迅痛苦的根本性問題。

那麼，是什麼力量消解了魯迅內心中文學與科學間的緊張，並對文學為人生問題作出回答的呢？1902年魯迅來到日本，而此時梁啟超已在日本創辦了《清議報》、《新民叢報》和《新小說》等，大力倡導學習日本政治小說、改良中國舊小說，倡導以小說來承擔「新」民的重任。魯迅當時「也讀梁啟超所主編的《清議報》和《新民叢報》，但受《新小說》的影響更大。他當時讀了梁啟超的〈論小說與群治之關係〉，確實很受影響。這篇文章，論及小說對國民性的影響，本著『欲新一國之民，先新小說』的意旨，提倡『新小說』。所以，關於魯迅棄醫就文改變國民精神的思想，是在仙台『電影事件』之前，已經受到『新小說』論等的影響，就考慮到文藝的啟蒙意義，並且深深相信的。」[41]這表明，正是日本政治小說觀經由梁啟超，給了了魯迅消解內在心裏緊張的力量。他開始意識到民族為求生存所需要的科學知識可以通過文學來傳播，文學與科學統一起來了。1903年他據日本井上勤譯本重譯了法國凡爾納的科學小說《月界旅行》，在譯者「辨言」中，他寫道：「蓋臚陳科學，常人厭之，閱不終篇，輒欲睡去，強人所難，勢必難矣。惟假小說之能力，被優孟之衣冠，則雖析理談玄，亦能浸淫腦筋，不生厭倦。」這其間梁啟超式的日本政治小說觀的影響是不言而喻的。於是，文學通過傳播科學，獲取了為

---

[40] 樂黛雲編：《國處魯迅研究論集》，北京大學出版社1981年版，第3頁。
[41] 〔日〕增田涉：〈魯迅與日本〉，收入劉獻彪、林治廣所編《魯迅與中日文化交流》，湖南人民出版社1981年版，第82頁。

人生的功能與意義，由此可見，魯迅的為人生的啟蒙主義文學觀的最初確立便受到了日本文學的一定影響。

文學為人生的「為」的範圍、程度問題，實際上是文學作用於人生現實的大小問題，是文學的現實功用問題，魯迅一生如同大多數現代作家一樣，為這一問題所困擾。儘管對這一問題的闡釋回答，不可避免地要受到傳統文學功利觀的制約，這是現代作家的共同命運；但是，個人的知識背景、審美情趣、對主客體關係的認識，等等，更是直接影響著對這一問題的理解。於是，現代作家對這一問題的認識呈現出了兩種極端錯誤的傾向。一是在傳統文學功利觀與國際無產階級文學運動極左的功利思想影響下，無限誇大文學的社會功用性；二是忽視文學作用於外在現實的力量，將文學完全歸結為自我性情的抒寫。而魯迅儘管與他們置身於相同的歷史——文化語境中，但總的看來避免了上述兩種傾向。他堅信文學的思想啟蒙作用與意義，而又不誇大它的功能，其立論符合辯證思維邏輯，遠遠高於同時代作家。這既與他個人的知識背景、思維方式、文學意識相關，特別是與他對文學與社會關係之歷史的認識水平相關，但從外來文學影響看，則與他的日本文學背景，主要是夏目漱石的餘裕論和廚川白村的文學理論等密切相關。

在〈我怎麼做起小說來〉中，魯迅追述了自己早年所喜愛的外國作家，「日本的，是夏目漱石和森鷗外」。周作人在《魯迅的青年時代》中，佐證了魯迅在日本留學時對夏目漱石的愛好：「惟夏目漱石詼諧小說《我是貓》有名，豫才俟各卷印本出即陸續買讀。又曾熱心讀其每天在《朝日新聞》上所載的〈虞美人草〉」。那麼，夏目漱石引起魯迅注意、喜愛的到底是什麼呢？1923年，魯迅在《現代日本小說集・附錄》中作了說明，即「有餘裕的文學」主張。他說：「有餘裕的小說，即如名字所示，不是急迫的小說，是避了非常這字的小說。如

借用近來流行的文句，便是或人所謂觸著不觸著之中，不觸著的這一種小說。……或人以為不觸著者即非小說，但我主張不觸著的小說不特與觸著的小說同有存在的權利，而且也能收同等的成功。」這種餘裕文學觀，自留日時期起，便不僅成為魯迅看取日本文學的重要尺規，而且是他理解文學與人生現實關係的內在原則之一。

　　1924-1925年，他之所以熱衷於譯介廚川白村的著作，一個重要因由是廚川白村同樣是一個餘裕文學論者。在《苦悶的象徵》中，他反覆地闡釋著這樣的觀點：「忘卻名利，除去奴隸根性，從一切羈絆束縛解放下來，這才能成為文藝上的創作」，「向來說，文藝的快感中，無關心（Disinterestedness）是要素，也就是指這一點。即惟其離了實際生活的利害，這才能對於現實來凝視，靜觀、觀照，並且批評，味識。……置我們於無關心的狀態，所以這藝術底觀照遂成立。……惟其和自己的實際生活之間，存著或一餘裕和距離，才能夠對於作為現實的這場面，深深地感受，賞味。」[42]這種餘裕文學觀在魯迅理解文學為人生的範圍、程度時，亦即與人生現實關係時，起了怎樣的結構性功能作用呢？一、它使魯迅始終能以科學的態度對待文學與現實人生之關係，避免了走入題材決定論的誤區。在他看來，不僅重大的社會現實問題對於作家創作來說有意義，而且一己的感受、瞬間的思緒同樣能折射出人生現實。金戈鐵馬、急風暴雨能激起讀者的萬丈豪情；閒庭信步、流連忘返的「低徊趣味」，同樣能打動讀者，給予他們以美的享受，以品味出人生真諦。這就意味著在他看來，文學為人生的範圍極為寬泛，不僅僅局限於「非常」人生，如〈論現在我們的文學運動〉一文就持這種觀點。這樣，他也就避免了犯創

---

[42]　〔日〕廚川白村：《苦悶的象徵》，《魯迅譯文集》第3卷，人民文學出版社1958年版，第14頁、第78頁。

造社、太陽社那種將文學完全歸結為宣傳品的錯誤。二、它抑制了傳統文學功利觀，尤其是經由梁啟超獲取的日本政治小說觀的生長，甚至惡性膨脹；他之所以未如創造社、太陽社那樣照搬日本無產階級文學誇大文學現實功能的觀點，與這一內化了的餘裕文學觀也有著精神上的某種聯繫，即文學與實際生活之間應存著「或一餘裕和距離」，「離了實際生活的利害」，不為利害所縛。這就是說，文學為人生的程度是有限的，不能無限誇大。三、它使魯迅堅信文學反應現實的重要方式是趣味性。就是通過趣味給人以愉快和休息。在回答他人責難《奔流》的「譯著以個人的趣味為重」的意見時，他寫道：「說到『趣味』，那是現在確已算一種罪名了，但無論人類底也罷，階級底也罷，我還希望總有一日馳禁，講文藝不必定要『沒趣味』。」[43] 文學趣味性也就是一種藝術性，所以，魯迅始終堅守文學的藝術性，這亦與餘裕文學觀的影響不無關係。趣味這種為人生的重要方式，也規定了文學為人生的範圍、程度只能是「藝術」，即不能超越藝術而妄談文學為人生。

　　夏目漱石等倡導的有餘裕的文學，其傳統文學背景是日本文學的超政治性與遊戲精神。日本學者鈴木修次曾精闢地指出：「日本文學的核心是由政治局外人的文學家的遊戲精神所支撐的」，「儘管日本文學系受中國文化影響而形成，但它一直是超政治性的」，「似乎許多日本人在想：不要靠近現實，在脫離現實的地方才有作為藝術的文學的趣味。」[44] 與之相比，魯迅的文學卻始終立於堅實的現實基礎上，從未走上超現實政治的道路，這是它有別於日本文學最突出的地方。上述結構性功能是日本餘裕文學觀給予魯迅的積極影響，但餘裕文

---

[43] 魯迅：《集外集·〈奔流〉編校後記》，《魯迅全集》第7卷，人民文學出版社1981年版，1987年第3次印刷，第168頁。

[44] 〔日〕鈴木修次：《中國文學與日本文學》，海峽文藝出版社1989年版，第31-37頁。

學論在魯迅那裏似乎也留有消極影響的痕跡。如1927年在〈革命時代的文學〉中，他說：「文學文學，是最不中用的，沒有力量的人講的」，並將大革命與文學的關係分三個階段論述。大革命之前的文學是苦鳴不平的文學，「對於革命沒有什麼影響」；大革命時代沒有空閒與餘裕，所以沒有文學；大革命成功後有餘裕了，也就有文學，但中國革命未成功，也沒有什麼讚歌與輓歌，更談不上平民文學了，因為平民還沒有開口，讀書人作的文學對平民不可能起什麼作用。在結尾處他總結道：「自然也有人以為文學於革命是有偉力的。但我個人總覺得懷疑，文學總是一種餘裕的的產物，可以表示一民族的文化，倒是真的。」他似乎在限制、否定誇大文學功能同時，過分看重了文學的餘裕性，以至於在一些時候忽視了文學的社會作用。這種文學無力論的形成，自然首先是因為嚴酷的現實所致，但與他由日本獲得的餘裕文學觀不無關係。至此我甚至想起了與魯迅有影響關係的二葉亭四迷的名言：「文學非男子終身之事業」[45]，因為文學是餘裕的產品，是無力的。以上所論說明，餘裕文學論在魯迅那裏也起過消極影響，不過進入30年代後，他便拋棄了文學無力說。

　　廚川白村是外國文論家中對魯迅影響最大者。從魯迅的譯著看，他對廚川白村傾注了極大的崇敬之情，如《苦悶的象徵・引言》中寫道：「作者自己就很有獨創力的，於是此書也就成為一種創作，而對於文藝，即多有獨到的見地和深切的會心。」20年代中期以後，廚川白村的文學觀對於魯迅理解文學與人生現實的關係，同樣起了不容忽視的作用。在《苦悶的象徵》中，廚川白村堅信「惟在藝術為藝術而存在，能營自由

---

[45] 竹內好認為：魯迅留日時，二葉亭四迷的影響尚未消失，所以他推斷魯迅「是直接受到二葉亭的影響」。增田涉也說過：魯迅「愛讀森鷗外和二葉亭的翻譯」。分別見《魯迅與中日文化交流》，第306頁、第75頁。

的個人的創造這一點上，藝術真是『為人生的藝術』的意義也存在。假如要使藝術隸屬於人生的別的什麼目的，則這一剎那間，即使不過一部分，而藝術的絕對自由的創造性也已經被否定，被毀損。那麼，即不是『為藝術的藝術』，同時也就不成其為『為人生的藝術』了。」[46]他這裏辨析了「為藝術的藝術」與「為人生的藝術」之關係，將「為藝術的藝術」作為「為人生的藝術」的前提，強調藝術的獨立性，反對藝術隸屬於人生別的什麼目的。而在《出了象牙之塔·題卷端》中，廚川白村引用了舊作《近代文學十講》裏的話：「現今則時勢急變，成了物質文明旺盛的生存競爭劇烈的世界；在人心中，即使一時一刻，也沒有離開實人生而悠游的餘裕了。……於是文藝也就不能獨是始終說著悠然自得的話，勢必至與現在生存的問題生出密接的關係來。」[47]強調了文學與實人生間的密切關係。魯迅於1924年、1925年先後譯出這兩個作品，並不時露出認同之感。如《苦悶的象徵·引言》中寫道：「這譯文雖然拙澀，幸而實質本好，倘讀者能夠堅忍地反覆過兩三回，當可以看見，許多很有意義的處所罷。」[48]這表明上述廚川白村關於文學與人生關係的論點引起了魯迅的共鳴，並勢必影響魯迅文學觀的形成發展。它作為一種思想因素與其他各種因素一起作用於主體的意識活動，影響著主體接受或拒絕某種東西，具體而言，它與餘裕文學論一樣使魯迅未能盲從當時主流文學話語，誇大文學為人生的程度，而是始終守護著文學的藝術性，將文學與「宣傳」區別開來，堅信「革命之所以於口號，標語，布告，

---

[46] 〔日〕廚川白村：《苦悶的象徵》，《魯迅譯文集》第3卷，人民文學出版社1958年版，第83頁。

[47] 〔日〕廚川白村：《出了象牙之塔·題卷端》，《魯迅譯文集》第3卷，人民文學出版社1958年版，第107-108頁。

[48] 魯迅：《苦悶的象徵·引言》，《魯迅譯文集》（3），人民文學出版社1958年版，第4頁。

電報，教科書……之外，要用文藝者，就因為它是文藝。」[49]同時，魯迅能始終堅持文學為現實人生服務，未變成完全的藝術至上主義者，與此也應有一定的關係。就是說，廚川白村的觀點在魯迅理解文學與人生關係時起了某種平衡作用，魯迅在認識上未滑向上述兩個極端與這種平衡有著直接的關係。

二

做出棄醫從文、以文學改造國民精神決定後，魯迅所面臨的一個無法迴避的任務是，建構起有別於傳統的新的文學觀念體系，使文學能真正承擔起為人生的啟蒙主義重任。由於自覺地訣別於本土傳統，就使得本土傳統在其新的文學觀形成過程中只能以不自覺的潛在方式發生作用。他當時自覺參照、引以為榜樣的無疑是外國文學，而從後來所構築起的體系看，日本文學起了極為重要的作用。

當時，日本近代文學進入到了自然主義階段。1906年島村抱月的文論《被囚禁的文藝》和島崎藤村的小說《破戒》標誌著自然主義文學運動高潮的到來。而此時於日本從事文學啟蒙的魯迅，對這種新型文學持何種態度呢？曾與他在日本朝夕相處的弟弟周作人在《魯迅的青年時代》中回憶說：「至於島崎藤村等的作品則始終未嘗過問。自然主義盛行時亦只取田山花袋的小說《棉被》一讀，似不甚感興味。」[50]那麼，魯迅何以會對日本自然主義文學不感興趣呢？這是魯迅與日本文學關係上的一個難點問題，歷來研究者多有注意但很少深究其內在根源。事實上，只要我們從當時魯迅思維的興奮點「立人」、

---

[49] 魯迅：〈文藝與革命〉，收入《魯迅全集》第4卷，人民文學出版社1981年版，1982年北京第1次印刷，第77-84頁。

[50] 周作人：《魯迅的青年時代》，河北教育出版社2002年版，第130頁。

「人國」等核心話語著手，結合日本自然主義文學特徵進行分析，便不難探究出其內在因由。

改造國民精神，將人由非人境遇中救出，賦予人以現代「真的人」品性，從而使古老民族由沙聚之邦轉為「人國」，這是魯迅當時從民族主義立場出發賦予自己的歷史使命，同時也是他對未來中國的一種想像、設計。他棄醫從文就是渴望以文學描繪、接近乃至實現這種現代性想像與設計。而日本自然主義文學的最為突出的特徵是「破理顯實」，[51]強調「無理想、無解決」的「平面描寫」，將文學與理想分開，田山花袋說過：「自然派無論如何解釋都一樣，是無目的無理想的……在我們來說，目的和理想都是不必要的，因為人在死亡的權威面前，建立起來的目的和理想不是一點抵抗力也沒有了嗎？……我們如何生存？就只有安於我們所在的現存位置上。」[52]他們抽象地反對藝術上的功利主義，強調無解決就是藝術家的態度。與此同時，主張排除技巧，反對虛構和想像，採取完全客觀的科學態度。顯然，日本自然主義這種無理想、無解決的複寫現實的態度，與魯迅當時「張靈明」、「任個人」的追求及想像、再造中國形象的理想之間，是完全錯位、相背的，無法滿足魯迅批判現實，改造國民精神，並進而描繪出理想「人國」的需要，這應該是魯迅對日本自然主義文學不感興趣的主要因由吧。

由此，我想起了魯迅研究上的又一重要問題，即魯迅作品中何以缺失性愛描寫？日本文學的一大主題是描寫男女情死，日本私小說更是以肉慾描寫為一大特徵，留日現代作家大都受其影響熱衷於男女性慾抒寫，以此作為反封建的一種途徑，從

---

[51] 長穀川天溪：〈排除邏輯的遊戲〉，《近代文學評論大系》第3卷，角川書店1982年，第73頁。

[52] 《近代文學評論大系》第3卷，角川書店1982年，第156頁。

當時社會歷史、文化語境看，性愛描寫確實是一個行之有效的方法，能直刺封建文化的要害，揭露性與愛相分離、無真愛的現實，啟民眾意識中靈與肉相矛盾、分離之蒙。而魯迅雖極力呼籲真愛與「敢愛」，卻幾乎未以小說形式描寫性愛，一篇〈傷逝〉實際上並非性愛作品。何以如此？上面的論述應該說同時回答了這一問題。周作人在《魯迅的青年時代》中說過：「森鷗外、上田敏、長谷川二葉亭諸人，差不多只看其批評或譯文。」長谷川天溪是自然主義文學的重要理論家，「破理顯實」就是他提出的。他甚至主張藝術家採取「無念無想」的態度，「為功利的藝術主義總是流於理想，或從其他方面產生的理想來觀察現實世界，或創造現實世界的幻象。自然主義要破除這種弊習，就非採取『無念無想』的態度不可」。[53]魯迅讀過他們的「批評」文章，自然會接觸到這類觀點，但它們不僅引不起魯迅的共鳴，甚至使魯迅產生反感。這種理論上的無法認同乃至反感，很可能是魯迅對日本自然主義不感興趣的重要原因。自然主義的代表作田山花袋的《棉被》，雖表現了人的一種性愛自由慾望，但社會意義並不太強，同樣自然無法引起魯迅的好感。事實上，日本自然主義文學中的肉慾描寫，往往與自我暴露、告白、懺悔連在一起，具有反封建與揭示真實自我的現代意義，從理論上講，這一點應該能引起魯迅的共鳴，但實際上魯迅卻與之擦肩而過了，直接的原因很可能是長谷川天溪的理論與田山花袋的《棉被》未能給予魯迅好的印象，從而妨礙了魯迅對自然主義的進一步瞭解。而且這種印象很可能使魯迅對性愛肉慾描寫產生反感，從而自覺不自覺地放逐性愛描寫這一20世紀文學張揚個性、反封建的最普遍的方式與途徑。嚴格意義上講，這一放逐縮小了魯迅藝術的伸展空間，限制了

---

[53] 長穀川天溪：〈無解決和解決〉，《近代文學評論大系》第3卷，角川書店1982年，第197頁。

他對現實世界的表現與對未來的想像，對於魯迅乃至整個20世紀中國文學來說，應該算是一種遺憾。

對自然主義不感興趣的同時，魯迅選擇了浪漫主義，加以大力倡導，以之作為啟蒙主義文學的理想形式。儘管浪漫主義作為一種思潮在日本已經過去了，但如第一節所論，魯迅仍是經由日本而走近西方浪漫主義的。這表明魯迅當時對日本文學的擇取完全是根據自己的內在需要出發的，並不受當時日本文學時尚左右。他棄盛行的自然主義而選擇潮頭已過的浪漫主義，就在於浪漫主義將人置於社會文化的中心，充分張揚人的主體性，在於浪漫主義在反封建秩序同時，對理想的憧憬，對無限的渴望。也就是說，想像與重塑中國形象即「人國」，決定了魯迅在日本時期對浪漫主義的倡導。不過，再造中國的基礎性工程是改變現狀、改變國人精神，於是魯迅不可能沿著浪漫主義走得太遠，儘管他後來曾由浪漫主義走近象徵主義，但其目的仍是重塑中國形象，正如荷蘭的Ｄ‧佛克馬所言：「作家可以創造各種世界和神話，這是浪漫主義、象徵主義、在某種程度上也包括早期社會主義現實主義的一個共同因素。」[54]這表明魯迅是借象徵主義來創造新的「人國」神話。而隨著對現實理解的加深，他更深刻地認識到「揭出病苦」的重要性。現實性使他不可能如西方一些作家那樣真正沉迷於象徵主義迷宮，而是永遠注視著「人間苦」，這樣，現實主義便合乎邏輯地進入了他的視野，逐漸成為與浪漫主義、象徵主義同在的啟蒙文學形式。

確立浪漫主義、現實主義乃至象徵主義同時，魯迅參照日本文學從不同角度探索、建構為人生的啟蒙主義文學觀念體系，使文學更有力地作用於立人思想體系的建設，更充分地發揮其為人生的精神啟蒙功能。

---

[54] 樂黛雲編：《國外魯迅研究論集》，北京大學出版社1981年版，第286頁。

三

　　啟蒙主義特性使得魯迅必須深入考慮新文學與現實間的關係。他的可能性選擇是，或真實地反映現實以揭出病苦，或虛飾現實遮蔽「人間苦」，或以旁觀者姿態不負責任地書寫。無疑，魯迅選擇了「真實」作為文學反映現實的一種關係原則。如在《論睜了眼看》中，他先描述了向來中國文學與現實的關係：「中國的文人，對於人生，——至少是對於社會現象，向來就多沒有正視的勇氣」，他們「萬事閉眼睛，聊以自欺，而且欺人，那方法是：瞞和騙」，於是「生出瞞和騙的文藝來」。這種文藝的一種具體表現是追求虛假的大團圓結局，正如在《中國的小說的歷史的變遷》裏所概括的，「凡是歷史上不團圓的，在小說裏往往給他團圓；沒有報應的，給他報應，互相騙騙。」這種文藝使國人陷入瞞和騙的大澤中。在《論睜了眼看》結尾處，他大聲疾呼：「我們的作家取下假面，真誠地，深入地，大膽地看取人生並且寫出他的血和肉來的時候早到了；早就應該有一片嶄新的文場，早就應該有幾個兇猛的闖將！」他猛烈地抨擊了傳統文學虛假的大團圓模式，呼籲還文學以真實的文場。在他看來，只有直面血與淚的現實與個體精神的真實，文學才可能有效地作用於社會人生，作用於國民性的改造，從而真正承擔起啟蒙的重任。正如他在《無聲的中國》中所言：「只有真的聲音，才能感動中國的人和世界的人；必須有了真的聲音，才能和世界的人同在世界上生活。」對真實的追尋，對大團圓的批判，換一個角度看，就是為中國文學引入悲劇意識，使文學以現代悲劇形式直面慘澹的社會與個我。從民族主義立場上看，魯迅對文學真實性、悲劇意識的渴望，其深潛的根本動因在於重塑中國形象即「人國」形象，而如果考慮到他的日本文學背景，則不難看出，魯迅不斷闡釋的文學與現實間的這種真實性原則，與日本

文學的「物哀」傳統、淒美風格間的相似性。

日本的「物哀」（もののあはれ）是自奈良時代起，經漫長歷史時代的演變逐漸形成的一種民族文學傳統，日本學者久松潛一將它的性質分為感動、調和、優美、情趣和哀感五大類，其中最突出的是「哀感」。[55]中國當代日本文學專家葉渭渠則將「物哀」的思想結構分為三個層次：「第一個層次是對人的感動，以男女戀情的哀感最為突出。第二個層次是對世相的感動，貫穿在對人情世態、包括『天下大事』的詠歎上。第三個層次是對世相自然物的感動，尤其是季節帶來的無常感，即對自然美的動心。」[56]同樣強調了哀感。這種哀感瀰漫於日本文學中，使日本文學獲得了一種淒美的特色，一種悲劇美。日本文學家十分欣賞這種悲劇美。在中國人的審美意識中，死是醜的惡的，是令人悲哀的，而「日本人有時認為死比生更美。這是一種『滅』的美學。日本人覺得櫻花盛開時是美的，但櫻花落下的時候更美。在日本古典文學中，這種『滅』的美學是到處可見的。」[57]何止古典文學，近現代文學中同樣充滿了這種「滅」的美學精神。在他們那裏，死不是通往永恆的沉寂，而是走向流轉的生，「日本人最崇拜的觀念是『無常』，死在他們的眼裏也是『無常』的。沒有死的流轉，也就沒有生的勃發。」[58]魯迅對大團圓模式的否定，對悲劇意識的追尋，與日本文學的這種物哀、淒美傳統極為相似。這種相似可以理解為跨文化間的巧合，對於魯迅來說，其生成也許與民族文化中的無常觀及現實中的悲劇情境相關，但魯迅的文學思想不是在封閉中形成的，由其早年的日本文學經驗及愈來愈濃的日本文

---

[55] 《日本文學評論史》理念・表現篇，至文堂1968年版。

[56] 葉渭渠：《日本文學思潮史》，經濟日報出版社1997年版，第143頁。

[57] 張石：〈中日審美意識傳統的相異點及其意義〉，《東方叢刊》1992年第1輯。

[58] 張石：〈中日審美意識傳統的相異點及其意義〉，《東方叢刊》1992年第1輯。

學背景，我們可以推定魯迅悲劇意識的獲得及悲劇的建構、實踐，極有可能受到上述日本文學淒美風格的啟示。當然這裏也不排斥俄羅斯文學現實主義精神的影響。儘管魯迅對日本文學總體評價不高，但他善於從其中發現不同於中國文學的某些優點並加以吸收。當他考慮新文學與現實關係的真實性原則時，很自然地會由真實想到對虛假的團圓主義的否定，並由此觸動他意識中的日本文學「物哀」、淒美經驗，進而調動這種經驗使之作為一種力量參與到對文學與現實關係的進一步思考中。

不過，在日本文學語境中，淒美是一種審美的理想境界，一種作家心靈中陶醉、把玩的藝境；而在魯迅這裏則不具備這種意義，如果說日本作家是由美的角度去認識、欣賞寂哀與淒美的，那麼，魯迅則是在文學真實地表現悲劇現實的意義上去闡釋悲劇的，也就是說，悲劇的意義落實在「真實」上。進而論之，則日本的「物哀」、淒美往往具有一種純文學的特色，而魯迅的悲劇意識從本質上看則是社會性的，換言之，日本純文學性的淒美、哀寂在魯迅這裏被轉化成為為人生的啟蒙主義文學的一大特徵。如果說中國傳統的大團圓是一種封閉的完成式，具有不可接續的特點，因而缺乏生命力；那麼，受日本文學淒美特徵啟示、鼓勵的對大團圓的否定就是對封閉的一種揭批，對悲劇的呼喚就是對可接續性生命力的一種渴望。而這正是魯迅心目中啟蒙文學應具有的一種品格。

四

悲劇意識的引入是為了使文學更真實地書寫現實，更有效地作用於國人精神的啟蒙，而精神的改變目的則在於建立新的民族國家，於是必須進而考慮文學與理想間的關係，換言之，即文學與未來的關係。

廚川白村認為文藝有兩大使命，「其一是那時代和社會的誠實的反映，另一面是對於那未來的預言底使命」。[59]其實，前者指的是文學與現實的關係，即誠實的反映，後者則為文學與未來的關係，即預言。在他看來這兩者是統一的，前者是後者的基礎，後者是前者的延伸：「文藝只要能夠對於那時代那社會儘量地極深地穿掘進去，描寫出來，連潛伏在時代意識社會意識的底的底裏的無意識心理都把握住，則這裏自然會暗示著對於未來的要求和慾望。離了現在，未來是不存在的。如果能夠描寫現在，深深地徹到核仁，達了常人凡俗的目所不及的深處，這同時也就是對於未來的大的啟示、的預言。」[60]誠實的反映必將導向對未來的啟示、預言，也就是說，文學與未來的關係是一種預言關係。

廚川白村這一理論引起了魯迅的注意、共鳴，1924年在《苦悶的象徵·引言》中，他讚歎道：「然與舊說又小有不同，伯格森以未來為不可測，作者則以詩人為先知」。在他看來，以詩人為先知是廚川白村對於文藝的一種「獨到的見地和深切的會心」，是「很有意義的處所」。[61]這種共鳴往往意味著一種認同，最起碼也表明了一種接受的可能性。其後，在〈文藝和革命〉等文中，他表述了自己進一步的「認同」：「預言總是詩，而詩人大半是預言家。然而預言不過詩而已，詩卻往往比預言還靈。」[62]這就是說，魯迅所確立起的文學與未來間的「預言」關係，與廚川白村的理論有著直接的聯繫，是對廚川白村的認同、借鑑。這種認同、借鑑的基礎是魯迅的

---

[59] 《魯迅譯文集》第3卷，人民文學出版社1958年版，第70頁。

[60] 《魯迅譯文集》第3卷，人民文學出版社1958年版，第70-71頁。

[61] 魯迅：《苦悶的象徵·引言》，《魯迅譯文集》第3卷，人民文學出版社1958年版，第4頁。

[62] 魯迅：〈詩和預言〉，《魯迅全集》第5卷，人民文學出版社1981年版，1982年北京第1次印刷，第227-228頁。

立人思想、「人國」理想：「外之既不後於世界之思潮，內之仍弗失固有之血脈，取今復古，別立新宗，人生意義，致之深邃，則國人之自覺至，個性張，沙聚之邦，由是轉為人國。」[63]現實中的國人獲得了真正的自覺，個性得到了張揚，那麼理想「人國」也就水到渠成。換言之，理想是現實的自然延伸，這樣對於文學來說，只要真實而深刻地表現了現實，真正發揮出文學的啟蒙作用，使國人真正覺悟起來，也就意味著對理想的呼喚與開拓。這種立人、「人國」思想所暗含的內在邏輯，與上述廚川白村的理論相吻合，由是決定了魯迅對廚川白村關於文學「預言性」的認同、借鑑。

這種借鑑的作用，具體言之有三。一、它使魯迅為人生的啟蒙主義文學觀的內在結構更趨完善、合理。魯迅儘管在20世紀初就大力倡導浪漫主義，但那時他所看重的主要還是摩羅詩人的反抗性：「立意在反抗，指歸在動作」。由於立足點是現實，是對精神奴役的反抗，所以未能由摩羅詩人而建立起文學與未來間更為具體明確的關係。後來，現實主義的不斷強化，使他更為關注為人生與改良人生，從而導致其啟蒙主義文學體系更是過於置重對現實人生的關懷。「預言性」的引入表明文學與未來關係的建立，這就改變了原有體系內在結構的某種不合理性。二、廚川白村理論的啟示，對於魯迅科學地理解文學與未來關係起了重要作用。魯迅棄醫從文的行為本身，體現出對文學的一種信心，但此後他卻不時地流露出對於文學的某種失望。如五四前錢玄同約他作文時他的表白：「因為希望是在於將來，決不能以我之必無的證明，來折服了他之所謂可有，於是我終於答他也做文章了。」[64]而1924-1925年魯迅接觸廚川

---

[63] 魯迅：〈文化偏至論〉，《魯迅全集》第1卷，人民文學出版社1981年版，1987年第3次印刷，第56頁。

[64] 魯迅：《吶喊·自序》，《魯迅全集》第1卷，人民文學出版社1981年版，1987年第3

白村之際，正是他精神上的苦悶期，他雖仍在苦苦探索，但對希望卻常常表示失望：「所謂『希望將來』，不過是自慰——或者簡直是自欺——之法」。[65]《過客》中甚至將未來描繪成一片墳場。這種心境極易使他將文學與未來關係闡釋為一種虛無主義關係。從這層意思上看，《苦悶的象徵》對於魯迅來說意義相當大，它的文學預言理論使魯迅避免了跌入認識誤區，而是將文學與未來關係牢牢確立在廚川白村界定的預言關係上。三、由於廚川白村的「預言」是現實的延伸，它的引入使魯迅找到了現實主義與浪漫主義的內在聯繫性，更為深刻地理解了啟蒙文學的深遠意義，使其啟蒙主義文學觀念體系的內在關係更為諧調。

五

對於力圖以文學改變國人精神以建立新的現代民族國家的魯迅來說，文學與歷史的關係，即文學如何描寫歷史，同樣是一個無法迴避的問題，因為理想是相對於現實、歷史而言的，儘管理想是對歷史的超越，但要超越歷史必須回望、審視歷史。那麼，魯迅是如何確立起文學與歷史間的關係的呢？其主要原則是什麼？

1921年魯迅翻譯了日本新思潮派作家菊池寬的《三浦右衛門的最後》、《復仇的話》和芥川龍之介的《鼻子》、《羅生門》。他之所以關注這兩位作家，主要是因為其立人思想在這兩位作家這裏獲得了支持。在他看來，菊池寬的創作：「是竭力的要掘出人間性的真實來」，正如南部修太郎氏所說，菊池

次印刷，第419頁。

[65] 魯迅：《兩地書‧六》，《魯迅全集》第11卷，人民文學出版社1981年版，1987年第3次印刷，第25頁。

寬筆下的人物「Here is also a man──這正是說盡了菊池寬氏作品中一切人物的話。……他們都有最象人樣的人間相，願意活在最象人樣的人間界。」[66]人的生命而非武士道精神是最重要的。這種對人的重視，對「人」性的張揚引起了魯迅的共鳴。與此同時，菊池寬、芥川龍之介作品的重要主題──「希望已達之後的不安，或者正不安時的心情」，[67]同樣是魯迅當時關注的重要內容。如《阿Q正傳》中寫道：「有人說：有些勝利者，願意敵手如虎，如鷹，他才感到勝利的歡喜；假使如羊，如小雞，他便反覺得勝利的無聊。」這種勝利者的悲哀，也是菊池寬《復仇的話》等作品主題所在。這就是說，從復仇角度對人的情感體驗的相似性，同樣成為魯迅選擇兩位新思潮派作家的原因。

　　這種由相似、共鳴所引起的選擇，其積極意義是構成魯迅獲取芥川龍之介的關於文學與歷史關係觀念的契機。正是這兩位作家為魯迅提供了處理文學與歷史關係的參考範式。對這種範式，魯迅是如此概括的：「多用舊材料，有時近於故事的翻譯。他的復述古事並不專是好奇，還有他的更深的根據：他想從含在這些材料裏的古人的生活當中，尋出與自己的心情能夠貼切的觸著的或物，因此那些古代的故事經他改作之後，都注進新的生命去，便與現代人生出干係來了。」[68]在另一處他作了同樣的概括：「取古代的事實，注進新的生命去，便與現代人生出干係來。」[69]從敘述語態上看，魯迅頗為欣賞這種描寫歷史的方式。一年後，他於1922年11月創作了自己的歷史題材小說《不周山》。寫的是女媧煉石補天的神話，希望以此解

---

[66] 《魯迅譯文集》第1卷，人民文學出版社1958年版，第584頁。

[67] 《魯迅譯文集》第1卷，人民文學出版社1958年版，第576頁。

[68] 《魯迅譯文集》第1卷，人民文學出版社1958年版，第576頁。

[69] 魯迅：《羅生門·譯者附記》，《魯迅全集》第10卷，人民文學出版社1981年版，1996年第3次印刷，第227頁。

釋「人」和「文學」的緣起，但在寫作過程中，因受到反對者攻擊汪靜之的愛情詩集《蕙的風》一事的刺激，憤慨之中，魯迅於女媧的兩腿間描出一個古衣冠的小丈夫，以此諷刺封建衛道士。這樣，歷史神話經他改作，獲得了新的生命，「與現代人生出干係來」了。顯然，這個作品書寫歷史的方式與芥川龍之介極為相似，而由魯迅此前對芥川龍之介作品的譯介、激賞看，兩者間的影響關係是不言而喻的。此後魯迅又斷斷續續寫了7篇歷史題材作品，於1936年由上海文化生活出版社以《故事新編》為名結集出版，共八篇。在〈序言〉中，他明確指出，大多數作品「敘事有時也有一點舊書上的根據，有時卻不過信口開河。而且因為自己的對於古人，不及對於今人的誠敬，所以仍不免時有油滑之處。過了13年，依然並無長進，看起來也是『無非《不周山》之流』；不過並沒有將古人寫得更死，卻也許暫時還有存在的餘地的罷。」這表明他對文學與歷史關係的看法，仍是寫《不周山》時的觀點，即寫古事卻不拘事實的真實，而是以現代人的眼光審視古事，給古事注入新的生命，使其獲得現代性。也就是說，他描寫歷史的方式，從總體上看，仍是芥川龍之介式的。

事實上，當時日本文壇最重要的歷史題材小說家並非芥川龍之介、菊池寬，而是森鷗外。魯迅留學日本時頗愛讀森鷗外的作品，那麼為什麼後來卻捨森鷗外歷史小說觀而取芥川龍之介、菊池寬呢？原因有二。一是森鷗外的一些歷史題材作品，如〈興津迷五右衛門的遺書〉，表現了武士道不惜自我犧牲的思想，封建色彩較濃，而芥川龍之介、菊池寬的前期作品，則充滿著對現存社會秩序及武士道的質疑與否定，富於現代意味。二是描寫歷史生活的方式不同。1915年森鷗外在《尊重歷史和脫離歷史》中寫道：「我查看史料的時候，對從它所反映的『自然』，產生了尊重的心情。我不願意胡亂改變它。這是

其一。其次，看到現今的人如實地描寫自家的生活，我就想到既然可以如實地描寫現在，那麼也就應該可以如實地描寫過去了。」[70]這是一種如實地描寫歷史的寫實主義，其負面作用是無法真正揭示出歷史發展規律，並且束縛了創作主體的想像，所以無法滿足魯迅想像與重建中國形象的需要。而芥川龍之介以現代意識取捨歷史的浪漫精神，則有助於魯迅馳騁想像，給歷史注入現代性。

魯迅對菊池寬、芥川龍之介描寫歷史態度、方式的認同，其重要的功能意義在於：魯迅能始終避免以文學方式完全沉入歷史的玩賞之中，始終以現代眼光注視歷史，將歷史的描寫與現代性追尋結合在一起，與這種認同有著很大的關係。辛亥革命後，在精神極度痛苦時，魯迅聊以解除痛苦的主要方式是校勘古籍、抄寫古碑，以及閱讀佛學書籍。在1915年至1916年，他除繼續披閱佛經外，還將興趣擴展到造像、畫像、拓本、墓誌、壁畫、金石、瓦當文字等領域。這就意味著他極有可能沉迷於對歷史的複寫中，而且其「餘裕」的文學觀也有可能將他導入遠離現實的歷史的餘裕中，所以，如果說錢玄同將他從「石碑」世界拉回到現實世界，那麼自20年代起，他未能陷入歷史中不能自拔，則介川龍之芥等的歷史小說觀起了不容忽視的作用。就是說，這種歷史小說觀在魯迅心理結構中，尤其是在文學觀念系統中，起了一定的制約、平衡作用，使他未陷入對歷史的把玩中。從這層意思上看，芥川龍之介等給魯迅提供了頗富現代性的描寫歷史的範式。

---

[70] 轉引西鄉信綱等：《日本文學史》，人民文學出版社1978年版，第313頁。

六

　　文學是創作主體的一種積極的精神生產活動，雖然它被創作出來後，便以獨立的姿態與讀者發生關係，獲取社會性，但它首先是一種完全個人化的行為。這樣，文學與創作主體間的關係——關涉文學緣起、創作動機等——對於始終以人為關注焦點的魯迅來說，自然成為一個重要的問題，一個在他的啟蒙主義文學觀念體系中佔據著重要位置的問題。而在認識、解答這一問題時，他顯然認同、參考了廚川白村、有島武郎等人的觀點。

　　在《苦悶的象徵》中，廚川白村認為：「生命力受了壓抑而生的苦悶懊惱乃是文藝的根柢」。[71]這是廚川白村所理解的文學與創作主體間的關係，是他對文學緣起的一種解釋。就是說，主體生命力受到壓抑後必然產生苦悶懊惱，而文藝便是源自主體逃脫苦悶的努力。苦悶懊惱是文藝發生的內在心理驅力。所以他說：「文藝是純然的生命的表現；是能夠全然離了外界的壓抑和強制，站在絕對自由的心境上，表現出個性來的唯一的世界。」[72]魯迅是認同這一觀點的，1924年9月26日，在〈譯《苦悶的象徵》後三日序〉中，他說：「其主旨，著者自己在第一部第四章中說得很分明：生命力受壓抑而生的苦悶懊惱乃是文藝的根柢，而其表現法乃是廣義的象徵主義。因為這於我有翻譯的必要，我便於前天開手了，本以為易，譯起來卻也難。但我仍只是譯下去，並且陸續發表。」[73]翻譯起來雖難，

---

[71] 〔日〕廚川白村：《苦悶的象徵》，《魯迅譯文集》第3卷，人民文學出版社1958年版，第20頁。

[72] 〔日〕廚川白村：《苦悶的象徵》，《魯迅譯文集》第3卷，人民文學出版社1958年版，第14頁。

[73] 魯迅：〈譯《苦悶的象徵》後三日序〉，《魯迅全集》第10卷，人民文學出版社1981年版，1996年第3次印刷，第235頁。

但因為「必要」，還是知難而進。「必要」也就意味著對中國文壇有用，意味著一種理智上的認同。後來他以《苦悶的象徵》作為在北京大學、北京女子師範大學上課的教材，並在廣州知用中學講演時向學生推薦，同樣佐證了他對該書主旨的認同。而在《苦悶的象徵・引言》中，他更是直接地贊許了上述觀點。從理論來源上看，廚川白村的觀點建立在柏格森生命哲學與弗洛伊德精神分析學說基礎上。它是從柏格森那裏獲取生命力概念，以之作為人類生活的根本；又從弗洛伊德那裏「尋出生命力的根柢來，即用以解釋文藝──尤其是文學。」[74]非理性是其共同點，對此魯迅是有所認識的。

那麼作為一位堅守啟蒙理性的作家，魯迅何以會認同這種以非理性為精神資源的學說呢？在《苦悶的象徵・引言》中，他實際上已作了簡要的回答：「柏格森以未來為不可測，作者則以詩人為先知，弗羅特歸生命力的根柢於性慾，作者則云即其力的突進和跳躍。這在目下同類的群書中，殆可以說，既異於科學家似的專斷和哲學家似的玄虛，而且也並無一般文學論者的繁碎。」[75]就是說，廚川白村揚棄了柏格森、弗洛伊德非理性的褊狹，使自己的立論建立在較為堅實的社會性基石上，這使魯迅極為認同。具體言之，是廚川白村對自己觀點的闡釋，滿足了魯迅對文學與創作主體關係認識上的需要，從而引起了魯迅的共鳴、認同。一、廚川白村認為，「自己生命的表現，也就是個性的表現。」[76]在他看來，生命力經「人」而顯現的時候，就是個性活躍的時候，生命對壓抑的反叛就是個性的張揚。文藝源自個體生命對苦悶、懊惱不滿的發洩。是生命的表現，自然也就是對個性的表現、張揚。這正是魯迅立人思想對

---

[74] 《魯迅譯文集》第3卷，人民文學出版社1958年版，第4頁。

[75] 《魯迅譯文集》第3卷，人民文學出版社1958年版，第4頁。

[76] 《魯迅譯文集》第3卷，人民文學出版社1958年版，第8頁。

文藝的渴望、要求。二、廚川白村對「苦悶懊惱」的解釋具有社會性和人性深度。他否定了弗洛伊德將人的苦悶懊惱完全歸結為來自性的壓抑的觀點：「我所最覺得不滿意的是他那將一切都歸在『性底渴望』裏的偏見，部分地單從一面來看事物的科學家癖。」他所謂的生命力，指的是「著重於永是自由解放而不息的生命力，個性表現的慾望，人類的創造性，這傾向，是最近思想界的大勢」，[77]是反抗因襲和權威，尊重自我和個性的近代精神，是人的自由創造之力。而對這種生命的抑制，則是苦悶的根源，按他的說法是「既然肯定了這生命力，這創造性，則我們即不能不將這力和方向正相反的機械底法則，因襲道德，法律底拘束，社會底生活難，此外各樣的力之間所生的衝突，看為人間苦的根柢」。在他看來，不是性而是傳統道德、法律、法則以及國家至上主義、資本主義、機械萬能主義等阻礙了生命的自由伸展，將人置於苦悶的煎熬中。這種苦悶不是純生物性的，而是各種有礙人性生長的社會力量造成的，是「人間苦」，而這種人間苦「就是人類生活。」[78]從這層意思上講，對「人間苦」的描寫，就是對人類生活的表現，將文藝的根柢歸結為這種人間苦，也就是歸結為充滿苦難的人類生活。於是，抽象的「生命力受了壓抑而生的苦悶懊惱乃是文藝的根柢」，也就獲得了較為堅實的現實基礎，從而引起了魯迅的共鳴、認同。不僅如此，在廚川白村看來，兩種力的衝突，「也不能說僅在自己的生命力和從外部而至的強制和壓抑之間才能起來。人類是在自己這本身中，就已經有著兩個矛盾的要求的。譬如我們一面有著要徹底地以個人而生活的慾望，而同時又有著人類既然是社會底存生物（social being）了，那就也有和什麼家族呀，社會呀，國家呀等等調和一些的慾望。一面既

---

[77] 《魯迅譯文集》第3卷，人民文學出版社1958年版，第22頁。
[78] 《魯迅譯文集》第3卷，人民文學出版社1958年版，第9頁。

有自由地使自己的本能得到滿足這一種慾求，而人類的本性既然是道德底存在物（moral being），則別一面就該又有一種慾求，要將這樣的本能壓抑下去。即使不被外來的法則和因襲所束縛，然而卻想用自己的道德，來抑制管束自己的要求的是人類」。[79]這是主體身內兩種力的衝突，它所造成的苦悶程度，也許更為強烈一些，它是一種體現了人性深度的苦悶。這樣，廚川白村的「生命力受了壓抑而生的苦悶懊惱乃是文藝的根柢」，便由此獲得了更真實、深刻的人性內涵。而魯迅要以文學寫出真實的人來，自然會認同於廚川白村對文學與創作主體間關係的這種理解。

這種認同的意義在於：一、它為魯迅在《野草》中充分抒寫自我內在精神矛盾提供了理論上的依據，寫作《野草》的心理驅力就是作者變革中國的希望與絕望相衝突而生的苦悶。二、有助於魯迅更深刻地認識文學與現實間（尤其是人）的關係，將矛盾、人間苦作為表現的重點，從而強化了他對大團圓的批判意識與抒寫生活的悲劇意識，使他更為堅信文學與現實間的「真實性」原則。三、廚川白村的理論的現代心理學特徵，使魯迅啟蒙主義文學觀念系統著上了更為鮮明的現代主義色彩，獲得鮮明的現代意識。四、為魯迅提供了識別大藝術的重要原則。廚川白村說：「倘不是將伏藏在潛在意識的海的底裏的苦悶即精神底傷害，象徵化了的東西，即非大藝術。……探檢自己愈深，便比照著這深，那作品也愈高、愈大、愈強」。[80]就是說作家只有具有天馬行空似的精神，對生命深處的苦悶作深入的抒寫，才可能產生偉大的藝術。同時，這種對深度書寫的認同、強調，使魯迅進一步地認識到了極端寫實主義和平面描寫論的無意義，從而在理論與實踐上更加遠離自然主

---

[79] 《魯迅譯文集》第3卷，人民文學出版社1958年版，第12頁。
[80] 《魯迅譯文集》第3卷，人民文學出版社1958年版，第32頁。

義。其消極作用是使魯迅的一些作品如《野草》過於晦澀，從而一定程度上違背了啟蒙原則。限制了作品社會作用的發揮。

文學與創作主體間的關係極為複雜，在這一問題上，魯迅不僅認同廚川白村，而且自20年代初便與有島武郎發生了精神上的某種聯繫。1919年在《隨感錄六十三·與幼者》中，他專門談到有島武郎，認同於有島武郎進化論基礎上的人道主義思想，開始接觸其思想的核心語彙：「寂寞」、「愛」等。1923年在《現代日本小說集·附錄》中，又大段援引有島武郎〈四件事〉中關於作者創作要求、態度的文字，主要論點有：「第一，我因為寂寞，所以創作。」「第二，我因為愛著，所以創作。」「第三，我因為欲愛，所以創作。」「第四，我又因為欲鞭策自己的生活，所以創作。」有島武郎在這裏將創作動機歸結為主體逃避寂寞與愛的心理慾求。《現代日本小說集》的編輯起始於1921年6月，[81]到1921年8月選目基本確定。[82]有島武郎的〈四件事〉寫於1917年，收入《有島武郎著作集》第11集中，而魯迅早在1919年就熱衷於讀《有島武郎著作集》，這就是說魯迅在20年代初就可能讀到〈四件事〉，並受到其啟示。1922年12月在《吶喊·自序》中他寫道：「所謂回憶者，雖說可以使人歡欣，有時也不免使人寂寞，使精神的絲縷還牽著已逝的寂寞的時光，又有什麼意味呢，而我偏苦於不能全忘卻，這不能全忘的一部分，到現在便成了《吶喊》的來由」、「這寂寞又一天一天的長大起來，如大毒蛇，纏住了我的靈魂了」、「只是我自己的寂寞是不可不驅除的，因為這於我太痛苦」。這表明魯迅是將逃避寂寞作為自己創作的一種動力的，

---

81 〔日〕小川利康：〈關於漢譯有島武郎的〈四件事〉〉，《魯迅研究月刊》1993年第8期，第114頁。

82 1921年8月29日魯迅至周作人信中寫道：「《日本小說集》目如此已甚好」，《魯迅全集》第11卷，人民文學出版社1981年版，1987年第3次印刷，第394頁。

就是說創作是驅除寂寞的一種重要形式。在文中他繼續寫道：「但或者也還未能忘懷於當時自己的寂寞的悲哀罷，所以有時候仍不免吶喊幾聲，聊以慰藉那在寂寞裏奔馳的猛士，使他不憚於前驅。」宣洩寂寞是主體情感表達的一種需要，但魯迅並不止於此，而是希望以自己寂寞中的吶喊聲去慰藉寂寞中奔馳的猛士，與猛士發生精神的共鳴，這實際上已是愛的一種表現，一種「欲愛」的心理外現。有島武郎說：「我如能夠發見我的信號被人家的沒有錯誤的信號所接應，我的生活便達於幸福的絕頂了。為想要遇著這喜悅的緣故，所以創作的。」[83]魯迅慰藉奔馳的猛士，在實質上就是有島武郎這種渴望與他人勾通的「欲愛」願望的表現。這就是說，魯迅此時對文學創作動機的理解與有島武郎是一致的。而從他對有島武郎著作的接觸、閱讀看，無疑受到過有島武郎的啟示，最起碼有島武郎的觀點引導、支持了魯迅。1925年，在〈俄文譯本《阿Q正傳》序及著者自敘傳略〉中，他寫道：「我雖然竭力想摸索人們的魂靈，但時時總自憾有些隔膜。在將來，圍在高牆裏面的一切人眾，該會自己覺醒，走出，都來開口的罷，而現在還少見，所以我也只得依了自己的覺察，孤寂地姑且將這些寫出，作為在我的眼裏所經過的中國的人生。」[84]這段話使我們再一次想起有島武郎的「欲愛」思想：「我的愛被那想要如實的攫住在牆的那邊隱現著的生活或自然的衝動所驅使。因此我儘量的高揭我的旗幟，儘量的力揮我的手巾。這個信號被人家接應的機會，自然是不多，在我這樣孤獨的性格更自然不多了。」[85]魯迅像有島

---

[83] 魯迅：《現代日本小說集‧附錄》，《魯迅譯文集》第1卷，人民文學出版社1958年版，第574頁。

[84] 魯迅：〈俄文譯本《阿Q正傳》序及著者自敘傳略〉，《魯迅全集》第7卷，人民文學出版社1981年版，1987年第3次印刷，第82頁。

[85] 魯迅：《現代日本小說集‧附錄》，《魯迅譯文集》第1卷，人民文學出版社1958年版，第574頁。

武郎一樣，充滿著對他人的愛，希望以自己的愛作為與國人勾通的方式，使自己的愛得到國人的反應，「欲愛」的衝動構成他創作的一種動機。到1927年9月，魯迅更加鮮明地表述了對有島武郎的認同。在〈小雜感〉中，他說：「人感到寂寞時，會創作，一感到乾淨時，即無創作，他已經一無所愛。創作總根於愛。楊朱無書。創作雖說抒寫自己的心，但總願意有人看。創作是有社會性的。但有時只要有一個人看便滿足：好友，愛人。」[86]將這段話與魯迅引用的有島武郎〈四件事〉中關於作者創作要求與態度的文字相對照，則不難發現魯迅已完全如有島武郎那樣，將「寂寞」和「愛」作為創作的直接心理驅力，所不同的是有島武郎的寂寞、愛的基礎是基督教抽象的人道主義。例如他說：「生為人間而不愛者，一個都沒有。因了愛而無收入的若干的生活的人，也一個都沒有。」[87]而魯迅則在與社會相遇中，已逐漸由抽象的人道主義向馬克思主義轉變，因而其「寂寞」、「愛」已包容了更多的社會性內涵，所以他說「創作是有社會性的」，到1935年則強調文人「則不但要以熱烈的憎，向『異己』者進攻，還得以熱烈的憎，向『死的說教者』抗戰。在現在這『可憐』的時代，能殺才能生，能憎才能愛，能生與愛，才能文。」[88]他已完全走出了抽象的人性論。

魯迅認同有島武郎創作動機說的思想基礎，是早年形成的對國民、民族深情的「愛」。留學日本時期，他不斷地追問中國國民性中最缺乏的是什麼，通過觀歷史、察現實，他敏銳地發現國民性中最缺失的是「誠」和「愛」。於是，他開始

---

[86] 魯迅：〈小雜感〉，《魯迅全集》第3卷，人民文學出版社1981年版，1996年第3次印刷，第532頁。

[87] 魯迅：《現代日本小說集‧附錄》，《魯迅譯文集》第1卷，人民文學出版社1958年版，第574頁。

[88] 魯迅：〈七論「文人相輕」——兩傷〉，《魯迅全集》第6卷，人民文學出版社1981年版，1987年第3次印刷，第405頁。

了對虛偽、非人性等國民劣根性的批判，對誠與愛的呼喚。然而，這種對國民深情的愛，卻得不到國民的理解，由是他陷入到無援的寂寞悲哀之中：「獨有叫喊於生人中，而生人並無反應，即非贊同，也無反對，如置身毫無邊際的荒原，無可措手的了，這是怎樣的悲哀呵，我於是以我所感到者為寂寞。」[89]所以，在魯迅那裏，愛與寂寞是一體的，寂寞源自愛被漠視的社會現實。這樣，愛的衝動往往轉換為對寂寞的反抗和排遣寂寞、悲哀的渴望，這種由「愛」而引發出的心理現實，便成為魯迅認同乃至接受有島武郎的重要基礎。

這種認同對於魯迅的意義，一方面是從內部強化了魯迅的關於文學反映現實的「真實性」原則，使魯迅對現實的批判，對內在精神矛盾的挖掘，獲得了更為強大的心理支持，使其作品具有了更深刻的悲劇意識。這種認同成為魯迅突破傳統文學大團圓模式的一種心理助力。另一方面，它使魯迅的創作永遠源自內在的激情，從而避免了30年代公式化、概念化的「時尚」，更有效地作用於社會人生。

以上主要從文學與現實、未來、歷史和創作主體關係的角度，探討了魯迅為人生啟蒙主義文學觀與日本文學的關係，論證了日本文學諸種因素對於魯迅的意義。從中我們不難看出，魯迅始終是以「為人生」、「精神啟蒙」作為看取日本文學的基本原則，以有利於構建旨在人的解放的文學觀念體系為目的。面對日本文學，他的態度是認真的、理智的，從不為日本文學時尚或中國譯介風氣所動，始終堅守自己的擇取原則。擇取以後，也沒作牽強附會、急功近利的解釋，而是努力融入既有的觀念結構中，化為自己的血肉，充分發掘其對於中國文學現代化轉換的積極意義，如對夏目漱石「餘裕說」的理解。就

---

[89] 魯迅：《吶喊·自序》，《魯迅全集》第1卷，人民文學出版社1981年版，1987年北京第3次印刷，第417頁。

是說，魯迅擇取日本文學的最大特徵是「以我為主」，立足於
中國文學現代化建設的需要。

第六章

五四文學型成中的周作人與
日本文學

　　在現代中國作家中，與日本文學關係最密切者，也許非
周作人莫屬。自1906年去日留學起，他便與日本文學結下不解
之緣。1918年，他譯出江馬修的小說《小小的一個人》，這是
他譯介日本文學的起點，並由江馬修接近日本人道主義思想。
1921年先後譯出《雜譯日本詩30首》、《日本俗歌8首》、《日
本俗歌40首》等，開始理解、欣賞日本詩歌詼諧的意趣、幽玄
閒寂的禪味以及用俗而離俗的表現方式。1923年與其兄魯迅合
譯《現代日本小說集》，內收國木田獨步、夏目漱石、森鷗外
等15位作家共30篇作品，其中周作人譯19篇，力圖借現代日本
小說經驗，改變中國新小說發展的尷尬局面。語絲時期，他沉
入日本古代文學迷宮，擇譯出《古事記》、《日本狂言》、
《徒然草》等，以發掘日本傳統文學審美精神，尋求靈魂安逸
的寓所。新中國成立後，他又增訂舊作《狂言十番》，新增14
篇，題為《日本狂言選》出版。此外還譯了《浮世澡堂・浮世
理髮館》、《平家物語》等。這表明周作人一生始終對日本文
學抱著極大的熱情，對日本文學的譯介過程，實際上就是認
知、接受日本文學精神的過程。雖然他一生博覽群書，廣泛涉
獵中外文化、文學遺產，但在我看來，日本文學是其文學觀生

成、發展、內在構造及創作風格形成的最重要的精神資源。

本章將周作人與日本文學關係問題，置於五四文學範型的想像、創構過程中，進行考察、研究。

第一節　「人的文學」觀的形成與日本文學關係

五四前後，周作人表現出了一股強烈的理論激情與靈感。他在世界性視閾內以現代性眼光審視、思辨中國文學史上的某些基本問題，作出個人化也是時代性的闡釋，其文字表述便是〈平民文學〉、〈人的文學〉、〈新文學的要求〉、〈兒童的文學〉等，較為系統地提出了自己「人的文學」觀。他說：「我們現在應該提倡的新文學，簡單的說一句，是『人的文學』。應該排斥的，便是反對的非人的文學。」[1]在他看來，新文學就是「人的文學」，這表明他的「人的文學」思考雖為個人化行為，但目的卻在為新文學提供基本的理論範型與發展方向。

一

從理論來源上看，他的「人的文學」觀，與西方近代文學人道主義思想有著深刻的精神聯繫，以人為中心的西方人文主義思潮成為他想像、擬構「人的文學」觀的世界性背景。然而，這種背景對於周作人來說是遠景，精神上的聯繫雖是內在的，但卻是遠親式的。他的「人的文學」觀的精神乳汁主要、

---

[1] 周作人：〈人的文學〉，1918年12月15日《新青年》，第5卷第6號。

也更為直接地來自日本。

「人的文學」關注的焦點是人，是要以文學去重新發現人，去「辟人荒」，將人從封建倫理束縛中解救出來，揭示人的生存權益與意義。這種對人的重視意識，人們可以不加思索地將之歸結為對西方人本主義的回應，但對於周作人來說，這種解釋也許因為太抽象、普泛而失去意義。如果在認知他的文學觀時，不忘記其日本文化、文學經驗，那麼，我們就不難體察出他構想並正面提出「人的文學」的內在文化驅力，主要便是由日本獲得的「自然」文化觀。也就是說，「自然」文化觀激起了他面對非人現實、非人文學時，想像、擬構「人的文學」的激情。

他曾談到自己對日本的最初印象：「我初次到東京的那一天，已經是傍晚，便在魯迅寄宿的地方，本鄉湯島二丁目的伏見館下宿住下，這是我和日本初次的和日本生活的實際的接觸，得取最初的印象。這印象很是平常，可是也很深，因為我在這以後五十年來一直沒有什麼變更或修正。簡單的一句話，是在它生活上的愛好天然，與崇尚簡素。」[2]館主人的妹子赤著腳給他搬運行李，拿茶水，給了他極大的好感，以至於他日後寫道：「我相信日本民間赤腳的風俗總是極好的，出外固然穿上木屐或草履，在室內席上便白足行走，這實在是一種很健全很美的事。我所嫌惡中國惡俗之一是女子的纏足」，「閒適的是日本的下駄」，「凡此皆取其不隱藏，不裝飾，只是任其自然，卻亦不至於不適用與不美觀」。[3]這最初的印象決定了他對日本文化不變的好感，由於日本文化的一大特性確實是愛好天然與崇尚簡樸，所以他能不斷地從日本的日常生活與文化典籍中檢索出種種體現「天然」的符碼，由此強化他對「自

---

[2] 周作人：〈最初的印象〉，《知堂回想錄》，群眾出版社1999年版，第157頁。

[3] 周作人：〈最初的印象〉，《知堂回想錄》，群眾出版社1999年版，第158-159頁。

然」的情感。由他擇取日本文學的傾向與論析日本文化的文章，可以看出他始終是以「自然」、「簡素」作為尺度看取日本的；不僅如此，是否「自然」成為他評述中外文化、文學，想像新文學特質與發展路徑的重要原則；而且在他的人生道路選擇過程中，「自然」文化觀及其演變、可能性含義，同樣起了不容忽視的作用。

「人的文學」是他為新文學發展設定的一種方案，從總體精神上看，這一方案所遵循的便是「自然」的原則：「人的一切生活本能，都是美的善的，應得完全滿足，凡是違反人性不自然的習慣制度，都應該排斥改正」，「凡獸性的餘留，與古代禮法可以阻礙人性向上的發展者，也都應該排斥改正」。[4] 在他看來，人性的自由發展，是自然的，是「人的文學」應該著力表現的，因為「個性的表現是自然的」，[5] 而中國古代的《封神傳》、《綠野仙蹤》、《三笑姻緣》等，「是妨礙人性的生長，破壞人類的和平的東西，統應該排斥。」[6] 在〈兒童的文學〉中，他說「順應自然生活各期，——生長，成熟，老死，都是真正的生活。」[7] 就是說真正的人的生活是自然的，「人的文學」所應書寫的正應該是這種自然生活。他五四前後刊發的〈平民文學〉、〈人的文學〉、〈新文學的要求〉、〈兒童的文學〉、〈日本近30年小說之發達〉等，所貫穿的基本思想便是這種自然人性論，他的「人的文學」觀的基本內涵在於遵守人性自然發展的要求，弘揚符合自由意志的人的生活，排斥扼制自然天性的非人的生活。由此可知，他倡導「人的文學」的內在衝動源於由日本獲取的「自然」文化觀，而且

4　周作人：〈人的文學〉，1918年12月15日《新青年》，第5卷第6號。
5　周作人：〈個性的文學〉，《談龍集》，上海書店1987年影印。
6　周作人：〈人的文學〉，1918年12月15日《新青年》，第5卷第6號。
7　周作人：〈兒童的文學〉，收入《藝術與生活》，上海文藝出版社1999年版，第23頁。

這種自然文化觀構成了他的「人的文學」觀的基本底色，決定了其可能闡釋的意義域。他是以自然文化觀為原則建構「人的文學」觀的，並從日本（西方其他國家因論題限制存而不論）擇取符合「自然」原則的觀點作為論述時重要的理論資源。

二

「人的文學」應該解決的首要的也是最基本的問題，是對「人」作新的界定，因為它涉及的是抒寫對象的內涵，決定著「人的文學」的意義走向。那麼，周作人是如何界定的呢？

首先，他是在靈與肉相統一意義上界定人的本質的，將人規定為靈與肉的統一體。他說：「我們所說的人，不是世間所謂『天地之性最貴』，或『圓顱方趾』的人。乃是說，『從動物進化的人類』。其中有兩個要點，（一）『從動物』進化的，（二）從動物『進化』的。」而這兩個要點，換一句話說，「便是人的靈肉二重的生活」。就是說，人既是生物性的存在，同時又是社會化的，「獸性與神性，合起來便只是人性」，[8] 人的正當健全的生活，便是靈肉一致的生活。這種認識雖能從18世紀法國啟蒙思想家盧梭等人那裏找到依據，但對於傾心於日本文學的周作人來說，更為直接的理論來源恐怕是1914年出版而在當時影響頗大的廚川白村的《文藝思潮論》。

在該著中，廚川白村指出：「靈與肉，聖明的神性與醜暗的獸性，精神生活與肉體生活，內的自己與外的自己，基於道德的社會生活與重自然本能的個人生活，這二者間的不調和，人類自有思索以來，便是苦悶煩悶的原因，焦心苦慮要求怎樣才能得到靈肉的調和，此蓋為人類一般的本性，而亦是伏於今

---

[8] 周作人：〈人的文學〉，1918年12月15日《新青年》，第5卷第6號。

日人文發達史的根底的大問題。」⁹對這一問題，廚川白村的觀點是：反對將人的獸性或神性推向極端，而認為人的生物性慾求是自然的合理的，應予以充分的肯定與滿足；與此同時，又不能忽視人的社會性特徵，應足夠地認識到精神的自由發展對於人的意義。正是這種靈肉統一的角度，使他進而發現了美國詩人惠特曼對於現代人學建設的現代性功能與意義，從而予以肯定。如果將周作人靈肉統一的觀點與廚川白村這種理論相對照，則不難發現二者論證過程與結論的一致性。由周作人當時對日本文論的熱情看，這種一致性並非巧合，恐怕是直接影響的結果。¹⁰

周作人關於「人的文學」的論述，雖是抽象的邏輯推斷式的，但其目的卻是具體的，就是渴望借靈肉一體理論，批判中國傳統文化、文學中的禁慾主義，肯定人的世俗生活，恢復人的自然天性。由此可見，周作人立論雖是強調靈肉的統一，但實際上更看重的是肉的一面，因為在當時中國只有「肉」的強調，才可能真正實現靈肉的平衡、統一，使人的生活達到獸性與神性相調和的理想境界。對肉的傾斜，可理解為對人的「自然」天性的傾斜，所以周作人仍是從「自然」文化觀出發看取上述廚川白村的理論的，也正是這種潛在的自然文化觀立場，使廚川白村的理論在周作人那裏，也可以說在整個五四文學語境中，獲得了更為具體而深刻的反封建的功能性意義。

其次，從個人與人類關係角度理解人。人並非孤立的存

---

⁹ 〔日〕廚川白村：《文藝思潮論》，樊仲雲譯，《文學週報》第102-120期。

¹⁰ 參閱羅鋼：《歷史匯流中的抉擇》第一章，中國社會科學出版社1993年版。文中有如此判斷：「周作人將靈肉一致作為人性的理想境界的觀念，來自日本文藝理論家廚川白村的著作《文藝思潮論》」。鄭伯奇曾談到廚川白村的《文藝思潮論》對當時的留日學生和國內文壇的普遍影響，並專門指出自己那時對它所主張的「靈肉一致」是「頗感興趣」的（〈憶創造社〉，收入吳宏聰等編《創造社資料》下卷，第849頁）。這可用來佐證周作人的「靈肉一致」觀點與廚川白村的《文藝思潮論》相關的觀點。

在，其本質不可能在孤立狀態得以全面地呈現，所以周作人並不滿足於僅從靈與肉這種人的內在關係範疇去理解人，界定人的屬性，而是進一步將人置於個人與人類這種外在聯繫中進行論述。他說：「彼此都是人類，卻又各是人類的一個。所以須營一種利己而又利他，利他即是利己的生活。第一，關於物質的生活，應該各盡人力所及，取人事所需。換一句話，便是各人以心力的勞作，換得適當的衣食住與醫藥，能保持健康的生存。第二，關於道德的生活，應該以愛智信勇四事為基本道德，革除一切人道以下或人力以上的因襲禮法，使人人能享自由真實的幸福生活」，「我所說的人道主義，並非世間所謂『悲天憫人』或『博施濟眾』的慈善主義，乃是一種個人主義的人間本位主義。這理由是，第一，人在人類中，正如森林中的一株樹木。森林盛了，各樹也都茂盛。但要森林盛，卻仍非靠各樹各自茂盛不可。第二，個人愛人類，就只為人類中有了我，與我相關的緣故。」[11]這種對人與人類、個人與他人關係的論述，從新文學建設上講，旨在提供一種新的書寫對象，一種在周作人看來健全的人際生活關系，使文學在內容上超越舊的人際關係模式，如絕對集體主義模式，獲得一種新的現代人學特性。而從理論來源上講，則是徑取日本白樺派，尤其是新村主義。

白樺派因1910年創刊的同人雜誌《白樺》得名，同人有武者小路實篤、志賀直哉、有島武郎、有島生馬、長與善郎，等等。他們極力倡導人道主義，堅信充分發展個性就是對人類作貢獻。後來武者小路實篤又於1918年創辦《新村》雜誌，實際地建設他所理想的新村。周作人可謂是白樺派的中國知音。1911年他在看到《白樺》雜誌郵購啟事後，前往購買1910年出

---

[11] 周作人：〈人的文學〉，1918年12月15日《新青年》，第5卷第6號。

版的《白樺》「羅丹專號」；1912至1915年，定期購讀《白樺》雜誌；1918年4月閱讀〈一個青年的夢〉；1918年10月匯款新村社購買新村說明、會則及雜誌，11月收訖；1919年7月由武者小路實篤陪同參觀日向新村，並出席東京新村支部歡迎大會，可謂是中國的白樺通。由上引周作人的論點，我們不難聯想到武者小路實篤〈《白樺》的運動〉中的觀點：「白樺運動是尊重自然的意志和人類的意志、探討個人應當怎樣生活的運動。……為了人類的成長，首先需要個人的成長。為了使個人成長，每個人就要做自己應當做的事，就要在力所能及的範圍內，把工作盡力做好。……為了人類的成長，個人必須徹底進步，必須做徹底發揮良心的工作，白樺的人們就具有所需要的東西。……使我們進行創作的是人類的意志。因此，我們是抱著使自己的血和精神滲入和傳遍全人類的願望而執筆的。」[12]周作人在當時歷史轉型期面對且需要思索回答的問題，與日本白樺派一樣，是個人怎樣生活的問題，所以能認真領會、體悟武者小路實篤關於個人與人類關係的觀點。

1919年在《新村的精神》中，他對新村精神作了自己的理解：「新村的目的，是在於過正當的人的生活。其中有兩條重要的根本上的思想：第一，各人應各盡勞動的義務，無代價的取得健康生活上必要的衣食住。第二，一切的人都是一樣的人，盡了對於人類的義務，卻又完全發展自己個性。」而新村的精神，「首先在承認人類是個總體，個人是這總體的單位。人類的意志在生存與幸福。這也就是個人的目的。」[13]他的闡釋是準確的，抓住了日本新村主義的基本精神，並典化為他的「人的文學」觀的基本內涵。

他之所以將新村這種精神化入自己「人的文學」觀體系

---

[12] 轉引西鄉信綱等：《日本文學史》，人民文學出版社1978年版，第323-324頁。

[13] 周作人：《新村的精神》，1919年11月《民國日報‧覺悟》，第23-24期。

內，原因有三。一是這種精神為他提供了處理個人與社會、人類關係的較為合理的模式。周作人當時的處境是：一面要啟蒙，關注社會進化，不忘人間普遍問題；一面又接受了西方個人主義思想，倡導個人的自由與解放，於是怎樣處理社會啟蒙與個人自由意志間的關係，一直困擾著他。而新村主義將個人主義與博愛主義融為一體，認為彼此都是人類，卻又各是人類中的一個，人的理想生活是一種利己又利他，利他即是利己的生活，強調改造社會須從改造個人做起的原則，這無疑等於解答了周作人的問題，將他從矛盾緊張的心理困境中解救出來，堅信「個人與人類的兩重特色，不特不相衝突，而且反是相成的」[14]，由是形成了「個人主義的人間本位主義」思想。二是新村主義在闡釋個人與人類關係時，看起來是辯證的，而實質上則是突出「個人」的，也就是更強調個人面對「人類」時的自由意志，而這對於周作人那一代人五四前後所從事的，將個人從集體意識、封建倫理規範中解救出來的革命，則具有更為現實的意義。所以，在闡釋新村精神時，周作人強調：「現在如將社會或世界等等字作目標，仍不承認個人，只當他作材料，那有什麼區別呢？所以改造社會還要從改造個人做起，新村之所以與別種社會運動不同的地方，大半就在這裏。」[15]這就是說，新村主義關於個人與人類關係的論說，實際上為周作人提供了將個人從「社會」、「世界」、「種族」、「國家」中救出的理論邏輯上的援助。三是新村主義的改革方式與目的，符合周作人從日本獲取的「自然」文化觀。在周作人看來，「現在人的生存與幸福的基礎，便全築在別人的滅亡與禍患上，這是錯的，是不正當的，因為這是違背了人類的意志了。」也就是非自然的；而新村的目的，則是相信人類，「等他覺醒，回

---

[14] 周作人：〈新文學的要求〉，收入《藝術與生活》，上海文藝出版社1999年版，第19頁。
[15] 周作人：《新村的精神》，1919年11月《民國日報・覺悟》，第23-24期。

到合理的自然的路上來。」[16]如何實現這種讓人「回到合理的自然的路上來」呢？新村的方式「是想和平的得到革命的結果」，反對「翻天覆地，唯鐵與血」的暴力方式，周作人以為這是「最適合的路」，[17]是「自然」之路，因而頗為傾心。

新村主義使周作人不僅輕易地在社會啟蒙與個性自由發展之間找到了平衡，將新村主義關於個人與人類關係轉化闡釋為「個人主義的人間本位主義」，從而使「人的文學」觀的內在結構特性滿足了五四啟蒙運動對文學的要求；而且新村主義實質上對「個我」的置重，有利於當時文學真正由載道文學進化為人的文學，使「人的文學」觀獲取了豐富的現代人學內涵。然而，新村主義關於個人與人類關係的抽象空洞性，新村先天的烏托邦性，極易使周作人由此而確立起的「個人主義的人間本位主義」在特定歷史語境中演化為個人本位主義，從而改變他的「人的文學」觀的內在結構關係，使人的文學變成極端個人主義文學。也即是說，新村主義在豐富其「人的文學」觀念體系同時，其潛在的特徵與可能性意義則構成了「人的文學」發展的內在隱患。

三

「人」的重新界定，解決的是「人的文學」表現對象的問題，完成的是文學內容上的革命。然而，「人的文學」作為一種新型的現代性文學，應該如何表現人呢？也就是如何作用於人呢？這無疑成為周作人構想「人的文學」時必須回答的問題。而這個問題，從本質上講，在周作人當時看來，就是需要回答「人的文學」是藝術派文學還是人生派文學的問題。對此

---

[16] 周作人：《新村的精神》，1919年11月《民國日報‧覺悟》，第23-24期。
[17] 周作人：《新村的討論》，1920年12月26日《批評》，第5號。

周作人未作簡單的非此即彼的判斷，而是於冷靜中進行深入地辨析：「藝術派的主張，是說藝術有獨立的價值，不必與實用有關，可以超越一切功利而存在。……但在文藝上，重技工而輕情思，妨礙自己表現的目的，甚至於以人生為藝術而存在，所以覺得不甚妥當」，否定了遠離實際人生的藝術派。而對於盛行的人生派他又是持何種態度呢？「人生派說藝術要與人生相關，不承認有與人生脫離關係的藝術。這派的流弊，是容易講到功利裏邊去，以文藝為倫理的工具，變成一種壇上的說教。」能於五四高潮期對人生派持如此異議，的確顯示出了一種冷靜的心態與膽識。否定了褊狹的藝術派、人生派之後，周作人為自己理想的「人的文學」開出了怎樣的方子呢？「正當的解說，是仍以文藝為究極的目的；但這文藝應當通過了著者的情思，與人生有接觸。換一句話說，便是著者應當用藝術的方法，表現他對於人生的情思，使讀者能得藝術的享樂與人生的解釋。這樣說來，我們所要求的當然是人生的藝術派的文學。」[18]顯然，周作人持的是一種折衷調和的態度，所謂「人生的藝術派」就是將人生派與藝術派的優點調和在一起，既求藝術性，又不忘人間情思，以避免任何單向的極端化傾向。而這種人生的藝術派，在日本則是由二葉亭四迷從俄國文學紹介進來後加以發揚光大的，對此周作人印象頗深：「他因為受了俄國文學的影響，所以他的著作，是『人生的藝術派』一流。」[19]這意味著周作人所主張的人生的藝術派與二葉亭四迷也不無關係。

周作人所倡導的人生的藝術派那種看似平和的文藝觀，在實質上卻是一種革命，一種對中外文學史上往往被視為合理而

---

[18] 周作人：〈新文學的要求〉，收入《藝術與生活》，上海文藝出版社1999年版，第16-17頁。

[19] 周作人：〈日本近30年小說之發達〉，收入《藝術與生活》，上海文藝出版社1999年版，第139頁。

實則趨於極端的藝術派或人生功利派的革命，旨在使「人的文學」既是人間性的文學，「總之是要還他一個適如其分的人間性」，又具有真正的「文學」性，做到用藝術的方法表現人間情思。這種觀點的形成，顯然又受到了此前周作人極力推崇的坪內逍遙的《小說神髓》的影響。

　　坪內逍遙認為：「所謂藝術，原本就不是實用的技能，而是以娛人心目、儘量做到其妙入神為『目的』的。由於其妙入神，自然會感動觀者，使之忘掉貪吝的慾念，脫卻刻薄之情，並且也可能會使之產生另外的高尚思想，但這是自然而然的影響，不能說是藝術的『目的』」，藝術「是不可能事先設個準繩來進行創作的」。[20]他這裏講的是藝術的非實用性，是藝術作用於人的特殊方式即「其妙入神」、「自然而然的影響」，也就是強調藝術的非直接的功利性。周作人「以文藝為究極的目的」，反對人生派「講到功利裏邊去，以文藝為倫理的工具，變成一種壇上的說教」，看來是借用了坪內逍遙所謂的藝術非實用性的觀點。然而，坪內逍遙亦不贊成藝術遠離人生，龜縮到象牙之塔內，而是認為：「只要想立身於文藝界成為作家的人，則應經常以批判人生為其第一目的，然後才可執筆。」只是這種批判運用的是藝術的方式，在他看來，「文壇中那些在藝術上佔有較高地位的作者，無不以領悟人生之奧秘為其主旨或目的。」[21]談到藝術的具體門類小說時，他則說：「至於小說，即novel則不然，它是以寫世間的人情與風俗為主旨的，以一般世間可能有的事實為素材，來進行構思的。」[22]顯然，坪內逍遙是以人生作為藝術的土壤的，以世態人情作為藝術的生命所在。這些構成了周作人否定藝術派超越一切功利觀點的直接

---

[20] 〔日〕坪內逍遙：《小說神髓》，劉振瀛譯，人民文學出版社1991年版，第22-23頁。

[21] 〔日〕坪內逍遙：《小說神髓》，劉振瀛譯，人民文學出版社1991年版，第53-54頁。

[22] 〔日〕坪內逍遙：《小說神髓》，劉振瀛譯，人民文學出版社1991年版，第30頁。

的理論來源，是周作人的「文藝應當通過了著者的情思，與人生有接觸」、「表現他對於人生的情思，使讀者能得藝術的享樂與人生的解釋」這種觀點的異域理論原型。這樣，通過《小說神髓》，周作人為自己「人的文學」找到了有別於人生派與藝術派的理想的形式——人生的藝術派，也就是找到了「人的文學」作用於人、影響人的獨特方式。而這種方式非極端的調和折衷性，再一次暗示我們，在周作人尋找、擇取過程中，內化為其血肉的日本「自然」文化觀，起了不容忽視的潛在作用。

「人的文學」觀的建構，是一個複雜的工程，一個非一朝一夕所能完成的工程。五四新文化運動的精神啟蒙性，影響了周作人當時的思考興趣，使他將主要精力放在書寫對象「人」的探索以及文學如何作用於社會的功利問題上[23]，而忽略了對更為具體的「人的文學」的內在特性的追問。從理論上講，隨著新文學的推進，他自然會對「人的文學」的內在規律作深入地探究、闡釋。然而，在來得及闡釋之前，他的文學觀已開始發生裂變、轉換。而裂變、轉換原因雖多，但在我看來，與他在建構「人的文學」觀時所接受的日本文學影響有著直接而深刻的關係。

第二節　「人的文學」觀的裂變、轉換與日本文學

五四高潮過後，一些作家對自己的文學觀做出某些調整，是情理中的事，是主體心性對外在社會變化的邏輯反應。變化

---

[23] 周作人儘管主張「以文藝為究極的目的」，反對將文藝「講到功利裏邊去，以文藝為倫理的工具，變成一種壇上的說教」，但在實質上他的人生的藝術派主張，所要解決的仍然是文學如何作用於社會人生的功利問題，並未真正超越功利性，他所謂的以文藝為究極的目的，其實是一句空話。

是大趨勢，但變化的個體因素卻各不相同，趨向也各具特色。五四時期周作人的「人的文學」觀是最為耀眼的，最能體現那一代作家對文學的理解與渴望，某種程度上講，最大限度地滿足了啟蒙時代對文學的基本訴求，它對中國文學的新舊轉換及深入發展產生了較大的影響。然而，就在其影響正值高潮並向深入拓展之際，周作人自己卻陷入矛盾之中，開始質疑其合理性，並對其內在結構進行了某種調整。那麼，周作人的矛盾來自哪裏呢？這種矛盾又是如何導致他對「人的文學」觀做出調整的呢？作了怎樣的調整？

一

在我看來，周作人的矛盾與由日本白樺派文學那裏獲取的新村主義有著直接的關係。五四前後，他是從理想的人的生活角度走向新村主義的。在新村，沒有貴族與平民之分，勞動者便是紳士，紳士便是勞動者，平民便是貴族，貴族即是平民，大家協力地共同勞動，平等相待，這在周作人看來具有反封建的色彩；新村遠離現代都市社會，人與自然及他人赤誠相見，避免了現代文明激化了的人間矛盾，使人從「異化」中返回「自然」，從而具有了某種反資本主義文明的特性；新村主義主張人都是一樣的，應一面盡了自己對於人類的義務，一面又完全發展自己個性，將人類與個人統一起來。這些特性，使周作人將新村理想高度概括為「人的生活」，而這人的生活，「物質的方面是安全的生活，精神的方面是自由的發展。」[24]並稱之為「實在是一種切實可行的理想，真正普遍的人生的福

---

[24] 周作人：〈新村的理想與實際〉，收入《藝術與生活》，上海文藝出版社1999年版，第218頁。

音」。[25]顯然，周作人是從「人」的角度走向新村主義，並從新村主義發掘出了與他的人的啟蒙和社會改造理想相契合的精神內質。也正是在這個意義上，他將自己所理解的新村精神化入自己「人的文學」觀念體系內，將「人的文學」闡釋為「是人類的，也是個人的」，[26]是人類與個人相統一的文學。它的內在靈魂是個人主義的人間本位主義。而且，這種「人的文學」不同於貴族文學，它是一種平民文學，一種「研究平民生活——人的生活——的文學」。[27]他沉迷於新村主義描述的理想境界，而不去思索、質疑其現實可能性。

然而，在階級社會中寄希望於以平和的方式達到改革社會的目的，本身就是一種知識者的虛妄，而「想跳出這個社會去尋找一種超出現代社會的理想生活」，「實在同山林隱逸的生活是根本相同的」。[28]它無法真正承擔起啟蒙者革新社會人生的理想，也就是說新村主義對創造理想的人的生活，是沒有實際意義的。正如宮島新三郎所指出的：「對於現存的社會制度，一點也不染指，不，盡著容許其存在，而想另行建設合理的理想的社會，就是新村」，它不去考察在現實生活裏面，「被塗成種種色彩的人類意識，而一味抽象地叫喊人類之愛，或高唱人類意識，那是一點都不能夠改造人類的生活，改造實際的我們的生活。」[29]這樣，在五四現實社會的考驗中，它的烏托邦性便暴露無遺，而對它寄予全部希望的周作人也就必然陷入矛盾之中，不得不開始自覺地告別「新村」。正如他1921年4月4日在《過去的生命》中所道：「這過去的我的三個月的生

[25] 周作人：〈日本的新村〉，收入《藝術與生活》，上海文藝出版社1999年版，第204頁。
[26] 周作人：〈新文學的要求〉，收入《藝術與生活》，上海文藝出版社1999年版，第17頁。
[27] 周作人：〈平民文學〉，收入《藝術與生活》，上海文藝出版社1999年版，第3頁。
[28] 胡適：〈非個人主義的新生活〉，1920年1月15日《時事新報》。
[29] 〔日〕宮島新三郎：《現代日本文學評論》，張我軍譯，開明書店1930年版，第162-163頁。

命，哪裏去了？／沒有了，永遠的走過去了／我親自聽見他沉沉的緩緩的一步一步的，／在我床頭過去了。」這是一次痛苦的精神告別，同時意味著新的找尋的開始。不過，新村不可能一下子便「沒有了，永遠的走過去了」，因為精神的訣別是需要一個過程的。徘徊於荒野上，他不知往哪裏走，「這許多道路究竟到一同的去處麼？／我相信是這樣的。／而我不能決定向那一條路去，／只是睜了眼望著，站在歧路的中間」（《歧路》），他變得無所信仰，無所依歸。在給孫伏園的信中，他自陳：「我近來的思想動搖與混亂，可謂已至其極了，托爾斯泰的無我愛與尼采的超人，共產主義與善種學，耶佛孔老的教訓與科學的例證，我都一樣的喜歡尊重，卻又不能調和統一起來，造成一條可以實行的大路。我只將這各種思想，凌亂的堆在頭裏，真是鄉間的雜貨一料店了。」[30]從這一年開始，懷疑取代了信仰，他變成了一位真正的「尋路的人」。他的「人的文學」觀也隨著精神的動盪、變化而開始了某種轉向。

二

　　然而，這種轉向雖源自向新村的自覺告別，但精神上的某種影響有時是主體自己也難以意識到的。在周作人的轉向、新的尋路、抉擇過程中，事實上新村主義仍發生了深刻的影響——深刻到潛在地制約著他的「人的文學」觀的變化、走向。

　　這種影響來自於新村主義更內在的三大特徵，它們往往被外在現象、非本質因素所遮掩，因而未能引起沉迷於新村理想的周作人的注意。一是貴族性。白樺派作家倡導新村主義，但他們出身於貴族、資產階級家庭，只是因為接受了民主主義、

---

[30] 周作人：《山中雜信・一》，1921年6月5日作，收入《雨天的書》，中國文聯出版公司1993年版，第116-117頁。

人道主義的洗禮，意識到了本階級的罪惡，才開始厭棄貴族式生活，表同情於勞動人民。他們的人道主義根本上源自於貴族階級的懺悔意識。他們捨棄財產，建立新村，讓下層勞動人民到新村協同勞動，不為衣食所困，這是一種貴族式的施捨行為，在本質上是為了將自我從貴族式的罪感意識中拯救出來。所以新村在實質上是貴族意識的產物。二是逃避現實的隱遁性。新村主義者既不滿於社會生活中不平等的現實，又不適應物慾橫流的現代文明生活，於是逃到遠離文明中心的鄉村去建造新的生活區域，求得心靈的安逸。然而，「逃避不合理的社會而求獨清的，東洋式的隱遁思想那裏依然強有力地活動著。其與東洋式思想不同的地方，只是他不是一個人遁世，而享閒居之樂，乃是幾個人共同去隱居。新村究竟不過也是幾個人的共同隱遁所罷了。」[31]胡適在1920年就曾向周作人指出了新村這種獨善其身的隱遁特性，而周作人則斷然否定說：「我以為共同生活的新村，所主張的當然不是獨善其身。」因為古代隱士「除了渺茫無稽的上古隱士以外，大都是看得世事不可為，沒有他們施展經綸的地方，所以才去歸隱，躬耕只是他們消極的消遣，並非積極地實行他們泛勞動的主義。讓步固然是不行，但新村的想用和平方法辦到以前非用暴力不能做到的事，卻並不是讓步。」[32]他認為新村主義者相信可以用和平方法實現「人的生活」，所以其目的是鮮明的，是有所為的，並非歸隱。然而，無論周作人怎樣說，新村逃避現實的隱遁性卻是客觀事實。三是個人主義特性。武者小路實篤的理想是做一個「在有益於人類的範圍內」的「個人主義者」。在他看來，唯有能與人類的生長互助的人，才能成為有生命的個人主義者。所以，他不斷地呼籲改善人類關係，呼籲人類之愛。這種人類愛，換

---

[31] 〔日〕宮島新三郎：《現代日本文學評論》，張我軍譯，開明書店1930年版，第163頁。
[32] 周作人：〈新村運動的解說〉，1920年1月24日《晨報》。

言之即人類意識。武者小路實篤就是要求做個人意識之所有者，而又是人類意識之所有者這樣一個理想主義者。「但是武者小路氏，對於人類愛——即人類意識為何物，只是空想地想著，沒有深加考究。希望著人類，為人類圓滿地長成下去的本能，這本能雖然也名之曰人類愛，也名之曰人類本能；但是試就實際的人類想來，那本能力是非常微弱，而近於空想的。」[33] 他熱衷的只是空想的非現實的東西，「而對於現今的社會所呈示的，實實在在的人類意識，則恬不關心。這一層是武者小路氏再大沒有的弱點。」[34] 所以，武者小路實篤儘管在理論上沒有忘記人類意識，但在本質上，卻是一位個人主義者。他所倡導的新村主義，在強調對於人類義務的同時，更傾向於完全發展自己的個性。由於人類主義的空想性，所以新村主義在一定程度上也就淪為個人主義了。那麼這三大特徵使周作人的「人的文學」觀發生了怎樣的變化呢？

一是使文學抒寫重心從人類意識與社會啟蒙轉向個人意識與趣味。日本《白樺》雜誌創刊號扉頁上寫道：「白樺是依靠我們自己微弱的力量所開闢的一塊小小的園地。我們想在這裏種植我們彼此同意的任何東西，希望這樣來盡可能利用好這塊園地。但是，連我們自己也不知道我們今後要在這塊園地裏種植什麼，怎樣來利用這塊園地。」經過多年探索，他們取了人道主義態度來種植這塊園地，尊重自然的意志和人類的意志；努力將個人意志與人類意志統一起來，並在園地上建起「新村」。這種態度曾得到周作人的激賞，但到1922年情況發生了變化，他開始經營起自己的園地：「所謂自己的園地，本來是範圍很寬，並不限定於某一種：種果蔬也罷，種藥材也

---

[33] 〔日〕宮島新三郎：《現代日本文學評論》，張我軍譯，開明書店1930年版，第160-161頁。

[34] 〔日〕宮島新三郎：《現代日本文學評論》，張我軍譯，開明書店1930年版，第162頁。

罷，——種薔薇地丁也罷，只要本了他個人的自覺，在他認定的不論大小的地面上，應了力量去耕種，便都是盡了他的天職了。」[35] 周作人在這裏已將白樺派「我們」的園地改換成了「自己」的園地，將種植「我們彼此同意」的任何東西，置換為「只要本了他個人的自覺」去耕種就是盡了天職。顯然，周作人此時所熱衷的已不再是新村主義的「我們」、「人類」等虛幻的集體性概念，而是「自己」、「個人」，所以他宣稱自己的園地裏種植的是「文藝」，也就是個人的精神產品。他是「依了自己的心的傾向，去種薔薇地丁，這是尊重個性的正常辦法」，而反對強迫人犧牲了個性去侍奉白癡的社會，認為「那簡直與借了倫常之名強人忠君，借了國家之名強人戰爭一樣的不合理了」，在個人與社會之間做出了明確的選擇。

所以，他此時的「文藝」是「以個人為主人，表現情思而成藝術」，「有獨立的藝術美與無形功利」。[36] 這表明他的文學觀開始發生變化，由「文學是人類的也是個人的」，內縮為文學是個人情思的表現。儘管他仍言及人類意識，但在個人意識的擠壓下，人類意識的活動空間已十分的逼仄。在〈文藝的統一〉中，他說得更清楚：「文藝是人生的，不是為人生的，是個人的，因此也即是人類的；文藝的生命是自由而非平等，是分離而非合併。」[37] 他此時已將「是個人的」作為「是人類的」的決定性條件，人類意識實際上已被抽空而失去了意義。不僅如此，他還明確宣稱文藝「不是為人生的」，儘管是人生的，這表明他已走出了文藝「為什麼」的模式，不再以文藝去自覺地承擔為「社會」、「人類」、「人生」的任務，使文學由社會向個人退縮，以抒寫個人趣味、個人意識為主。自此以後，

---

[35] 周作人：《自己的園地》，收入《自己的園地》，人民文學出版社1998年版，第6頁。

[36] 周作人：《自己的園地》，收入《自己的園地》，人民文學出版社1998年版，第7-8頁。

[37] 周作人：〈文藝的統一〉，收入《自己的園地》，人民文學出版社1998年版，第25頁。

「趣味」成為他的文學觀及創作中出現頻率最高的詞彙。這種轉換意味著向新村主義的「人類意識」的自覺告別，但有趣的是規約這種轉換的卻是新村主義內在的隱遁性和個人主義傾向，也可以說，周作人實際上是從新村的外景走向了更本質性的深處。

二是為「人的文學」觀引入貴族文學精神，使其貴族化。1922年，周作人在《貴族的與平民的》中，開門見山地陳述自己觀念上的轉變：「關於文藝上貴族的與平民的精神這個問題，已經有許多人討論過，大都以為平民的最好，貴族的是全壞的。我自己以前也是這樣想，現在卻覺得有點懷疑。」何以生出懷疑呢？「因為我們離開了實際的社會問題，只就文藝上說，貴族的與平民的精神，都是人的表現，不能指定誰是誰非。」離開實際的社會問題來談論貴族的與平民的精神，表明他是在抽象的意義上談論問題，這是變化的關鍵所在。於是他合乎邏輯地對先前在〈平民文學〉中所持的區分貴族文學、平民文學的兩個條件——普遍與真摯——作了否定。接下來，他從正面對平民精神與貴族精神作了界定。平民的精神，他理解為淑本好耳所說的求生意志，而貴族精神則是尼采的求勝意志。「前者是要求有限的平凡的存在，後者是要求無限的超越的發展；前者完全是入世的，後者卻幾乎有點出世的了。」用這種出世入世觀點檢視當時文學，他感到所謂平民文學太現世利祿了，缺乏超越現代的精神。這樣他感到「文藝當以平民的精神為基調，再加以貴族的洗禮，這才能夠造成真正的人的文學。」他否定了自己在《平民文學》中將「人的文學」界定為單純的平民文學的觀點，大膽地引入貴族文學精神，使「平民文學」貴族化。也就是為「人的文學」注入「出世的」、超現實的因素，從而使五四時擬構的「人的文學」觀的內在關係發生了變化，使其呈現出一種由「社會」、「現實」的前臺往後

退守的隱逸傾向。無須多言，這種調整轉換與新村主義先在的貴族性有著直接的精神聯繫，或者說是新村主義的貴族性潛在地誘導著周作人的文學選擇，使他不知不覺中對貴族文學生出一種親和感，將貴族精神引入「人的文學」觀念體系內，從而導致了「人的文學」觀質的變化。

三

周作人是一個對於矛盾極為敏感的人，同時又是一位不願被矛盾過多糾纏的人，他總是渴望走向澄明之境。所以，五四後當意識到新村主義給自己帶來了矛盾，他便立即著手解決，對自己「人的文學」觀作了上述調整。然而，他卻沒有意識到，他是以更地道的新村主義方式向新村告別的，就是上面所分析的，新村主義的內在特性規約著他的選擇，使他調整後的文學觀染上了更深的新村主義色素。可他沒能察覺出這種矛盾現象，對自己的調整、選擇很少持懷疑態度。不僅如此，這種調整轉換後的文學觀還進而成為他擇取、理解中外文學的新的心理基礎與尺度，正如特倫斯・霍克斯所言：「當人感知世界時，他並不知道他感知的是強加給世界的他自己的思想形式。」[38]在調整轉換後的文學觀的作用下，他與藹理斯、夏目漱石、森鷗外、有島武郎等之間發生了精神上的共鳴，在賦予他們「他自己的思想形式」的同時，更重要的是從他們那裏獲取了新的理論資源，進一步調整、豐富自己的文學觀。

周作人早在留日時期就接觸到了藹理斯的作品，但那時社會啟蒙意識使他無法對藹理斯的極端個人主義感興趣。新村理想的破滅以及由此引發的文學觀念的調整，使他重新發現了與

---

[38] 〔英〕特倫斯・霍克斯：《結構主義和符號學》，瞿鐵鵬譯，上海譯文出版社，1987年版，第3頁。

藹理斯的契合點，以至於在1921至1924年他不斷譯介藹理斯的文章。藹理斯在個人與社會關係上，反對將社會改造作為目的而不顧個人利益，相反，他堅信社會進步乃是個人發展的手段。他反對群眾性的政治運動，無視群眾的智慧，常常表現出某種貴族性氣質。在文藝觀上，他倡導自我表現說，否定藝術的社會性功能：「藝術是無用的，這就是說絕不能有意識地去追求外在於它自身的有用的目的。」[39]這些與周作人轉換中開始孕育的文學觀在精神上是一致的，使周作人在「尋路」時找到了穿越時空的知音，增強了對文學觀念作進一步調整的自信心。

　　精神上的契合使他重新發現了藹理斯對於自己的意義，一定程度地接受了藹理斯的學說，加快了自己文學觀的調整、演進。具體表現有三。一是進一步將文學描寫的對象「人」，從「社會」、「人類意識」等集體性話語中剝離出來，賦予其更為鮮明的個人主義色彩。1924年他在書信中寫道：「中國自五四以來，高唱群眾運動社會制裁，到了今日變本加厲，大家忘記了自己的責任，都來干涉別人的事情，還自以為是頭號的新文化，真是可憐者，我想現在最要緊的還是提倡個人主義」，「中國所缺少的是徹底的個人主義，因此必須提倡個人主義。」[40]徹底的個人主義的倡導，實際上就是希望將人與社會割裂開來，讓人放棄對社會革命的承諾。二是進一步否定創作的社會目的性與功利性，使文學萎縮為僅僅是對自我的表現。1924年，他在〈教訓之無用〉中，先引用藹理斯《道德之藝術》中的觀點：「在群眾的堅固的大多數之進行上面，無論是甲種的書或乙種的書都不能留下什麼重大的影響。」然後針對文學功利論者寫道：「至於期望他們教訓的實現，有

---

[39] 藹理斯：〈人生的舞蹈〉，轉引自羅鋼《歷史匯流中的抉擇》，中國社會科學出版社1993年版，第30頁。
[40] 《周作人書信》，上海青光書局1933年版，第33頁。

如枕邊摸索好夢，不免近於癡人，難怪要被罵了。」[41]進一步否定了文學的社會功利性。三是從藹理斯那裏引進「生活的藝術」概念，使文學獲得了一種更廣泛的超然態度。藹理斯所謂的生活的藝術，就是使「歡樂與節制二者並存，且不相反而實相成」，[42]就是「要把藝術的超然態度推向全部生活領域，為生活而生活」，「就是要摒棄日常的功利和道德考慮，把審美作為生活的目的和中心」，[43]也就是將「審美」作為文學表現的中心。周作人〈生活之藝術〉一文就是對藹理斯「生活的藝術」觀的反應與認同。

五四退潮後，以上述藹理斯式的方式走向周作人的，主要是日本作家，如森鷗外、夏目漱石、有島武郎等，這些作家在五四前就進入了周作人的視野，但真正建立精神聯繫、發生影響卻是五四以後的事，因為他們的文學觀與周作人五四後的心境頗為一致，滿足了周作人五四後對文學的想像與渴望。這個時期是周作人「人的文學」觀裂變後新的文學興趣、觀念開始形成的關鍵時期。他是在什麼基礎上理解、認識以至認同這些作家，是一個極為重要的問題。有趣的是，魯迅此時對這幾位作家也表現出一定的好感，並不同程度地接受了他們的某些觀念上的啟示，所以我想在論述中稍作比較，這樣也許能更準確地揭示出周作人與這些作家間的關係特點。

夏目漱石、森鷗外是日本餘裕派文學的代表，倡導「低徊趣味」的「有餘裕的文學」。1918年周作人在〈日本近30年小說之發達〉中大段地引用了夏目漱石的觀點：「餘裕的小說，即如名字所示，非急迫的小說也，避非常一字之小說也，

---

[41] 周作人：〈教訓之無用〉，收入《雨天的書》，中國文聯出版公司1993年版，第100-101頁。

[42] 周作人：〈生活之藝術〉，收入《雨天的書》，中國文聯出版公司1993年版，第80頁。

[43] 羅鋼：《歷史匯流中的抉擇》，中國社會科學出版社1993年版，第36頁。

日用衣服之小說也。如借用近來流行之文句，即或人所謂觸著不觸著之中，不觸著的小說也。⋯⋯或人以為不觸著者，即非小說；余今故明定不觸著的小說之範圍，以為不觸著的小說，不特與觸著的小說，同有存在之權利，且亦能收同等之成功。⋯⋯世界廣矣，此廣闊世界之中，起居之法，種種不同。隨緣臨機，樂此種種起居，即餘裕也，或觀察之，亦餘裕也。或玩味之，亦餘裕也。」而森鷗外的文學「到底也是低徊趣味一流，稱作餘裕派，也沒有什麼不可」。這種餘裕文學觀強調的是以文學從從容容地賞玩人生，追求文學的遊戲性。

在寫作〈人的文學〉、〈平民文學〉時，周作人由於關注的主要是社會啟蒙與人的解放問題，在他的「人的文學」體系內便很難找到容納這種餘裕文學論的空間。然而，新村理想幻滅所孕育出的個人主義的貴族情緒，使他身上滋生了一種把玩生活的態度，這無形中構成了他認同「低徊趣味」的基礎。1922年7月在〈森鷗外博士〉中，他寫道：「《遊戲》裏的木村，對於萬事總存著遊戲的心情，無論作什麼事，都是一種遊戲，但這乃是理知的人的透明的虛無的思想，與常人的以生活為消遣者不同，雖當時頗遭文壇上正統派的嘲弄，但是既係現代人的一種心情，當然有其存在的價值。這種態度與夏目漱石的所謂低徊趣味可以相比，兩家文章的清淡而腴潤。也正是一樣的超絕。」[44] 周作人告別新村理想後，開始向個人小天地退守，但尚未完全忘卻「人生」、「社會」，更談不上真正的「遊戲」人生。而餘裕派在這樣一個關鍵時候，卻向他展示出遊戲文學的魅力，這無疑對他是一種誘導，一種牽引，使他意識到對於萬事的遊戲心情、遊戲態度，「乃是理知的人的透明的虛無的思想」，是「現代人的一種心情，當然有其存在的價

---

[44] 周作人：〈森鷗外博士〉，收入《自己的園地》，人民文學出版社1998年版，第137頁。

值」，從而真正認同、接受文學的「低徊趣味」性，使自己的人生觀、文學觀進一步沿著個人主義方向滑行。1924年，他在〈北京的茶食〉中寫道：「我們於日用必需的東西外，必須還有一點無用的遊戲與享樂。生活才覺得有意思。我們看夕陽，看秋河，看花，聽雨，聞香，喝不求解渴的酒，吃不求飽的點心，都是生活上必要的——雖然是無用的裝點，而且是愈精練愈好。」[45]開始嚮往無用的遊戲與享樂。這使我想起了夏目漱石在《雞冠花·序》中的餘裕論：「品茶澆花是餘裕，開開玩笑是餘裕，以繪畫雕刻來消遣也是餘裕，釣魚、唱小曲、看戲、避暑、溫泉療養都是餘裕。」兩相對照，可以得出周作人確實領會了夏目漱石等人餘裕論的精髓，並轉化為自己的血肉了。

但是，周作人對夏目漱石、森鷗外的接受，完全是從自己當時的心境出發的，未能把捉住夏目漱石倡導的文學餘裕論的真實意圖。夏目漱石是針對自然派才言說、提倡小說須觸著人生這一論點的，才提出不觸著的小說也是小說，也是文學，旨在糾正當時文壇過於急迫、功利的偏枯性，也就是為防止文學完全滑入「為社會人生」的一元論傾向，而這顯然被周作人所忽視。森鷗外也不只是一位遣興文學的倡導者，他的文學視野非常開闊，僅就中短篇小說而言，他「所處理的同時代人物種類之豐富和主題之多樣性，恐怕在日本的小說家中都是空前絕後，無與倫比的。」[46]如他寫過猛烈地批判社會的《沉默之塔》與哲理性的自傳小說《妄想》，可周作人感興趣的卻主要是有餘裕的作品《遊戲》、《杯》。

與之相比，魯迅對餘裕派文學的態度卻不同。如果說周作人主要是從個人心境出發去認同餘裕說，以滿足自我性情的需

---

[45] 周作人：〈北京的茶食〉，收入《雨天的書》，中國文聯出版公司1993年版，第41頁。
[46] 〔日〕加藤周一：《日本文學史序說》，葉渭渠、唐月梅譯，開明出版社1995年版，第315頁。

要，而魯迅則不是因自我性情的需要而走向餘裕派的，他是希望以餘裕說改變當時文學因過於功利性而顯得局促的局面，他對餘裕的理解沒有像周作人那樣走入極端，而是真正地領會了夏目漱石的意圖，即不觸著的小說與觸著的小說同樣有意義，文學不應該排除有餘裕的文學，也就是不應走入文學題村決定論的誤區。所以他不僅肯定森鷗外的餘裕文學，而且更加重視《沉默之塔》，認為可以借它來「比照中國」。[47]誠然，文學如果沒有餘裕，也就難以真正全面而深刻地表現生活，揭示生活的全部意義，這也是魯迅向中國文學引入餘裕說的重要原因與深刻用意。另外，與周作人的餘裕專指向個人相比，魯迅則是從民族未來命運的立場上看取餘裕論的，在他看來，如果一個民族沒有餘裕心，這民族也就沒有希望。這樣，魯迅便將自己與周作人完全區別開來了。如果說餘裕文學論使魯迅的為人生的啟蒙主義文學觀內在結構更為豐富、平衡；那麼，餘裕說因滿足了周作人開始出現的貴族化、個人化心境，使其文學進一步由社會向個人退守，以餘裕的個人趣味作為表現的中心，非平民化傾向更加強烈，文學觀念空間更加逼仄。

　　有島武郎拒絕與社會合作的自由主義傾向及個人化的文學主張，因暗合於周作人此時的精神狀態，而受到關注與認同。有島武郎是與明治國家一起成長起來的知識分子，但由於切身感受到了近代文明對人的擠壓，所以「不僅對明治國家，並對該社會保持明顯的距離，拒絕被組織進去，一貫持批判的立場」，而這種批判，目的不在於變革社會，而是以他自身的自我實現為目的，「自覺地按照自己的信念和原則來生活——在這個意義上說，可以顯示出個人主義者的一種類型。」[48]為了自

---

[47] 魯迅：〈《沉默之塔》譯者附記〉，收入《魯迅全集》第10卷，人民文學出版社1981年版，1996年第3次印刷，第225頁。

[48] 〔日〕加藤周一：《日本文學史序說》，葉渭渠、唐月梅譯，開明出版社1995年版，

己的獨立性，自覺地將自我從社會中獨立出來，拒絕被社會、國家組織進去，這種個人主義是一種自由主義式的，對於周作人而言，無疑是一種可以效法的生存方式。它決定了周作人對有島武郎的好感與認同，使他在這一時期與社會不合作的態度更加強烈，自覺地將興趣逐漸轉向歷史骨董與民間工藝。[49]無怪乎當他得知有島武郎離世的消息時不禁大驚，以為他的死「不只是令我們惋惜」[50]。不過，作為一位文學家，周作人對有島武郎的真正興趣還在文學上。他曾多次附錄或轉引有島武郎的創作理論，如1923年7月在〈有島武郎〉一文中轉引了：「第一，我因為寂寞，所以創作。第二，我因為欲愛，所以創作。第三，我因為欲得愛，所以創作。第四，我又因為欲鞭策自己的生活，所以創作。如何蠢笨而且缺乏向上性的我的生活呵！我厭倦了這個人。應該蛻棄的殼，在我已有幾個了。我的作品給我做了鞭策，嚴重的給我抽打那冥頑的殼。我願我的生活因了作品而得改造。」[51]這段話無疑給了因理想破滅開始放棄啟蒙理性而陷入矛盾苦悶中的周作人以巨大的衝擊。

那麼周作人在被衝擊的際遇中認同了什麼呢？1923年7月25日，他在《自己的園地‧序》中寫道：「我已明知我過去的薔薇色的夢都是虛幻，但我還在尋求」，尋求什麼呢？如何尋求？在結尾處他作了回答：「我因寂寞，在文學上尋求慰安：夾雜讀書，胡亂作文，不值學人之一笑，但在自己總得了相當的效果了。」這表明他從有島武郎那裏獲取的是因寂寞而創作，以創作慰安寂寞靈魂的觀點，而放棄了有島武郎借創作鞭策自己向上追求這更為積極的一面。有島武郎以自己的作品嚴

　　第351頁。

[49] 參見周作人：〈玩具〉，收入《自己的園地》，人民文學出版社1998年版，第94-97頁。

[50] 周作人：〈有島武郎〉，收入《自己的園地》，人民文學出版社1998年版，第139頁。

[51] 周作人：〈有島武郎〉，收入《自己的園地》，人民文學出版社1998年版，第141頁。

厲地抽打自己「那冥頑的殼」，以期改造自己的生活，而周作人似乎難以認同這一點，他只願胡亂作文、讀書，或「尋求想像的友人請他們聽我的無聊賴的閒談。」[52]他不是以創作激勵自己的向上性，而是將創作、讀書視作一種藝術化的生存方式。

那麼，同一時期，魯迅又是如何理解接受有島武郎這種創作理念的呢？20年代初，魯迅就開始閱讀有島武郎的作品，1923年在《現代日本小說集・附錄》中，他同樣援引了上述周作人所引用的那段話。同周作人一樣，他認同於有島的因寂寞而創作的觀點，將創作視為驅除寂寞的一種方式。但是魯迅不只是在這層意義上認同有島武郎的創作寂寞說，在更多的時候是將自我創作與社會革命聯繫起來，所以他說：「但或者也還未能忘懷於當時自己的寂寞的悲哀罷，所以有時仍不免吶喊幾聲，聊以慰藉那在寂寞裏奔馳的猛士，使他們不憚於前驅。」[53]一個是慰安自己，不斷地向個人天地回撤，一個則慰藉寂寞中奔馳的猛士，使自我在更深層意義上向社會敞開；一個更熱衷於無聊賴的閒談，一個則不忘吶喊幾聲。這就是周作人與魯迅接受有島武郎創作觀念後的不同反應。經過比較，我們清楚地發現，周作人經由有島武郎，進一步將創作視為個人自我拯救、安身立命的「勝業」。

這一時期引起周作人情感共鳴並進而作用於其新的文學觀念形成的還有短歌、俳句與川柳。它們是日本民族獨特的的詩體，其共同特徵是形式短小，表意含蓄，便於抒發個體瞬間感興。「短歌只用57577，總共5句31音合成」，又稱和歌；俳句則只有17個音，比和歌更短，日本「古時有俳諧連歌，用連歌

---

[52] 周作人：《自己的園地・序》，收入《自己的園地》，人民文學出版社1998年版，第3-5頁。

[53] 魯迅：《吶喊・自序》，《魯迅全集》第1卷，人民文學出版社1981年版，1987年北京第3次印刷，第419頁。

的體裁，將短歌的31音，分作575及77兩節，歌人各做一節，連續下去；但其中含著詼諧的意思，所以加上俳諧兩個字。後來覺得一首連歌中間，只要發句（即575的第一節）也可以獨立，便將77這一節刪去：這便叫作發句（Hokum），但現在普通總叫他為俳句了。」[54]它以芭蕉創立的閒寂趣味為基本詩風。俳句有季題與切字兩個特別要求。季題便是四季的物色和人事，俳句每首必有一個季題，如春水秋風種蒔接木之類。切字只是一種表詠歎的助詞，意義大約與「哉」相似。川柳詩形與俳句一樣，但沒有季題與切字規則。短歌、俳句大都用文言，而川柳則用俗語，專詠人情風俗，加以諷刺，還有江戶子的餘風，頗有趣味。它們與周作人的契合點是重寫景物、人情與風俗，純屬個人化寫作，不關涉社會，詼諧而富於閒情逸趣，且形式短小，便於發抒性情，捕捉剎那間的情思與偶感。

這種契合決定了周作人對它們的興趣與愛好，並進而形成個人式理解。正如野口米次郎在《日本詩歌的精神》中所比喻的，俳句好比一口掛著的鐘，「本是沉寂無聲的，要得有人去扣他一下，這才發出幽玄的響聲來，所以詩只好算作一半，一半要憑讀者的理會。」[55]那麼周作人是如何理解領會的呢？一、經由俳句等的發生發展歷程，他發現了日本小詩，「差不多已將隱遁思想與灑脫趣味合成的詩境推廣到絕點，更沒有什麼發展的餘地了」。[56]也就是說，隱遁與灑脫趣味，在他看來，是日本小詩貫通一氣的的特性。二、小詩頗適於抒寫剎那間的印象，「正是現代人的一種需要」，「現在我們沒有再做絕句的興致，這樣俳句式的小詩恰好來補這缺，供我們發表剎那的

[54] 周作人：〈日本的詩歌〉，收入《藝術與生活》，上海文藝出版社1999年版，第118頁。
[55] 周作人：〈日本的小詩〉，收入《藝術與生活》，上海文藝出版社1999年版，第126頁。
[56] 周作人：〈日本的小詩〉，收入《藝術與生活》，上海文藝出版社1999年版，第128頁。

感興之用。」[57]三、俳句等看似民間文學，但實質上頗具貴族氣。儘管小泉八雲在《詩片》中說：「詩歌在日本同空氣一樣的普遍，無論什麼人都感得能讀能作。」但周作人卻不因此將俳句等視為民間社會的文學：「但我們也不能承認俳句是平民的文學。理想的俳諧生活，去私慾而游於自然之美，『從造化友四時』的風雅之道，並不是為萬人而說，也不是萬人所能理會的。」[58]相反，它們是個人化的文學，雖多用俗語，但自能化成好詩，正如蕪村所道：「用俗而離俗」，從而獲取一種貴族氣。四、俳道是以生活為藝術的，[59]熱衷於渲染生活的閒寂趣味，追求詩的趣味性。周作人這種個人性闡釋，一方面挖掘出了日本短歌、俳句和川柳等小詩的潛在特性；另一方面，它是周作人借日本小詩來書寫自我、清理自己思想的一種重要方式。而在這種闡釋過程中，日本小詩不僅強化了他正在形成的某種情緒，如隱逸、非平民化傾向，而且作為一種外在觸媒，又進一步拓展了其情緒空間，如他的「閒寂趣味」主要便是由小詩而獲取的。這樣，日本小詩便轉化為一種催促其新的文學思想形成的重要力量。

四

以上，我們分析了周作人新村理想破滅後開始出現的新的人生觀、文學觀趨向，以及在這種新的觀念趨向作用下所進行的文學選擇，並分析了這些選擇對於主體新的文學觀念的進一步拓展、鞏固。接下來，我想進而弄清楚周作人是如何將這些

---

[57] 周作人：〈日本的小詩〉，收入《藝術與生活》，上海文藝出版社1999年版，第130-131頁。

[58] 周作人：〈日本的小詩〉，收入《藝術與生活》，上海文藝出版社1999年版，第131頁。

[59] 周作人：〈日本的小詩〉，收入《藝術與生活》，上海文藝出版社1999年版，第131頁。

新的文學項整合到一起的，以及由此形成的結構性功能。

藹理斯的理論，夏目漱石、森鷗外、有島武郎的文學觀，及俳句、川柳等，存在於各自特殊的歷史語境中，從整體上看南轅北轍各不相同。然而，周作人以自己特殊的感知方式，發現了它們之間的共同性，從而織入自己的知識結構中，使它們處於互動共生狀態。藹理斯的「生活的藝術」觀念，強調生活的藝術化，藝術的審美化，否定藝術的道德目的，尊重藝術的超然態度，這些與夏目漱石為代表的文學餘裕論在精神上是一致的，即與夏目漱石所強調的生活的餘裕心態，文學把玩生活的不觸著性相契合。這種契合使得周作人未能意識到夏目漱石的不觸著性是與觸著性相提並論並以觸著性為前提的特點，從而使自己進一步由社會向個人退守。這種不斷強化的向個人退守的傾向，又進而在有島武郎那裏找到了回應。有島武郎自覺地拒絕被社會國家組織進去，警惕任何社會化傾向，堅守個人化生存原則，將自我與社會相隔離。有島武郎堅持為個人的寂寞而寫作。這些觀點與餘裕論、生活的藝術化相結合，使得周作人將創作視作撫慰個人魂靈、擺脫孤寂的重要方式。與社會的不斷分離，必然帶來個人的孤獨寂寞，而這種孤寂又是日本小詩抒寫的重要主題，這樣他找到了通往短詩、俳句、川柳之路，以小詩形式排遣心中閒寂悲哀情緒，而藹理斯「生活的藝術」概念，又使他很自然地將小詩理解為一種「生活的藝術」化方式。於是，對小詩的玩賞本身也就意味著一種生活的餘裕、藝術的餘裕，也可理解為是一種非社會性的自我表現，而這種自我表現從本質上說已經轉化成了一種貴族化遊戲行為。由此可見，這些新的文學項，在周作人那裏是相互聯繫的，聯繫的基礎則是前述周作人自覺告別新村時，不自覺地由新村潛在特性那裏獲取的「個人意識」與貴族傾向，換言之，周作人是以自己的「個人意識」與貴族傾向將它們聯繫整合到一起

的，使它們構成一種共生互動的結構關係。

結構主義認為：「在任何既定情境裏，一種因素的本質就其本身而言是沒有意義的，它的意義事實上由它和既定情境中的其他因素之間的關係所決定。總之，任何實體或經驗的完整意義除非它被結合到結構（它是其中組成部分）中去，否則便不能被人們感覺到。」[60]我們由此得到的啟示是，在周作人那裏，藹理斯的「生活的藝術」觀、夏目漱石的餘裕論、有島武郎的文學寂寞說等的意義，是由它們共同構成的共生互動的結構關係所決定的。換言之，它們之間相互作用、滲透，構成一個新的結構體，上述它們各自的作用便是在這個結構體內完成的，而且結構使他們各自的功能得以充分地發揮，由此形成了一種結構性功能力量。正是這種力量使周作人完成了文學觀念的轉換，即由渡人轉換為渡己，由為社會寫作轉換成為個人寫作，貴族氣紳士風度的追尋取代了對平民文學的倡導。需要指出的是，現代中國風雲際會、事變不斷，無時不在作用於個體人的存在，周作人人生觀、文學觀的轉換就是伴隨時代發展不斷調整的結果。這種轉換是在艱難中完成的，其大趨勢是不可改變的，但也不排斥個別時期發生變化的可能性，事實上也是這樣。所以，我說周作人完成了文學觀念轉換是從總體趨勢上講的。

這種結構性功能導致的文學觀念轉換完成的時間是1924年，這使我再一次想起了魯迅，那時他在精神上也極度的苦悶，但他未像周作人那樣不斷地由社會向個人撤退，而是在苦悶中深入地探尋文學更有效地作用於社會人生的方式，他的文學觀的社會性更加鮮明。事實上，這種區別從他們對待夏目漱石、有島武郎的不同態度上已經顯露出來了。那麼，兩兄弟人

---

[60] 〔英〕特倫斯・霍克斯：《結構主義和符號學》，瞿鐵鵬譯，上海譯文出版社1987年版，第8-9頁。

生際遇頗為相似，何以出現這種區別呢？我以為五四時對待新村主義的不同態度，可謂是這種區別的最初源頭。當周作人傾注滿腔熱情倡導新村主義時，魯迅卻不為新村主義者所描述的理想圖景以及實現理想的方式所動，態度十分冷淡。在他看來，周作人那些關於新村的文章，「不是什麼大文章，不必各處登載的。」[61]甚至在《頭髮的故事》中質疑道：「改革麼？武器在哪裏？工讀麼，工廠在哪裏？」他以清醒的現實主義眼光洞悉出新村的烏托邦性質，由此與周作人區別開來。周魯五四時期的文學觀都屬於改造民族靈魂的啟蒙主義文學觀，人間性、社會性是其共同的特徵之一，而魯迅因未遭遇新村式理想的影響，也就避免了由新村通往「隱遁」向個人退守的可能性。當周作人日益偏離「社會」，由個人主義的人間本位主義演化為個人主義時，魯迅卻始終能以「人間性」去平衡個人意識，防止走向極端，所以他看取餘裕文學論、有島武郎文學寂寞說的角度也就完全不同。由此，我們就不難理解當1924年周作人完成文學觀念轉換時，魯迅卻能在精神苦悶中及時地從廚川白村那裏獲取「人間苦」觀念這一現象。他是以「人間苦」去調衡內在情緒結構，抑制個人主義的膨脹，使其文學始終關涉社會人間疾苦。

第三節　平和、沖淡、閒適的散文創作風格與日本文學

　　日本文學在作用於周作人文學觀念形成、演變的同時，很自然地影響到其創作。影響的特點並非表現在個別作品主題、形式等方面，而是體現在整體風格上，即主要在日本文學諸種特徵綜合作用下，周作人形成了自己獨特的風格，也就是

---

[61] 魯迅：〈致錢玄同書〉（1919年8月13日），《魯迅全集》第11卷，人民文學出版社1981年版，1987年第3次印刷，第366頁。

平和、沖淡、閒適的風格。所謂「主要在日本文學諸種特徵綜合作用下」意味著這種風格的形成遠非日本一國文學作用的結果，尚包括中國傳統文學、希臘等國文學及周作人個人先天因素等所起的作用。我的工作不是去分論這些因素各自對周作人的意義，而是論證這種風格形成與日本文學的內在聯繫，也就是辨析出日本文學在其風格形成中所起的作用。

一

風格即人這一陳舊的命題，以它的簡練、準確以及由此獲得的在論證問題時的邏輯力量，讓我常常意識到它對於作家分析的有效性。其意思是，風格是人的特點的綜合顯現，即個人的人生觀念、生存方式及審美意識等規約著風格的形成與內在構造及特點。周作人深受日本文化、文學薰陶，日本化程度極高。1925年，他坦言：「老實說，日本是我所愛的國土之一，正如那古希臘也是其一。我對於日本，如對於希臘一樣，沒有什麼研究，但我喜歡他的所有的東西。我愛他的遊戲文學與俗曲，浮世繪，瓷銅漆器，四張半席子的書房，小袖與駒屐，──就是飲食，我也並不一定偏袒認為世界第一的中國菜，卻愛生魚清湯。是的，我能夠在日本的任何處安住，其安閒決不下於在中國。」[62]他甚至以日本為故鄉，[63]完全陶醉於日本文化、文學之中。他對自我與社會關係的理解，對人和自然的感覺與把握方式，對藝術美的認識，等等，是以日本文化、文學為參照的，著上了鮮明的日本色彩。這就是周作人的一種個人特性，它對於創作風格形成的作用，遠非他種因素所能比擬的。

---

[62] 周作人：〈日本浪人與順天時報〉，收入《談虎集》，上海書店1987年影印，第506-507頁。

[63] 周作人：〈故鄉的野菜〉，收入《雨天的書》，中國文聯出版公司1993年版，第37頁。

如前所論，日本給周作人的最初印象是「愛好天然」與「崇尚簡樸」。不僅如此，他還由日本的「下馱」獲得了「閒適」這一概念：「閒適的是日本下馱」[64]；由日本的衣食住感受到了「清疏有致」、「清淡」、「冷」之趣味。[65]這最初的感覺、印象「五十年來一直沒有什麼變更或是修正」。[66]其實，何嘗是沒有變更、修正，他一直是以這最初的印象作為理解、接受日本文化、文學的鑰匙，使這種印象不斷強化、加深以至發展。如在〈日本的新村〉中，他頗為認同地援引了武者小路實篤《一個青年的夢·序》中的一段話：「我望平和的合理的又自然的，生出這新秩序。血腥的事，能避去時，最好是避去。這並不盡因我膽小的緣故，實因我願做平和的人民。」[67]周作人在這裏無疑是借武者小路實篤以抒寫自己的人生觀與心境。「平和的合理的又自然的」是他所理想的境界，而這與他對日本的最初感覺——「愛好天然」之間有著不言自明的邏輯聯繫。也就是說，他對日本的最初解讀，隨著他對日本社會現實特別是民族歷史文化瞭解的加深，其正確性不斷地被驗證。如在1921年至1925年，他反覆稱頌日本狂言，理由是一樣的：「狂言是高尚的平民文學之一種，用了當時的口語，描寫社會的乖繆與愚鈍，但其滑稽趣味很是純樸而且淡泊，所以沒有那些俗惡的回味」。[68]純樸淡泊，也就是「自然」，沒有俗惡氣。1925年在《徒然草·小引》中，他稱：「《徒然草》文章雖然是模古的，但很是自然，沒有後世假典派的那種扭捏毛病」，[69]

---

[64] 周作人：〈最初的印象〉，《知堂回想錄》，群眾出版社1999年版，第159頁。

[65] 周作人：〈日本的衣食住〉，《知堂回想錄》，群眾出版社1999年版，第162-166頁。

[66] 周作人：〈最初的印象〉，《知堂回想錄》，群眾出版社1999年版，第157頁。

[67] 周作人：〈日本的新村〉，收入《藝術與生活》，上海文藝出版社1999年版，第212頁。

[68] 周作人：《狂言十番·附記》，收入張明高等編：《周作人散文》（3），中國廣播電視出版社1992年版，第247頁。

[69] 周作人：《徒然草·小引》，1925年4月13日《語絲》，第22期。

沒有假典派的扭捏之氣，模古卻自然親切，因而頗為有趣。「自然」與否成為一個最重要的標準。這種驗證過程，實際上是一種在不斷發現闡釋中向主體滲透的過程，也就是一種認同基礎上的內化過程。所以，1925年他在病中寫道：「我近來作文極慕平淡自然的景地。但是看古代或外國文學才有此種作品，自己還夢想不到有能做的一天」，[70]平淡、自然被他視為創作的理想境界。在另一處，他告白：「我的意見總是傾向著平凡這一面，在近來愈益顯著。我常同朋友們笑說，我自己是一個中庸主義者」，「凡過火的事物我都不以為好，而不寬容也就算作其中之一。」[71]在〈楊柳〉中，又說：「我平常寫雜文，用語時時檢點，忌用武斷誇張的文句」，[72]到1936年他說得更直接：「平淡，這是我所最缺少的，雖然也原是我的理想」、「閒適亦只是我的一理想而已」。[73]由此可見，他對日本的最初解讀：「天然」、「簡樸」、「清淡」、「閒適」以及由此轉化而來的平和、沖淡合乎邏輯地內化成了他的審美意識與理想。作為審美意識，它體現了與日本傳統文學超政治性特徵的內在聯繫性，而作為審美理想則成為他創作中自覺追求的境界，從而規約著其創作走向與個性特徵。

二

考察一個作家的創作，落到實處，就是考察他寫什麼和怎麼寫。而寫什麼的問題，也就是題材問題。題材從一般分類

---

[70] 周作人：《雨天的書‧自序二》，收入《雨天的書》，中國文聯出版公司1993年版，第3頁。

[71] 周作人：《談虎集‧後記》，收入《談虎集》，上海書店1987年影印，第622頁。

[72] 周作人：〈楊柳〉，收入《苦茶隨筆》，上海北新書局1935年版，第209頁。

[73] 周作人：〈自己的文章〉，收入《雨中的人生》，湖南文藝出版社1991年版，第466-469頁。

標準來看，則可分為政治社會型和日常生活型。那麼，周作人取哪一類呢？上述自然、平和、沖淡的審美意識與理想決定了他不可能對那些急風暴雨、驚心動魄性的政治社會類題材感興趣，他的視線勢必會聚焦於日常生活上。這也就決定了他對日本寫生文的興趣。

所謂寫生文就是「把歐洲繪畫的寫生手法移植到文章中，採用這種手法寫出的作品叫作寫生文。」[74] 由於寫生實驗首先是借俳句革新展開的，後才推及散文領域，所以寫生文又稱新俳文。它主張走出戶外，直面大自然以寫生。倡導者是正岡子規，代表作家還有夏目漱石、阪本文泉子、柳田國男等。他們通常將題材分為自然類與人間類，人間類相對於自然類，主要包括人間複雜的社會關係、人事糾葛等，而寫生文則取材於自然類。阪本文泉子曾說過：「描寫人生的是小說，描寫天然的是寫生文。換言之，寫生文是不觸及人生的。」[75] 天然就是自然，也就是與人間相對的，所以他所謂的人生便是「人間」之意。他對小說、寫生文之分類界說雖不準確，但卻清楚地指出了寫生文的題材特點。即寫生文的題材大都為草木蟲魚、山川風物等自然景物，或日常瑣事寫真，往事追懷，一般不觸及人生利害關係，屬於我們前面所劃分的日常生活型。

周作人曾多次援引柳田國男、正岡子規、夏目漱石等人的有關文字，論及他們的寫生文創作，引他們為知己：「晚近更有正岡子規的提倡寫生，這是受了寫真主義文學的影響了。但是儘管如此，它卻始終沒有脫掉『俳諧』的圈子，仍舊是用『平淡俗語』來表達思想，這是我所以覺得很有意思的地方。」「子規所提倡的『寫生』亦應用於散文方面，有一種特別的成就。我還保存著一冊舊雜誌，……有些寫生派的作家如

---

[74] 西鄉信綱等：《日本文學史》，人民文學出版社1978年版，第267頁。

[75] 〔日〕阪本文泉子：《文話三則》，明治39年12月1日《杜鵑》。

長塚節，高濱虛子，阪本四方等人的著作，又常在那上邊發表，……都是我所喜歡的。」[76]在另一處，他說：「說到文章我從前也很喜歡根岸派所提倡的寫生文，正岡子規之外，阪本文泉子與長塚節的散文，我至今還愛讀。」[77]他深愛寫生文，甚至「擬作寫生文」，[78]頗受寫生文影響。五四高潮後，他的創作逐漸由社會啟蒙轉向個人遣興，不再熱衷於社會人生大是大非問題，於是在寫生文啟示下將興趣轉向超政治的草木蟲魚：「以後應當努力，用心寫好文章，莫管人家鳥事，且談草木蟲魚，要緊要緊。」[79]他希望由草木蟲魚，窺知人類之事，由草木蟲魚求得靈魂的安逸。所以，他的散文題材主要集中於不觸著社會的自然景致、日常生活等方面。如蒼蠅、苦雨、鳥聲、烏篷船、金魚、虱子、莧菜梗、蝙蝠、蚯蚓、螢火蟲、蓑衣蟲、爆竹、羊肝餅、甘蔗、荸薺、石板路、油炸鬼、雷公、中秋月、窩窩頭、禹跡寺、上墳船、東昌坊，等等。他沉迷於喝茶、談酒、玩骨董、聽秋蟲鳴聲之中，以抒懷遣興。這類題材正是日本寫生文所熱衷的「天然」題材。

與日本寫生文題材主要寫自然之物相比，周作人的散文取材要寬泛得多，古今中外歷史文物、天文地理、生老病死等都是他所熱衷而善於抒寫的，所以他的散文空間較之日本寫生文更為擴大一些，意蘊也要豐富、深厚得多，在這點上他將自己的散文與日本寫生文區別開來。不過，從本質上看，這種擴大、豐富並未改變文章的「低徊趣味」性，也就是說，寫生文的精神作為一種血液已溶入到其創作中了。

---

[76] 周作人：〈俳諧〉，《知堂回想錄》，群眾出版社1999年版，第215-216頁。

[77] 周作人：〈冬天的蠅〉，收入《苦竹雜記》，乃趙家璧編輯良友文學叢書第23種，上海良友總公司初版，因磨損年月不詳，第4頁。

[78] 周作人：〈俳諧〉，《知堂回想錄》，群眾出版社1999年版，第217頁。

[79] 周作人：《苦茶隨筆‧後記》，收入《苦茶隨筆》，上海北新書局1935年版，第345頁。

文學成就的高低，不取決於題材的大小，但題材的客觀屬性，對文章的氣勢、風貌特徵的形成，卻起著不容忽視的作用。周作人散文題材，如上所述，最突出的特徵是與日本寫生文題材相似的超政治性，它給人以自然、平和、沉靜之感，難以引起創作者情感的劇烈震盪。這使得作品難以形成一種博大的氣勢，豪放的激情，而是趨向平和、纖麗。

三

對於一個作家來說，怎樣處理題材比選擇題材更能顯示出獨特性來，就是說怎麼寫比寫什麼對於創作風格的形成意義更大。那麼，周作人是怎樣駕馭題材的呢？這涉及到情感表達方式、重要的修辭方法、語言、文體等。而在這些方面周作人與日本文學有著較為深刻的聯繫。

周作人選擇茶、酒、故鄉野菜、童年經驗、日常生活瑣事等作為書寫對象，是由於它們的固有屬性滿足了周作人的情感需要，使他在尋路中精神得以小息。面對它們，他似乎有一種無法遏制的激情，只好不斷地向人們述說，希望人們也象他一樣從這些物象中領悟出人生的真趣。對於他來說，感情不可謂不熾熱濃烈，然而在具體言說時，他卻選擇了日本文學的表達方式。

日本學者鈴木修次在比較中日文學之異同時認為：「日本文學最初是在漢字影響下產生的，但是，日本人似乎認為中國文學的主要性質、色彩過於『濃重』，而將其『淡化』了」，「不『淡化』、『淨化』和『純化』就不能合乎日本人的嗜好，在這一點上表現出日本獨特的傾向。」[80]淡化是日本文學

80　〔日〕鈴木修次：《中國文學與日本文學》，海峽文藝出版社1989年版，第3頁、第19頁。

的一種美學追求，表現在情感描寫上，就是強調節制，努力將波濤洶湧的急流轉化為潺潺小溪。正如14世紀吉田兼好的《徒然草》中所道：「過分興高采烈者，終將索然無味」，「萬事以不過分深入為宜。達人決不因自己通曉事理而故作淵博，喋喋不休」，「談吐悅耳，態度和藹，言詞簡潔，雖久談不厭」，「含苞未放之枝頭，花飄葉落之庭院，豈不更令人賞心悅目乎。」[81]周作人精通日本文學，尤其欽佩兼好法師，曾數次著文抒認同之感，如《笠翁與兼好法師》[82]。且於1925年譯出14段《徒然草》，如〈憂患〉、〈長生〉、〈中年〉、〈女色〉、〈飲酒〉、〈獨居〉、〈自然之美〉、〈秋月〉等。在《徒然草·小引》中，他指出：「兩卷書裏禁慾家與快樂派的思想同時並存，照普通說法不免說是矛盾，但我覺得也正在這個地方使人最感到興趣，因為這是最人情的，比傾向任何極端都要更自然而且更好。」[83]禁慾與快樂同時並存，便是一種情感調控，一種節制，使情感趨於中和、平淡，以避免極端化。

由此可見，周作人確實悟徹並深愛日本文學淡化情感這一傳統美學神韻，並內化成為一種重要的美學原則了。「人的臉上固然不可沒有表情，但我想只要淡淡地表現就好，譬如微微一笑，或者在眼光露出一種感情，——自然，戀愛與死等可以算是例外，無妨有較強烈的表示，但也似乎不必那樣掀起鼻子，露出牙齒，彷彿是要咬人的樣子。」[84]所以，面對創作對象，哪怕是讓他激動萬分的對象，他都努力避免情感的熾熱化，追求平和的心境，從情熱中淡出。「故鄉的野菜」是典型的周作人式

---

[81] 〔日〕吉田兼好：《徒然草》，轉引自日本鈴木修次的《中國文學與日本文學》，海峽文藝出版社1989年版，第76頁。

[82] 周作人：〈笠翁與兼好法師〉，收入《雨天的書》，中國文聯出版公司1993年版，第82-84頁。

[83] 周作人：《徒然草·小引》，1925年4月13日《語絲》，第22期。

[84] 周作人：〈金魚〉，收入《看雲集》，開明出版社1992年版，第16頁。

題材，最能引起他的創作衝動，〈故鄉的野菜〉便是對這種衝動情感的抒寫。然而，他卻採用娓娓道來的方式，引經注典，化情熱為溫愛。試看第一段：「我的故鄉不止一個，凡我住過的地方都是故鄉。故鄉對於我並沒有什麼特別的情分，只因釣於斯游於斯的關係，朝夕會面，遂成相識，正如鄉村裏的鄰舍一樣，雖然不是親屬，別後有時也要想念到他。我在浙東住過十幾年，南京東京都住過六年，這都是我的故鄉，現在住在北京，於是北京就成了我的家鄉了。」為淡化感情，他消解了傳統意義上的故鄉及與故鄉的關係，稱凡住過的地方都是故鄉，且將與故鄉的關係，輕描淡寫地說成是「鄉村裏的鄰舍」關係，從而使自己從故鄉濃情中淡出，使全文情感基調趨向平和、沖淡。又如《烏篷船》中，他將自己對傳統文化的禮讚，對現代文明強烈的反感轉換成對故鄉烏篷船近於囉唆的說明。初戀情人對人們來說，往往是最難忘的，也是最美好的，然而周作人在《初戀》中卻如此描寫曾激起他「熱情」的戀人：「彷彿是一個尖面龐，烏眼睛，瘦小身材，而且有尖小的腳的少女，並沒有什麼殊勝的地方」，描寫極為冷靜。對於她的死，雖頗覺不快，但語言表述卻是：「想像她的悲慘的死相，但同時卻又似乎很是安靜，彷彿心裏有一塊大石頭已經放下了。」戀愛按他的說法可「無妨有較強烈的表示」，然而在這裏他卻仍只是淡淡地表現。

淡化濃情，追求平和，這就是周作人在日本文學影響下形成的一種典型的情感表現方式。

四

與這種情感表現方式密切相關的一種修辭手法是諷刺，它是調控主客關係，處理情感的重要手段。中國文學意義上的諷刺，顯然是強化創作主體對於敘述對象的情緒反應，凸現主

體情感，使之盡情宣洩的有效修辭形式；與之相比，日本文學中的諷刺則努力弱化主體情緒，使之避免劍拔弩張的可能性。對於這種區別，鈴木修次說得十分清楚：「中國文學的諷刺，是以更多的直言作為宗旨的，因而往往過於認真，缺乏笑的因素。」與之相比，「在很早就接受小說故事趣味性的日本，對『諷刺』的理解，也不象中國那樣嚴格，常常蘊含著遊戲精神。在日本，把『諷刺』理解為『嘲弄』，這一點從Caricature被譯成『諷刺』也可清楚瞭解。在日本，一提到『諷刺』，如果沒有嘲弄的精神、遊戲的心情、滑稽的姿態就認為是沒趣的。」那麼，從哪裏可以尋出這種日本式的諷刺呢？他接著指出：「在落首和川柳的精神中蘊含流傳著日本諷刺的傳統。以曲藝而論，在『阿龜』和『火男』的對話中就有日本諷刺的傳統。」[85]由此可見，有否笑與遊戲精神是中日文學諷刺修辭的根本區別所在。

由於笑與遊戲能化嚴肅為輕鬆，使情感趨於平和，滿足了周作人情感表現的需要，因而引起了他對具有這種特性的日本式諷刺的興趣與認同。1923年他在〈日本的諷刺詩〉中論及川柳時說：「好的川柳，其妙處全在確實地抓住情景的要點，毫不客氣而又很有含蓄的投擲出去，使讀者感到一種小的針刺，又正如吃到一點芥末，辣得眼淚出來，卻剎時過去了，並不像青椒那樣的黏纏。川柳揭穿人情之機微，根本上並沒有什麼惡意，我們看了那裏所寫的世相，不禁點頭微笑，但一面因了這些人情弱點，或者反覺得人間之更為可愛。」[86]含蓄而不含惡意的諷刺，這便是周作人的興趣所在。狂言是日本古代一種小喜劇，周作人十分欣賞其表現社會乖繆與愚鈍時所運用的滑稽形式，「其滑稽趣味很是純樸而且淡白，所以沒有那些俗惡的回

---

[85] 〔日〕鈴木修次：《中國文學與日本文學》，海峽文藝出版社1989年版，第29-30頁。
[86] 周作人：〈日本的諷刺詩〉，收入《談龍集》，上海書店1987年影印，第201-202頁。

味。」[87]俳文同樣讓周作人領悟出日本諷刺之特性，他曾如此理解俳境：「一是高遠清雅的俳境，二是諧謔諷刺，三是介在這中間的蘊藉而詼詭的趣味。」[88]諧謔、諷刺、詼詭，這些正是鈴木修次所謂的日本式諷刺的特性。在〈凡人崇拜〉一文中，周作人論到自己所佩服的散文家戶川秋骨，稱其文章「獨有在非常時的兇手所沒有的那微笑，一部分自然無妨說是出於英文學的幽默，一部分又似日本文學裏的俳味。雖然不曾聽說他弄俳句，卻是深通『能樂』，所以自有一種特殊的氣韻，與全受西洋風的論文不相同也。」[89]這種俳味也就是日本傳統文學中那種幽默式諷刺，諷刺中融入了遊戲精神。

顯然，周作人是經由川柳、狂言、俳文等理解接受日本式諷刺的，並由此稱中國文學的諷刺過於嚴肅、緊張，缺乏幽默感[90]與趣味性。雖然「缺少笑話似乎也沒有什麼要緊，不過這是不健全的一種徵候，道學與八股把握住了人心的證據。」[91]在他看來缺乏餘裕的中國諷刺與道學和八股文相關，不只是一種純修辭形式問題，關涉到一個民族的命運。這種認識，決定了他在創作中捨過於認真的中國式諷刺而取日本的諧謔諷刺。如1921年作的《碰傷》，對於北洋軍閥政府在軍警毆打「索薪」教員之後竟言教員是自己「碰傷」事件，周作人十分憤慨，但在作品中卻極力抑制情感，其重要方式便是滑稽式諷刺：

---

[87] 周作人：《狂言十番・附記》，收入張明高等編《周作人散文》（3），中國廣播電視出版社1992年版，第247頁。

[88] 周作人：〈談俳文〉，收入《藥味集》，河北教育出版社2002年版，第99頁。

[89] 周作人：〈凡人崇拜〉，《秉燭談》，河北教育出版社2002年版，第101頁。

[90] 他博覽古書，總算找到了一位議論公平而文章乃多滑稽趣味者，即乾嘉時的俞理初，稱曰：「俞理初可以算是這樣一個偉大的常人了，不客氣的駁正俗說，而又多以詼諧的態度出之，這最使我佩服，只可惜上下三百年此種人不可多得，深恐只手不能滿也。」見〈俞理初的詼諧〉，收入《秉燭後談》，河北教育出版社2002年版。

[91] 周作人：〈日本的落語〉，收入張明高等編《周作人散文》（3），中國廣播電視出版社1992年版，第332頁。

「一隻招商局的輪船，又在長江中碰在當時國務總理所坐的軍艦的頭上，隨即沉沒，死了若干沒有價值的人。……因此可以知道，碰傷在中國實是常有的事。至於完全責任，當然由被碰的去負擔。」敘事者模擬當局的語氣，以平靜的言語，為「碰傷」這一荒謬之論作辯護。這種不可信的敘事，旨在嘲諷「碰傷」之說，而類比語氣使整個語境由諷刺轉換為詼諧，情感也因此被有效地調控在「平和」這一「度」內。在《娼女禮讚》中，他這樣寫道：「聖人有言，飲食男女，人之大欲存焉。世之人往往厄於貧賤，不能兩全，自手至口，僅得活命，若有人為『煮粥』，則吃粥亦即有兩張嘴，此窮漢之所以興歎也。若夫賣淫，乃寓飲食於男女之中，猶有魚而復得兼熊掌，豈非天地間僅有的良法美意，吾人欲不喝彩叫好又安可得耶？」諷刺而不失機智、詼詭。〈談《目連戲》〉寫「張蠻打爹」的一段：「『從前我們打爹的時候，爹逃了就算了。現在呢，爹逃了還是追著要打！』這正是常見的『世道衰微人心不古』兩句話的最妙的通俗解釋。」諷刺而不失遊戲姿態，充滿趣味性，令人忍俊不禁。再如《麻醉禮讚》如此寫鴉片之趣味：「鴉片的趣味何在，我因為沒有入過黑籍，不能知道，但總是麻蘇蘇地很有趣吧。我曾見一位煙戶，窮得可以，真不愧為鶉衣百結，但頭戴一頂瓜皮帽，前面頂邊燒成一個大窟窿，乃是沉醉時把頭屈下去在燈上燒去的，於此即可想見其陶然之狀態了。」反對抽鴉片卻津津有味地言說鴉片之趣味，諷刺而不含惡意，反而詼諧有餘。

這種日本式諷刺方式的引入，從文化批評角度看，具有反傳統道學的意義；從文學上講，則可理解為對八股文合法性的質疑，對趣味性的追尋，是培植現代文學餘裕性的一種自覺嘗試；從周作人個人角度看，可謂是淡化情感、追求平和沖淡文風的一種努力，客觀上講，這種引入、借用確實有助於這一文風的形成。

五

　　錢理群曾說過，周作人「在思考、關注中國文學的發展時，總是首先從語言形式入手：這幾乎成了他的思維習慣，而且往往能夠抓住問題的癥結。」[92]事實確實如此，周作人一生對語言極為敏感，從未間斷過對文學語言的探索。他掌握了日語、希臘語、英語、世界語等多種語言，這是他思索問題的基礎也是優勢。他渴望以他種語言特徵來啟動漢語被既有語法規範所遮蔽的潛在功能，彌補漢語言說方式上某些先天的不足，增強漢語的表現力。也就是以他種語言為參照，完成漢語的現代轉換，以創造表達機制更為健全的現代文學語言。作為一位作家而非語言學家，周作人這種思考探索更多地是體現在創作上，從他的作品中就如同在魯迅、胡適等的作品中，人們不難察覺出這種探索的痕跡。然而本課題決定了我只能從日語角度來辨析這種探索對於創作的影響。事實上，外來語言中對他影響最大的也正是日語。

　　他精通日語，常常駐足於文字本身，感悟其趣味，體察其內在生命與神韻。他的日語知識，主要不是來自課堂，而是因住在東京耳濡目染獲得的，「其來源大抵是家庭的說話，看小說看報，聽說書與相聲，沒有講堂的嚴格的訓練，但是後面有社會的背景，所以還似乎比較容易學習。這樣學了來的言語，有如一顆草花，即使即石竹花也罷，是有根的盆栽，與插瓶的大朵大理菊不同，其用處也就不大一樣。」「有根」這是最重要的，它意味著周作人能進入到具體的日語語境中，領悟其微妙性，所以他看日本書，並不只是為求新知，而是「連文字來賞味，有時這文字亦為其佳味之一分子，不很可以分離」，

―――――――――――
[92]　錢理群：《周作人傳》，北京十月文藝出版社1990年版，1992年第2次印刷，第321頁。

「文字或者仍是敲門的一塊磚頭；不過對於磚也會得看看花紋式樣，不見得用了立即扔在一旁。」[93]在那個急功近利的年代裏，於他國語言本身有如此興味者，尚不多見，「講到底我是主張學日本語的」。[94]興趣是內在的，主張是向外的，但主張源自內在的興趣。而主張的目的是為了發掘、借鑑異質語言特性以加速現代文學語言的完善進程。對於周作人個人來說，這種興趣、主張則勢必轉移到創作上，也就是將日語的某些特點化入自己的語言系統內，構成一種與自我風格更為契合的新的言語方式，以更準確、更自然地言說自我和外在世界。

對日語結構鬆散、節奏舒緩、格調優婉特點的感受與化用。日本語是複音的言語，「語長而助詞多」；[95]「不詳細說明一個句子的主語，如果能夠從上下文中猜出來或者從動詞的客氣程度可以作出判斷的話。日語詞尾變化很大。」[96]與之相比，「中國話多孤立單音的字」，[97]沒有詞尾變化。這種區別使得中國人「容易誤會日本好講廢話，語尾原是不必要的廢物，可以乾脆割掉丟開了事。」這種誤會是可以理解的，因為「本來日本語與中國語在系統上毫無關係。」[98]難以相互認同。上述兩種語言的區別，體現在語氣上則一為舒緩、平和，一為急促、緊迫，正如魯迅所言，「日本語原是很能優婉的」，[99]而

---

[93] 周作人：〈拾遺（巳）——我的雜學〉，《知堂回想錄》，群眾出版社1999年版，第630頁。

[94] 周作人：〈關於日本語〉，收入《苦竹雜記》，乃趙家璧編輯良友文學叢書第23種，上海良友總公司初版，因磨損年月不詳，第243頁。

[95] 黃公度：〈日本雜事詩〉，轉引自周作人《苦竹雜記和文漢讀法》，乃趙家璧編輯良友文學叢書第23種，上海良友總公司初版，因磨損年月不詳，第258頁。

[96] 〔美〕愛德溫·賴肖爾：《日本人》，孟勝德、劉文濤譯，上海譯文出版社1980年版，1989年第3次印刷，第430頁。

[97] 周作人：〈譯詩的困難〉，收入《談虎集》，上海書店1987年影印，第22頁。

[98] 周作人：〈和文漢讀法〉，收入《苦竹雜記》，乃趙家璧編輯良友文學叢書第23種，上海良友總公司初版，因磨損年月不詳，第258-259頁。

[99] 魯迅：《桃色的雲·序》，《魯迅全集》第10卷，人民文學出版社1981年版，1996年

「中國文是急促的文，話也是急促的話。」[100]這就使得兩種語言的轉換很困難，難怪周作人經常感歎日本文學不好譯，尤其是優美有餘、剛健不足的短詩難譯：「31音的短詩，不能同中國一樣的一音一義，成31個有意義的字；這31音大抵只能當得10個漢字，如俳句的17音，不過六七個漢字罷了。用10個以內的字，要抒情敘景，倘是直說，開口便完。」[101]他深切地感受到漢語音節急促，節奏緊迫，難以表現出日語曲折的句法，特別的助詞，以及由此而形成的舒徐的韻律與優婉的格調。

如果說舒緩、平和、優婉是日語的一大特徵，那麼這一特徵還表現在語句間結構關係上。美國學者賴肖爾說過，日本人「在寫作以及談話中喜歡運用鬆散的論證方法，而不用嚴密的邏輯推理；寧願提出建議或者舉例說明，而不用明快的語言陳述自己的觀點。」[102]表現在文字上便是熱衷於運用長句子，往往一段為一個長句子。舒蕪也曾指出：「日本文章的標點符號，本來也就習慣於每段之內逗號到底，段末才有一個句號，於是一段成為一個長句子。」[103]這種長句子的特點是內在聯繫鬆散、節奏慢。對日語的精通，對中日語言差異的切身感受，使周作人意識到了節奏舒緩的日語更適宜於抒寫自己平和的心境與情感，以及與這種心境、情感相契合的「超政治性」的生活內容。所以他不斷地提倡學習日語以領悟其獨特的意趣。從其作品中，我們能夠感受到他對語氣平和、節奏舒緩的日語的熱忱與自覺借用，具體表現主要是長句子的運用。如「可惜我

第3次印刷，第209頁。

[100] 魯迅：《池邊·譯者附記》，《魯迅全集》第10卷，人民文學出版社1981年版，1996年第3次印刷，第201-202頁。

[101] 周作人：〈日本的詩歌〉，收入《藝術與生活》，上海文藝出版社1999年版，第111頁。

[102] 〔美〕愛德溫·賴肖爾：《日本人》，孟勝德、劉文濤譯，上海譯文出版社1980年版，1989年第3次印刷，第427頁。

[103] 舒蕪：〈周作人的散文藝術〉，《文藝研究》1988年第4-5期。

256 | 中國近現代文學轉型與日本文學關係研究

與杭州沒有很深的情分，十四五歲曾經住過兩個年頭，雖然因了幼稚的心的感動，提起塔兒頭與清波門都還感到一種親近，本來很是嫌憎的杭州話也並不覺得怎麼討厭，但那時環境總是太暗淡了，後來想起時常是從花牌樓到杭州府的一條路，發見自己在這中間，一個身服父親的重喪的小孩隔日去探望在監的祖父。」[104]這種大段之內逗號到底的長句子在周作人散文中彼彼皆是，可謂是在日語影響下形成的一種新的言語方式，其語勢平緩，節奏自然平和，「很像日本語文的句式，而不是德國語文中的長句子那樣結構嚴密得像一架精密儀器。」[105]它的功能是適宜於表現平和淡泊的心境、紆徐古雅的情緒、雍容的神情，並促使整個文風趨向平和。

被周作人深切地感受、認同並在創作中自覺化用的另一日語特徵是「敬語」。他曾專文指出：「日本語中特別有一種所謂敬語，這是在外國語裏所很少見的。中國話中本來也有尊姓台甫那一套，不過那是很公式的東西，若是平常談話裏多使用，便覺得有點可笑了。日本的敬語稍有不同，他於真正表現恭敬之外，還用以顯示口氣鄭重的程度。」[106]誠然，敬語是日語的一大特徵。同樣一句話，因講話人與聽者或與話中提及的第三人關係的親疏遠近、輩份及地位的高低不同，而會有不同的說法，這就是敬語。敬語構成極為複雜，但從性質上看可分為三類。一類是鄭重語，即講話人為了對聽者表示禮貌而使用的敬語。主要使用鄭重動詞和鄭重補助動詞予以表示。二類是尊敬語，即講話人為了對聽者或話中提及的第三人表示尊敬而使用的敬語，主要使用尊他動詞、尊他補助動詞和尊他助動詞

---

[104] 周作人：〈永日集《燕知草》跋〉，河北教育出版社1994年版，第86頁。

[105] 舒蕪：〈周作人的散文藝術〉，《文藝研究》1988年第4-5期。

[106] 周作人：〈文字的趣味二〉，收入《苦竹雜記》，乃趙家璧編輯良友文學叢書第23種，上海良友總公司初版，因磨損年月不詳，第274頁。

予以表示。三類是自謙語，是講話人以謙卑的語氣，通過貶低自己來表達對聽者或話中提及的第三人的敬意而使用的敬語，它主要使用自謙動詞、自謙補助動詞予以表示。周作人對日本敬語的理解相當深刻，他深知通過敬語讀者能夠「感到人物與事情的狀態，可以省去好些無謂的說明。還有日本女人說話的口氣也有一種特殊的地方，與男子不一樣，在文章的對話中特別有便利，也是別國的言語裏所沒有的。」[107]他熱望於這種敬語「便利」，因為這種「便利」能夠含蓄而準確地傳達「自己的略為細膩優美的思想」，[108]與微妙之情思。然而，漢語中沒有日語那種變化複雜的助詞，沒有「動詞和形容詞在詞尾通過所謂凝集作用附上一系列曲折變化，用以表示語氣和語態（如主動語態或被動語態），完成時態或未完成時態，否定式或肯定式，以及各種不同程度的敬語等。」[109]這意味著周作人很難如日語作家那樣以助詞、形容詞、動詞變化等方式，使自己的言語獲得鄭重、尊敬與自謙的效果。

如何以漢語的方式獲取「敬語」效果，對於周作人來說是一個難題。他沒有也不可能在形式上生搬硬套，而是立足於敬語精神的借用，充分開掘漢語中被傳統言說模式遮蔽的潛能，以達到「敬語」效果。具體做法主要是：在句子中適當使用具有修飾動詞或形容詞功能的助動詞，如「可能」、「可以」、「會」、「能」；或使用表示程度、時間、頻率、範圍、語氣及否定的副詞，以修飾動詞和形容詞，如「稍微」、「悄悄」、「便」、「就」、「僅僅」、「只」、「不」、「也許」、「莫非」、「大概」；或動詞，如「請」；或連詞，如「或者」、「如果」

---

[107] 周作人：〈文字的趣味二〉，收入《苦竹雜記》，乃趙家璧編輯良友文學叢書第23種，上海良友總公司初版，因磨損年月不詳，第274頁。

[108] 周作人：〈譯詩的困難〉，收入《談虎集》，上海書店1987年影印，第22頁。

[109] 〔美〕愛德溫‧賴肖爾：《日本人》，孟勝德、劉文濤譯，上海譯文出版社1980年版，1989年第3次印刷，第430頁。

等等。這些詞大都具有使語勢平緩、語氣委婉以及揣摸他人心理的功能。周作人有意識地使用它們，充分地開掘它們表現人與人之間微妙關係的潛能，以創造出類似日本敬語的語境。如《貴族的與平民的》開篇一段：「關於文藝上貴族的與平民的精神這個問題，已經有許多人討論過，大都以為平民的最好，貴族的是全壞的。我自己以前也是這樣想，現在卻覺得有點懷疑。變動而相連續的文藝，是否可以這樣截然的劃分；或者拿來代表一時代的趨勢，未嘗不可，但是可以這樣顯然的判出優劣麼？我想這不免有點不妥」（著重號為引者所加，後面例句亦如此），文章中作者否定了自己以前的平民文學主張，提倡平民文學的貴族化，要求以貴族精神洗禮「人的文學」。然而，這種主張實際上是逆文學革命的平民文學主潮的，也就是反當時文學時尚的，是與多數人唱反調的。站在文學革命立場上，可以說周作人是在倡導反文學革命的觀點。周作人自己也深知文學貴族化主張不入時和它實際上的火藥味。所以他努力以尊敬、自謙的平和語氣，陳述自己的觀點。「大都」而不是所有，這是留有餘地，不將一切人包括進來，也就是對一部分人的尊重。「有點」懷疑是限定程度，以避免氣勢囂張，而前面說「我自己以前也是這樣想」，表明懷疑否定的不只是別人，同樣包括自己，這是貶抑自己以起到尊重他人的效果。「是否」是一種輕度的詢問，是以商量的語氣否定一部分讀者的觀點。而「未嘗不可」是換一種角度來肯定一下與自己觀點不同的讀者，而這種肯定從論題內容上看，實際意義不大，目的只在於寬慰一下被自己否定了的讀者，緩和與他們間的衝突關係，尊重他們的情感。「有點不妥」是委婉的否定。他不是正面而直接了當地宣示自己的主張，而是極委婉地道出，對擬想讀者極為尊敬。副詞的高頻率使用確實起到了類似日本敬語的效果。又如《日記與尺牘》中一段：「在外國文人的日記尺牘中有一兩節關

於中國人的文章，也很有意思，抄錄如下，博讀者之一粲，倘若讀者不笑而發怒，那是介紹者的不好，我願意賠不是，只請不要見怪原作者就好了。」這裏既有對第三者外國文人表示尊敬的尊敬語，如稱他們的文章「也很有意思」，「不要見怪原作者就好了」；又有對讀者表示禮貌的鄭重語，如「只請不要見怪原作者」；更有以謙卑的語氣，通過貶低自己來表達對讀者和外國文人之敬意的自謙語，如「博讀者之一粲」、「倘若讀者不笑而發怒，那是介紹者的不好」、「我願意賠不是。」其中「很」、「倘若⋯⋯那是」、「只」、「請」等詞對營造「敬語」語境起了不容忽視的作用。類似的段落、句子舉不勝舉。也就是說，「敬語」是他最習慣也是最基本的言語方式，所以他說，「老的小的，村的俏的，新的舊的，肥的瘦的，見過了不少，說好說醜，都表示過一種敬意」。[110]

　　總的看來，周作人對日本敬語的化用是成功的，其意義至少有三。一是為漢語創造性借用他國語言特點以豐富自己起了示範作用；二是更為生動、傳神地表現了作者平和、沖淡的心境；三是有助於平和、沖淡風格的形成。

六

　　敬語是向讀者（聽者）或話題中的人物表示敬意，它是在直接或潛在的對話語境中進行的，對話性是其潛在特點。這樣，強烈的「敬語」意識，使得周作人不只是將創作作為自我書寫的方式，而是更傾向於以創作與他人進行對話。在現代中國作家中，創作對話特點最鮮明突出者，應該說是周作人。與朋友、親人或一般擬想讀者對話，甚至以書信方式與自我交

　　[110] 周作人：《苦茶隨筆‧後記》，收入《苦茶隨筆》，上海北新書局1935年版，第344-345頁。

談，如《烏蓬船》。而敬語本身的平和性，加之他溫和沖淡的性格，以及由此形成的審美理想、情感表達特點等，決定了他的對話風格主要是平和、閒適的，往往表現為「閒話」。閒話在20世紀20、30年代語境中，某種意義上講，是對操縱大眾的啟蒙話語與群眾性的政治話語的一種反叛，私人空間裏朋友間天南地北的閒談，關係平等，沒有公共領域裏劍拔弩張的爭執，遠離社會化運動，從而消解了對話的社會意義，在這種平和的閒聊中，個體體驗到了一種相對的自由。這也就難怪他嚮往如此境界：「在江村小屋裏，靠玻璃窗，烘著白炭火鉢，喝清茶，同友人談閒話，那是頗愉快的事。」[111]他的散文創作大都是這種「嚮往」的實現，是「談閒話」，於是他最理想的也是常用的散文文體就是這種境界意義上的「談閒話」體，可簡稱為「閒話體」。

而這種閒話體與廚川白村對隨筆的界定幾乎完全一致。廚川白村在〈《出了象牙之塔》（2）Essay〉中認為：「如果是冬天，便坐在暖爐旁邊的安樂椅上，倘在夏天，則披浴衣，啜苦茗，隨隨便便和好友任心閒話，將這些話照樣地移在紙上的東西就是Essay。興之所至，也說些以不至於頭痛為度的道理吧。也有冷嘲也有警句吧。既有humor（滑稽）也有pathos（感憤）。所談的題目，天下國家的大事不待言，還有市井的瑣事，書籍的批評，相識者的消息，以及自己的過去的追懷，想到什麼就縱談什麼，而托於即興之筆者，是這一類的文章。」[112]這是魯迅1925年的譯文，然而魯迅的散文從總體上看卻不似這種隨筆體，相似處充其量為「托於即興之筆」、「有冷

[111] 周作人：《雨天的書·自序一》，收入《雨天的書》，中國文聯出版公司1993年版，第1頁。

[112] 〔日〕廚川白村：〈《出了象牙之塔》（2）Essay〉，《魯迅譯文集》第3卷，人民文學出版社1958年版，第113頁。

嘲也有警句」、「既有humor（滑稽）也有pathos（感憤）。」魯迅寫得最多的是雜文，如他自己所言，它們是匕首、投槍，充滿辛辣的諷刺與深刻的批評。他主張小品文應縱意而談，無所顧忌，能和讀者一同殺出一條生存的血路來。雖然他也能給人愉快和休息，但那是勞作和戰鬥之前的準備。他堅決反對那種雍容、漂亮、縝密、閒適的小品文，稱其為「小擺設」。魯迅反對的這種小擺設，正是周作人所嚮往的，這樣周作人在與魯迅分道揚鑣時就與廚川白村取得了一致。他的散文就是廚川白村意義上的「隨隨便便和好友任心閒話」，「說些不至於頭痛為度的道理」，使用的是「啜苦茗」時的閒話體。

　　日本古代文學史上，清少納言曾以《枕草子》開創了新的文體「隨筆」，其特點是閒居無聊時，將自己看到想到的事情記錄下來。周作人曾稱《枕草子》「列舉勝地名物及可喜可憎之事」，「在機警之中仍留存著女性的優婉纖細的情趣，所以獨具一種特色。」[113]清少納言善於捕捉事物剎那間的美，以精確簡潔的筆致加以表現，並由此關涉人生。廚川白村的隨筆理論雖主要是就英國隨筆而言的，但日本的隨筆傳統可謂是他言說時的民族文學背景，就是說廚川白村的「隨筆」理論中也融有日本古代隨筆的特點，它不只是英式的，也是日本的，所以這種理論能迅速為現代日本作家所接受，以至於20年代中期出現了隨筆繁榮的局面，並由此確立了新的廚川白村意義上的隨筆文體。[114]周作人通曉並推崇日本文學，又接觸過廚川白村的理論，稱其文體選擇受到廚川白村理論的啟示應該是沒有問題的，因為他在日本文化、文學影響下形成的性格、審美觀念

[113] 周作人：〈歌詠兒童的文學〉，收入《自己的園地》，人民文學出版社1998年版，第87頁。
[114] 〔日〕福田清人：〈近代的隨筆〉，《日本近代文學大事典》，第4卷，講談社，昭和52年。

等，使他與廚川白村隨筆理論間有著相當的親和與契合，從而為他接受廚川白村的理論創造了條件，提供了可能性。文體的選擇取決於主體多方面的因素，我在這裏想說明的主要是：周作人的閒話體與廚川白村的「隨筆」文體極為相似，這種相似不僅與他所受的日本文化、文學的綜合影響有關，如敬語意識，而且很可能源於廚川白村理論的直接啟示。

七

作家的審美理念以及由此形成的內容與形式特徵，決定了作品的風格。周作人在審美意識形成，選擇題材、處理題材方式，及文體、語言諸方面，均受到日本文學沖淡、閒適特點的啟示、影響，這些影響相互作用，有機統一，使得周作人形成了相應的平和、沖淡、閒適的創作風格。這就難怪在現代作家中，文風最似日本文學者，非周作人莫屬。那麼，似在哪裏呢？似中有差異嗎？如果有又表現在何處呢？

質言之，似就似在平和、沖淡、閒適上。然而這種籠統的概括意義不大，我們必須深入分析，落到實處。日本文學的真趣就在於在超政治的個人生活領域去玩味一種由平和、沖淡心境所孕育的閒適之感，一切以「閒適」為目的，而這種閒適中包含著某種淡淡的苦味。這是由日本文化演化而來的一種審美境界，周作人極敏銳地領悟到了這一點。由日本的衣食住文化，他把捉住了日本人的審美趣味，即清、冷、簡潔與閒適；[115]由茶道領悟出日本人的生存之道，是忙裏偷閒、苦中作樂，在不完全的現世享樂一點美與和諧，在剎那間體會永久。[116]更為重要的是，他不只是看到了平和、沖淡與閒適的一

---

[115] 周作人：〈日本的衣食住〉，《知堂回想錄》，群眾出版社1999年版，第159-167頁。
[116] 周作人：〈喝茶〉，收入《雨天的書》，中國文聯出版公司1993年版，第42-44頁。

面，而且由閒適品味出了一種淡淡的苦味：「潛伏的悲哀很可玩味，如不感到這個，便不能說真已賞識了一茶的詩的真味。」[117]這才是真正抓住了日本的「閒適」，這種閒適，實際上是閒寂、苦寂，是以溫和、閒適之筆寫人生的寂寞與不平，由此表現、把玩一種生存的苦趣。所以，他極力推崇《清兵衛與壺廬》等作品，因為它們「能以最溫和的筆寫出這悲劇中最平靜的一幕。」[118]對於永井荷風《江戶藝術論》第一章論浮世繪之鑒賞中的一段話，他更是愛不釋手，不只一次地援引：「使威耳哈倫感奮的那滴著鮮血的肥羊肉與芳醇的蒲桃酒與強壯的婦女之繪，都於我有什麼用呢？嗚呼，我愛浮世繪。苦海十年為親賣身的遊女的繪姿使我泣。憑倚竹窗茫然然看著流水的藝妓的姿態使我喜。賣宵夜面的紙燈，寂寞的停留著的河邊的夜景使我醉。雨夜啼月的杜鵑，陣雨中散落的秋天樹葉，落花飄風的鐘聲，途中日暮的山路的雪，凡是無常，無告，無望的，使人無端嗟歎此世只是一夢的，這樣的一切東西，於我都是可親，於我都是可懷。」接下來，周作人感歎：「我們因為是外國人，感想未必完全與永井氏相同，但一樣有的是東洋人的悲哀，所以於當作風俗畫看之外，也常引起悵然之感；古人聞清歌而喚奈何，豈亦是此意耶？」[119]這裏蘊有日本藝術的精髓，概括之即「東洋人的悲哀」，也就是鈴木修次所謂的「日本式的悲哀」，一般稱之為「潛物宗情」（もののあわれ），鈴木修次說：「凝視無限定的對象而引起的某種感觸，我認為這就是『潛物宗情』。這裏存在著日本人的文學精神。」而易於引起潛物宗情的，主要是「愛情呀，虛幻呀，無常呀，在這些場合，

---

[117] 周作人：〈小林一茶的詩〉，收入《陀螺》。

[118] 周作人：〈感慨〉，收入《談虎集》，上海書店1987年影印，第79頁。

[119] 周作人：〈拾遺（辰）——我的雜學〉，《知堂回想錄》，群眾出版社1999年版，第625頁。

『潛物宗情』就更易於發生。」[120]秋季也易引起潛物宗情。所以，日本文學熱衷於對無常之物景的詠歎，從無常、無告、無望的物中能找到某種苦趣，對這種苦趣不是誇張地表現、渲染，而是以平淡的語氣加以描寫，使苦味淡化，讓人只感到敘述者苦中作樂的閒寂心境與閒適姿態。也就是以溫和、平淡的敘述製造閒適的語境，而在這種閒適中透出淡淡的苦味。

　　周作人對永井荷風的推崇，對日本浮世繪的激賞，就是源於他對這種日本式悲哀的領悟與迷戀。而這種迷戀自然會轉換為創作上的一種自覺追尋。我稱周作人的散文頗似日本文學，其實，似就似在「日本式的悲哀」上。〈故鄉的野菜〉、〈北京的茶食〉、〈喝茶〉、〈苦雨〉、〈蒼蠅〉等作品無不表現出一種平和、沖淡、閒適的氣度，難怪朱光潛如此談論《雨天的書》：「這書的特質，第一是清，第二是冷，第三是簡潔」，「在現代中國作者中，周先生而外，很難找到第二個人能夠做得清淡的小品文字，他究竟是有些年紀的人，還能領略閒中情趣。」[121]閒中情趣也就是一種閒趣，這種閒趣並非無聊，而是在閒適中品味人生樂趣；更重要的是這種閒趣中透露出的是清、冷，是一種閒寂之感，一種苦味。正如他自己所言：「拙文貌似閒適，往往誤人，唯一二舊友知其苦味，廢名昔日文中曾約略說及，近見日本友人議論拙文，謂有時讀之頗感苦悶，鄙人甚感其言。今以藥味為題，不自諱言其苦，若云有利於病，蓋未必然，此處所選亦本是以近於閒適之文為多也。」[122]這種以沖淡之筆寫閒適之情，於閒適中含一種苦味，正是日本文學的特點，周作人散文與日本文學的相似主要就體

---

[120] 〔日〕鈴木修次：《中國文學與日本文學》，海峽文藝出版社1989年版，第40頁、第58-59頁、第61頁。

[121] 轉引自錢理群：《周作人傳》，北京十月文藝出版社1990年版，第303頁。

[122] 周作人：《藥味集·序》（1942年1月24日），《藥味集》，河北教育出版社2002年版，第2頁。

現在這裏。

然而，正如永井荷風反省自己時所言，「我非威耳哈倫（Venhaeren）似的比利時人而是日本人也，生來就和他們的運命及境遇迥異的東洋人也。」所以與他們的審美趣味完全不同。周作人雖酷愛日本文化，深愛「日本式的悲哀」藝術，如永井荷風的隨筆、浮世繪、俳文、川柳、狂言等，但他也畢竟是中國人，中國文化、文學精神於他是根深蒂固的。他自己也說過：「我愛他（指日本，引者注）的遊戲文學與俗曲，浮世繪，瓷銅漆器，四張半席子的書房，小袖與駒屐，……，但我終是中國人。中國的東西我也有許多是喜歡的，中國的文化也有許多於我是很親密而捨不得的。或者我無意地採集兩方面相近的分子而混和保存起來，但固執地不可通融地是中國的也未始沒有：這個便使我有時不得不離開了日本的國道而走自己的路。」[123]他的審美意識的形成雖與日本文化、文學有著深刻的精神聯繫，但母體文化、文學理念是先在的，永遠無法割捨，對於其創作永遠起著某種牽制作用。儘管他在創作中自覺不自覺地借鑑了日本文學的某些經驗，融入了日本文學的一些精神因子，並由此形成了與日本文學相近似的特點，但中國民族文學傳統的制約一直伴隨著他，使得他的散文同日本文學之間只能是相似而不是相同，在相似中呈現出差異。

日本文學的平和、沖淡、閒適生成於千百年來文學超政治性語境中，已經化為一種「種族記憶」，或者說一種集體無意識心理，具有某種先驗性。以溫和的語氣，平淡地敘說人生，將生存之苦淡化，陶然於幽玄、閒寂的趣味中，對於日本作家來說是一種不自覺的審美傾向，是自然形成的。與之相比，周作人散文的閒適則是在日本文學影響下自覺追尋努力為之的

---

[123] 周作人：〈日本浪人與順天時報〉，收入《談虎集》，上海書店1987年影印，第506-507頁。

結果，因為當時內外環境並未給閒適小品文提供適宜的生存土壤。他曾說過「我的浙東人的氣質終於沒有脫去……像我這樣褊急的脾氣的人，生在中國這個時代，實在難望能夠從容鎮靜地做出平和沖淡的文章來。」[124]他的平和、沖淡閒適是一種在主觀意志作用下對非平和閒適加以克制的結果，所以較之日本文學便顯得不夠自然，也不徹底。他曾就蒼蠅談到自己與日本詩人的區別：「在日本的俳諧中則蠅成為普通的詩料，雖然略帶湫穢的氣色，但很能表出溫暖熱鬧的境界。小林一茶更為奇特，他同聖芳濟一樣，以一切生物為弟兄朋友，蒼蠅當然也是其一。檢閱他的俳句選集，詠蠅的詩有20首之多，今舉兩首以見一斑。一云，『笠上的蒼蠅，比我更早地飛進去了。』這詩有題曰歸庵。又一首云，『不要打哪，蒼蠅搓他的手，搓他的腳呢。』我讀這一句，常常想起自己的詩覺得慚愧，不過我的心情總不能達到那一步，所以也是無法。」[125]在這一點上，他的散文亦如此，無法達到小林一茶那種閒適的地步，也就難以真正品味出閒適的真趣。讓人感到他有時是看似有閒而心無暇，不只是由閒適透出淡淡的哀緒，而且在閒適背後隱有無限憂愁；不是以閒寂為趣，以創作去體驗生活的寂趣，乃至玩味這種寂趣，而往往是借創作排解寂寞、憂愁，由此與日本文學區別開來。不僅如此，他有時還表現出一種非閒適的激烈傾向，正如1925年他自己所言：「無如舊性難移，燕尾之服終不能掩羊腳，檢閱舊作，滿口柴胡，殊少敦厚溫和之氣。」[126]

　　所以，周作人的閒適雖與日本文學影響密切相關，且表現出相似的特徵，但似中卻有頗不一致的地方，他的閒適不夠自

---

[124] 周作人：《雨天的書·自序二》，收入《雨天的書》，中國文聯出版公司1993年版，第3頁。

[125] 周作人：〈蒼蠅〉，收入《雨天的書》，中國文聯出版公司1993年版，第47頁。

[126] 周作人：《雨天的書·自序二》，收入《雨天的書》，中國文聯出版公司1993年版，第3頁。

然，也不徹底，究其原因，顯然與20世紀20、30年代中國動盪不安的社會現實、焦躁的現代化語境相關，同時與中國文學政治功利性傳統的潛在制約也不無關係。

第七章

五四文學向無產階級革命文學
轉型與日本無產階級文學

　　20世紀20年代後半期興起的中國無產階級革命文學與日本無產階級文學間有著直接而深刻的關聯。早在1928年11月中國無產階級文學運動興起不久，沈綺雨就言述過這一事實：「中國的文壇的大部分，是由幾個日本留學生支配著的事實，老早就是沒有人否定的。一直到現在，普羅藝術挺身起來，這個現象還莫有變更。……中國的普羅藝術運動，與日本實有不可分離的關係。」[1]類似的言說並非鮮見，如胡秋原在〈日本無產文學過去及現在〉一文中認為：「中國近代洶湧澎湃的革命文學潮流，其源流並非北方俄國，而是『同文』的日本……中國突然勃興的革命文藝，其模特兒完全是日本，因此實際說來，可以說是日本無產文學的一支流。因為中國革命文學的大將都是留日學生（這恰和日本士官學校創造中國『革命』的軍事領袖同樣），而且可以由『普羅列特利亞特』『意德沃羅基』的口號和理論及創作的形式並內容上看出來。」[2]其言雖有失偏

---

[1]　沈綺雨：〈日本的普羅列塔利亞藝術怎樣經過它的運動過程〉，收入吳宏聰等編：《創造社資料》（上），福建人民出版社1985年版，第354頁。

[2]　轉引自陳漱渝：《日本近代文化對中國現代文學的影響》，《中國文化研究》1995年第2期。

頗，但所述日本無產階級文學對中國普羅文學的影響卻是事實。

那麼，中國無產階級革命文學與日本無產階級文學間不可分離的關係到底表現在哪些方面呢？或者說中國無產階級革命文學是如何以日本無產階級文學為參考，接受了哪些影響而發展起來的？這種「參考」、「影響」對中國文學轉型、發展又意味著什麼？

第一節　對日本無產階級文學的翻譯與交往

一

日本無產階級文學運動，始於1921年創刊的《播種人》雜誌，該雜誌以小牧近江、金子洋文、柳瀨正夢為中心，同人有平林初之輔、青野季吉、前田河廣一郎、山田清三郎等。理論上的代表人物是平林初之輔，著有《唯物史觀和文學》、《無產階級的文化》等論文，論述了藝術的歷史性、階級性及社會意義，建立起了無產階級文學的基本理論。1923年東京大地震後，法西斯主義襲擊了處於形成期的無產階級文學運動，然而1924年《播種人》雜誌同人創辦了《文藝戰線》，使日本無產階級文學運動進入一個新的歷史時期。第二年底，組織起了日本無產階級文藝聯盟，提出了「建立無產階級鬥爭文學」的口號。這一時期創作上的代表是葉山嘉樹，其代表作〈生活在海洋上的人們〉（1926）顯示了那時無產階級文學的實績。理論上的代表為青野季吉，他先後在《文藝戰線》上發表了〈不是藝術的藝術〉、〈「調查」的藝術〉（1925）、〈自然生長與目的意識〉（1926）、〈再論自然生長與目的意識〉（1927）等論文，將向來「內在的」文藝批評，轉向決定藝術作品的社會意義的「外在批評」，並且發展了平林初之輔的觀點，提出

「目的意識論」。他認為過去的文學是自然生長的文學，應將之發展為具有目的意識的文學。無產階級文學運動就是向自然生長的無產階級的文學移植目的意識的運動。這種目的意識論，雖存在著忽視文學自律性的缺陷，但對於無產階級文學理論的確立卻起了重要作用。

　　20年代中後期日本無產階級運動中出現了一種「左傾」機會主義理論，即福本主義，其特點是主張通過理論鬥爭來純化和集結先鋒隊，認為統一之前必須分離，因此必須大力開展理論鬥爭。這種「分離結合」理論直接影響到日本無產階級文學的發展。1926年11月「無產階級文藝聯盟」排除了無政府主義者，更名為「日本無產階級藝術聯盟」（簡稱「普羅藝」）。但不久新組織又開始分裂，青野季吉、葉山嘉樹、林房雄、藏原惟人等被稱為「山川主義者」而被開除出「普羅藝」之後，於1927年6月成立了「勞農藝術家聯盟」（簡稱「勞藝」）。「勞藝」成立半年後，又發生了左翼派退出事件，退出者迅即成立了前衛藝術家同盟（簡稱「前藝」）。於是形成了三派鼎立激烈論戰的局面。到1928年，藏原惟人在《前衛》創刊號上撰文〈無產階級藝術運動的新階段〉，向「普羅藝」提出統一的建議。面對法西斯的高壓，3月25日前藝和普羅藝合併成立了全日本無產者藝術聯盟（簡稱「納普」），設文學部、戲劇部、美術部、音樂部、電影部，和出版部，出版機關刊物《戰旗》，由此進入納普時期。「納普」是根據世界語Nippona Proleta Artista Federacio的第一個字母拼成的。它提出了「靠攏大眾」、「描寫工人、農民的生活」口號，並展開了藝術大眾化問題的討論。這期間小林多喜二創作了《蟹工船》（1929），體現了納普的運動方針與創作實績。理論上的代表人物是繼青野季吉之後的藏原惟人，重要論文有《無產階級現實主義的道路》（1928）、《再論無產階級現實主義》（1929）等，提出

了「無產階級現實主義論」，要求作家以「前衛的眼」觀察世界，以嚴正的描寫主義態度來描寫世界。後來他又引進了蘇聯的「辯證唯物論的創作方法」，且於1931年11月成立「日本無產階級文化聯盟」（考普），創辦《無產階級文化》雜誌。加入「考普」的日本無產階級作家同盟於1932年2月參加國際革命作家協會（「莫爾普」），於是稱為國際革命作家協會日本支部（「納爾普」）。然而，隨著政治形勢急轉直下，1932年「考普」中央部及各團體約400名成員被捕，機關雜誌被禁止發行。第二年無產階級文學家多數「轉向」或轉入地下鬥爭。無產階級文學運動及其統一戰線遭到空前殘酷的鎮壓，「納爾普」於1934年2月解散，無產階級文學運動完全瓦解了。

中國無產階級文學，雖早在20世紀20年代初就由一些共產黨人倡導過，然而作為一場自覺的文學運動，卻是在20年代後期，主要由後期創造社、太陽社成員發動起來的，且一開始便表現出了一種自覺借鑑日本無產階級文學運動經驗的意識與傾向：「在鄭伯奇即將赴日前，創造社成員要求他號召年輕同志回到祖國來，幫助創造革命文學。鄭伯奇在日本取得什麼結果，尚不清楚。但是成仿吾於1927年下半年到達日本後，他成功地說服了學生們。在這年年底回國的人中有李初梨、馮乃超、彭康、李鐵生和朱鏡我。」[3]召他們回來，是由於他們在日本留學多年，「對於日本文學和當前世界文學情況都很熟悉。那時日本無產階級文學運動盛行，大學和高校的學生頗有參加者，他們也受了相當的影響。……接觸了日本的無產階級文學運動，學習了馬克思列寧主義的文學理論以後，他們的思想起了變化，主張中國的新文學運動應該轉變方向。……他們特別關心創造社，希望創造社能轉變方向，提倡無產階級革命

---

[3] 〔斯洛伐克〕瑪利安・高利克：《中國現代文學批評發生史》，陳聖生等譯，社會科學文獻出版社1997年版，第88頁。

文學。」[4]之所以號召他們回來，也就是希望他們能將日本無產階級文學運動經驗帶回來，以開展中國的革命文學活動。這體現了中國文壇對日本文學的一種信賴，一種自覺的借鑑意識，而這種信賴與借鑑意識，則與晚清以降中國文學現代性追尋過程中，多方面受惠於日本文學的歷史相關。這種歷史使得參考、借鑑、「創造性模仿」日本文學現代化的方式、途經，已成為許多作家構想、建設中國文學時的一種習慣意識，一種共識。於是譯介日本無產階級文學理論與作品，加強與日本無產階級文學間的交流，便成為一種文壇時尚。

二

　　當時日本無產階級文學重要的理論文本均有中譯本。1924年郭沫若翻譯了河上肇的《社會組織與社會革命》，掀開了新文學譯介日本文學的新篇章。1927年，北新書局出版了升曙夢的《現代文學十二講》（汪馥泉譯）、《新俄的無產階級文學》（馮雪峰譯）。1928年，上海大江書鋪出版了平林初之輔的《文學之社會學的研究》（方光燾譯）、青野季吉的《藝術簡論》（陳望道譯），南強書店出了青野季吉的《觀念形態論》（若俊譯），《太陽月刊》停刊號發表了藏原惟人的〈到新寫實主義之路〉（林伯修譯）。1929年，北新書局出版了魯迅的〈壁下譯叢〉，內收片上伸的《階級藝術的問題》、《「否定」的文學》，青野季吉的《藝術的革命和革命的藝術》、《關於知識階級》、《現代文學的十大缺陷》；韓侍桁輯譯的《近代日本文藝論集》，收有林癸未夫的《文學上之個人性與階級性》，平林初之輔的《民眾藝術之理論與實際》、

---

[4]　鄭伯奇：〈創造社後期的革命文學活動〉，收入吳宏聰等編：《創造社資料》（下），福建人民出版社1985年版，第869-870頁。

《第四階級之文學》等。大江書鋪還出了平林初之輔的《文學及藝術之技術的革命》（陳望道譯）。1930年，上海現代書局刊印了《新興藝術概論》（馮憲章譯），內收藏原惟人的《意識形態論》，青野季吉的《新興藝術概論》，山田清三郎的《新興藝術運動理論》，金子洋文的《新興大眾文學論》，小林多喜二的《新興文學的大眾化與新寫實主義》等；上海星星書店出了《新興藝術概論》（王集叢譯），內收青野季吉的《普羅列塔利亞藝術概論》，藏原惟人的《觀念形態論》等；現代書局出版了藏原惟人的《新寫實主義論文集》（之本譯）等。1934年，上海樂華圖書公司出版《社會文藝概論》（胡行之譯），內收加藤一夫的《社會文藝概論》，本間久雄的《莫理斯底民眾藝術論》，藏原惟人的《生活組織的藝術論》，橋本英吉的《普羅文學與形式》等。

至於文學作品，1928年春野書店出版了金子洋文的《地獄》（沈端先譯）。1929年樂群書局出版了《日本新寫實派代表傑作集》（陳勺水譯）。1930年現代書局刊印《葉山嘉樹選集》（馮憲章譯），德永直的《沒有太陽的街》（何鳴心譯）。1933年光華書局出版了佐多稻子的《祈禱》。1934年現代書局印行《中野重治集》（尹庚譯）。而林房雄、前田河廣一郎、秋田雨雀、小林多喜二等的作品也有許多中譯本。

這些中譯本構成了中國文壇瞭解日本無產階級文學的重要途徑，它們在中國現代革命文學的發生、發展中，無疑起了極為重要的作用。

三

中國文壇瞭解、認知日本無產階級文學的另一途徑，是直接的交往。

創造社同人大都為日本留學生，與日本無產階級文學界有著直接而經常的交往。1927年4月，日本《文藝戰線》派里村欣三、小牧近江來上海，與郁達夫、田漢等人交換無產階級文學經驗。郁達夫曾在日記中寫道：「昨天回出版部去，看到了日本文藝戰線社的代表小牧近江和里村欣三來謁的名片，所以回去看了他們一次。……為他們做了一篇文章，名〈訴諸日本無產階級同志〉。」[5]該文後來刊於日本《文藝戰線》1927年6月號上。文中郁達夫呼籲：「現在，日本的無產階級的確必須盡其全力援助中國的無產階級！……在過去的半年中，我們已充分承認日本無產階級對我們的援助，應該在這裏表示謝意。今後，也希望我們能夠密切合作和加強互助。」在本年度的《文藝戰線》上，還刊登過郭沫若、郁達夫、成仿吾、魯迅等署名的〈中國作家對英國知識分子和一般市民的宣言〉。1928年郭沫若流亡日本時，曾會晤過《戰旗》社的藤枝丈夫、山田清三郎，還翻譯了藤森成吉、小林多喜二等人的小說，後收入1935年商務印書館出版的《日本短篇小說集》。後期創造社成員，如李初梨、馮乃超、鄭伯奇，留學日本時，曾在東京創辦了創造社日本分社，親身參加過日本的無產階級文學活動。沈綺雨說：「在日本某大學時，曾與幾個日本學生，共同組織過一個無產文藝研究會，我們有一次的研究題目，就是〈日本無產藝術運動的過程〉。」[6]

太陽社對藏原惟人的興趣頗大。1928年林伯修在《太陽月刊》譯出〈到新寫實主義之路〉後，又於次年在《海風週報》上翻譯了藏原惟人的另一論文《普羅列塔利亞底內容與藝

5　郁達夫：〈閒情日記〉，《郁達夫文集》（9），花城出版社1984年版，1991年第2次印刷，第132頁。

6　沈綺雨：〈日本的普羅列塔利亞藝術怎樣經過它的運動過程〉，收入吳宏聰等編：《創造社資料》（上），福建人民出版社1985年版，第354頁。

術》。同年，蔣光慈在日本養病期間，成立了太陽社東京支社，並經常造訪藏原惟人、藤枝丈夫，向他們請教無產階級文學問題。樓適夷、森堡留日期間，更是經常與日本革命作家交流無產階級文學經驗。

魯迅不僅譯出過日本無產階級文學理論作品，而且同尾崎秀實、金子洋文、秋田雨雀、前田河廣一郎、鹿地亙等交往甚密。小林多喜二犧牲後，他於悲憤之中作〈聞小林同志之死亡〉，刊於日本《無產階級文學》上。文中寫道：「我們堅定地沿著小林同志的血路。挽著手臂前進。」胡風留日時曾參加過日本無產階級作家同盟，且深受藏原惟人的影響。

1930年11月，第二次國際革命作家大會在蘇聯召開，大會在對日本的「納普」決議中指出：「特別是在日本和中國之間，由於文字的同一、地理的接近以及政治、經濟關係的密切，在無產階級文學運動的領域中，從來就有著相當密切的交往。但是，這還沒有發展到組織上的聯繫。兩國為了交換雙方的經驗，並且為了互相支持、通力合作，必須迅速建立組織上的聯繫。」[7]會後，日本代表藤森成吉、勝本清一郎前來中國訪問，中日無產階級文學間的交往更加緊密。

日本無產階級文學起步早於中國，當中國新文學開始轉向革命文學時，日本無產階級文學已有了6年的歷史，積累了一些經驗，所以對日本無產階級文學的翻譯、交往，對於中國新文學來說，主要是一種學習、借鑑過程。如果作家們能從中國新文學發展現狀、自身特點出發，以日本無產階級文學的經驗、教訓為參考，審時度勢，那麼中國新文學將經由革命文學解決長期以來存在的某些問題，更加完善自己。就是說，當時中國無產階級文學因有一個可供參考的對象而獲得了較為理想的發

---

[7] 〔日〕山田清三郎：《日本無產階級文學史》下卷，東京理論社1954年版，第262頁。

展環境，中國新文學也因此擁有了新的突破與發展的良機。那麼，中國無產階級文學的弄潮兒們把握住了這一良機嗎？從上述翻譯與交往看，他們是試圖把握住這一機遇，完成歷史賦予他們的使命，但這只是邁出的第一步，真正能說明問題的並不是這些外在的關係，而要看他們是怎樣經由翻譯與交往，借鑑日本無產階級文學經驗，具體地論說、規範與建構中國的無產階級文學。

第二節　五四文學向無產階級革命文學轉型與日本無產階級文學運動

鄭伯奇在談到創造社後期革命文學活動時說：「接觸了日本的無產階級文學運動，學習了馬克思列寧主義的文學理論以後，他們的思想起了變化，主張中國的新文學運動應該轉變方向。」[8]這表明中國的新文學方向的轉變與日本無產階級文學運動的影響有著直接的關係，表明那一時期對日本無產階級文學的譯介、交往並未僅僅停留於個人的興趣、愛好上，譯介、交往旨在促進中國新文學的轉型與發展。

一

所謂「轉變方向」，就是從魯迅、周作人、胡適、郭沫若等所開創的五四文學轉向無產階級革命文學，「他們特別關心創造社，希望創造社能轉變方向，提倡無產階級革命文學」[9]，在歷史的關鍵處，創造社被寄予厚望。1928年成仿吾

---

[8] 鄭伯奇：〈創造社後期的革命文學活動〉，收入吳宏聰等編：《創造社資料》（下），福建人民出版社1985年版，第869頁。

[9] 鄭伯奇：〈創造社後期的革命文學活動〉，收入吳宏聰等編：《創造社資料》

在《創造月刊》上發表〈從文學革命到革命文學〉一文，分析了五四以來文學革命的現狀，得出結論：「我們遠落在時代的後面。我們在以一個將被『奧伏赫變』的階級為主體，以它的『意德沃羅基』為內容，創制一種非驢非馬的『中間的』語體，發揮小資產階級的惡劣的根性。我們如果還挑起革命的『印貼利更追亞』的責任起來，我們還得再把自己否定一遍（否定的否定），我們要努力獲得階級意識，我們要使我們的媒質接近農工大眾的用語，我們要以農工大眾為我們的對象。」[10]他視五四以來創造社的浪漫主義、感傷主義為小資產階級特有的根性，至於以語絲社為中心的周作人一派的「趣味」追求，更是被認為代表了有閒的資產階級或小資產階級的利益，於是，他呼籲「我們今後的文學運動應該為進一步的前進，前進一步，從文學革命到革命文學！」也就是從五四文學進入到無產階級革命文學階段。在他們看來，五四文學就是個人主義的文學，是代表資產階級、小資產階級利益的文學，應該被揚棄，取而代之的應是無產階級革命文學。這是一種新型的「反個人主義的文學，它的主人翁應當是群眾，而不是個人；它的傾向應當是集體主義，而不是個人主義」，它不僅應認識現代的生活，而且應指出一條改造社會的新路徑！[11]他們稱當時的時代是一個大轉變的時代，在這一時代「一切個人主義，自然主義……等，已是歷史上的陳列品，我們所需要的，就是非個人主義的集體的以群眾的意志為意志底模型的文學。」[12]李初梨從日本一回國就直接宣稱應用「為革命而文學」

（下），福建人民出版社1985年版，第870頁。

[10] 成仿吾：〈從文學革命到革命文學〉，1928年2月1日《創造月刊》第1卷第9期。

[11] 蔣光慈：《關於革命文學》，1928年2月1日《太陽月刊》，二月號。

[12] 顧鳳城：〈文學與時代〉，收入《「革命文學」論爭資料選編》（上），人民文學出版社1981年版，第206頁。

取代「為文學而革命」，[13]使中國新文學由五四文學革命階段轉向無產階級革命文學階段。

主張這種轉變，就必須論證轉變的必然性，也就是找出無產階級革命文學發生、存在的社會依據。這是一項基礎性的，也是根本性的工作。那麼，他們的依據是什麼呢？成仿吾說：「資本主義已經發展到了最後的階段（帝國主義），全人類社會的改革已經來到目前。在整個資本主義與封建勢力二重壓迫下的我們，也已經曳著跛腳開始了我們的國民革命」，所以文學運動作為「全解放運動的一個分野」，也勢必進入無產階級革命文學階段。[14]芳孤在〈革命文學與自然主義〉中認為，「到了現在呢？資本主義已經到了崩潰的時期，階級的衝突已沒有調和的可能。……這社會背景在文藝上的影響，便形成了我們今日的革命文學——無產階級文學。」[15]祝銘的解說是：「無產階級文藝也有其成立的背景，其背景就是資本主義社會的由爛熟時期而到了崩潰時期。」[16]李初梨亦指出：「中國革命的頂重要的特點，除了他內在的特殊性而外，是在於它抬頭於國際資本主義急激地沒落的今日，它的目的，不特是社會的一部分的改良，而是全社會構成的變革。」在這背景下文學必然要進入到普羅列塔利亞文學階段。[17]無產階級文學必然生成於資本主義沒落、崩潰時期，這是他們為無產階級文學發生，取代資產階級、小資產階級文學，找尋出的共同的社會依據，構成了他們言說無產階級文學的話語基石。

---

[13] 李初梨：〈怎樣地建設革命文學〉，1928年2月15日《文化批判》，第2號。

[14] 成仿吾：〈從文學革命到革命文學〉，1928年2月1日《創造月刊》，第1卷第9期。

[15] 芳孤：〈革命文學與自然主義〉，1928年6月1日《泰東月刊》，第1卷第10期。

[16] 祝銘：〈無產階級文藝略論〉，收入《「革命文學」論爭資料選編》（下），人民文學出版社1981年版，第713頁。

[17] 李初梨：〈請看我們中國的Don Quixote的亂舞〉，1928年4月15日《文化批判》，第4號。

然而，這一基石在李初梨他們那裏，卻不是來自於對世界乃至中國實際情形的具體分析，而是對日本無產階級革命運動理論的搬用。福本和夫是如此分析當時日本無產階級革命的國際形勢：「我國無產者階級運動的『方向轉換』，是在世界資本主義（因此也是後來慢慢地發達起來的，並且與世界資本主義的沒落合而為一的我國的資本主義）的沒落時期逐漸進行的。」這一特性，在無產階級鬥爭的發展過程中的作用，是使得「發展過程的各階段（在我國，不可能達到那種先進資本主義國家的所謂『正常的階段』）在或合流、或凝縮、或萎縮、或短縮的過程中發展。」而現在的無產階級「不管有怎樣的困難，都必須理解這種方向轉換過程的具體特殊性，並戰而勝之。」誰去戰勝呢？「那必須是真正站在馬克思主義的立場上，嚴格地把握馬克思主義的方法——唯物辯證法，直接聯繫我國社會的現實的真正的馬克思主義者的團體。」[18]福本和夫過高地估計了日本的資本主義化程度，從而混淆了社會主義革命與民主主義革命的性質，並且認為日本資產階級、小資產階級不可能如同在資本主義正常發展的國家那樣走向成熟，勢必隨著資本主義的沒落而沒落。於是「福本主義提出的無產階級轉換方向的鬥爭，就是指開展無產階級對資產階級、小資產階級的鬥爭。」[19]

　　福本和夫的「激烈沒落論」成為當時日本許多無產階級作家闡釋無產階級文學發生的理論依據，並進而為中國的無產階級文學論者所借用。如藤森成吉在《文藝新論》中說：「新生命已經在向無產階級移動中了。文學就是最新鮮的生命的現象。資本主義的任務已經告終漸次失去其生命及意識的時候，

---

[18] 〔日〕福本和夫：〈方向轉換要經過哪些過程〉，轉引自〔日本〕齋藤敏康：〈福本主義對李初梨的影響〉，《中國現代文學研究叢刊》1983年第3期。

[19] 艾曉明：《中國左翼文學思潮探源》，湖南文藝出版社1991年版，第98頁。

真正的文學在現在的世界果能盡它的任務嗎？資產階級文學的使命不是已經告終了嗎？……這個意義，到了資本主義末期，就是活潑新鮮的無產階級文學的時代了。」[20]這無疑是福本和夫「激烈沒落論」在文學上的運用、引伸，即資本主義沒落期作為無產階級革命重要分野的無產階級文學必然興起。祝銘在〈無產階級文藝略論〉中不僅援引了這段話，而且稱其「言明無產階級文藝之發生，頗為明瞭。」[21]升曙夢同樣以福本和夫的理論論析了資本主義、中產階級文藝腐敗及無產階級文藝取而代之的必然性：「中產階級之文化與文學，不但於蘇維埃聯邦，於全世界都來著大的恐慌和頹腐和腐爛了。在這裏我們看見資本主義底歷史的命運的危機與崩壞的最確實的徵候了。資本主義是成為早已臨死的病人了的。中產階級文化底的經濟的基礎從根柢動搖著了。於是經過武裝同胞戰後的三年，於非常的物質的困難的情狀裏，蘇維埃聯邦的無產階級文藝是在一個的組織體裏統一了。」[22]祝銘在不厭其煩地引述這一段文字後寫道：「由此可知無產階級文藝的發生，自有其歷史的使命，它是時代必然生產的兒子，並不如一般反對者所說的『提倡』！無產階級的文藝決不是提倡的，而是必然地絕對地發生的。」[23]接下來他於完全認同中援引了李初梨在〈怎樣地建設革命文學〉中關於無產階級文學必然發生的結論。他不僅自己完全認同於藤森成吉、升曙夢的觀點，而且希望由此為李初梨的無產階級文學發生論提供理論依據。

---

[20] 轉引自祝銘：〈無產階級文藝略論〉，收入《「革命文學」論爭資料選編》（下），人民文學出版社1981年版，第713-714頁。

[21] 祝銘：〈無產階級文藝略論〉，收入《「革命文學」論爭資料選編》（下），人民文學出版社1981年版，第714頁。

[22] 轉引自祝銘：〈無產階級文藝略論〉，收入《「革命文學」論爭資料選編》（下），人民文學出版社1981年版，第714頁。

[23] 祝銘：〈無產階級文藝略論〉，收入《「革命文學」論爭資料選編》（下），人民文學出版社1981年版，第714頁。

而事實上，由〈怎樣地建設革命文學〉中的一些基本概念，如「鬥爭文學」、「理論與實踐統一」、「自然生長」等，以及理論論證邏輯，不難發現該文的理論背景同樣是福本和夫的「激烈沒落論」和青野季吉的源自福本主義的文學觀。福本和夫將「激烈沒落論」作為自己理論體系的前提與根本，李初梨同樣以之為自己文學理論的重要根據。在李初梨看來，資本主義的沒落，也就意味著無產階級的興起與小資產階級的衰落，所以他說「中國一般無產大眾的激增，與乎中間階級的貧困化，遂馴致知識階級的自然生長的革命要求。這是革命文學發生的社會根據。……據以上的歷史的追跡，我們知道：中國的文學革命，經了有產者與小有產者的兩個時期，而且因為失了他們的社會根據，已經沒落下去了。」[24]正是在這種情勢下，無產階級革命文學興起了，這是歷史的必然趨向。他的論證起點與邏輯支點，顯然是福本和夫的「激烈沒落論」。

　　由此可見，革命文學倡導者們是搬用日本福本主義的「激烈沒落論」來闡釋中國無產階級革命文學興起的歷史必然性的。也就是從日本無產階級文學運動那裏找到了中國五四文學應向無產階級革命文學轉型的理論依據。

二

　　接下來應解決的是怎樣轉換的問題，也就是選擇怎樣的轉換方式。顯然，這是一個與對無產階級革命文學的理解及對中國文壇現狀的認識，直接相關的問題。

　　創造社、太陽社等是怎樣理解無產階級革命文學，以及他們與日本無產階級文學的關係，將在下一部分詳論，但為論述

---

[24] 李初梨：〈怎樣地建設革命文學〉，1928年2月15日《文化批判》，第2號。

怎樣轉換問題，這裏必須先指出他們的無產階級文學觀中至為重要的一點，即對無產階級意識的強調。李初梨在〈怎樣地建設革命文學〉中認為，一個人要想參加無產階級文學運動，為「革命而文學」，「就應該乾乾淨淨地把從來他所有的一切布爾喬亞意德沃羅基完全地克服，牢牢地把握著無產階級的世界觀──戰鬥的唯物論，唯物的辯證法」，就是應獲得「無產階級的階級意識」。芳孤在〈革命文學與自然主義〉中說：「革命文學是以無產階級的意識，去觀察現代社會上的種種事物，用文藝的手腕表現出來」。王獨清在暨南大學講演時談到無產階級文學的兩個必要條件時稱：「第一要有普羅列塔利亞底意識，第二要能寫文學」。[25]有否無產階級意識是他們界定一個作家是否無產階級作家以及其作品是否無產階級文學的一個最為重要的標準。

那麼，當時文壇現狀如何呢？作家們的無產階級意識的實際情形、程度又是怎樣的呢？在具體分析這一問題時，他們借用了日本無產階級文學運動中的兩個基本概念，一是「混合型」革命，二是「自然生長」。

所謂「混合型」革命概念，最初出自列寧的《怎麼辦？》，後來福本和夫用它來分析日本的政治形勢。他說：「尚在絕對的專政壓迫之下的所謂的資產階級民主主義，在未得到所謂『政治自由』的我國的政治情況下，我國無產階級運動是不得不採取特殊的所謂『混合型』的形態。即是說，無產階級在其運動初期直接面對的政治問題（工會的政治運動）及其他方面，社會主義不可能不同工會主義混合。」[26]就是說在無產階

---

[25] 王獨清：〈文藝上之反對派種種〉，收入《「革命文學」論爭資料選編》（上），人民文學出版社1981年版，第548頁。

[26] 福本和夫：〈河野密氏的「方向轉換和政治行動」〉，轉引自齋藤敏康：〈福本主義對李初梨的影響〉，《中國現代文學研究叢刊》1983年第3期。

級運動草創期，所謂「混合型」是不可避免的一種現象。這種觀點為留日多年的中國學生所接受，李初梨回國不久便指出：「在中國革命的初期，因為它內包的要素底複雜，所以它反映到意識方面來的，只是一個混合型的革命文學。」[27]石厚生在〈革命文學的展望〉中更是認為：「構成分子的複雜，我們的文學界比那一國的都要厲害，一樣口唱革命文學的人們也就有各種各樣的形形色色；隨意識明顯的程度，自微溫的反抗以至於社會熱狂Social Chauvinism，終至於普羅列塔利亞文學，我們可以看取無數的等級。」[28]他認為這正是中國革命現狀所決定的一種混合型的革命文學情形。麥克昂同樣認為，「從普羅列塔利亞特出身的文士中也不能保無『文賊』。」[29]關於當時文壇現狀，錢杏邨認為可分為三種傾向，「一種是反動的資產階級文藝的運動，一種是代表小資產階級轉換方向的勞動階級文藝運動，一種是直接走上勞動階級的勞動階級革命文藝運動。」[30]就是說整個文壇亦處於一種混合狀態。

　　他們分析當時文壇現狀借用的另一日本概念是「自然生長」。它是青野季吉1926至1927年在〈自然生長與目的意識〉、〈再論自然生長與目的意識〉中提出的。他將過去的文學均看作是自然生長的文學，主張把這種文學提高到具有目的意識的高度。他以無產階級文學和無產階級文學運動來指稱自然生長與目的意識兩個不同階段。他說「無產階級文學的發生和無產階級文學運動的發生，不是同時的」，無產階級是自然生長的，在這種自然生長的同時，其表現慾也自然生長起來，表現之一便是知識分子和工農自己所創作的有關作品的出現，

---

[27] 李初梨：〈請看我們中國的Don Quixote的亂舞〉，1928年4月15日《文化批判》，第4號。

[28] 石厚生：〈革命文學的展望〉，收入《「革命文學」論爭資料選編》（上），人民文學出版社1981年版，第443頁。

[29] 麥克昂：〈桌子的跳舞〉，1928年5月10日《創造月刊》，第1卷第11期。

[30] 錢杏邨：〈批評的建設〉，1928年5月1日《太陽月刊》，5月號。

但「這不過是反映無產階級的階級的生長而已。」那種「選擇無產階級生活的文學、表現無產階級及其生活、要求的文學」早就出現於日本近代文學中,應明確區分這種自然生長的無產階級文學與具有目的意識的無產階級文學運動。1927年2月,林房雄以青野季吉觀點為基礎寫了題為〈社會主義文藝運動〉的《文藝戰線》社評,他說:「所謂的自然生長性就是無意識性,而目的意識就是意識性」,「在無產者的運動中,大眾的行動是無意識的,自然生長的;先鋒隊的行動是意識的,目的的」。[31]李初梨等接受了這種「自然生長」觀,並以之運用於對中國革命文學現狀的分析中。1928年,李初梨寫了題為〈自然生長性與目的意識性〉一文,可謂是對青野季吉的〈自然生長與目的意識〉的呼應。他從青野季吉的觀點出發,認為中國的「比較長期的勞動者的覺醒過程,純是一種自然生長的原始的過程的運動」,那種「以為個個的工人或農民所現有的心理的意識,就是無產階級意識,這是根本不明白自然生長性與目的意識性的緣故。」由此,他認為魯迅、郁達夫所提出的「無產階級文學要無產者自己來創造」的觀點是屈服於自然生長性的主張。[32]錢杏邨在論及魯迅創作時指出:「魯迅雖然以這樣巨大的力量去從事反封建運動,但是,因為他出發於人道主義的立場,而不能有意識的去反抗的原故」,結果只能彷徨而傷感;他雖有一顆熱愛人類的心,但因停滯在原來的地方,所以也只能「傷感的無目的意識的和舊勢力抗鬥。」[33]李初梨在〈怎樣地建設革命文學〉中稱:「1926年,郭沫若氏的《革命文學》,正是這種自然生長的革命意識的表現。因為他對於『革命』與

---

[31] 〔日〕林房雄:〈社會主義文藝運動〉,1927年2月《文藝戰線》,第2期。

[32] 李初梨:〈自然生長性與目的意識性〉,收入《「革命文學」論爭資料選編》(下),人民文學出版社1981年版,第637-642頁。

[33] 錢杏邨:〈魯迅〉,收入《「革命文學」論爭資料選編》(下),人民文學出版社1981年版,第951-953頁。

『文學』，只作為一般的範疇，而不從一定的歷史的形態去把握。」就是說郭沫若1926年的革命要求只是在無產階級壯大與中間階級的貧困化過程中，自然生長起來的一種知識階級的革命慾望。成仿吾1928年如此發問：「我們的新文學在最近半年以前已經發展無餘了麼？創造社在15年春已經高唱革命文學的口號，但是就能成為了一種運動麼？」顯然，他對過去的新文學是不能完全滿意的，因為在他看來尚未達到目的意識的高度，未能化為一種無產階級文學運動，「過去的十餘年中，在大體上，我們可以說是完成了我們的使命（在歷史的必然性的觀點上）。但是一切都是自然生長的。」[34]在他們看來，革命文學雖然早在20年代初就已出現了，但尚屬一種自然生長現象，未達至自覺意識高度。

「混合型」概念，使他們不僅得出了當時中國文壇是由多種傾向共構而成的結論，在這種「混合」文壇中，革命文學僅是一種傾向、一種力量；而且意識到革命文學本身也是一種混合型的，構成分子極為複雜，形形色色，無產階級文學也僅為一種。這就意味著當時文壇上，具有無產階級意識的作家不多，無產階級意識程度不高。而「自然生長」概念則使他們進一步明白了單個的工人、農民的心理並非就是無產階級意識，它們大都僅處於一種無意識的自然生長階段，至於近十年來一些作家如郭沫若、魯迅等的革命要求，也只是自然生長性的，尚未上升到目的意識的高度，這同樣使他們得出了當時文壇無產階級意識稀薄乃至缺失的結論。

而要實現五四文學向無產階級革命文學的轉換，要創作無產階級文學，就必須具有鮮明的無產階級意識。那麼怎樣培植、獲取無產階級意識呢？「混合型」與「自然生長」的觀點

---

[34] 成仿吾：〈全部的批判之必要〉，1928年3月1日《創造月刊》，第1卷第10期。

使他們頗為自然地從日本無產階級文學運動那裏找到了答案。

　　福本和夫在論述如何開展無產階級運動時指出：「我們的運動的進展，迫使我們現在要具體地揚棄以前烙印在我們的運動上的所謂『混合型特點』，而且已經在不斷揚棄。」從這一認識出發，他主張應「果敢地、堅持不懈地進行理論鬥爭」，這正是「方向轉換的真正開端」。[35]這表明通過理論鬥爭，揚棄混合型特點，是福本和夫培植無產階級意識，開展無產階級運動的主要方式，也就是他主張的實現「方向轉換」的方式。對於「自然生長」意識又應怎麼辦呢？福本和夫認為這種無產者的自然生長的意識，應被引導到真正的無產階級意識的高度，就是應有一個「由無產者的意識到其階級意識」的純化過程，而這一純化過程的完成途徑是「分離結合」，就是首先把具有革命意識的人們從思想不純者中分離出來，以創造出無產階級運動的「主體條件」，然後由這些具有真正無產階級意識的人們從外部注入社會主義意識，將先鋒隊與群眾結合起來。[36]就是聯合之前徹底地分裂，清除非無產階級意識，這意味著無產階級意識是在分裂鬥爭過程中產生的，因此應特別強調理論鬥爭。青野季吉從福本和夫這一「分離結合」思想出發，在〈再論自然生長與目的意識〉中認為：「對自然發生的無產階級文學所表現出來的混合的各種意識形態──事實證明，其中有資產階級的、小資產階級的，甚至是中世紀的意識 ──必須進行批判、清埋，以加強和純化社會主義的意識。」他也宣稱社會主義的意識，是從外部經由理論鬥爭注入的，「我們的無產階級文學運動是在文學的領域注入這種目的意識的運動。」[37]由此可

---

[35]　轉引自〔日〕齋藤敏康：〈福本主義對李初梨的影響〉，《中國現代文學研究叢刊》1983年第3期。

[36]　〔日〕福本和夫：〈歐洲無產者政黨組織問題的歷史性發展〉，1925年《馬克思主義》，第4-6號。

[37]　〔日〕青野季吉：〈再論自然生長與目的意識〉，1927年1月《文藝戰線》，第1期。

見，「理論鬥爭」是他們解決「自然生長」意識的主要手段，通過理論批判、鬥爭以培植無產階級意識。

這一方式幾乎未改樣地被中國年輕的無產階級革命文學倡導者們所看取。1928年3月李初梨在回答錢杏邨的公開信中寫道：「我覺得在我們的無產文藝陣營裏面，『理論鬥爭』，是刻不容緩的一件急務。」他這裏的「理論鬥爭」是加引號的，表明它是一專門術語，從整個論述語境看，來自福本和夫。同年，成仿吾寫作了〈全部的批判之必要〉，[38]並加了副標題「如何才能轉換方向的考察」。他將「全部的批判」作為「轉換方向」的必要條件。文中寫道：「我們應該由批判的努力，將布爾喬亞意德沃羅基（Ideologie）與舊的表現樣式奧伏赫變」，應由批判指出一種文藝的必然的發展與沒落，闡明它的內在特質。由「這種批判的努力」，「文藝可以脫離『自然生長』的發展樣式而有意識地──革命」。在他看來，以前的理論只是一些討論、提倡，未盡批判的能事，所以「我們的文藝運動遲至今日才有轉換方向的可能性；也正因為這個原故，我們才不能不趕做全部地批判。」只有全部地批判，「做一次文藝的良心的總結算」，才能獲得革命意識，文藝才能「由自然生長的成為目的意識的，在社會變革的戰術上由文藝的武器成為武器的文藝。」他這裏的「全部的批判」，就是福本和夫與青野季吉的「理論鬥爭」。

無產階級意識是在清除非無產階級意識鬥爭中獲取的，福本和夫這一思想經由後期創造社被當時許多人所接受。1928年《文化批判》第3號上刊出了名為「意」的〈讀者的回聲〉，文中寫道：「我們要明白自己批判的必要，養成理論鬥爭的精神，而把個人的感情克服。個人的感情與因襲的思想，這些是

---

[38] 成仿吾：〈全部的批判之必要〉，1928年3月1日《創造月刊》，第1卷第10期。

我們馬上應該克服的；它們的克服是我們這方面轉換的全過程所必須肉搏的苦鬥。」通過理論鬥爭，克服個人情感與因襲的非無產階級思想，才能實現方向轉換，成為多數革命論者的共識。郭沫若的革命文學論儘管一開始被李初梨視為自然生長的表現，但不久郭沫若就對「理論鬥爭」表以認同。他說「李初梨君和我在思想上完全是一致的」，「同一是以辯證法的唯物論來檢討今後我們革命文學的路徑」，[39]並呼籲「大家脫去感傷主義的灰色衣裳，請來堂堂正正地走上理論鬥爭的戰場。」[40]以「理論鬥爭」方式克服感傷主義，確立無產階級意識，這是郭沫若與李初梨「同一」之所在。

綜上所論，通過理論鬥爭，揚棄「混合型特點」，使「自然生長」意識上升為無產階級目的意識，是中國無產階級革命文學倡導者從日本無產階級文學運動那裏看取的培植、獲取無產階級意識的途徑，也即是實現五四文學向無產階級革命文學轉型的方式。

三

那麼，理論鬥爭具體指向誰呢？福本和夫因過高地估計了日本資本主義程度，而將無產階級歷史使命規定為「面臨著必須進行與資產階級民主主義鬥爭的必然性」，認為「在開展理論鬥爭中必須反覆地進行政治揭露」。[41]青野季吉由此出發，視資產階級、小資產階級為無產階級文學運動中理論鬥爭的主要對象，他說：「無產階級的所謂的政治的鬥爭，政治的暴露

---

[39] 麥克昂：〈留聲機器的回音〉，1928年《文化批判》，第3號。

[40] 麥克昂：〈英雄樹〉，1928年《創造月刊》，第1卷第8期，該文寄自日本。

[41] 轉引自〔日〕齋藤敏康：〈福本主義對李初梨的影響〉，《中國現代文學研究叢刊》1983年第3期。

乃是對資產階級一切思想體系的鬥爭和對它本身的揭露。」落實在文學上，則「必須批評、整理自然發生的混入無產階級文學中的各種思想體系——事實證明，其中有資產階級的，有小資產階級的，甚至有中世紀的——還要組織趨向社會主義的意識。」[42]與福本和夫、青野季吉觀點的影響相關（言相關，是因為當時中國也存在「左」的傾向，對中國無產階級文學運動的影響更為直接），中國無產階級文學倡導者們，亦將理論鬥爭引向對資產階級、小資產階級的批判。如李初梨稱：「中國的文學革命，經了有產者與小有產者的兩個時期，而且因為失了他們的社會根據，已經沒落下去了。」[43]代之而起的必然是與之相對立的無產階級文學。文中對前期創造社的自我表現說進行了「理論鬥爭」。1928年3月《流沙》創刊號上刊出「同人」的〈前言〉，號召大家起來「打倒那些小資產階級的學士和老爺們的文學，轉過方向來，開闢這文藝的荒土。」[44]郭沫若則稱「小資產階級的根性太濃重了，所以一般的文學家大多數是反革命派」，「拜金主義派的群小是我們當前的敵人」。[45]於是，魯迅、郁達夫、茅盾、葉聖陶、冰心等均為「理論鬥爭」的對象。這樣，理論鬥爭的方式，如郭沫若後來所說的，完全是日本式的「一種嚴烈的內部清算的態度」。[46]他回憶說：「我在上海時，邀請魯迅、蔣光慈和其他朋友們結合起來，形成一種聯合戰線的打算，不僅完全被揚棄，反而把魯迅作為了批判的對象，讓蔣光慈也被逼得來和另一批朋友組織起太陽社來了。於

---

[42] 〔日〕青野季吉：〈再論自然生長與目的意識〉，1927年1月《文藝戰線》，第1期。

[43] 李初梨：〈怎樣地建設革命文學〉，1928年2月15日《文化批判》，第2號。

[44] 《流沙》同人：〈前言〉，《「革命文學」論爭資料選編》（上），人民文學出版社1981年版，第245頁。

[45] 麥克昂：〈桌子的跳舞〉，1928年5月10日《創造月刊》，第1卷第11期。

[46] 郭沫若：〈跨著東海〉，收入吳宏聰等編：《創造社資料》（下），福建人民出版社1985年版，第829頁。

290 | 中國近現代文學轉型與日本文學關係研究

是語絲社，太陽社，創造社，三分鼎立，構成了一個混戰的局面。」[47]這種三分鼎立的局面，頗似日本1927年前後因「理論鬥爭」而導致的由「普羅藝」、「勞藝」、「前藝」構成的三派鼎立的局面。

一種性質的文學向他種性質文學轉換，有其歷史的必然性，認清並順應這種必然性，推動其轉換，是一種積極的選擇，從這一角度看，後期創造社、太陽社成員致力於五四文學向無產階級革命文學的轉換，是一種順應歷史的明智作法。然而，儘管轉換中不可能完全沒有鬥爭，但主要的積極的方式卻不是鬥爭，而應是研究、探討與創作實驗。但後期創造社、太陽社由日本借鑑的開展無產階級文學運動的經驗是理論鬥爭與批判，而不是研究與創作實驗。馮乃超、朱鏡我、彭康、李初梨、李鐵聲等回國的第一個舉措便是反對創造社與魯迅合作，將魯迅視作理論鬥爭的目標，而沒有看到魯迅正是聯合的對象，是革命文學有力的支持者。與此同時，他們決定停止恢復《創造週報》，並於1928年1月15日創辦《文化批判》。其目的「在以學者的態度，一方面介紹最近各種純正的思想，他方面更對於實際的諸問題為一種嚴格的批判的工作。它將包含哲學、政治、社會、經濟、藝術一般以及其餘有關係的各方面的研究與討論。」[48]成仿吾在〈祝詞〉中亦稱《文化批判》「將從事資本主義社會的合理的批判」，「將貢獻全部的革命的理論，將給予革命的全線以朗朗的光火」。[49]由此可見，《文化批判》乃是一個綜合性的文化刊物，而因為《創造週報》是純文學性的《創造季刊》的姊妹刊，是一個純文學性雜誌，所以

---

[47] 郭沫若：〈跨著東海〉，收入吳宏聰等編：《創造社資料》（下），福建人民出版社1985年版，第829-830頁。

[48] 〈《創造月刊》的姊妹雜誌《文化批判》月刊出版預告〉，收入吳宏聰等編：《創造社資料》（上），福建人民出版社1985年版，第539頁。

[49] 成仿吾：〈祝詞〉，1928年《文化批判》，第1號。

《文化批判》取代《創造週報》，不僅僅是刊物的更名，而且意味著一種方向的轉換。「文化」替代了「文學」，「批判」代替了「創造」，這表明無產階級革命文學倡導者們的關注點，已由文學轉向了文化，努力的方向是文化的批判而不是文學的創造。

這樣，他們因「理論鬥爭」的引入，一開始便偏離了文學，偏離了創造。他們雖不斷地言說文學，但言說方式卻不是文學式的，而是「理論鬥爭」性的。理論鬥爭在他們那裏同在日本一樣，是意識鬥爭、階級鬥爭的同義語，這樣，在不自不覺中，他們實際上已將五四文學向無產階級革命文學的轉換置換成為階級意識的轉換。這種置換導致他們不僅忽視了創作實踐；而且對於真正的無產階級文學理論問題，要麼盲視，要麼多從階級意識角度進行闡釋，無視無產階級文學作為「文學」的特徵。於是五四文學向無產階級革命文學的轉換只能是一種「理論鬥爭」性的強行突破，難以稱之為真正「文學」性的轉型。

第三節　中國無產階級革命文學理論界說與日本無產階級文學

要真正實現文學方向的轉換，使中國文學進入到無產階級革命文學階段，就必須對文學進行新的界說，實際上就是回答無產階級革命文學與以往文學的區別。倡導者們由於一開始就看重日本無產階級文學運動經驗，尤其是借鑑了其「理論鬥爭」方式，這樣，他們對無產階級文學的界說，同樣一定程度地受到了日本無產階級文學的某些影響。

　　什麼是文學？這是他們從事文學轉換工作，倡導新型的無
產階級革命文學時，必須回答的根本性問題，因為對「文學」
的不同理解、定位，將影響到整個無產階級革命文學的走向。

　　李初梨自日本歸來後即成為倡導無產階級革命文學的主
將與理論上的代表。在〈怎樣地建設革命文學〉一文中，他
宣稱文學是宣傳，「文學為意德沃羅基的一種，所以文學的社
會任務，在它的組織能力」，「文學，是生活意志的表現。
文學，有它的社會根據──階級背景。文學，有它的組織機
能，──一個階級的武器。」這一文學觀的源頭頗為複雜，如
Upton Sinclair的影響，但由於他剛從日本回來，深諳日本無產階
級文學，所以直接的參照對象則是日本無產階級文學運動中林
房雄、鹿地亙等人的文學觀。在1925-1927年，青野季吉在〈自
然生長與目的意識〉等一系列文章中，否定了傳統的文學觀，
強調無產階級文學必須具有自覺的目的意識，因為在他看來只
有開始自覺到無產階級的鬥爭目的，這才能成為階級的藝術。
《文藝戰線》接受了這種觀點，於1927年發表了林房雄執筆的
社論〈社會主義文藝運動〉，文中強調「社會主義文學公開聲
言文學的社會效果和『宣傳的』『機動的』作用」。[50]不久，
鹿地亙發表〈克服社會主義文藝運動〉一文，認為藝術應是直
接的宣傳鼓動的工具，是進軍的號角。他堅信無產階級藝術的
任務是「向依靠不斷地暴露政治而組織起來的大眾吹響進軍號
角，是成為決定性的行為的鼓舞者。換言之，就是以組織大眾
為契機，幫助暴露政治只不過是次要的意義。」[51]他強調的是

---

[50]　〔日〕林房雄：〈社會主義文藝運動〉，轉引自葉渭渠：《日本文學思潮史》，經濟
　　日報出版社1997年版，第435頁。

[51]　〔日〕鹿地亙：〈克服社會主義文藝運動〉，轉引自葉渭渠：《日本文學思潮史》，

文學的宣傳、組織機能，在他看來，無產階級文學的價值正在此。這種文學觀在當時日本頗有影響，並成為李初梨文學觀的直接源頭。李初梨的文學觀提出後，立即得到了多數革命文學論者的認同，如郭沫若的〈留聲機器的回音〉、彭康的〈革命文藝與大眾文藝〉、錢杏邨的〈死去了的阿Q時代〉，均認為文學是宣傳，旨在組織生活。

其實，當時日本文壇，對文學還存有另一種理解。在藝術大眾化論爭中，針對鹿地亙的政治主義觀點，中野重治從藝術至上主義立場出發，認為「對藝術來說，其意義是存在藝術的價值本身，除此以外的東西，只不過是假的魔術。藝術的價值是由契入其藝術的人類生活的真實之深淺（生活的真實並非脫離階級關係）、其表現的樸素性和誇大性來決定的」。[52]他強調文學藝術的自律性，從文學藝術的內在規律入手探討藝術問題。而藏原惟人在具體論述藝術本質時，更是批評了鹿地亙的「進軍號主義」，認為藝術是「現代生活之客觀的『敘事詩的』展開」，是對生活的認識，無產階級藝術底領域，比之各種「宣傳藝術」、各種「行軍的喇叭」要廣闊得多。他強調了文學藝術真實地表現生活、認識生活的特點。

那麼，當時李初梨等為何捨此說，而取文學藝術是宣傳工具、具有組織生活的功能這一看法呢？我以為原因有四。一是他們當時主要是以社會文化革命者角色來倡導革命文學的，他們思考問題的出發點不只是文學，而更是革命，文學只是實現革命的武器。正如李初梨所言：「我們的作家，是『為革命而文學』，不是『為文學而革命』，我們的作品，是『由藝術的武器，到武器的藝術』。」[53]二是他們中大多數人缺乏文學創

經濟日報出版社1997年版，第435頁。

[52] 葉渭渠等：《日本現代文學思潮史》，中國華僑出版社1991年版，第131頁。

[53] 李初梨：〈怎樣地建設革命文學〉，1928年2月15日《文化批判》，第2號。

作經驗，對文學他們是門外漢，自然會不顧文學自身特性，將文學視為社會文化革命之工具。三是中國傳統的功利主義文學觀，對他們亦有一種潛在的制約。四是近代梁啟超政治小說觀亦是主要強調文學的組織生活的功能，對同是留日學生的他們不無影響，而五四文學雖為文學自覺時代的文學，但李初梨等認為亦是一種說教文學，不可能有為文學的文學：「你看，一個『很反對為道德的文學』的周先生，尚且『做不出一篇為文章的文章，結果只編集了幾卷說教集』。那麼，我說文學是生活意志的要求，又有什麼不對。那麼，我說文學是宣傳，更不是我的獨斷。」[54] 這些原因或隱或顯地規約著他們，使他們幾乎是毫不猶豫地選擇了鹿地亙等的觀點。我甚至以為，他們當時並未作什麼「選擇」，因為「選擇」是具有獨立性的主體因某種目的面對對象時在一種複雜的心理活動作用下所進行的一種取捨行為，它對主體來說是一種自由，而這種自由所帶來的決不是一種簡單的快樂，更多的時候是一種精神上的痛苦考驗，而後期創造社成員面對對象時似乎沒有「選擇」時的猶豫感，對於對象缺乏必要的懷疑精神，主體性不足，沒有經受「選擇」過程中的痛苦折磨，他們對「進軍號主義」所表現出來的那種「知遇之感」，並非個體精神層面上的深刻契合，而是外在目的所導致的一種行為認同，而這種認同在實質上意味著主體性不足甚至缺失。

他們這種未經痛苦的看取行為，給中國文學發展帶來了什麼影響呢？從新文學建設上看，它使革命文學偏離了五四文學所構設的「文學」軌道。五四文學是中國文學自覺的新階段，文學自身的特性受到高度的重視，而革命文學倡導者直接受日本鹿地亙等影響，要求文學成為宣傳品，成為組織生活的工

---

[54] 李初梨：〈怎樣地建設革命文學〉，1928年2月15日《文化批判》，第2號。

具，於是不知不覺地偏離了文學，使中國新文學以一種新的方式退回到了傳統文學經夫婦、成孝敬、厚仁倫、美教化的「載道」文學那裏去了，退回到梁啟超的政治文學境界裏去了。革命文學本應從文學入手，而李初梨等卻開了一個壞頭，將革命文學建設導入歧途。從新文學接受日本文學影響看，五四以來的文學對日本文學的擇取大都是從「文學」入手的，從中國新文學自身建設的具體要求入手的，取其精華，沒有盲目照搬，而後期創造社乃至太陽社成員對日本無產階級文學的擇取卻往往不是從新文學建設的實際出發，而是從「革命」出發，忘記了接受是為「文學」自身建設這一傳統，於是開了非創造性地接受日本文學的先河。

他們對文學的非文學式解釋，不僅使中國新文學偏離了文學軌道，而且成為他們思考無產階級文學的起點，他們對無產階級文學的一些錯誤的理解與之不無關係。

二

何為無產階級文學？基於對文學的上述認識，中國革命文學倡導者們很自然地擇取了日本流行的無產階級文學觀。早在1920年中野秀人就在〈第四階級文學〉中指出：「第四階級的文學不是同情和悲憫的文學，而是反抗鬥爭的文學」，無產階級的「解放是文學的實質」[55]。而到1921-1922年，平林初之輔又連續發表〈民眾藝術的理論和實踐〉、〈第四階級文學〉、〈文藝運動與工人運動〉等文，進一步提出了無產階級文學的階級性及改造社會為無產階級解放服務的目的性。他指出「無產階級文學運動唯一綱領就是為無產階級的解放」。[56]與此同

---

[55] 葉渭渠等：《日本現代文學思潮史》，中國華僑出版社1991年版，第125頁。
[56] 葉渭渠等：《日本現代文學思潮史》，中國華僑出版社1991年版，第126頁。

時，江口渙亦指出：「自覺的第四階級，是具有作為第四階級的深刻的階級意識的，……其結果不消說必然要樹立第四階級自身的價值判斷，文學價值本身也必然會依據第四階級本身的價值判斷來決定。」[57]他在強調無產階級的階級意識同時，認為無產階級文學價值判斷標準是由無產階級自身來決定的。接著青野季吉進一步重申了上述論點，他說「開始自覺到無產階級的鬥爭目的，這才成為無產階級的藝術。」[58]1928年納普成立後，藏原惟人在《無產階級現實主義文學的道路》中，反對以自我為中心的不願觀察社會的個人主義的現實主義，強調「無產階級作家首先必須要掌握明確的階級觀點」，「第一，要用無產階級先鋒隊的眼睛來觀察世界。」[59]儘管近十年裏日本無產階級文學觀的變化相當複雜，但階級性和為無產階級解放服務這兩點卻被大多數論者所認同，支配著日本無產階級文學的走向。

同樣，它們也為中國無產階級革命文學論者所認同。郭沫若在1926年寫的〈文藝家的覺悟〉中力倡：「我們現在所需要的文藝是站在第四階級說話的文藝，這種文藝在形式上是寫實主義的，在內容上是社會主義的。除此以外的文藝都已經是過去的了。包括帝王思想宗教思想的古典主義，主張個人主義自由主義的浪漫主義，都已過去了。」[60]到1928年在〈桌子的跳舞〉中，他在闡明中國新文藝是深受了日本的洗禮觀點後指出，是否是無產階級文藝，「要緊的是要看你站在那一個階級說話。我們的目的是要消滅布爾喬亞階級，乃至消滅階級的；

---

57 葉渭渠等：《日本現代文學思潮史》，中國華僑出版社1991年版，第126頁。

58 葉渭渠等：《日本現代文學思潮史》，中國華僑出版社1991年版，第127頁。

59 〔日〕中村新太郎：《日本近代文學史話》，卞立強、俊子譯，北京大學出版社1986年版，第350-351頁。

60 郭沫若：〈文藝家的覺悟〉，收入吳宏聰等編：《創造社資料》（上），福建人民出版社1985年版，第122頁。

這點便是普羅列塔利亞文藝的精神。」顯然，他認為無產階級文學是為無產階級說話的文學，是包含無產階級意識的文學。李初梨的無產階級文學觀在〈怎樣地建設革命文學〉中表述得更為簡潔：「無產階級文學是：為完成他主體階級的歷史的使命，不是以觀照的——表現的態度，而是以無產階級的階級意識，產生出來的一種鬥爭的文學」，階級意識、主體階級的歷史使命是他的無產階級文學觀的核心。同年，蔣光慈在〈關於革命文學〉中，給革命文學的定義是「革命文學是以被壓迫的群眾做出發點的文學！革命文學的第一個條件，是具有反抗一切舊勢力的精神！革命文學是反個人主義的文學！革命文學是要認識現代的生活，而指示出一條改造社會的新路徑！」與李初梨的看法幾乎相同，相異的僅是他加了革命文學「要認識現代生活」一條。我們雖不能說，中國的無產階級文學觀完全是日本無產階級文學觀在中國的翻版，但後者所一貫堅守的階級意識、無產階級使命意識在中國卻得到了轉譯與弘揚。

從創作主體上看，必須確立無產階級意識；從目的上看，應服務於無產階級解放事業，這兩點的確是無產階級革命文學應具有的本質特徵，借鑑過來是順乎邏輯的，只要能做到在有利於深化新文學發展的前提下，將它們與五四文學觀相協調，也就是更多地從文學的意義上去理解、接受它們。然而，問題是，當時這兩點的確立前提是將文學理解為宣傳工具、組織生活的工具，換言之，這種論斷是由文學具有宣傳、組織生活的功能推斷出來的，其前提已偏離了文學的基本特性，而且使文學進入了一個更狹窄的領域：五四為人生的文學被萎縮成為階級服務的文學，人的文學演變成階級的文學。而在階級意識規範下，他們考慮的已不是無產階級文學如何繼承既有的「文學」傳統，以更好地為無產階級解放事業服務，而是自覺地與既有的傳統相背離。李初梨認為無產階級文學「不是以觀照的

——表現的態度」[61]產生出來的文學。他這裏所謂的「觀照的——表現的」態度，指的正是五四文學中以文學研究會為代表的客觀地描寫生活的現實主義態度和以創造社為代表的表現生活的浪漫主義態度。在談到何為文學時，他說：「前一派說：文學是自我的表現。後一派說：文學的任務在描寫社會生活。一個是觀念論的幽靈，個人主義者的囈語；一個是小有產者意識的把戲，機會主義者的念佛。」[62]完全否定了五四文學傳統。郭沫若、成仿吾、馮乃超等那時均持這種認識。他們很少探索怎樣在五四文學的基礎上發展無產階級文學，儘管他們深知革命文學是文學革命的必然發展，「革命文學，不要誰的主張，更不是誰的獨斷，由歷史的內在的發展——連絡，它應當而且必然地是無產階級文學。」他們認為五四文學過時了，無法承擔新的歷史使命，但他們不是從文學的角度去探究五四文學何以過時了，不是從文學的角度去總結五四文學經驗，使五四傳統在新的歷史時期實現創造性的轉化，使無產階級革命文學真正與五四文學對接起來，構成五四「文學」合乎邏輯的發展。相反，他們反掉了五四文學艱難地培植起來的現實主義、浪漫主義的新傳統。

所以，他們接受日本無產階級文學觀的失誤，並不在於吸取了階級意識與階級使命感這兩大內核，而是在接受的同時，反掉了五四「文學」傳統，在於以階級意識完全代替了文學意識，使中國新興的無產階級文學偏離了文學，從而幾乎斷送了無產階級文學運動提供給中國新文學的深化發展的歷史機遇。

---

[61] 李初梨：〈怎樣地建設革命文學〉，1928年2月15日《文化批判》，第2號。
[62] 李初梨：〈怎樣地建設革命文學〉，1928年2月15日《文化批判》，第2號。

三

　　與無產階級文學觀直接相連的是作家隊伍問題，即哪些人能從事無產階級文學創作。基於對階級意識的過分強調，誰有資格從事無產階級文學創作便成為一個相當突出的問題。有島武郎1922年在《改造》雜誌上發表〈宣言一篇〉，他說：「我是在第四階級以外的階級裏出世，生長，受教育的。所以對於第四階級，我是無緣的眾生之一人。因為我絕對地不能成為新興階級者，所以也並不想請給我做。為第四階級辯解，立論，運動之類那樣的蠢極的虛偽，也做不出來。即使我此後的生活怎樣變化，而我終於確是先前的支配階級者之所產。……因此，我的工作，大概也只好始終做著訴於第四階級以外的人們的工作。」[63]他認為自己非第四階級出生，不可能真正獲得第四階級的意識，也就無法真正體驗第四階級的酸甜苦辣，不可能寫出無產階級文學。他為此極度痛苦，而這種苦痛彌漫了當時日本文壇。在中國，鄭伯奇、郁達夫等接受了這種觀點。鄭伯奇在《國民文學論》中援引了有島武郎〈宣言一篇〉中的「第三階級不能感受第四階級的感情和思想，所以絕對不能表現第四階級」這一段話，並稱之為「確是不磨之理」。他認同於有島武郎關於第四階級的痛苦，只有第四階級的人們自己感受過，因而也只能自己表現的觀點。[64]郁達夫亦認為知識分子與工農之間有一條由經歷、思想不同而形成的鴻溝，這決定了知識分子從事無產階級文學創作只能是「心勞手拙，一事無成，是不忠於己的行為。」而「真正無產階級的文學，必須由無產階級自己來製造，而這創造成功之日，必在無產階級專政的時

---

[63]　〔日〕有島武郎：〈宣言一篇〉，《魯迅譯文集》第5卷，人民文學出版社1958年版，第250-251頁。

[64]　鄭伯奇：〈國民文學論〉，1923年12月至1924年1月《創造週報》，第33、34、35號。

候。」[65]1928年8月在〈對於社會的態度〉一文中，他仍持守這一觀點：「可是生在19世紀的末期，曾受過小資產階級的大學教育的我輩，是決不能作未來的無產階級的文學的一點，我是無論如何，也不想否認的」。[66]這種認識決定了郁達夫終於與無產階級文學擦肩而過。

創造社後期成員，對這一問題又是怎樣解決的呢？福本和夫為他們提供了答案。福本和夫在有島武郎〈宣言一篇〉刊出後日本知識界普遍苦悶之時，指出革命的知識分子是革命的生力軍，工人「必須從物質生產過程的外部——經濟鬥爭的外部——爭取新的革命因素（革命的知識分子階層）——具有真正的全無產階級性的知識階級的意識，即戰鬥的唯物論，也就是真正的全無產階級的政治意識了。」[67]在他看來，革命的知識分子具有真正的全無產階級的政治意識，具有戰鬥的唯物論思想，所以在理論鬥爭中要努力爭取知識階級及其準備階級上的學生。他不僅賦予了知識分子以革命的資格，而且指出知識分子在革命中扮著提高工人階級覺悟的極重要的啟蒙角色。福本和夫不僅拯救了那時日本許多不屬於第四階級的欲參加革命的知識者，而且也拯救了中國無產階級革命文學的倡導者。李初梨在〈自然生長性與目的意識性〉中頗為自信地說：「而戰鬥的唯物論及全無產階級的政治鬥爭主義的意識，必須待革命的知識階級的參加，而且只有從外部才能注入。」這段話止是上面所引的福本和夫觀點的另一種表述，即革命的知識階級具有戰鬥的唯物論及全無產階級的政治鬥爭主義的意識，所以應使

---

[65] 日歸（郁達夫）：〈無產階級專政和無產階級文學〉，收入吳宏聰等編：《創造社資料》（上），福建人民出版社1985年版，第148頁。

[66] 郁達夫：〈對於社會的態度〉，收入《「革命文學」論爭資料選編》（上），人民文學出版社1981年版，第599頁。

[67] 〔日〕栗原幸夫：〈普羅文學及其時代〉，轉引艾曉明《中國左翼文學思潮探源》，湖南文藝出版社1991年版，第108頁。

他們參加革命，只有他們才能從外部給工人階級注入真正的全無產階級的政治意識。正因為此，無產階級文學「它應該是無產階級前鋒底一種意識的行動，而且能夠擔任這種任務的，在現階段，只有是革命的智識階級。所以對於普羅列塔利亞文學底作家的批評，只能以他的意識為問題，不能以他的出身階級為標準。」[68]革命的智識階級才能完成無產階級文學任務，才有資格從事無產階級文學活動、創作。可見，李初梨完全認同於福本主義的觀點，是福本主義使李初梨等獲得了參加革命的通行證，不至於象郁達夫那樣因自己的非無產階級出生而判定自己無法從事無產階級文學活動與創作。

在解決了後期創造社同仁們參加革命文學建設的資格後，李初梨等便遇到了又一個相關的問題，即當時的知識分子作家中哪些人屬於自己的一類，哪些人不屬於自己的一類，如何判定。這本來是一個相當棘手的問題，但李初梨等從自己的偏離了「文學」本身的無產階級文學觀出發，對此卻「迎刃而解」了。他們認為看一個作家是否屬於革命的知識階級，是否可以參加無產階級文學運動，最重要的是「審察他的動機。看他是『為文學而革命』，還是『為革命而文學』」。[69]這一標準意味著，他們不只是偏離了文學，而且幾乎是將文學與革命對立起來了。他們的「為革命而文學」實際上已不復言文學了，文學對於他們來說已沒有多大意義了。「他如果為保持自己的文學地位，或者抱了個為發達中國文學的宏願而來，那麼，不客氣，請他開倒車，去講『趣味文學』」。[70]他們不僅是自己忘了文學，而且亦反對他人抱著發達中國文學的宏願來從事無產

---

[68] 李初梨：〈自然生長性與目的意識性〉，收入《「革命文學」論爭資料選編》（下），人民文學出版社1981年版，第647-651頁。

[69] 李初梨：〈怎樣地建設革命文學〉，1928年2月15日《文化批判》，第2號。

[70] 李初梨：〈怎樣地建設革命文學〉，1928年2月15日《文化批判》，第2號。

階級文學創作。從這種邏輯出發，魯迅、周作人、茅盾、葉聖陶、郁達夫、冰心、豐子愷等一大批作家，因均是「為文學而革命」的，所以應將他們從無產階級作家陣營中分離出去，於是，他們發動了一場矛頭指向這批五四以來致力於中國新文學建設的作家的批判運動。這表明在他們看來，當時文壇只有他們自己是為革命而文學的，具有參加無產階級革命文學運動的資格，他人則因無產階級意識的缺失而只能成為理論鬥爭的對象。這裏又顯示出了前述福本和夫「分離結合」觀點的影響。

四

　　作為一種新興的階級文學，其描寫對象範圍同樣成為理論探討上的一個熱門話題。是只寫無產階級的生活、鬥爭，還是將筆觸伸向更廣闊的社會人生，倡導者們爭論不休，甚至將其視為衡量是否為無產階級文學的一大標準。事實上，日本無產階級文學理論家們對此早作過明確的闡釋。藤森成吉認為：「無論捉著如何社會材料，或社會問題，都可以成立無產階級文字的，就是描寫資產階級的生活，也充分成為無產階級文字。」[71]藏原惟人亦指出：「普羅列搭利亞作家，決不單以戰鬥的普羅列搭利亞特為他的題材。他描寫勞動者，同時也描寫農民，小市民，兵士，資本家——凡與普羅列搭利亞特的解放有什麼關係的一切東西。他只在那時候，將用其階級的觀點——用現在的唯一的客觀的觀點——去描寫他吧。問題只在作家的觀點，不必在其題材。」[72]這種題材觀是建立在對作家階級意識要求基礎上的，是對那種認為「只有在格鬥中的普羅列

---

[71] 轉引自祝銘：〈無產階級文藝底特質〉，收入《「革命文學」論爭資料選編》（下），人民文學出版社1981年版，第739頁。

[72] 〔日〕藏原惟人：〈到新寫實主義之路〉，林伯修譯，1928年《太陽月刊》，停刊號。

搭利亞特為對象」[73]觀點的反撥,可謂是對無產階級文學題材規律的一種科學反映。

對此,中國的革命文學論者又作何種反應呢?一種以祝銘為代表,認為這種題材觀犯了對無產階級文藝太不負責的錯誤。祝銘在援引上述藤森成吉觀點後寫道:「這種議論,實未免有點說不過去,無論捉著如何社會材料或問題都可以成立無產階級文藝,那無產階級文藝不就成為普通的文藝意義嗎?那末其特質又在那裏?何以又要驚天動地標出無產階級四個字?」[74]他這裏顯然犯了題材決定論的錯誤。另一種以李初梨為代表,對藤森成吉、藏原惟人觀點持認同態度。1928年12月李初梨尖銳地批評了當時文壇上的一種錯誤認識,即認為「普羅列塔利亞文學,只應該寫普羅列塔利亞自身的事情」,並指出當時無產階級作品之所以多寫「前衛底英雄的行為及普羅列塔利亞自然生長的反抗」,也根源於這種狹隘的認識。[75]他的正面主張是「普羅列塔利亞文學的作家,應該把一切社會的生活現象,拉來放在他的批判的俎上,他不僅應該寫工人農人,同時亦應該寫資本家,小市民,地主豪紳……凡是對於普羅列塔利亞特底解放有關係的一切,問題不在作品的題材,而在作家的觀點。」[76]這段文字幾乎是上面援引的藏原惟人話語的翻版,可見李初梨的理論背景是藏原惟人。又如漢年在〈文藝通信──普羅文學題材問題〉中亦寫道:「至於是不是普羅文學,不應當狹隘的只認定是否以普羅生活為題材而決定,應

[73] 〔日〕藏原惟人:〈到新寫實主義之路〉,林伯修譯,1928年《太陽月刊》,停刊號。

[74] 祝銘:〈無產階級文藝底特質〉,收入《「革命文學」論爭資料選編》(下),人民文學出版社1981年版,第739頁。

[75] 李初梨:〈對於所謂「小資產階級革命文學」底抬頭,普羅列塔利亞文學應該怎樣防衛自己?〉,1929年1月10日《創造月刊》,第2卷第6期,新年特大號。

[76] 李初梨:〈對於所謂「小資產階級革命文學」底抬頭,普羅列塔利亞文學應該怎樣防衛自己?〉,1929年1月10日《創造月刊》,第2卷第6期,新年特大號。

當就各種材料的作品所表示的觀念形態是否屬於無產階級來決定」，[77]他認同於藏原惟人的題材廣泛性觀點。

從理論探討上看，當時這兩種傾向中第二種占主導地位，這表明在題材問題上，通過論爭，藏原惟人等人的符合「文學」規律的觀點基本上被接受。如前所論，對作家階級意識的強調是以視文學為宣傳武器、為組織生活之工具為前提的，偏離了「文學」之途，然而這種對作家主體階級意識的強調，卻構成了倡導者們接受藏原惟人等關於是否為無產階級文學，問題不在於題材，而在於作家階級意識的觀點的認識基礎。就是說對階級意識的過分追求，雖偏離了「文學」正途，但這一偏離卻產生了一種積極的反應，即促使他們接受了科學的題材觀，在這一點上他們又回到了文學，以真正的文學者的眼光看待文學與描寫對象間的關係，從而避免了走向極左的題材決定論的誤區。這體現了理論邏輯自身的複雜性。

五

隨著無產階級文學運動的深入發展，作家們運用怎樣的創作方法進行創作，成為革命文學倡導者創造社、太陽社成員積極關注的又一問題。從當時的理論話語看，他們主要是從日本藏原惟人那裏接受了無產階級寫實主義，或稱新寫實主義創作方法，正如勻水所言：「好像中國的新寫實主義的主張，一部分還是由日本重譯而來的。」[78]

藏原惟人在日本無產階級文學運動進入新階段後，結合本國實際，就無產階級文學創作方法進行了認真的探索。從1928

---

[77] 漢年：〈文藝通信──普羅文學題材問題〉，收入《「革命文學」論爭資料選編》（下），人民文學出版社1981年版，第878-879頁。

[78] 勻水：〈論新寫實主義〉，1929年3月1日《樂群月刊》，第1卷第3期。

年到1929年，他在〈作為生活組織的藝術和無產階級〉、〈到無產階級現實主義之路〉、〈再論新寫實主義〉等文中提出並闡釋了「無產階級寫實主義」這種新型的創作方法。在〈到新寫實主義之路〉中，他批評了文壇上受福本主義影響的主觀急進主義論點和無產階級文學中存在的自然主義傾向，指出：「普羅列塔利亞作家對於現實的態度，應該是徹頭徹尾地客觀的現實的。他不可不離去一切的主觀的構成來觀察現實，描寫現實。在這種意味，他應該是個寫實主義者，也唯有站在漸漸抬頭的階級的立場，他始得成為現在的寫實主義的唯一的繼承者。」他認為普羅作家決不能單以戰鬥的普羅列搭利亞特為題材，題材應「能夠包含現代生活的一切方面」，對於過去的寫實主義，普羅作家應承繼的是對於現實的客觀的態度，「但這裏所謂客觀的態度，決不是對於現實──生活的無差別的冷淡的態度。那也不是謂力持超階的態度。那是把現實當做現實，沒有什麼主觀的構成地，主觀的粉飾地去描寫的態度。」[79]在〈作為生活組織的藝術和無產階級〉中，他強調了現實主義的客觀真實性，認為無產階級藝術雖可組織生活，但其方法卻不同於宣傳品，它的特點在於對現實生活作「客觀的『敘事詩的』展開」。他認為日本無產階級文學運動初期的浪漫主義是福本主義的「觀念底辯證法」的產物，到現在已經成為反動的了。他主張無產階級寫實主義應注重寫複雜個性，寫人物心理行為，甚至是人的下意識。

然而，藏原惟人的無產階級寫實主義中仍潛在地存在著一些極左觀念。他開出的通往普羅列塔利亞寫實主義的唯一之路是：「第一（用著）普羅列搭利亞前衛的（眼光）去觀察世界；第二，用著嚴正的寫實主義者的態度去描寫它。」[80]擁有無

---

[79] 〔日〕藏原惟人：〈到新寫實主義之路〉，林伯修譯，1928年《太陽月刊》停刊號。

[80] 〔日〕藏原惟人：〈到新寫實主義之路〉，林伯修譯，1928年《太陽月刊》停刊號。

產階級前衛的眼光仍被視為無產階級寫實主義的前提，雖然他的意圖主要在第二點上。這一觀點的直接來源是「全聯邦普羅列搭利亞作家同盟」。他認為普羅作家「只有獲得而強調這種觀點，才能成為真正的寫實主義者。」[81]就是以是否具有普羅的前衛的眼光作為衡量無產階級寫實主義的尺度，現實主義的自身特點實際上被置於次要位置，服從位置。他雖然倡導題材的廣泛性，但又主張「從這現實中捨去對於普羅列搭利亞特的解放，無用的偶然的東西，而採取其必要的，必然的東西。……普羅列搭利亞作家的主要的主題，就是普羅列搭利亞特的階級鬥爭吧」。[82]主題的規定性實際上消解了題材的廣泛性。他強調無產階級文學的客觀真實性，稱其是對「現代生活之客觀的『敘事詩的』展開」，但又認同於藝術具有組織生活之功能的觀點，相信「一切的藝術，在那本質上，必然是宣傳和鼓動。」（〈作為生活組織的藝術和無產階級〉）這說明他在論述寫實主義真實性時並未真正走出藝術「組織生活」的觀念，他對真實性的強調主要是為強化藝術「組織生活」的能力。藏原惟人只承認資產階級初期和無產階級藝術初期的浪漫主義在歷史上起過一定的進步作用，而否定它對無產階級寫實主義的意義。反對無產階級寫實主義借鑑浪漫主義，因為在他看來「理想主義是漸次沒落的階級的藝術，那末，寫實主義可以說是漸次勃興的階級的藝術。」[83]至於繼承文學遺產問題，他雖主張承續現實主義的客觀真實性，但又機械地割斷資產階級、小資產階級現實主義文學與無產階級寫實主義的聯繫，從而妨礙了對過去現實主義的借鑑。總的看來，藏原惟人的無產階級寫實主義是力圖為無產階級文學注入現實主義精神，使無產階

---

[81] 〔日〕藏原惟人：〈到新寫實主義之路〉，林伯修譯，1928年《太陽月刊》停刊號。
[82] 〔日〕藏原惟人：〈到新寫實主義之路〉，林伯修譯，1928年《太陽月刊》停刊號。
[83] 〔日〕藏原惟人：〈到新寫實主義之路〉，林伯修譯，1928年《太陽月刊》停刊號。

級文學真正以「文學」的方式進行，強調文學的藝術性，是為了使文學擺脫福本主義的影響；但其理論本身又未完全擺脫無產階級文學運動多年來形成的一些極左觀念的影響，潛存著一些非文學的不利於無產階級文學生長的因素，這些因素雖在整個體系中處於次要地位，被現實主義精神所遮掩，但畢竟存在著，給他人的理解帶來困難，容易造成認識上的混亂。

　　這一新的理論很快被譯介到中國，為中國無產階級文學倡導者所接受。1928年7月，《太陽月刊》刊出了林伯修根據藏原惟人的〈通往無產階級現實主義的道路〉原文翻譯的〈到新寫實主義之路〉，這是藏原惟人理論的正式傳入。由於它所回答的問題，正是當時中國無產階級文學倡導者們所苦思的問題，於是很快引起共鳴。當時紹介或運用這一理論的文章主要有勺水的〈論新寫實主義〉（1929年《樂群》第1卷第3期），林伯修的〈1929年急待解決的幾個關於文藝的問題〉（1929年《海風週報》第12期），錢杏邨的〈中國新興文學中的幾個具體問題〉（1929年12月作，刊於1930年《拓荒者》創刊號），等等。1929年樂群出版社還出版了《日本新寫實主義傑作集》。1930年《拓荒者》創刊號發表譯文〈再論通往無產階級現實主義之路〉。從當時文壇對藏原惟人這一理論的接受情況看，大致存在著兩種情況。

　　一種以林伯修、勺水、漢年、李初梨以及茅盾、丁玲等為代表，他們雖也認同於藏原惟人主張的普羅作家以前衛眼光觀察世界的觀點，但更傾心於藏原惟人強調的以嚴正的寫實主義態度描寫現實的觀點。他們著力紹介的是無產階級寫實主義中注重現實性、客觀真實性的特點，看重的是無產階級文學作為文學的特點，也就是藏原惟人強調的對「現代生活之客觀的『敘事詩的』展開」。如林伯修在〈1929年急待解決的幾個關於文藝的問題〉中談到普羅列搭利亞寫實主義底建設問題時，

雖同時援引了藏原惟人〈到新寫實主義之路〉中關於普羅作家獲得前衛意識與對於現實的客觀態度的兩段文字，但強調的則是「這個立場便決定普羅文學作家對於現實的態度：他們應該徹頭徹尾地是客觀的現實的。他們應該離去一切主觀的構成，於其全體性及其發展中來觀察現實，描寫現實。換句話說，就是把現實作為現實來觀察描寫。」顯然，他更看重的是藏原惟人的「現實」觀。又如李初梨在談到普羅作家面對所謂「小資產階級革命文學」的抬頭應該怎樣防衛自己時，所持觀點也主要來自藏原惟人的〈到新寫實主義之路〉。他說：「藏原氏這篇文章，在當時似乎沒有引起多大的反響，然而在現在是值得我們充分注意的」。他不僅紹介了該文的主要觀點，而且在表示認同於藏原惟人關於普羅作家應用前衛眼光觀察世界的前提下，特別強調普羅作家應該用嚴正的寫實主義的態度去描寫現實的觀點。他寫道：「這是以現實為現實，不用主觀的構成，不加主觀的粉飾，去描寫對於普羅列塔利亞特底解放有關係的一切，我覺得這種態度，是我們過去的作品所最缺乏的。」他呼籲「今後我們的文學，應該採取這普羅列搭利亞寫實主義的形式。」[84]漢年的《普羅文學題材問題》、勺水的〈論新寫實主義〉[85]等均亦表現出相似的接受傾向。他們試圖以藏原惟人無產階級寫實主義中的現實主義精神來糾正革命文學中業已出現的「革命的浪漫諦克」的不良傾向，以恢復五四現實主義文學的優良傳統，客觀地而非主觀粉飾地去描寫現實人生，甚至注意到了藏原惟人理論中最有價值的心理描寫。那時文壇上出現了一批現實主義作品，如丁玲的《韋護》、蔣光慈的《咆哮了的土地》、柔石的《為奴隸的母親》等，雖然不能說它們是

---

[84] 李初梨：〈對於所謂「小資產階級革命文學」底抬頭，普羅列塔利亞文學應該怎樣防衛自己？〉，1929年1月10日《創造月刊》，第2卷第6期，新年特大號。

[85] 均收入《「革命文學」論爭資料選編》（下），人民文學出版社1981年版。

藏原惟人理論直接作用的結果，但應該說與對藏原惟人的無產階級寫實主義理論的這一接受傾向有關係。

另一接受情況以錢杏邨為代表，看取的主要是藏原惟人理論中潛存的極左的內容，而基本上忽略了心理描寫等現實主義精髓。魯迅曾說過：「錢杏邨先生近來又只在《拓荒者》上，攙著藏原惟人，一段又一段的，在和茅盾扭結。」[86]這就是說錢杏邨當時進行文學批評的思想武器來自藏原惟人。由《從東京回到武漢》、《中國新興文學中的幾個具體問題》、《現代中國文學論·第二章魯迅》等文，我們不難發現錢杏邨接受、張揚的是用無產階級前衛的眼光看世界這第一點，而駕空了用嚴正的現實主義的態度描寫世界的觀點。如在〈中國新興文學中的幾個具體的問題〉[87]中，他的興趣主要集中於藏原惟人的「觀察現實的方法」，即唯物辯證法。因為「唯物辯證法是把這社會向怎樣的方向前進；認識在這社會上什麼是本質的，什麼是偶然的這事教導我們」，而普羅列塔利亞寫實主義就是依據這方法，「看出從這複雜無窮的社會現象中本質的東西，而從它必然的進行著的那方向的觀點來描寫著它。」這樣普羅文學所描寫的現實，就「是一種推動社會向前的『現實』」，而非舊的寫實主義中那種未經提煉的現實。由此錢杏邨主張「要把『現實』揚棄一下，把那動的、力學的、向前的『現實』提取出來，作為描寫的題材。這樣的作品，才真是代表著向上的、前進的社會的生命的普羅列塔利亞寫實主義的作品」。他這裏所謂的作為題材的「現實」已非充滿矛盾的客觀的現實，而是唯物辯證法視野中的歷史必然性的、本質化的現實，一種抽象

---

[86] 魯迅：〈我們要批評家〉，《魯迅全集》第4卷，人民文學出版社1981年版，1982年第1次印刷，第240-241頁。

[87] 錢杏邨：〈中國新興文學中的幾個具體的問題〉，收入《「革命文學」論爭資料選編》（下），人民文學出版社1981年版，第915-946頁。

化的觀念現實。於是，他認為茅盾所表現的「現實」，「不是普羅列塔利亞作家所描寫的一種『現實』」，因為普羅列塔利亞作家所描寫的「現實」，是捨棄了對於普羅列塔利亞解放的無用的、偶然的東西，而採取其必要的、必然的東西。這一現實觀來自藏原惟人理論中非文學的極左的一面。那麼如何描寫現實？他說：普羅作家「應該懂得普羅列塔利亞的唯物辯證法，他應該用這種方法去觀察，去取材，去分析，去描寫」，只有這樣才能夠寫出好的作品。顯然他接受的是藏原惟人的用無產階級前衛眼光看世界這一觀點，將它放在決定性的位置上，而「用嚴正的現實主義的態度描寫」這一命題實際上已被消解掉了。就是說藏原惟人無產階級寫實主義中的兩個命題，被縮寫成為一個命題了，即用普羅列塔利亞前衛的眼光觀察、描寫世界。

由上分析可見，20年代末至30年代初中國的新寫實主義確實主要來自日本的藏原惟人。前已提到藏原惟人的無產階級寫實主義，主要是針對當時日本無產階級文學運動中出現的極左思潮與自然主義傾向的，有著堅實的現實基礎。他的〈通往無產階級現實主義的道路〉是〈作為生活組織者的藝術和無產階級〉的續篇，重點是在第二個命題上，就是強調無產階級文學中的現實主義的重要性，是試圖為無產階級文學注入現實主義精神。林伯修、勺水、漢年、李初梨、茅盾等可謂領會了藏原惟人的這一真實意圖，並進而認識到了「嚴正的現實主義態度」對於中國無產階級文學建設的重要性。他們引進的目的旨在匡正中國無產階級文學的發展道路。而錢杏邨對藏原惟人的解釋卻偏離了藏原惟人的中心意圖，他所引以為至寶的恰恰是藏原惟人從蘇聯「拉普」那裏接受的極左的東西，它們在藏原惟人理論中本屬次要的因素，但卻被錢杏邨極力宣揚，成為他的寫實主義的本質因素。本來中國無產階級文學可能藉林伯

修、勺水等對日本無產階級寫實主義的譯介，糾正發展過程中的錯誤，走上現實主義正軌，且創作上也已呈現出了一定的跡象。然而，錢杏邨對藏原惟人理論中極左觀念的宣講，卻抑制了現實主義的複歸，使中國無產階級文學運動進一步偏離了文學軌道，導致當時中國文壇上的「新寫實主義」成為一個內涵混亂的概念，這樣也就談不上由它而構建起一個統一而科學的創作方法。

六

至此，我們似乎可以將上述魯迅論錢杏邨與藏原惟人關係的觀點擴充為：20年代末興起的中國無產階級革命文學運動，從一開始便是「攙著」日本無產階級文學向前發展的。「攙著」體現了一種信賴，但這種信賴卻是一種弱者心理的反應，且因獨立意識不足而淪為「依賴」。這樣，起步較晚的中國無產階級革命文學，本可從日本無產階級文學那裏獲取寶貴的經驗教訓，以避免重犯類似的錯誤，但過分的依賴感，一味地「攙著」行為，使他們未能看清日本無產階級文學的得與失，未能從中國實際出發創造性地借鑑日本無產階級文學經驗，而只是一味地效仿，於是只能不斷地重複著日本無產階級文學的路徑（大都為非文學路徑），使文學運動嚴重地非文學化。他們雖熱衷於「理論鬥爭」，但並未致力於建設中國式的無產階級文學理論話語，只是盲目地引入生存於別種語境中的話語。本來日本無產階級文學理論話語就存在著與現實錯位的問題，到中國後又未作出必要的調整，未能找到與中國傳統文學、五四文學的契合部，所以只能作為完全的異質話語作用於中國的文學發展，它關涉的大都為文學的外部問題，很少指向無產階級文學的文體、敘事等有利於深化新文學發展的內部問題。

他們雖也認識到了無產階級文學是五四文學革命的必然發展，但卻沒有從文學演進的內在規律出發去探索如何發展無產階級文學，致使有可能藉無產階級文學運動而走向成熟的五四浪漫主義文學被抑制、否定，以至於實際的創作誤入「革命的浪漫諦克」的歧途。五四文學留下的現實主義的諸多問題，本也有可能得到較完滿的解決，但因非文學的政治化傾向而被擱置，或得出一些錯誤的結論，如將「現實」縮變為推動社會向前的「現實」。

郭沫若1928年論及日本文學對中國文學影響時說過：「日本文壇的毒害也就儘量地流到中國來了」。[88]他當時講的「毒害」主要是指由日本資產階級文壇流到中國的「極狹隘，極狹隘的個人生活的描寫，極渺小，極渺小的抒情文字的遊戲，甚至對於狹邪遊的風流三昧。」[89]他是從社會政治性角度談論問題的，他要求作家努力做一個社會的而非個人性的人。然而，他卻未料到，1928年以後正是對文學的社會政治意識的過分強調，使中國文學汲取了較多的日本文壇的「毒害」。所以，他上面那句話用來言說日本無產階級文學對中國無產階級革命文學的影響，也許更為合適些。

---

[88] 麥克昂：〈桌子的跳舞〉，1928年5月1日《創造月刊》，第1卷第11期。
[89] 麥克昂：〈桌子的跳舞〉，1928年5月1日《創造月刊》，第1卷第11期。

第八章

1930年代新型現代派小說與日本新感覺派

1930年代新型現代派小說，指的是1930年代活躍於上海的劉吶鷗、穆時英、施蟄存、葉靈鳳、黑嬰、徐霞村等創作的具有現代主義新質的小說；相比於此前的現代主義小說，它代表著一種新方向，是1930年代中國文學轉型期出現的一種新型小說。[1]這種小說的發生、發展與東西方現代主義文學的影響有著直接而深刻的聯繫，本章考察、論析它與日本新感覺派的關係。

第一節　對日本新感覺派的譯介

日本新感覺派，源於1924年新進作家創辦的《文藝時代》，同人是橫光利一、川端康成、片岡鐵兵、十一谷義三郎、中河與一、今東光、佐佐木茂索等。川端康成在《文藝時代》創刊號上指出：「我們的責任是應該對文壇上的文藝加以革新，並進一步把人生中的文藝或藝術觀念從根本上加以革新。」[2]為革新既有的文壇現實，他們努力追求新的感覺、新

---

[1] 關於其命名、特徵可參見方長安的〈論30年代現代派小說〉，《文學評論》1998年第2期。

[2] 〔日〕吉田精一：《現代日本文學史》，上海人民出版社1976年版，第127頁。

的生活方式，以及對事物的新的感覺方式。他們從素樸的感性認識論出發，「依靠直觀來把握事物的表面現象，大量使用感性的表達方式、新奇的文體和辭藻。」[3]1924年11月，千葉龜雄在分析新感覺派的誕生及特點時認為：「它，不僅把現實作為現實來表現，同時通過簡樸的暗示和象徵，彷彿從小小的洞穴來窺視內部人生全面的存在和意義」，「他們的心理機能，首先是心情、情調、神經和情緒具有最強烈的感受性」，「所謂『文藝時代』派的人們所具有的感覺，無疑比任何感覺藝術家更沉浸在新的語彙、詩和節奏的感覺中。」[4]他們從西方的達達派、未來派、結構派、超現實主義等藝術中吸取新的表現技巧，從新的感覺上來表現一切，感覺是他們革新既有文壇現實的根本方式，無怪乎千葉龜雄稱他們是「新感覺派」。

新感覺派誕生四年後，被譯介到中國。1928年，上海水沫書店出版了劉吶鷗譯的《色情文化》，內收池谷信三郎的《橋》、片岡鐵兵的《色情文化》、橫光利一的《七樓的運動》、中河與一的《孫逸仙的朋友》、林房雄的《黑田九郎氏的愛國心》、川崎長太郎的《以後的女人》、小川未明的《描在青空》，共七篇小說。該書1929年1月10日再版。劉吶鷗深諳日本文學，在《譯者題記》中，他說：「文藝是時代的反映，好的作品總要把時代的彩色和空氣描出來的。在這時期裏能夠把現在日本的時代色彩描給我們看的也只有新感覺派一派的作品。」他是在比較日本「境地派」、「人道派」、「新現實主義的中間派」和普羅派之後得出這一結論的。新感覺派屬現代派形式主義文學範疇，而劉吶鷗卻認為只有它能更成功地將時代色彩描繪出來，這說明他當時雖亦是從文學與時代關係這一

---

[3] 〔日〕西鄉信綱等：《日本文學史》，人民文學出版社1978年版，第347頁。

[4] 〔日〕千葉龜雄：〈新感覺派的誕生〉，轉引自葉渭渠：《日本文學思潮史》，經濟日報出版社1997年版，第474頁。

角度看取作品，但他更注重的卻是文學的藝術形式，因為在他看來，只有新穎、獨創的藝術形式才能更鮮明地表現時代的本相。1929年他還在自己辦的水沫書店，出版了郭建英譯的橫光利一的《新郎的感想》。除《色情文化》外，劉吶鷗還從日本帶回了新感覺派的其他作品，向施蟄存等推薦，使他們深受影響。[5]這表明劉吶鷗是新感覺派的中國傳播者。

進入1930年代後，對新感覺派的譯介，更加多起來了，如1933年北京星雲堂書店出版了張一岩譯的《日本新興文學選譯》，內收《片岡鐵兵年譜》、《岸田國士年譜》、《橫光利一年譜》、片岡鐵兵的小說《大島爭議君》、岸田國士劇本《紙的輕氣船》、橫光利一的小說《蠅》。1934年上海大東書局出版了《現代日本短篇傑作集》，內收片岡鐵兵的《女人的背影》、《藝術的貧困》、中河與一的《馬賽的太陽》。1935年商務印書館出《日本短篇小說集》，內收片岡鐵兵的《小兒病》、中河與一的《冰結的跳舞場》、橫光利一的《現眼的蟲子》、《拿破倫與癬》等。與此同時，不少刊物上發表了關於新感覺派的文章，如沈綺雨的〈所謂新感覺派者〉，[6]謝六逸的〈新感覺派〉，[7]天狼的〈論新感覺派〉、〈再論新感覺派〉，[8]陳大悲的〈新感覺主義表現法舉例〉[9]等。它們從不同的立場闡釋了新感覺派的特徵，及對中國文學的意義。如謝六逸在〈新感覺派〉中稱「新感覺派可以醫治我們的一種疾——陳腐因襲的病」，認為「無論寫文章或小說，新感覺的理論都可供參考。」

5　施蟄存：《沙上的腳跡》，遼寧教育出版社1995年版，第127頁。

6　沈綺雨：〈所謂新感覺派者〉，1931年《北斗》，第1卷第4期。

7　謝六逸：〈新感覺派〉，1931年《現代文學評論》，第1卷創刊特大號。

8　天狼：〈論新感覺派〉、〈再論新感覺派〉，分別載1933年《新壘》，第1卷第5期、第2卷第2期。

9　陳大悲：〈新感覺主義表現法舉例〉，1933年《黃鐘》，第1卷第29期。

這些譯介儘管相對於1920年代末1930年代初對日本無產階級文學的譯介大潮，幾乎是微不足道的，但它並未被遮掩，它對於新文學建構的意義恐怕並不亞於後者。如果說五四文學向無產階級革命文學的轉換是直接以日本無產階級文學運動為參考對象而加快其突圍、「轉換」的；那麼，五四文學中的現代主義意識未在1930年代革命文學語境中淡化以至流失，而是相反地被強化，不斷生長，以至形成真正的現代派小說，而與那時世界文學主潮現代主義文學接軌，應該說與對日本新感覺派的譯介有著直接的關係，是日本新感覺派催生了中國30年代現代派小說。

文學上的接受影響，往往源自對他者的一種自覺的認同，而且有時認同本身即體現了一種影響關係。然而這種認同又不同於一般意義上的肯定，認同中往往隱含著某種焦慮感，也就是擔心在認同中自我意識的流失，擔心完全被同化。這種焦慮勢必導致認同中潛在的排拒心理，並進而引起觀念上，尤其是創作上的某種偏離、誤讀。這種誤讀往往就是維護自我的一種創造性的發展。正是有了這種創造性的發展，他國文學因子才能真正融入本國文學系統中，促進本國文學的完善，接受影響才獲得了積極的意義。中國1930年代現代派小說接受日本新感覺派影響亦可作如是觀，這樣我們的思索、考察便應落實在1930年代現代派小說對日本新感覺派的認同與誤讀上，或者說認同與發展上。

第二節　對日本新感覺派形式觀念的認同及其意義

形式增殖意識是1930年代現代派小說家從日本新感覺派那裏獲取的一種啟示，或者說是源自對日本新感覺派形式觀念的認同。日本新感覺派認為形式是決定內容的，川端康成在〈新

進作家的新傾向解說〉中堅信「沒有新的表現，就沒有新的文藝。沒有新的表現，就沒有新的內容。」在他那裏，作為形式範疇的「表現」，成為派生內容的決定性因素。橫光利一曾就文學的內容與形式問題，同無產階級作家展開過論爭，他認為無產階級作家所信守的內容決定形式是一種謊言，因為「形式只不過是與有節奏的意義相通的文字羅列。沒有這種文字羅列的形式，就不可能有內容。因此形式先行於內容。」而所謂的內容，「就是通過形式所看到的讀者的幻想，所以這種內容完全是由形式來決定的。」[10]池谷信三郎同樣認為「藝術最重要的是形式，其次是感想，第三才是思想。」[11]這樣，他們在創作中特別關注形式，對形式作刻意的雕琢，努力通過字句、結構的新穎構建與運用，以表現現代人內在的情感形式，正因如此，人們才稱他們為形式主義派。

中國1930年代現代派小說家對他們這種形式主義傾向極為敏感。1929年《新文藝》雜誌在紹介橫光利一的《新郎的感想》時，稱橫光利一是「現代日本壓倒著全部文壇的形式主義的主唱者，他的作品篇篇都呈給我們一個新的形式。」[12]顯然，編者劉吶鷗等當時所看重的是橫光利一作品的形式主義特徵。謝六逸在〈新感覺派〉中則不斷地稱許新感覺派「注重『感覺』的裝置與『表現』的技巧」，以為這是中國新文學應借用的美學經驗。陳大悲在《新感覺主義表現法舉例》中如此歸納新感覺派的「表現法」：「一字一句，一句一段。或斷斷續續的想像，不拘於修辭的修辭，現成的文法的擺脫，一連串的名詞，一連串的形容詞。錯綜的，突兀的，生硬的，老

---

[10] 轉引自葉渭渠等：《日本現代文學思潮史》，中國華僑出版社1991年版，第166頁。

[11] 轉引自葉渭渠等：《日本現代文學思潮史》，中國華僑出版社1991年版，第166頁。

[12] 1929年《新文藝》，第1卷第2號。

練的，短而有勁的，構成了新的風格，新的情調。」[13]而黃源在《拿破崙與輪癬‧譯後附記》中同樣將注意力投向了形式技巧，他稱述橫光利一：「將活動的，立體的，燃燒的，剎那的，衝動的，複雜喧嚷的爭鬥與狂熱，不安與狂想的現代情勢之一角，用了肯定的，鮮麗的，優美的，又是詩的手段表現出來。同時他的文章滿篇都是典麗的話語，語法又很別致……」他極為欣賞橫光利一作品中那種別致的語法、典麗的話語，欣賞他那「詩的手段」。

劉吶鷗、穆時英等雖未發表有系統的理論文章，但從他們的創作和隻言片語的創作談中，同樣不難發現他們對日本新感覺派「形式」、「技巧」的興趣。穆時英主要是通過劉吶鷗接受新感覺派影響而開始創作的，1933年他在《南北極‧改訂本題記》中說：「當時寫的時候是抱著一種試驗及鍛煉自己的技巧的目的寫的——到現在我寫小說的態度還是如此——對於自己所寫的是什麼東西，我並不知道，也沒想知道過，我所關心的只是『應該怎麼寫』的問題。」這說明穆時英那時是將「應該怎麼寫」即藝術形式作為構思中心的。後來在《公墓‧自序》中，他又強調「〈上海的狐步舞〉是作長篇《中國一九三一》時的一個斷片，只是一種技巧上的試驗和鍛煉。」寫作被看成是一種技巧試驗和鍛煉。

這種形式意識不只是抱著啟蒙態度的五四作家和倡導革命文學的左翼作家不能相比，就是1930年代的文體作家沈從文恐怕也未達到這種程度。穆時英最初被文壇關注，主要也是因為作品形式的顯目。他的《南北極》出版後，左翼批評家對其大眾化技巧讚不絕口，並寄以厚望；而自由主義作家看重的同樣是其形式意義。杜衡說過：「關於《南北極》那一類，

---

[13] 陳大悲：〈新感覺主義表現法舉例〉，1933年《黃鐘》，第1卷第29期。

我到現在還相信，他的確替中國的新文藝創造了一種獨特的形式。」[14]再如施蟄存，他雖主要受顯尼志勒精神分析小說影響，但從他與劉吶鷗的密切交往看，從他閱讀過橫光利一、川端康成的作品看，日本新感覺派的形式觀對他的影響卻不可否定。[15]他那時評價作家、作品主要是從形式藝術著手，看其形式上是否具有探索性、創造性，譬如，他認為〈上海的狐步舞〉雖然只是長篇中的一個片斷，沒有故事，「但是，據我個人的私見看來，就是論技巧，論語法，也已經是一篇很可看看的東西了」，他看重的是技巧、語法，而不太在乎內容上是否完整，是否具有故事性，所以他覺得「在目前的文藝界中，穆時英君和劉吶鷗君底以圓熟的技巧給予人的新鮮的文藝味是很可珍貴的。」[16]他對小說的探索也如劉吶鷗、穆時英，主要集中在藝術形式的試驗上。他曾談到自己寫完《宵行》、《旅店》後，準備沿著這一方向多做幾個短篇，但又「很困苦地感覺到在題材，形式，描寫方法各方面，都沒有發展的餘地了。於是〈薄暮的舞女〉這一篇就在徒然的努力下形成了。」[17]這足見他對藝術形式探索用力之深之苦；在另一場合，他指出：「目前的創作界，不管在思想上有多少進步，但在技巧上卻不可諱言地是在一天一天地退化。」[18]當別人說他是技巧主義者時，他的回答是「倒也不成為一種主義。不過一個小說家若不能用適當的技巧來表現他的題材，這就是屈辱了他的題材。」[19]他默認了自己是以藝術技巧的尺度評估文學作品的。

---

[14] 《現代》第2卷第5期的《南北極》廣告欄。

[15] 施蟄存：《沙上的腳跡》，遼寧教育出版社1995年版，第127頁。

[16] 施蟄存：〈社中日記〉，《現代》第2卷第1期。

[17] 施蟄存：《梅雨之夕·後記》，收入施蟄存的《十年創作集》小說卷，華東師範大學出版社1996年版，第794頁。

[18] 施蟄存：〈一人一書〉（下），收入《文藝百話》，華東師範大學出版社1994年版，第173頁。

[19] 施蟄存：〈一人一書〉（下），收入《文藝百話》，華東師範大學出版社1994年版，

由此，我們不難看出，他們雖沒有明確宣稱形式決定內容，但在更多的時候是只關注形式的。在他們看來，形式的重要性是決不亞於內容的，甚至比內容更為重要。難怪何丹仁在〈關於「第三種文學」的傾向與理論〉中認為，在他們那裏「彷彿形式不僅是獨自價值，並且是獨自發展，又彷彿是決定的東西了。」[20]他們這種視形式為最重要的因素，甚至是決定性的因素，能給小說帶來新的質素、新的魅力的意識，我們稱之為形式增殖意識。五四以來的小說界，還沒有任何其他流派的作家有如此先鋒的形式意識。而這種形式增殖意識顯然主要是建立在對日本新感覺派形式決定論的認同基礎上的，或者說得更直接些，它的一個最為重要的也是最直接的來源便是上述日本新感覺派的形式決定論。自然，我這裏並未否定他種因素對這種形式增殖意識的生成所起的作用。

對日本新感覺派形式觀念的認同，特別是由此而形成的形式增殖意識，從新文學發展史的角度看，則不僅有利於糾正1930年代文壇上那種忽略形式藝術，一味地將文學政治化的傾向；而且體現了對五四「文學自覺」傳統的一種繼承與弘揚。五四時期的「文學自覺」，最初是表現在語言形式革命上，但隨著為人生觀的確立，隨著啟蒙意識日益強化，「文學自覺」則逐漸落實在內容上；相比之下，1930年代現代派的「文學自覺」則主要體現為一種形式的自覺。對於中國文學來說，這是一場更為深層的變動，這種變動的過激、偏頗之處是不言自明的。然而，1930年代意識形態化的主流文學卻使其偏頗在客觀上又獲得了積極的意義，就是說，對於糾正1930年代盛行的意識形態化文學的非文學性傾向，這種偏頗的形式意識也許不失為一劑良藥。

第173頁。

[20] 何丹仁（馮雪峰）：〈關於「第三種文學」的傾向與理論〉，收入蘇汶編《文藝自由論辯集》，現代書局1933年版，第284頁。

第三節　對「新感覺」的認同、化用及背離

一

　　感覺對於文學來說，並非新鮮事，在傳統文學中，我們也不難發現對感覺的抒寫和感覺化的抒寫。然而，自覺地視感覺為文學表現的重要途經，對感覺進行新的界定，提出「新感覺」之說，並進而掀起一場文學上的「新感覺」運動的，卻是20世紀20年代的日本新感覺派。

　　1923年橫光利一談到新文學發展時指出：「時代在反覆，感覺亦在進步。進步的不是時代而是時代感覺。未來的任何文學必將是一種透過時代感覺的想像。」[21]他這裏的時代感覺是指一種不斷發展、更新的感覺，這種新感覺是決定文學發展至為重要的環節。自此以後，他們開始了對感覺的新的闡釋。

　　何謂感覺？他們認為感覺就是將其觸發對象從客觀形式變為主觀形式，認為感覺就是一種「精神爆發」。橫光利一在《新感覺活動》中指出：「所謂新感覺派的表徵，就是剝去自然的表像，躍入物體自身主觀的直感的觸發物。……所謂主觀，是指認識物體自身的客體的活動能力。所謂認識，就是知性和感性的綜合體。而構成認識這個客體的認識能力的知性和感性是躍入物體自身的主觀概念的發展。」所以，他們認為新感覺之所以「新」，在於它與一般感覺在感覺的觸發上是不同的，所感覺的新就是感覺和被純粹客觀觸發的感性認識的內容表徵。即其「觸發體的客觀是純粹客觀的，而且包括一切形式

---

[21] 〔日〕橫光利一：〈時代放蕩──致階級文學家諸君〉，轉引自〔日〕千葉宣一的《日本現代主義的比較文學研究》，葉渭渠編選，中國社會科學出版社，1997年版，第140頁。

的假像和一般意識的表像內容，從這種統一體的主觀式的客觀中觸發的感性認識的內容表徵，就是比感覺還要有新感覺的表徵。」[22]這裏並非譯文的不順暢，而實如千葉宣一所言：橫光利一等人當時本意是要確立新感覺派的理論，但「由於文中大量羅列德國概念論生硬的哲學用語」，「急於展開晦澀難解的重要理論」，[23]致使其解說晦澀難解。他們的「新感覺」說，事實上是一種內在理路不太清晰的學說。

在界說「新感覺」的同時，他們反覆強調的是：「沒有新感覺，就沒有新表現」，[24]將新感覺視為新表現的途徑。由此，他們將感性置於理性之上，努力表現自我感受和主觀感情，試圖以個人化的感覺生活取代理性認識。他們堅持認為創作應忠實於主觀直感，為捕捉新的感覺，他們往往將人的主觀感覺、主觀印象滲進客體中，使感覺昇華，也就是使視覺、聽覺、觸覺等對象化、客體化。他們熱衷於通過素樸的象徵和暗示以描寫主觀感覺世界。橫光利一的《頭與腹》中的第一段：「大白天，特別快車滿載著乘客全速奔馳，沿線的小站像一塊塊小石頭被抹殺了。」歷來被視為典型的新感覺式描寫，片岡鐵兵對它作過如此評說：「除開感覺的表達以外，還有什麼東西更能生動地、有強大效果地表達火車這一物質狀態呢？要使作者的生命活在物質之中，活在狀態之中，最直接、最現實的聯繫電源就是感覺。」[25]橫光利一確實是以感覺來寫火車，寫主體感受，前半句是以「大白天」、「特別快車」、「滿載」、「全

---

[22] 〔日〕橫光利一：〈新感覺活動〉，轉引自葉渭渠的《日本文學思潮史》，經濟日報出版社1997年版，第476-477頁。

[23] 〔日〕千葉宣一：《日本現代主義的比較文學研究》，葉渭渠編選，中國社會科學出版社，1997年版，第142頁。

[24] 〔日〕川端康成：〈新進作家的新傾向解說〉，收入葉渭渠等編《川端康成集·臨終的眼》，東北師範大學出版社1996年版，第185頁。

[25] 轉引自西鄉信綱等：《日本文學史》，人民文學出版社1978年版，第348頁。

速」這些表示高極限的詞語寫客觀事實，後半句寫的則是一種主體感覺，在特別快車全速行駛的參照下，沿線小站被「抹殺」了，「抹殺」不是事實，而是主觀反映。客觀事實激起主體感覺，而主體感覺又是對事實狀態的進一步表現，感覺抒寫使得主體生命與事實相輝映。這種新感覺的描寫也許就是川端康成所謂的「新的表現」吧。類似的新感覺描寫在新感覺派作品中極為普遍，如「眼睛成了紅薔薇」、「仁丹廣告燈叭的一聲把整個頭腦都染紅了」、「薔薇色的內臟」、「倘若不是逆著陽光，那就看不清竹葉和陽光跳起古典式的輕柔的舞步」，等等，表現的都是主觀感覺中的事物，客觀事物不再是無生命的。

　　他們的新感覺理論雖然清晰度不夠，有時甚至讓人摸不著頭腦，但創作中新感覺描寫特點卻十分鮮明突出，彌補了理論言說的不足。中國1930年代一些作家透過日本新感覺派那不太清晰的理論與創作（主要是創作），抓住了「新感覺」這一特點。如謝六逸1931年在復旦大學講演時指出：「新感覺派是要用最適當的文字，將你所感覺的裝置在文章裏面。」[26]又如天狼1933年稱新感覺派的創作，「有的是『感覺』裝置的新鮮，有的是『表現』情態的適當而且深刻」，而「這種描寫的秘訣就在（一）能夠捉住當時的感覺，而加以新鮮的描寫。」[27]他們可謂抓住了新感覺派感覺描寫這一特徵。

　　與此同時，劉吶鷗、穆時英等30年代現代派小說家，則在領悟了新感覺派的感覺藝術後，在創作中加以自覺地借鑑與創造性運用，即將作者以及人物的主觀感覺融入敘述之中，有時甚至以感覺為敘述中心，將客觀現實延伸至主觀世界中，給人

---

[26] 謝六逸：〈新感覺派〉，1931年4月《現代文學評論》，第1卷創刊特大號。

[27] 天狼：〈論新感覺派〉、〈再論新感覺派〉，分別載1933年《新壘》，第1卷第5期、第2卷第2期。

以強烈的感官刺激，從而引起新文學敘事方式的深刻變動，創造出一種新的敘事方式——新感覺化的敘事方式。

二

這種新感覺化的敘事方式主要由感覺化的敘事語言、感覺化的敘事節奏和以感覺為中心的敘事結構構成。

（一）敘事語言的感覺化。華萊士・馬丁（Wallace Martin）說過：「語言，以及它們所蘊含的價值標準和態度，與我們認為是獨立於語言的事物其實是不可分的；語言就在事物之中，事物我們始終是從這一或那一視點來體驗的」。[28]他言說的是語言與事物間密不可分的關係。1930年代現代派小說家受日本新感覺派的啟示、影響，努力尋求自我與事物間的一種新的感覺關係，或者說他們是從感覺這一視點來觀察、體驗事物的，事物被感覺化。對於小說家來說，感覺化的事物以及自我與事物間的感覺關係必須借助於語言來表述，而按馬丁的觀點，語言以及它們所蘊含的價值標準和態度是與事物不可分的，事物的特徵一定程度地決定了語言的特徵。這樣，感覺化的事物、自我與事物間的感覺化關係，勢必導致敘述它們的語言的感覺化，即敘事語言的感覺化，主要表現有二。

一是混合運用快節奏的近似排比的句子、表不同色彩的詞語及感覺化的比喻，使敘事語言的內在含義與外在特徵都一定程度地感覺化。如〈上海的狐步舞〉寫敘述者在都市刺激中的感覺反應：「上了白漆的街樹的腿，電杆木的腿，一切靜物的腿……revue似地，把擦滿了粉的大腿交叉地伸出來的姑娘們……白漆的腿的行列。沿著那條靜悄的大路，從住宅的窗

---

28 〔美〕華萊士・馬丁：《當代敘事學》，北京大學出版社1990年版，第184頁。

裏，都會的眼珠子似地，透過了窗紗，偷溜了出來淡紅的，紫的，綠的，處處的燈光。」這裏只有敘述者對事物的個別屬性的反映，沒有理性的判斷，於是用了一連串近似排比的感覺化的比喻，並將表不同色彩的詞語連在一起，以表現敘述者感覺世界中的動與靜和變幻中的色調，言語本身給人以視覺刺激。又如〈夜總會裏的五個人〉對都市的描寫：「紅的街，綠的街，藍的街，紫的街……強烈的色調化裝著的都市啊！霓虹燈跳躍著──五色的光潮，變化著的光潮，沒有色的光潮──，氾濫著光潮的天空，天空中有了酒，有了燈，有了高跟兒鞋，也有了鐘……」、「白的臺布，白的臺布，白的臺布，白的臺布……白的──」、「白的臺布上面放著：黑的啤酒，黑的咖啡，……黑的，黑的……」這些不僅是敘述者都市感覺的對象化，而且敘述者對色彩、光潮的感覺投射到了語言上，使語言亦如那感覺世界中的街一樣給人以強烈的感官刺激。

二是省略標點符號，也就是刪去敘述者的一種理性判斷，突出言語外在的直感性，以刺激讀者的視覺。如Craven A中的一段：「（一個被人家輕視著的女子短期旅行的佳地明媚的風景在舞場海水浴場電影院郊外花園公園裏生長著的香港被玩弄的玩弄著別人的被輕視的被輕視的給社會擠出來的不幸的人啊）」（注：外引號為引者所加）。穆時英略去標點符號，僅用一個不合語法規範的括弧，一方面寫出了「我」對「她」的感覺，即一種強烈刺激中的感覺漫遊；另一方面使敘事語言隨「我」的感覺漫遊而感覺化，從而完成了對感覺的新表現。敘事語言感覺化的表現形式除上述主要的兩種外，還有一些，如Craven A中如此表現電話中的親吻聲：

（嘖嘖嘖嘖嘖）

字體由小到大地排列在一起，旨在傳出「我」感覺中由小到大「雷似的」聲浪。

敘事語言的感覺化是1930年代現代派小說家在日本新感覺派影響下的一種語言探索，即試圖借感覺化的形式，打破傳統的語言習俗，破除既有的語法規範對現代思維的束縛，以建立文學語言與世界之間的新的關係。而根本目的則在於使文學語言更準確地表現強烈刺激個體生命感官的現代都市生活。

　　（二）敘事節奏的感覺化。敘事節奏指敘事流程的快慢變化，與敘事者的特性密切相關。1930年代現代派小說家在日本新感覺派「新感覺」觀念影響下，作品敘事人的突出特性是感覺化。〈被當作消遣品的男子〉、〈夜總會裏的五個人〉、〈上海的狐步舞〉等代表性作品中，敘事人無論是以第一人稱方式參與到故事中，還是隱身於故事背後，都不同於傳統現實主義、浪漫主義小說的全知全能的敘事人，他們與敘事流程的關係不再僅僅是一種理性的干預、控制，而經常是跟著感覺走，從對敘事對象的感覺出發，或快或慢地敘述故事，於是敘事節奏常常也是感覺化的。

　　凱西爾在《人論》中說過：「空間和時間是一切實在與之相關聯的構架。我們只有在空間和時間的條件下才能設想任何真實的事物。按照赫拉克利特的說法，在世界上沒有任何東西能超越它的尺度——而這些尺度就是空間和時間的限制。」[29]節奏則不僅是在時間與空間的構架中進行的，而且它本身也是由時間的快慢變化和空間的轉換構成的，這意味著敘事節奏是由敘事時間、敘事空間快慢變化、移位構成的。於是，我們對敘事節奏感覺化的考察就自然落實在敘事時間、敘事空間上。

　　敘事時間感覺化的表現有三：一是使敘事時間在感覺中立體化，以對應立體的故事時間。托多羅夫曾精闢地指出：「敘事的時間是一種線性時間，而故事發生的時間則是立體

---

[29] 〔德〕恩斯特・凱西爾：《人論》，上海譯文出版社1985年版，第54頁。

的。在故事中，幾個事件可以同時發生，但是話語則必須把它們一件一件地敘述出來；一個複雜的形象就被投射到一條直線上。」[30]這裏揭示的是敘事時間與故事時間之間的尷尬關係。而敘事時間的線性特徵使敘事無法真正表現出複調性的故事，敘事的真實性打了一個折扣。1930年代現代派小說家卻借助於「感覺」，解決了這一敘事難題。他們以感覺駕馭時間，使時間感覺化，時間的快慢在他們的感覺世界裏不再是客觀的，而是隨敘事人感覺的變化而變化，這樣，在必要的時候，他們就可以變線性的敘事時間為立體的敘事時間。如〈夜總會裏的五個人〉就是敘事人從對外部世界的感覺出發，打破小說線性發展模式，努力以敘事時間對應於故事時間，即立體化。敘事人在都市刺激中以感覺去體驗時間，對時間做出反應。1932年4月6日星期六下午這一時間，像一束光一樣不斷地刺激著他，令他目眩，他的感覺之流似乎停留於這一時間上，於是在這同一敘事時間上他敘述了不同空間的人、事。這種近於停止的敘事時間是一種感覺化的時間，而正是這種感覺化的時間突破了傳統文學敘事時間線性延伸的局限，更準確地表現出了立體化的故事時間。二是時間的過去、現在、未來之流被顛覆，敘事人從感覺出發，使過去、現在、未來任意穿插交叉組合，敘事時間感覺化。如〈街景〉中過去的時間與現在的時間，在老乞丐的感覺中交替出現。現在的痛苦，過去離家時的情景，未來無法回家的結局，在老乞丐感覺的螢幕上不斷更迭，從而造成一種感覺化的節奏。三是客觀時間在敘事文本中隨人物感覺變化而變長或縮短。如〈夜總會裏的五個人〉寫戀愛中的鄭萍對客觀時間的感覺：「把一個鐘頭分為六十分鐘，一分鐘分為六十秒，那種分法是不正確的。要不然，為什麼我只等了一點半

---

[30] 〔法〕茲韋坦·托多羅夫：〈敘事作為話語〉，收入《美學文藝學方法論》，文化藝術出版社1985年版，第562頁。

鐘，就覺得鬍鬚又長起來了呢？」一分一秒，對於等待戀人的鄭萍來說，都是漫長的，於是一點半鐘是一個難熬的時間段便不足怪了。鬍鬚又長起來了，是修辭上的誇張，但對於感覺而言則是事實。又如「時間的足音在黃黛茜的心上悉悉地響著，每一秒鐘像一隻螞蟻似的打她心臟上面爬過去，一隻一隻的，那麼快的，卻又那麼多，沒結沒完的」，這是日趨衰老的交際花黃黛茜對時間的感覺，她想留住時間、青春，因而迅速流逝的每一秒鐘她都能感覺到，彷彿螞蟻爬過她的心臟。

　　時間是以一種潛在的形態存在於空間之中，空間構成了時間的外在表現，二者的關係是統一的。在敘事時間感覺化的同時，敘事空間亦主要隨敘事人感覺的變化而變化。如〈夜總會裏的五個人〉的第一部分，在1932年4月6日星期六下午這一固定時間段內，敘述了發生在金業交易所、校園、霞飛路、書房、市政府五個不同空間裏的五個從生活裏跌下來的多餘人。敘事時間在感覺中凝固了，但敘事空間卻急劇地轉換。空間已由物理的存在轉化為感覺的存在，從一個空間向另一空間的轉換無需什麼外在的邏輯，而只是隨敘事人尋求意義的需要，以敘事人的感覺為紐帶。這種敘事空間正如凱西爾所言：「並不是一種簡單的感性材料，它具有非常複雜的性質，包含著所有不同類型的感官經驗的成分——視覺的、觸覺的、聽覺的以及動覺的成分在內。」[31]這就是說作者將自己的種種感覺經驗灌注到了所敘述的空間中，使其成為一種主觀的感覺化的空間。敘事空間感覺化的另一形式是，不同的空間疊加於敘事人的感覺螢幕上，以表現快節奏的現代都市生活。如〈夜總會裏的五個人〉中的一段：「亞歷山大鞋店，約翰生酒鋪，拉薩羅煙商，德茜音樂鋪，朱古力糖果鋪，國泰大戲院，漢密而登旅

---

[31] 〔德〕恩斯特·凱西爾：《人論》，上海譯文出版社1985年版，第55頁。

社⋯⋯」，這些現代消費空間在敘事人感覺中被擠壓縮小，象商品一樣陳列、疊加在一起。空間轉換的必要過渡被省略，相互間迅速移位，從而造成了一種感覺化的空間轉換節奏。

時間的快慢變化，空間的轉換，構成了事物運動的節奏，因而感覺化的敘事時間、敘事空間決定了1930年代現代派小說的敘事節奏只能是一種感覺化的節奏。

（三）以感覺為敘事結構的中心。小說的敘事結構或以情節為中心，或以性格為中心，或以複雜的心理為中心，或以某種氛圍為中心。然而，1930年代現代派小說，在日本新感覺派影響下則常常立足於感覺，以作者或人物對世界的某種感覺為敘事結構中心。其表現形式是，感覺作為一種非情節因素，不僅成為作品表現的重要內容，成為作者把握現代都市生活神韻的途徑，而且常常起到了將作品中各種因素組構到一起，並推動作品演進的重要作用。譬如穆時英的〈駱駝・尼采主義者與女人〉，沒有傳統意義的故事情節，通篇寫的是作者對人生的一種感覺。文章起筆於「靈魂是會變成駱駝的」這一奇特的感覺，並由這一感覺演化出種種更為具體細微的感覺活動，以構成小說文本的三個部分。第一部分寫「他」在感到靈魂會變成駱駝後，便開始抽駱駝牌香煙，點上火後即感到「沙色的駱駝便馱著他的沉重的靈魂在空中彳亍起來了。」並進而覺得回力球場染上了急性腥紅熱，舞場鋪著蔚藍色的夢，等等。第二部分仍由感覺開始：「是紫暗暗的晚霞直撲到地瀝青鋪道上的下午六點鐘，從街端吹來的四月的風把蔚藍色的靜謐吹上兩溜褐色的街樹，遼遠的白鴿的翅上散佈著靜穆的天主教寺的晚禱鍾，而南國風的Café Napoli便把黃色的牆在鋪道上投出了蓮紫色的影子。」這是他對眼前風景的感覺，朦朧晦澀。但面對「她」時，他的感覺迅速轉換為：「人生不是把朱唇牌夾在指尖中間，吹著蓮紫色的煙的圈，是把駱駝牌咬在牙齒中間

咀嚼著，讓口腔內的分泌物給煙草濾成苦澀的汁，慢慢地從喉嚨裏滲下去。」他的人生觀便凝結在這一感想中。第三部分，是他對她的衝動，但筆卻突然落在「也許尼采是陽萎症患者吧！」這一感念上。感覺在文中，一會兒化為抽象的議論，一會融入自然風景中，一會又呈現在細微的動作上。「他」是以感覺的方式生活在世界上的，世上的人事在他那裏均感覺化了，「他」對人生的理解停留於感覺的層面。整篇作品是寫他的感覺活動，他的感覺之流構成了作品的敘事結構。類似的作品有〈夜總會裏的五個人〉、〈被當作消遣品的男子〉、〈街景〉、〈上海的狐步舞〉、*PIERROT*，等等。

以上我們分析了1930年代現代派小說的敘事語言、敘事節奏和敘事結構的感覺化特徵。事實上在具體的文本中，它們彼此間是相互依存難以剝離開來的。在感覺的統領下，它們相互融合、相互生成，形成了一種區別於傳統敘事方式的新感覺化的敘事方式，從而更準確地捕捉與表現了中國新型都市的現代生活。

三

這種新感覺化的敘事方式，是在認同日本新感覺派的「新感覺」觀念基礎上自覺化用而形成的，體現了與日本新感覺派的一種聯繫性。然而，如果將中國1930年代現代派小說中的「新感覺」與日本新感覺派作品中的「新感覺」作一比較，即可發現兩者間存在著很大的區別。

首先，在日本新感覺派那裏，「新感覺」主要是實現新的表現的一種途徑，正如川端康成所言：「沒有新的表現，就沒有新文藝。沒有新表現，就沒有新內容。沒有新感覺，就

沒有新表現。」[32]「新感覺」的描寫有時雖也直接構成作品的內容，但只是局部性的，是實現新表現的一種途徑，而不是目的。與之相比，中國1930年代現代派小說中，「新感覺」由表現途徑深化為敘事方式，並進而成為作品表現的中心，〈駱駝・尼采主義者與女人〉即如此。新感覺的捕捉、描寫似乎化為一種目的了。

其次，日本新感覺小說中，新感覺的描寫往往只是作者進入人生思辨的起點，作者往往是經由新感覺而進入思想深處。如川端康成的《孤兒的感情》寫了孤兒面對落葉時的種種感覺，但他並不止於感覺，「這片枯葉便是無。你懂得無這種感覺嗎？」在對種種可能性感覺進行了追問後，他進入了對存在與虛無意義的沉思中，得出「無是比一切存在都更加廣大的存在」。他們捕捉、表現新感覺，往往是為了更準確、形象地呈現出對社會、人生的理解。從總體傾向與氣圍看，日本新感覺派小說是象徵派小說，橫光利一在《新感覺活動》中就稱新感覺派為象徵派。千葉龜雄在《新感覺の誕生》中界定新感覺派時也說過：「通過暗示和象徵，特意從小孔中來窺視內部人生全面的存在和意義。那麼為什麼特意選擇『小孔』呢？他們是為了用來象徵巨大的內部人生。」[33]如橫光利一的〈蒼蠅〉就是以蠅眼這個象徵性的小孔來窺視人類的生存和命運，捕捉內部人生的全面存在和意義。而《頭與腹》中無數的頭象徵大多數乘客，而「大腹」則象徵腰纏萬貫的紳士，通過頭與腹的關係來象徵人與人之間畸形的依存關係，以及多數人自我意識喪失的現狀。中國1930年代現代派小說家卻沉迷於感覺本身，熱衷於鋪排由都市獲得的種種感覺印象，滿足於表現感覺化的都市

---

[32] 〔日〕川端康成：〈新進作家的新傾向解說〉，收入葉渭渠等編《川端康成集・臨終的眼》，東北師範大學出版社1996年版，第185頁。

[33] 〔日〕千葉龜雄：《新感覺の誕生》，大正13年11月號《世紀》雜誌。

生活。〈上海的狐步舞〉、〈夜總會裏的五個人〉、〈遊戲〉等作品感覺描寫貫穿始終，敘事停留於感覺層面，種種新奇的感覺本身，並不負載什麼歷史意味，不含蘊歷史邏輯與規律，傳統意義上的深度被消解，它們的功能似乎就是向讀者呈示、復現感官性的現代都市生活。這樣，他們幾乎由「新感覺」而走向感覺主義，作品缺乏日本新感覺派小說那種象徵的深度。

再次，日本新感覺派作品題材相當廣泛，所以他們筆下的新感覺，不僅包括新的都市感，還包括新的鄉村感、春天感、歷史感等等，他們所希望的是以新的感覺對生活作新的表現。相比之下，中國1930年代現代派的新感覺主要是來自五光十色的現代都市刺激，表現的是主體置身都市中的一種孤獨感、失落感，沒有日本作品中那種來自春天、來自山川自然的自由感與歸宿感，有的是精神上的漂泊感、迷失感。如果說日本作品的「新感覺」中還沉澱著某些傳統文化、傳統審美因子，是一種與傳統相連的新感覺，那麼，中國1930年代現代派的新感覺則完全是一種新的現代都市感覺，更富新時代意味。

那麼，何以會出現這些差異呢？我們知道日本新感覺派是以1923年關東大地震後的社會現實為背景發展起來的。地震不僅引起了政治、經濟上的大混亂，打亂了人們正常的生活秩序，而且造成了人們心靈的不安與恐慌，虛無絕望情緒，瞬間享樂、官能刺激風氣彌散於生活的各個角度。這種社會心理現實為現代主義的出現創造了條件，正如日本著名的文學評論家中村真-一郎所說的：「如果說西歐的現代主義運動是第一次世界大戰的社會事件導致傳統的破壞而誕生的」，那麼關東大地震則導致了日本新感覺派的誕生。[34]日本新感覺派作家借鑑西方現代主義文學表現現實的經驗，對人生的存在意義進行了探

---

[34] 轉引自閻振宇：〈中日新感覺派比較論〉，《文學評論》1991年第3期。

詢、思辨，因為萬象世界瞬間崩潰的現實無法不讓他們沉思，無法不讓他們懷疑既有的一切，無法不讓他們於虛無中進行形而上的追問。這樣，在對形上世界的表現上，他們與西方現代主義取得了一致。他們的作品追求的是以某一「小孔」及某種外在圖式去象徵巨大的內部人生。

然而「新感覺」理論闡釋上的模糊，極易導致接受者認識上的混亂。中國1930年代現代派小說家就被「新感覺」這一概念所迷惑，未能完全領會出它的象徵主義特徵，以為新感覺派就是以新感覺為表現目的的流派。而中國傳統的以經驗為基礎的直觀思維方式的潛在作用，又使他們對日本的「新感覺」概念一拍即合，不斷地強化「感覺」意識，而對超越感覺經驗範圍的象徵主義特色則無法辨識。而且，他們生活在上海這一畸形發展的現代國際大都市中，雖也感受到了來自都市文明的困擾，但更多的時候表現出的是一種對都市的迷戀意識，無法真正跳出都市，與都市拉開距離進行靜觀思索，反而為五光十色、燈紅酒綠的都市所迷惑，沉迷於都市的感官刺激中，對都市的書寫就只能停留於浮光掠影的感覺表現上，這就進一步強化了他們的「感覺」意識，使他們進一步偏離日本新感覺派的象徵主義，走向感覺主義。另外，日本新感覺派獨特的地震背景，決定了他們思索、追問的是整個現實社會人生，他們甚至試圖從傳統中找到某種自我拯救的力量。而中國1930年代現代派小說家是在畸形發展的大都市中進行創作的，都市感受十分強烈，都市是主要表現對象，所以相比於日本新感覺派，他們筆下「新感覺」的現代都市特性自然更為突出一些，現代色彩也就更為強烈一些。

中國1930年代現代派小說家雖在認同「新感覺」的同時嚴重地誤讀、偏離了日本新感覺派的實質，但他們於誤讀中建構起的新感覺化的敘事方式，卻體現了中國現代小說形式的一次

革命性探索與發展，它意味著中國的現代文學在與世界文學主潮現代主義接軌時擁有了自己的一種獨特的敘事方式，不至於為世界現代主義文學所遮蔽，從這層意義上講，正是偏離、誤讀使中國1930年代現代派對「新感覺」的認同獲得了積極意義。

結語

　　20世紀前30年是中國文學由傳統向現代轉型、現代性生長的重要時期，由晚清文學變革、五四文學革命和革命文學三個以「革命」為內在特點與邏輯聯繫的階段構成。「革命」在這裏「已經不是傳統意義上的朝代易姓，而是借自日本的新名詞，意指促使事物從舊質向新質飛躍的重大變革。」[1]說得更具體些，就是文學在回應西方現代性挑戰的痛苦歷程中，自覺地以世界文學為背景，進行自我調整、變革和不斷尋求新的發展可能性；就是為有效地描述中國的新舊蛻變過程，尤其是對現代性的中國式想像，自覺地告別傳統，引進現代性，以創造現代民族文學。我的全部努力，實際上只是具體言說出作為世界文學背景之一的日本文學，對於中國這一特定時期文學「革命」的作用與意義。日本文學對於各階段，尤其是各階段間的轉換、「革命」是如何發生作用的，意義何在，我已作了具體地論析。然而，我仍感到有必要從20世紀中國文學的歷史情形出發，從宏觀上總結出20世紀前30年中國文學接受日本文學影響的總體特性，反思其歷史經驗與教訓。

　　這就要求回到歷史語境中，弄清當時對日本文學的認同、

---

[1]　陳平原：《20世紀中國小說史》第 1 卷，北京大學出版社1989年版，1997年第2次印刷，第2頁。

接受到底是在怎樣的民族心理背景下進行的，弄清接受場景和接受者自身的特點。

<h1 style="text-align:center">一</h1>

20世紀前30年，中國文學與日本文學的關係橋樑是留日學生（梁啟超等少數人例外），日本文學主要是經由他們而影響中國文學的。留日學生是甲午戰爭後中日關係逆轉的產物，留學日本目的在於吸取其近代化良規，並由日本獲取「泰西各學」，即政治、律例、理財、外交、武備、農工、商務、礦務之類。張之洞在《勸學篇》中所力陳的「遊學之國，西洋不如東洋」之理為：「一、路近省費，可多遣；一、去華近，易考察；一、東文近中文，易通曉；一、西書甚繁，凡西學不切要者，東人已刪節而酌改之。中東情勢凡俗相近，易仿行。事半功倍。無過於此。若自慾求精求備，再赴西洋，有何不可？」[2]這段文字透露出了張之洞乃至當時朝野上下的兩種心理：一是歷史大變局時以民族富強為訴求的求事半功倍的走捷徑心理，也就是一種急功近利的民族主義心理。其實，這是中國傳統文化中重實用心理在新的歷史情形中的一種表現，他讓我們再一次意識到了傳統文化對社會發展的影響，以一種傳統的心理來應對新的變局，勢必會弱化新的變革可能具有的積極意義。二是由「西學不切要者，東人已刪節而酌改之」所體現的對日本西學、日本近代化經驗的一種信賴心理，其實何止信賴，幾近乎依賴心理。為何生出這種心理？因為當時中國人，尤其是統治者已經意識到了西方文明的優越性，渴望師夷長技以制夷，然而在心理上因鴉片戰爭後連連的潰敗而生出一種對西方的深

---

[2]　張之洞：《勸學篇》，中州古籍出版社1998年版，第117頁。

深的恐懼感，擔心對西方文明的引進會危及中國固有之文明，尤其是統治階級的利益。而同屬東亞文化圈的日本，卻在學習西方時依靠專制的國家主義完成了自上而下的維新變革，成功地實現了近代化，躋身於世界強國之列。日本西化的成功實際上為中國乃至整個亞洲樹立了一個榜樣，張之洞乃至一些文化精英倡言留學日本，最根本的動因，在我看來，並不是路近省費（儘管也不失為一個原因），而是對日本近代化模式的一種認同，其模式就是將專制性的國家主義與民主性的啟蒙主義結合起來，使西化過程中民族國家利益、特別是統治階級的利益得到了保護。這對於因洋務運動失敗而困惑不解的中國統治者，有著重要的借鑑意義，使他們找到了如何在不動搖封建專制的國家利益的前提下，學習西方以振興民族的方式與途徑。於是，對這種模式的認同很快就轉化成為一種心理上的對日本近現代化經驗的信賴乃至依賴。

由張之洞所暗示出的這兩種民族心理，隨著一浪高過一浪的留日大潮的出現，被不斷地強化，成為20世紀前30年中國文學接受日本文學影響的基本心理。

日本文學是通過留日學生影響中國文學的，這是20世紀前30年中日文學關係的一個不容忽視的特徵，所以對作為接受者留日學生特點的揭示就變得極為重要。留日學生長期生活在日本，接受日本式的教育，對日本文化、文學逐漸產生了某種程度不一的認同感，例如魯迅對日本「認真」、「餘裕」文化的認同[3]，周作人對日本人「愛好天然」、「崇尚簡素」文化的喜愛[4]。他們在日本雖然遭受了種種不公平的民族歧視性待遇，但對日本近現代化本身並無牴觸，甚至極為嚮往，因為他們留學目的就是為了認識、掌握日本近現代化歷史，向中國輸入日本

---

[3] 參見方長安的〈魯迅立人思想與日本文化（下）〉，載《魯迅研究月刊》2002年第5期。
[4] 參見周作人的〈最初的印象〉，收入《知堂回想錄》，群眾出版社1999年版，第157頁。

近現代化經驗。這樣，他們與日本文化、文學間便缺少文化、文學傳播接受中應有的距離感，也就難以在認同、接受中作一種冷靜的觀察、分析，這意味著他們中多數人（魯迅等除外）難以看清日本文化、文學的優與劣，也就勢必導致接受上的某種盲目性。而這些留日學生，大都為關注現實、滿懷理想的激進的革命青年，充滿青春激情，為拯救祖國，在世界上重塑中國形象，他們恨不得一下子讓中國實現近現代化，跨入世界民族強國之列。所以只要他們認為是有用的，就於焦慮、情熱之中不惜一切地加以介紹、吸納，因而往往是熱情有餘而冷靜不足。

作為文學接受觸媒的留日學生這些特點與上述張之洞所言說出的兩種民族心理，以及中國文學於歷史轉型期重建自我與社會人生關係以期新生的現實，三者之間有一個共同點，即對現代性的強烈渴望與追尋以及這種渴望、追尋所帶來的急躁與焦慮。這一共同點使它們在親和中構成一個共同的接受場蝕，制約著20世紀前30年中國文學對日本文學的接受，使其呈現出如下特點。

二

認同、接受日本文學的立足點是中國文學發展的現實需要，目的在於解決中國文學轉型、現代性追尋中出現的種種問題。這一立足點，一方面賦予接受過程以積極的現實意義，使對日本文學的言說、認同與接受永遠沒有偏離中國文學建構的具體需要，沒有游離於中國文學的現代化進程，從而一定程度地加速了中國文學的新舊轉型與現代性的生長；但另一方面又使認同、接受過程在一定意義上講毫無餘裕可言，接受空間被限制，作家們在急功近利心理作用下，未能全面而深入地開掘出日本文學對中國文學發展的多重可能性意義。

作家們是帶著現實問題去請教日本文學的，諸如：新世紀文學應怎樣傳揚維新與啟蒙意識；怎樣使傳統的封建文學轉換為新世紀「人的文學」，「人的文學」的內在關係、結構意義與價值應如何界定；文學革命應如何向前推進，如何進一步轉換性質展示一個新的發展階段；萌動於五四時的中國現代主義文學應取怎樣的具體形式，等等。這種現實問題意識的介入，使得認同、接受雖為個人化行為，但指向卻是現代民族文學敘事的需要。所以，對日本文學的任何一種述說，都是有現實針對性與目的性的。這樣在晚清文學變革、五四文學革命以及革命文學三階段的轉換、流變的關鍵處，都留下了日本文學的印跡，每一階段文學的展開方式都多少與日本文學間存在著聯繫。換言之，在許多問題上，中國文學從日本文學那裏獲得了啟示，找到了存在、變革與發展的某種依據與方式，如梁啟超在變法失敗後由日本政治小說不僅獲得了政治變法的新途徑，而且為中國小說新生尋找到了合法的依據，周作人從坪內逍遙的《小說神髓》找到了走出近代政治文學的途徑與方法，成仿吾由夏目漱石的《文學論》而明白了五四文學的問題所在，並由此提出了五四文學走出尷尬的方案。所以，日本文學影響一定程度上增強了中國文學承擔民族國家敘事的自信心與能力，有助於中國文學走出某種困境，加速了中國文學新舊轉換與現代性的生長。

不僅如此，這種強烈的現實意識的介入，還使得魯迅、郭沫若、成仿吾等接受者雖留日多年，對日本文化、文學有不同程度的愛好，但卻從未生出被他者同化的焦慮感，他們的創作完全是中國的，沒有移民文學中那種唯恐失卻自我的身份意識。他們儘管有時對日本某種文學理念、思潮十分認同並積極借用，但強烈的「現實」意識使這種認同、借用，在根本上永遠只具有工具意義，他們的創作（哪怕在日本）始終未因被影響而失去民族感、現實感。

然而，這種現實問題意識的介入，本身卻是一種急功近利的行為，它使得整個接受過程變得毫無餘裕可言。尋找答案的意圖與方式，使作家們很少去深入地研究日本文學的微妙之處，也就無法真正深入地品味出日本文學的神韻，從而使作家們對日本文學的認同、接受，主要落實在那些與中國文學現實需要相契合的內容上，如政治小說、新村、無產階級革命文學等。加之受中國傳統直觀思維方式影響，他們往往無意於去深入分析它們所發生、生存的具體語境及這種語境賦予它們的特定含義與意義，而是以直觀的方式，作籠統的理解、認同，然後從自己的現實需要出發去誇大某些表層意思，使之偏離了原義。如「新感覺」在日本往往具有象徵的深度，而劉吶鷗、穆時英卻將「新感覺」完全平面化，強化其字面意義，使之僅具有呈示感官性都市表像的功能。又如梁啟超在傳統功利主義文學觀作用下，從維新改良目的出發，賦予了晚清政治小說較之於日本政治小說更為濃烈的政治功利色彩，使之極端化。而對那些遠離中國文學現實需要的美學因素，他們則不感興趣，也就談不上去探尋、揭示它們對中國文學發展可能具有的意義，如日本文學的餘裕性，對於功利主義的中國文學來說，應該能起到某種平衡作用，但除魯迅等人外，很少有人注意到它對於中國文學發展的積極意義。

三

　　認同、借鑑日本文學是與反傳統相統一的，這一特點使中國文學一開始便將注意力放在了日本近現代文學上，從日本近現代文學那裏獲取了許多現代性內涵，加速了中國文學的轉型、發展；然而，反傳統的立場又使中國文學接受日本文學影響時，背離了日本文學學習西方文學時不忘自覺發掘民族傳統文學優勢這

一特點，也就是背離了日本文學近現代化的重要方式與經驗，使中國文學對日本文學的認同、接受失去了民族傳統文學根基。

費正清認為，清末民初留日學生「已經學到的主要教訓似乎是理解了民族主義的重要性。他們在日本的感受必然使他們在同鄉觀念中增添了一種日益強烈的中國人的意識。」[5]這種民族主義情緒主要因民族歧視而起，而這種民族歧視又是近代以來中華民族潰敗的結果。何以潰敗？他們大都認為根柢在於傳統文化，中日關係逆轉源自中國傳統文化在日本由西方引進的現代文化面前的無能與敗北。陳獨秀、魯迅等無不將近代以來的落後歸之於傳統文化，認為中國若不革除舊文化的陋習，即使沒有外族的入侵，也難以自立於世界。於是，他們將民族主義情緒化為對傳統文化的批判與對西方現代文化的倡導。反傳統與學習西方統一起來了。而日本雖然給予過他們不公正的待遇，但日本現代文化卻來自西方，是西方文化東方化的結果，它代表著一種先進的、現代的文化，對日本的學習意味著對現代性的追尋。這種話語置換為長期以來鄙視日本且又受到日本民族歧視的中國知識者提供了學習日本的理論依據與話語支持。對傳統的背離，對現代性的渴望與追尋，使他們將文學上對日本的學習落實在日本近現代文學上。

日本近現代文學，是在回應西方現代性挑戰過程中，以西方文學為參照、典範而建立起來的。自啟蒙文學始，經寫實主義、浪漫主義、自然主義、唯美主義，到白樺派理想主義、無產階級文學及新感覺派，留下了一條追尋西方文學的腳印，人本主義、自由主義精神不斷加強，現代意識日益鮮明。中國文學對日本文學的興趣就集中於這些不斷更迭的現代思潮、流派及相應的文論觀念上。他們從中接受了種種「現代」刺激，如

---

[5]　〔美〕費正清等編：《劍橋中國晚清史（1800-1911年）》下卷，中國社會科學出版社1985年版，1993年第2次印刷，第410頁。

由《苦悶的象徵》開始意識並接受了生命的苦悶與壓抑乃文藝創作的內在驅力這一現代文藝心理學思想，從新感覺派那裏獲得了形式即內容這種新的現代文論觀念，從無產階級文學那裏理解、接受了「自然生長」與「目的意識」的理念，等等，這些對他們原有的文學觀產生了巨大的衝擊，刺激了他們對文學的現代想像，他們就是在這種新的想像中擬構、建設中國的民族文學的。現代意識可謂是日本文學給予中國新文學的一種積極的精神資源，它無疑加快了中國文學追趕世界現代文學潮流的步伐。

然而，強烈的反傳統姿態，使他們對日本近現代文學的認識失去了準確性。日本文學近現代化過程中，西方文學儘管是一種非常活躍的因素，起了重要的參照、導向作用，但日本文學的傳統觀念、傳統形態仍作為近現代化的根基而發生著作用，使日本文學在學習西方文學過程中，仍保持著地道的日本特色與東方色彩。千葉宣一說過：「從宏觀來看，日本近代文化史的結構，是以從外從上而來的西歐文明的衝擊，與從內從下保持傳統文化的調和形式展開的。」[6]文學史亦如此，近現代日本文學可謂是日本民族文學與西方文學相遇時，民族文學西化，西方文學民族化的結晶。而中國作家面對如此特性的文學時，由於其反傳統的立場和建立現代民族文學的急切心理，便很少注意到日本文學是如何以民族文學為基礎化用西方文學的方式、方法，往往只是直接擇取它所化用的西方文學特徵，如對「政治小說」、「新感覺」的接受即如此；而對它所承襲的民族傳統文學因子，則因現代性追尋而缺少興趣，也就談不上研究與自覺借用。至於地道的日本傳統文學則更是被冷遇，只有周作人等少數人因個人性情或特殊境遇中的心理需求而一度產

6　轉引自葉渭渠：《日本文學思潮史》，經濟日報出版社1997年版，第297頁。

生過興趣，如對和歌、俳句及古代隨筆的譯介，然而他這種傾向傳統的舉動卻受到了成仿吾為代表的創造社的嘲諷與批評。

不僅如此，以反傳統的姿態學習日本文學，更深刻的影響還在於使對日本文學的學習失去了根基，從而削弱了日本文學對中國文學流變的積極意義。杜維明曾說過：「日本保留了傳統意識，在西化和傳統中造成一種良性循環。」[7]這是日本成功的重要經驗。而五四以來中國作家激進反傳統的民族主義立場，使他們在接受日本文學影響時，缺乏對民族傳統文學自覺的認識與繼承，未對本土文學與日本文學作深入地比較與分析，也就難以真正辨析出日本文學的特點，難以將日本文學美學因子化入民族文學體系內，轉換生成出一種新的適宜於中國語境的美學原則。對日本文學的認識，在許多時候難以深入，也就難免不生搬硬套。前已論到，他們接受日本文學影響的立足點是中國文學發展「現實」，如果這種接受能倚重深厚的民族傳統文學背景，則對中國文學發展的積極作用將更大。從這一意義上講，民族傳統文學根基的缺席，使接受中關注「現實」這一特點所具有的可能性優勢被弱化。由此，我們就不難理解中國現代何以少有如日本坪內逍遙的《小說神髓》、廚川白村的《苦悶的象徵》、夏目漱石的《文學論》那類不朽的理論著作。

中國近現代文學雖不斷地認同、模仿日本文學，但反傳統的立場卻使接受日本文學的方式，背離了日本文學學習西方時不忘自覺發掘民族文學優勢這一特點，背離了日本文學近現代化經驗，從而弱化了接受日本文學可能具有的積極意義。

---

[7] 杜維明：《現代精神與儒家傳統》，三聯書店1997年版，第96-97頁。

四

　　與直接由歐美文學引進現代性相比，認同、接受日本近現代文學，是中國文學追尋現代性的另一種途徑，日本近現代文學不同於歐美文學的現代品格，豐富了新世紀中國文學現代性的內在構造與外在特徵。留日作家主要是從社會革命視角看取日本近現代文學的，而日本近現代文學又具有強烈的不斷「革命」、「唯新」的個性，這使得他們以激進、革命和注重文學外部規律等特點而與留學歐美的作家區別開來。他們一方面為中國文學引入了日本文學那種開放的精神，不斷接受新的外來資源，緊跟世界文學新潮；但另一方面，他們又將日本近現代文學中那種急躁的「革命」情緒一同帶到了中國。

　　日本也是現代化進程中的後進國，它的近現代文學，是在回應西方現代性挑戰過程中，以西方文學為楷模而建立起來的。但如前所論，日本近現代文學雖然留有西方文學的許多印跡，但東亞政治、經濟、文化特點的制約，特別是日本民族傳統文化、文學的作用，例如「物哀」、「餘裕」、「淒美」精神的浸潤，以至於在根本上，它仍是一種不同於西方文學的民族化文學，川端康成說過，「明治時代引進了西方文學，遇到了巨大的變革，這脈絡好像被切斷，流通著別的血液。但是，隨著時間的推移，我越發感到古典傳統的脈絡依然是暢通的。」[8]民族傳統的影響使它的現代性構造在許多方面形成了不同於西方的後現代化民族國家的特徵，也就是說它是一種與西方現代性文學不同的另一種風格的現代性文學。這種文學無疑對中國文學現代性建構具有不同於西方文學的參照價值，對它的認同、接受使中國新文學中出

---

[8]　川端康成：〈日本文學之美〉，收入葉渭渠等編《川端康成集‧臨終的眼》，東北師範大學出版社1996年版，第127頁。

現了一種不同於留學歐美的作家所創作的「唯美」文學的另一種文學，從而豐富了中國文學現代性的內在構造。

不過，作為現代化後進國家，日本的現代性追尋過程，始終伴隨著一種既要學習西方又要保持民族獨立性而帶來的急躁的「革命」情緒，沒有固定的現代性標準。文學思潮、流派更替過快，表現出一種迅速追上西方的急躁情緒。文壇始終處於一種探索狀態，變動不居，未像西方那樣因長期積累而形成某些固定的流派模式。於是，留日作家就不可能像留學歐美作家那樣，以某一種主義、信仰，作為自己追尋的固定目標，例如胡適對實用主義的信仰、李金髮對象徵主義的熱衷、梁實秋對新人文主義的推崇，等等。相反，他們往往同時受到多種思潮、流派的衝擊、影響，比如創造社就受到日本浪漫主義文學、自然主義文學、唯美主義文學、乃至無產階級革命文學等的多重影響，以至於內部傾向複雜。從積極意義上講，這一特點促使他們始終保持一種開放的革命心態，積極地充當文學運動的弄潮兒，努力使中國文學追上世界文學的發展步伐；他們大都能相容並蓄多種流派影響，避免了保守、固步自封的傾向，使新文學的「現代」構造更為豐富，新舊轉換、流變速度更快。但換一個角度看，這一特點則導致他們中多數人始終處於一種思想、情緒的騷動之中，浮躁不安，無法沉潛到文學深處，無法對文學內在規律進行深入的探尋，往往只是浮光掠影地去理解、接受日本文學，而且大多數情況下只是從社會革命角度去看取日本文學。無怪乎他們與留學歐美的作家在許多方面存在著差異，如果說留學歐美的作家大都保守、沉穩、自由主義傾向嚴重，注重文學本體追尋、形式探索；那麼，留日作家則大多較激進、革命，探索的重心往往在文學外部規律上，他們將日本近現代文學中那種急躁的「革命」情緒帶進了中國文學，不利於中國文學的發展。

五

認同、接受過程中將自我與他者區別開來的焦慮感不足，致使中國近現代文學在一定程度上走了一條與日本近現代文學相似的發展路徑，甚至重複了日本近現代文學的某些錯誤。

中國近現代文學流變呈現出與日本近現代文學相似的發展路徑：政治文學——人的文學——無產階級革命文學、現代派文學。這種相似在一定程度上可歸結為兩國近代以來遭遇西方現代性挑戰這一相似的歷史命運所致。日本是一個相對於西方現代化國家而言，立於邊緣的國家，在走向現代化過程中，既要追求物質文明的發達，又要不失民族的主體性，既要西化又要民族化，明治以後文學就是對這一痛苦歷程的書寫。正是在這一意義上，日本近現代文學與現代化處境相似的中國對文學的期待相契合，自然成為中國文學近現代化時效法的對象，從這層意思上看，兩國近現代文學發展路徑的相似是不難理解的。

然而，發展路徑的相似，從接受影響角度看，在根本上還是由於中國文學在具體接受日本文學時將自我與他者區分開來的焦慮感不強烈所致，是主體性不足的體現。這種焦慮感不足，是多數後現代化國家在追尋西方現代性過程中的一種常見現象，作家們儘管在理智上也意識到應將自我與他者區別開來，以維護民族文學的獨立性，但在具體接受過程中，這種意識卻並不強烈，因為唯恐模仿得不像，哪還能意識到自我命名、自我獨立的重要性，它是弱者的一種心理表現。中國文學接受日本文學過程中這種焦慮感不足現象，則還另有更為具體而複雜的原因，一方面與前述19世紀末中國開始萌動的對日本近現代化經驗（包括文學經驗）的一種信賴感、依賴心理直接相關，在一種信賴乃至依賴心理作用下，哪還會有將自己與他

人相區別的強烈的焦慮感；另一方面，又與接受日本文學時背離了日本文學學習西方文學時不忘自覺發掘民族傳統文學優勢這一特點有關[9]，反傳統的立場使晚清至30年代初中國文學對日本文學的認同、接受失去了民族傳統文學根基，導致民族主體意識不足，從而進一步弱化了接受中將自我與他者相區別的民族焦慮感與身份意識。

這種焦慮意識的不足導致了除魯迅等少數作家外，多數接受者，很少去思索日本近現代文學是否適合中國文學的問題，也就談不上積極地質疑，以至於20世紀前30年的中國文學走上了一條與日本近現代文學相似的發展路徑。而日本近現代文學，如前所論，雖在學習西方時能立足於傳統，化用傳統中的某些合理因子，使自己在獲取西方文學現代意識的同時，仍保持了地道的日本特色與東方色彩。但與此同時，日本近現代文學又由於受到日本作為後現代化國家在現代化過程中不可避免的急躁情緒的影響，而存在不少的問題，例如啟蒙時代的政治小說，不顧藝術性直接與自由民權運動相對接，政論性取代了藝術性，成為一種政治觀念性的意識形態化的小說；又如日本無產階級文學運動中存在著嚴重的宗派情緒與非文學化傾向，將文學運動變成一種政治運動，誇大作家的非無產階級意識，大搞「理論鬥爭」以純化作家隊伍，將文學等同於宣傳與組織生活的工具，文學描寫的「現實」被錯誤地闡釋成為一種具有歷史必然性的本質化的「現實」，等等。這些非文學化的錯誤做法，本可作為一種教訓對後來的中國文學起一種警示作用，但焦慮意識的不足使中國作家未能吸取日本近現代文學所呈示的這些教訓，相反，他們常常重複日本近現代文學的某些

---

[9]　一方面對日本文學近現代化經驗有一種信賴乃至依賴感，另一方面又在實質上背離了日本文學近現代化立足於傳統這一重要經驗，這是中國近現代文學接受日本文學時存在的一種矛盾現象。

錯誤，例如梁啟超之於日本政治小說、後期創造社之於日本無產階級文學運動，就存在著這種情況。梁啟超本可以由坪內逍遙的《小說神髓》直接獲取寫實主義觀念，使中國文學於新舊轉型期少走彎路，但梁啟超的政治家身份，急功近利心理，使他看取了日本政治小說，如日本政治小說倡導者那樣，將文學導入政治化歧途，使20世紀初中國文學進入一個十分尷尬的誤區。馮乃超、李初梨等因親歷日本無產階級革命文學運動，缺少一種由距離而生的冷靜分析精神，缺少將自我與他者區分開來的焦慮感，以至於不顧中國語境的特殊性，盲目照搬日本普羅文學運動的做法，進行盲目的「理論鬥爭」，也就是嚴酷的內部清算，將批判矛頭對準魯迅等人，以至於某種意義上講，失去了歷史賦予他們的充分發展中國新文學的良機。接受影響的過程，應是一種自覺地創造的過程，然而焦慮感的不足，抑制了主體的創造意識，這樣也就不難理解他們何以未能經由借鑑而創造出具有鮮明民族特色的革命文學。

布魯姆（Harold Bloom）曾說過：「早在阿奎那的經院拉丁文時代，『影響』（influence）這個詞就帶上了『具有凌駕他人的力量』的意義。」[10]這也許說得太籠統、絕對，失之偏頗，但如果在接受影響時，缺乏一種自覺地將自我與他人區別開來的意識，不去努力經由被影響而形成自己的風格，那的確意味著一種精神上的被「凌駕」。就是說，接受影響永遠應與自我意識、與創造聯繫在一起，這應該說是晚清至30年代中日文學關係史呈示給我們的一種啟示。

---

[10] 布魯姆：《影響的焦慮》，徐文博譯，三聯書店1989年版，1992年第3次印刷，第27頁。

主要參考文獻

1、〔日〕中村新太郎：《日本近代文學史話》，卞立強、俊子譯，北京大學出版社1986年版。

2、〔日〕西鄉信綱等：《日本文學史》，佩珊譯，人民文學出版社1978年版。

3、〔日〕吉田精一：《現代日本文學史》，齊干譯，上海人民出版社1976年版。

4、〔日〕千葉宣一：《日本現代主義的比較文學研究》，葉渭渠編選，中國社會科學出版社1997年版。

5、〔日〕加藤周一：《日本文學史序說》，開明出版社1995年版。

6、〔日〕伊藤虎丸：《魯迅、創造社與日本文學》，孫猛等譯，北京大學出版社1995年版。

7、〔日〕相浦杲：《考證·比較·鑒賞——20世紀中國文學研究論集》，北京大學出版社1996年版。

8、〔日〕伊藤虎丸監修，小谷一郎、劉平編：《田漢在日本》，人民文學出版社1997年版。

9、〔日〕鈴木修次：《中國文學與日本文學》，海峽文藝出版社1989年版。

10、〔日〕福澤諭吉：《文明論概略》，商務印書館1997年版。

11、〔日〕依田憙家：《日中兩國現代化比較研究》，卞立強等譯，北京大學出版社1997年版。

12、〔日〕家永三郎：《日本文化史》，劉績生譯，商務印書館1992年版。

13、〔日〕今道友信編：《美學的將來》，樊錦鑫等譯，廣西教育出版社1997年版。

14、〔日〕源了圓：《日本文化與日本人性格的形成》，郭連友等譯，北京出版社1992年版。

15、〔日〕實藤惠秀：《中國人留學日本史》，譚汝謙等譯，三聯書店1983年版。

16、〔日〕藤井省三：《魯迅比較研究》，陳福康編譯，上海外語教育出版社1997年版。

17、〔日〕山田敬三：《魯迅世界》，山東教育出版社1983年版。

18、〔美〕費正清、　劉廣京編：《劍橋中國晚清史》（1800-1911年）下卷，中國社會科學出版社1985年版，1993年第二次印刷。

19、〔美〕露絲‧本尼迪克特：《菊與刀》，商務印書館1994年版。

20、〔美〕愛德溫‧賴肖爾：《日本人》，孟勝德等譯，上海譯文出版社1980年版，1989年第3次印刷。

21、〔美〕貝拉：《德川宗教：現代日本的文化淵源》，三聯書店1998年版。

22、〔美〕任達：《新政革命與日本——中國，1898-1912》，李仲賢譯，江蘇人民出版社1998年版。

23、〔美〕石約翰：《中國革命的歷史透視》，王國良譯，東方出版中心1998年版。

24、〔美〕張灝：《梁啟超與中國思想的過渡（1890-1907）》，崔志海等譯，江蘇人民出版社1995年版。

25、〔美〕懷特：《文化科學——人和文明的研究》，曹錦清等譯，浙江人民出版社1988年版

26、〔美〕艾愷：《最後的儒家——梁漱溟與中國現代化的兩難》，江蘇人民出版社1996年版。

27、〔美〕艾愷：《世界範圍內的反現代化思潮》，貴州人民出版社1991年版。

28、〔美〕吉伯特‧羅茲曼主編：《中國的現代化》，江蘇人民出版社1995年版。

29、〔美〕李歐梵：《現代性的追求》，三聯書店2000年版。

30、〔美〕愛德華‧W‧薩義德《東方學》，三聯書店1999年版。

31、〔美〕吉伯特‧羅茲曼主編《中國的現代化》，江蘇人民出版社1995年版。

32、〔斯洛伐克〕瑪利安‧高利克：《中國現代文學批評發生史》，陳聖生等譯，社會科學出版社1997年版。

33、〔德〕恩斯特‧凱西爾：《人論》，甘陽譯，上海譯文出版社1985年版。

34、〔德〕E‧凱西勒《啟蒙哲學》，山東人民出版社1988年版。

35、〔英〕吉登斯：《現代性與自我認同》，三聯書店1998年版。

36、〔日〕小田嶽夫等：《郁達夫傳記兩種》，浙江文藝出版社1984年版。

37、〔日〕藏原惟人：《新寫實主義論文集》，之本譯，上海現代書局1930年版。

38、〈壁下譯叢〉，上海北新書局1929年版，收入《魯迅譯文集‧5》，人民文學出版社1958年版。

39、〈苦悶的象徵〉、〈出了象牙之塔〉、〈思想‧山水‧人物〉，收入《魯迅譯文集‧3》，人民文學出版社1958年版。

40、《近代日本文藝論集》，韓侍桁輯譯，北新書局1929年版。

41、《新興藝術概論》，馮憲章譯，上海現代書局1930年版。

42、《武者小路實篤集》，周作人等譯，商務印書館1925年版。

43、《與謝野晶子論文集》，張嫻譯，開明書店1926年版。

44、〔日〕廚川白村：《文藝思潮論》，樊仲雲譯，商務印書館1924年版。

45、《現代日本小說集》，周作人編譯，商務印書館1923年版。

46、〔日〕夏目漱石：《文學論》，張我軍譯，神州國光社1931年版。

47、〔日〕宮島新三郎：《現代日本文學評論》，張我軍譯，開明書店1930年版。

48、《20世紀中國小說理論資料》（1-3卷），北京大學出版社1997年版。

49、林毓生：《中國傳統的創造性轉化》，三聯書店1988年版。

50、梁啟超：《飲冰室合集》，中華書局1989年影印版。

51、胡適：《胡適留學日記》，上海商務印書館1947年版。

52、馮自由：《革命逸史》，中華書局1981年版。

53、阿英編：《晚清文學叢鈔‧小說戲曲研究卷》，中華書局1960年版。

54、《創造社資料》（上、下），吳宏聰等編，福建人民出版社1985年版。

55、《文學研究會資料》（上、中、下），賈植芳等編，河南人民出版社1985年版。

56、《「革命文學」論爭資料選編》（上、下），人民文學出版社1981年版。

57、張之洞：《勸學篇》，中州古籍出版社1998年版。

58、阿英：《晚清小說史》，東方出版社1996年版。

59、謝六逸：《日本文學史》，北新書局1929年版。

60、劉柏青：《魯迅與日本文學》，吉林大學出版社1985年版。

61、劉獻彪、　林治廣編：《魯迅與中日文化交流》，湖南人民出版社1981年版。

62、秦弓：《覺醒與掙扎》，東方出版社1995年版。

63、何德功：《中日啟蒙文學論》，東方出版社1995年版。

64、王向遠：《中日現代文學比較論》，湖南教育出版社1998年版。

65、《日本學》（第4、5輯），北京大學日本研究中心編，北京大學出版社1995年版。

66、王德威：《想像中國的方法》，三聯書店1998年版。

67、鄭伯奇：《憶創造社及其他》，三聯書店1982年版（香港）。

68、鄭伯奇：《兩栖集》，上海書店1987年影印。

69、陸耀東：《中國現代四作家論》，武漢大學出版社1988年版。

70、易竹賢：《魯迅思想研究》，武漢大學出版社1984年版。

71、龍泉明：《在歷史與現實的交合點上》，陝西人民出版社1992年版。

72、陳平原：《20世紀中國小說史》（第1卷），北京大學出版社1989年版。

73、夏曉虹：《覺世與傳世》，上海人民出版社1991年版。

74、葛一虹主編：《中國話劇通史》，文化藝術出版社1997年第3次印刷。

75、錢理群：《周作人傳》，北京十月文藝出版社1990年版。

76、謝冕：《1898：百年憂患》，山東教育出版社1998年版。

77、程文超：《1903：前夜的湧動》，山東教育出版社1998年版。

78、汪暉：《汪暉自選集》，廣西師範大學出版社1997年版。

79、王錦厚：《五四新文學與外國文學》，四川大學出版社1996年版。

80、龍泉明、張小東主編：《中國現代文學比較分析》，四川教育出版社1993年版。

81、許子東：《郁達夫新論》，浙江文藝出版社1984年版。

82、羅鋼：《歷史匯流中的抉擇》，中國社會科學出版社1993年版。

83、劉納：《嬗變──辛亥革命時期至五四時期的中國文學》，中國社會科學出版社1998年版。

84、中國比較文學學會編：《中國比較文學》，上海外語教育出版社1991年第1期。

85、溫儒敏：《新文學現實主義的流變》，北京大學出版社1988年版。

86、龍泉明：《中國新詩流變論》，人民文學出版社1999年版。

87、艾曉明：《中國左翼文學思潮探源》，湖南文藝出版社1991年版。

88、解志熙《美的偏至──中國現代唯美頹廢主義文學思潮研究》，上海文藝出版社1997年版。

89、張大明等：《中國現代文學思潮史》（上、下），北京十月文藝出版社1995年版。

90、賈植芳主編：《中國現代文學的主潮》，復旦大學出版社1990年版。

91、李何林編著：《近20年中國文藝思潮論》，陝西人民出版社1981年版。

92、陶明志編：《周作人論》，北新書局民國23年版。

93、《謝六逸文集》，陳江、陳庚初編，商務印書館1995年版。

94、張寶明：《啟蒙與革命──「五四」激進派的兩難》，學林出版社1998年版。

95、周棉主編：《留學生與中國的社會發展》，中國礦業大學出版社1997年版。

96、高旭東：《魯迅與英國文學》，陝西教育出版社1996年版。

97、樂黛雲編：《國外魯迅研究論集》，北京大學出版社1981年版。

98、陳玉剛主編：《中國翻譯文學史稿》，中國對外翻譯出版公司1989年版。

99、《五四以來漢語書面語言的變遷和發展》，商務印書館1959年版。

100、桑兵：《清末新知識界的社團與活動》，三聯書店1995年版。

101、《現代化與社會文化》，華東師範大學日本研究中心編，學林出版社1995年版。

102、葉渭渠：《日本文學思潮史》，經濟日報出版社1997年版。

103、王克非：《中日近代對西方政治哲學思想的攝取——嚴復與日本啟蒙學者》，中國社會科學出版社1996年版。

104、梁容若：《中日文化交流史論》，商務印書館1985年版。

105、郭延禮：《中國近代翻譯文學概論》，湖北教育出版社1998年版。

106、梁景和：《清末國民意識與參政意識研究》，湖南教育出版社1999年版。

107、劉小楓：《現代性社會理論緒論——現代性與現代中國》，上海三聯書店1998年版。

108、汪向榮：《中國的近代化與日本》，湖南教育出版社1987年版。

109、汪向榮：《日本教習》，三聯書店1988年版。

110、《清議報》、《東方雜誌》、《新民叢報》、《遊學譯編》、《新青年》、《每週評論》、《新潮》、《小說月報》、《文學週報》、《語絲》、《北新》、《太陽月刊》、《文化批判》、《現代小說》、《大眾文藝》、《現代》、《春潮》、《海風週報》、《新文藝》、《拓荒

者》、《文藝月刊》、《文藝新聞》、《現代文學評論》、
《北斗》、《文學雜誌》、《文學季刊》、《人間世》、
《宇宙風》等報刊雜誌，以及《中國新文學大系》等大型
資料叢書。

語言文學類　PG0796

中國近現代文學轉型
與日本文學關係研究

作　　　者 / 方長安
策　　　劃 / 韓　晗
主　　　編 / 蔡登山
責任編輯 / 陳佳怡
圖文排版 / 邱瀞誼
封面設計 / 陳佩蓉

發 行 人 / 宋政坤
法律顧問 / 毛國樑　律師
印製出版 / 秀威資訊科技股份有限公司
　　　　　114台北市內湖區瑞光路76巷65號1樓
　　　　　電話：+886-2-2796-3638　傳真：+886-2-2796-1377
　　　　　http://www.showwe.com.tw
劃撥帳號 / 19563868　戶名：秀威資訊科技股份有限公司
　　　　　讀者服務信箱：service@showwe.com.tw
展售門市 / 國家書店（松江門市）
　　　　　104台北市中山區松江路209號1樓
　　　　　電話：+886-2-2518-0207　傳真：+886-2-2518-0778
網路訂購 / 秀威網路書店：http://www.bodbooks.com.tw
　　　　　國家網路書店：http://www.govbooks.com.tw
圖書經銷 / 紅螞蟻圖書有限公司
　　　　　114台北市內湖區舊宗路二段121巷28、32號4樓
　　　　　電話：+886-2-2795-3656　傳真：+886-2-2795-4100

2012年08月BOD一版
定價：430元
版權所有　翻印必究
本書如有缺頁、破損或裝訂錯誤，請寄回更換

國家圖書館出版品預行編目

中國近現代文學轉型與日本文學關係研究 / 方長安著.-- 一
版.-- 臺北市：秀威資訊科技, 2012. 08
　　面；　公分. -- (語言文學類 ; PG0796)
　　BOD版
　　ISBN 978-986-221-983-6(平裝)

1. 中國文學史　2. 近代文學 3. 現代文學　4.比較研究　5. 日本

820.907   101013199

讀 者 回 函 卡

感謝您購買本書，為提升服務品質，請填妥以下資料，將讀者回函卡直接寄回或傳真本公司，收到您的寶貴意見後，我們會收藏記錄及檢討，謝謝！
如您需要了解本公司最新出版書目、購書優惠或企劃活動，歡迎您上網查詢或下載相關資料：http:// www.showwe.com.tw

您購買的書名：＿＿＿＿＿＿＿＿＿＿＿＿＿＿＿＿＿＿＿＿＿＿

出生日期：＿＿＿＿＿年＿＿＿＿＿月＿＿＿＿＿日

學歷：□高中 (含) 以下　　□大專　　□研究所 (含) 以上

職業：□製造業　□金融業　□資訊業　□軍警　□傳播業　□自由業
　　　□服務業　□公務員　□教職　　□學生　□家管　　□其它＿＿＿

購書地點：□網路書店　□實體書店　□書展　□郵購　□贈閱　□其他

您從何得知本書的消息？

　□網路書店　□實體書店　□網路搜尋　□電子報　□書訊　□雜誌
　□傳播媒體　□親友推薦　□網站推薦　□部落格　□其他＿＿＿＿＿

您對本書的評價：(請填代號　1.非常滿意　2.滿意　3.尚可　4.再改進)

　封面設計＿＿　版面編排＿＿　內容＿＿　文／譯筆＿＿　價格＿＿

讀完書後您覺得：

　□很有收穫　□有收穫　□收穫不多　□沒收穫

對我們的建議：＿＿＿＿＿＿＿＿＿＿＿＿＿＿＿＿＿＿＿＿＿＿＿

＿＿＿＿＿＿＿＿＿＿＿＿＿＿＿＿＿＿＿＿＿＿＿＿＿＿＿＿＿＿＿

＿＿＿＿＿＿＿＿＿＿＿＿＿＿＿＿＿＿＿＿＿＿＿＿＿＿＿＿＿＿＿

11466
台北市內湖區瑞光路 76 巷 65 號 1 樓
秀威資訊科技股份有限公司　　　收
BOD 數位出版事業部

⋯⋯⋯⋯⋯⋯⋯⋯⋯⋯⋯⋯⋯⋯⋯⋯⋯⋯⋯⋯⋯⋯⋯⋯⋯⋯⋯⋯

（請沿線對折寄回，謝謝！）

姓　　名：＿＿＿＿＿＿＿＿＿　年齡：＿＿＿＿　性別：□女　□男

郵遞區號：□□□□□

地　　址：＿＿＿＿＿＿＿＿＿＿＿＿＿＿＿＿＿＿＿＿＿＿＿

聯絡電話：(日) ＿＿＿＿＿＿＿＿＿＿　(夜) ＿＿＿＿＿＿＿＿＿＿

E - m a i l：＿＿＿＿＿＿＿＿＿＿＿＿＿＿＿＿＿＿＿＿＿＿